Memórias do sobrinho de meu tio

JOAQUIM MANUEL DE MACEDO nasceu em 1820 no Rio de Janeiro. Formou-se em medicina pela Faculdade do Rio de Janeiro, mas nunca chegou a exercer a profissão. Em 1844 publicou *A Moreninha*, seu primeiro romance. Teve uma atividade intensa e variada, deixando mais de quinze romances, como *O Moço Loiro* (1845) e *As mulheres de mantilha* (1871), além de peças de teatro, poesias, compilações biográficas e obras didáticas. Em 1849, junto com Gonçalves Dias e Manuel de Araújo Porto Alegre, fundou a revista *Guanabara*. Foi secretário, vice-presidente e orador do Instituto Histórico e Geográfico Brasileiro. Além disso, foi professor do Colégio Pedro II e político, chegando a exercer os cargos de deputado provincial e geral por vários mandatos. Faleceu em 1882, aos 61 anos de idade. Foi o escritor mais lido no Brasil entre o final da década de 1840 e o início da de 1850.

FLORA SÜSSEKIND nasceu no Rio de Janeiro, em 1955. É professora de teoria do teatro no Centro de Letras e Artes da UNI-Rio e pesquisadora da Casa de Rui Barbosa (Rio de Janeiro). É autora, entre outros, de *O negro como arlequim* (Achiamé, 1982), *O sapateiro Silva* (com Rachel T. Valença, Fundação Casa de Rui Barbosa, 1983), *Tal Brasil, qual romance?* (Achiamé, 1984), *História e dependência* (com Roberto Ventura, Moderna, 1984), *As revistas de ano e a invenção do Rio de Janeiro* (Nova Fronteira, 1986), *Papéis colados* (UFRJ, 1993), *Até segunda ordem não me risque nada* (Sette Letras, 1995) e *A voz e a série* (UFMG/Sette Letras, 1998). Dela, a Companhia das Letras publicou *Cinematógrafo de letras* (1987) e *O Brasil não é longe daqui* (1990).

Joaquim Manuel de Macedo

Memórias do sobrinho de meu tio

Organização e notas de
FLORA SÜSSEKIND

Grafia atualizada segundo o Acordo Ortográfico da Língua Portuguesa de 1990, que entrou em vigor no Brasil em 2009.

Publicado originalmente na coleção Retratos do Brasil (Companhia das Letras, 1995).

Published by Companhia das Letras in association with Penguin Group (USA) Inc.

CAPA E PROJETO GRÁFICO PENGUIN-COMPANHIA
Raul Loureiro, Claudia Warrak

PREPARAÇÃO
Lúcia Leal Ferreira

REVISÃO
Huendel Viana
Carmen S. da Costa Viana

Dados Internacionais de Catalogação na Publicação (CIP)
(Câmara Brasileira do Livro, SP, Brasil)

Macedo, Joaquim Manuel de, 1820-1882.
Memórias do sobrinho de meu tio / Joaquim Manuel de Macedo; organização e notas de Flora Süssekind. — São Paulo: Penguin Classics Companhia das Letras, 2011.

ISBN 978-85-63560-21-6

1. Romance brasileiro I. Süssekind, Flora. II. Título

11-04102 CDD-869.93

Índice para catálogo sistemático:
1. Romances : Literatura brasileira 869.93

[2011]

EDITORA SCHWARCZ LTDA.
Rua Bandeira Paulista, 702, cj. 32
04532-002 — São Paulo — SP
Telefone (11) 3707-3500 Fax (11) 3707-3501
www.penguincompanhia.com.br
www.blogdacompanhia.com.br

Sumário

Introdução

FLORA SÜSSEKIND

À primeira vista, as *Memórias do sobrinho de meu tio*, escritas por Joaquim Manuel de Macedo durante os últimos meses de 1867 e janeiro de 1868, parecem uma espécie de prefiguração romanesca de *Como se fazia um deputado* (1882), de França Júnior. Ao contrário, porém, do Henrique da peça de França Júnior, o sobrinho-do-tio, do livro de Macedo, não sente nenhuma vergonha dos apadrinhamentos, das falcatruas eleitorais ou da própria inexperiência com os negócios públicos, que, a rigor, o desqualificariam como político.

E o que singulariza suas memórias, no interior desta que é uma das linhas mestras da literatura oitocentista brasileira — a sátira política —, é exatamente a insolência, a completa falta de escrúpulos com que o sobrinho-narrador registra sua trajetória de "filho família", desde a compra de diplomas no exterior, passando pela herança de uma pequena fortuna e por um casamento por interesse, até a obtenção de cinco postos de presidente de província, a eleição para deputado, o comportamento sempre "a favor" na Assembleia, e um quase baronato no fim do livro.

As *Memórias do sobrinho de meu tio* podem ser incluídas, então, na vertente satírica de que fazem parte desde os capítulos ligados à candidatura frustrada de Leocádio da Boa-Morte no romance *A família Agulha* à novela *D. Cornélia Herculana* (*Um perfil político*), ambos de Luís Guimarães Júnior, às peças *Caiu o Ministério!* e *Como se fazia um deputado*, de França Júnior, *Hoje sou um; e amanhã outro*, de Qorpo Santo, e *Quase ministro*, de Machado de Assis. Pensando ainda em termos teatrais, lembre-se *A torre em concurso*, peça dedicada ao tema eleitoral pelo próprio Macedo, em 1861. Ou, em termos de crônica romanesca, *A carteira de meu tio*, de 1855, livro no qual aparece, pela primeira vez, como narrador, o sobrinho-do-tio, e que seria dedicado, por Macedo, à crítica da política de conciliação do marquês de Olinda e do marquês de Paraná e à defesa da Constituição de 1824 e das Leis do Império, a seu ver esquecidas, então, pelos políticos, presidentes de província e homens públicos em geral.

Chama a atenção, no entanto, que tenham sido praticamente concomitantes, em Macedo, o começo de sua carreira parlamentar, em 1854, e o aparecimento, na sua ficção, em 19 de janeiro de 1855, nas páginas da *Marmota Fluminense*, deste aprendiz de político que é o sobrinho-do-tio.

Pois, apesar da familiaridade com a vida política de quem teve, como informa J. Galante de Sousa em *Machado de Assis e outros estudos*, o pai (Severino de Macedo Carvalho) e um dos irmãos (João Coutinho de Macedo) ambos várias vezes vereadores em Itaboraí, sua vila natal, e de quem já se candidatara, em 1849 e 1851, ficando, nas duas oportunidades, como suplente de deputado, seria somente em 1854 que Joaquim Manuel de Macedo, então com 34 anos, professor de história e geografia do Colégio Pedro II, e já casado, depois de quase dez anos de oposição do sogro, com Maria Catarina Cardoso Sodré, conseguiria, finalmente, uma cadeira na Assembleia Provincial do Rio de Janeiro, reelegendo-se, para a mesma função, sempre pelo Partido Liberal, até o período de 1858-9, e, mais tarde, para a Assembleia Geral, em 1863, 1867 e 1878.

O que demonstra que, ao escrever *Memórias do sobrinho de meu tio*, a continuação de *A carteira de meu tio*, Macedo também se encontrava em pleno exercício de mandato parlamentar.

Macedo parece se divertir, emprestando inclusive, ironicamente, alguns dados biográficos seus, pelo avesso, a essa figura inescrupulosa de político que transforma em narrador em *A carteira de meu tio* e em *Memórias do sobrinho de meu tio*. Empresta a ele, por exemplo, seu domicílio eleitoral — a província do Rio de Janeiro — e o uso do jornalismo político como recurso para firmar uma futura candidatura. Coisa que o próprio Macedo fizera, de 7 de setembro de 1852 a 21 de junho de 1854, com a impressão, em sua própria casa, do bissemanário *A Nação*, atividade, ao que parece, decisiva para que obtivesse sua cadeira de deputado em 1854. Com a diferença, porém, de o periódico de Macedo, e redigido por ele, obedecer à orientação declaradamente liberal, enquanto o jornal *Espada da Justiça*, do sobrinho-do-tio, além de contar com redatores pagos e de não defender, na verdade, nenhum programa, funciona, nas *Memórias do sobrinho de meu tio*, apenas como meio de fingir independência e chantagear políticos influentes para obter favores e nomeações.

Macedo empresta também ao sobrinho-narrador alguns dos principais temas de debate político em que se achara, ele mesmo, envolvido, ou que se esforçava em disseminar ao longo de sua obra de ficção.

Como, em *A carteira de meu tio*, o misto de pesadelo e utopia negativa do sobrinho, em torno do "Progresso Material", que parece reproduzir literalmente a visão do Rio de Janeiro como uma espécie de "mundo às avessas" pelo tio Anastácio do romance *Rosa*, publicado entre 1849 e 1853.

É o caso também, nas *Memórias do sobrinho de meu tio*, das discussões, durante os saraus promovidos pelo sobrinho e sua mulher, Chiquinha, sobre os novos impostos, sobre os gastos e os rumos da Guerra do Paraguai, sobre a emancipação dos escravos — que, depois da Fala do Trono de 1867, se tornara "assunto do dia" —, sobre as atribuições e as propostas de eliminação do Poder Moderador, que foram objeto de obras publicadas por Zacarias de Góis e Vasconcelos e Brás Florentino Henriques de Sousa na década de 1860.

É o caso ainda, tanto no livro de 1867-8 quanto no de 1855, das críticas à política de conciliação, que, segundo Macedo, poria em risco todo o sistema representativo, por estimular uma indefinição partidária. Ou, como explica, via imagem amorosa, a tia Violante de *O romance de uma velha*, uma das novelas incluídas no livro *Os romances da semana*: "Minha sobrinha, escuta: o amor é uma espécie de sistema representativo que sem oposição degenera, e torna-se água morna".

E enquanto o sobrinho-do-tio, por meio de uma trama amorosa, quase chegaria a barão, como relata nas suas memórias, o próprio Macedo quase chegaria, por seu turno, a ministro, em 1864, e a senador, em 1866. Só que, no caso de Macedo, ele é que teria rejeitado os convites do imperador, primeiro para a pasta de Negócios Estrangeiros e, em seguida, para a pasta do Império, alegando, segundo Salvador de Mendonça, não ser suficientemente rico, "requisito indispensável", em sua opinião, "a um ministro que queira ser independente".

Conta-se também que teria recusado, mais de uma vez, nomeações para presidências de províncias, uma das funções, aliás, que mais ironizaria, ora por meio das cinco presidências ocupadas pelo sobrinho-do-tio com o objetivo de favorecer os "politicões" que o tinham nomeado e, assim, sedimentar a própria carreira, ora caricaturando diretamente o posto, definido, em *A carteira de meu tio*, pelo compadre Paciência, da seguinte maneira: "[...] e o senhor sabe o que é um presidente de província? [...] Uma autoridade encarregada de não executar as leis do Império, nem as da província que dirige!".

Quanto à cadeira vitalícia, Macedo chega a ser incluído numa lista sêxtupla para o Senado, no ano anterior ao da redação das *Memórias do sobrinho de meu tio*, mas seu nome é preterido em favor dos de Francisco Otaviano e Luís Pedreira do Couto Ferraz. Nesse caso, porém, sabe-se do empenho do escritor em obter o posto. É o que comprova uma carta de setembro de 1866, na qual ele se define como "candidato à lista sêxtupla para senador" e pede ao destinatário, "com a maior instância", para "trabalhar e pedir por mim", para "velar por minha candidatura". (Essa carta seria publicada em maio de 1941 na *Revista do Brasil*, como ilustração ao ensaio "Romancistas da cidade: Macedo, Manuel Antônio, Lima Barreto", de Astrojildo Pereira.)

Pedido de apoio que não chega a ser propriamente invulgar em se tratando da vida política de Macedo. Lembre-se, nesse sentido, a carta de 18 de janeiro de 1868, dirigida a um "primo, amigo e irmão": nela o escritor, parecendo adotar a retórica conciliatória da troca de favores que tanto critica nos textos de sátira política, pede pela candidatura de José Tavares Filho em Rio Bonito, na eleição para a Assembleia Legislativa Provincial, e explica tratar-se do "filho de um homem a quem devo os maiores obséquios, filho de um conservador que 'por vezes' tem contentado também a minha candidatura". Sublinhando que "não é um liberal que vai lhe pedir todo seu apoio à candidatura de um conservador, é um amigo que pede instantemente por um amigo e filho de amigo". (Essa carta seria divulgada pelo suplemento *Autores e Livros*, do jornal *A Manhã*, em 26 de abril de 1942.)

Mas, mesmo em meio a tais trocas de favores, Macedo não deixaria de sublinhar a própria filiação partidária. "Liberal", "da boa escola liberal", como diz ao conde d'Eu em carta, de janeiro de 1869, sobre a emancipação dos escravos. "Eu sou um antigo e firme carola devoto de santa Luzia", diz o Macedo folhetinista em sua crônica "A semana" do *Jornal do Commercio* de 26 de agosto de 1855. Ou, exemplo destacado por J. Galante de Sousa, lembre-se, ainda, a carta, de outubro de 1857, quando era candidato a deputado provincial, em que pede uma recomendação a Eusébio de Queirós e, ao mesmo tempo, chama a atenção para as diferenças políticas que os opunham: "Não posso de maneira alguma deixar de declarar a V.Exª. que em política conservo ainda os mesmos princípios, que infelizmente me separaram de V.Exª".

Já o sobrinho-aprendiz de político insiste, desde a "Introdução *et coetera*" de *A carteira de meu tio*, em exibir como princípio único de conduta o "amor do eu": "Eu sigo as lições dos mestres. No pronome EU se resume atualmente toda política e toda moral; é certo que estes conselhos devem ser praticados, mas não confessados: bem sei, bem sei, isso é assim". E é como crítica ao "partido do eu", pelo qual se orientaria o comportamento de "politicões", afilhados e "beneméritos da pátria", que se explica, em parte, a centralidade desse "eu" narrativo, que não se cansa de exibir oportunismo e impunidade, em *A carteira de meu tio* e *Memórias do sobrinho de meu tio*.

É bem verdade que Macedo costumava acrescentar certa nota autocrítica aos textos narrados em primeira pessoa, e não apenas às sátiras políticas. Basta lembrar, nesse sentido, do Simplício, de *A luneta mágica*, que se define, de saída, como míope "física e moralmente", "escravo das opiniões alheias" e incapaz de ajustar "duas ideias" próprias. Ou do narrador-cronista de *Um passeio pela cidade do Rio de Janeiro*, que, a todo momento, registra seus muitos desvios de percurso e critica, brincando, a extensão das próprias digressões. Ou, ainda, num texto de publicação póstuma, *Amores de um médico*, do médico-narrador que, no final do romance, se compara negativamente ao cachorro da antiga amada quando percebe que este, de tão fiel, fora capaz de morrer também, sobre sua sepultura, enquanto ele inclusive já se apaixonara por outra.

O que distingue o sobrinho-narrador é o fato de, no seu caso, isso de "patentear" a própria falta de escrúpulos, de mesclar sistematicamente autoexibição e autocaricatura, ser o dado básico de suas memórias. Macedo parece empregar, aí, uma locução em primeira pessoa exatamente para melhor desqualificá-la, para desmontar a retórica política que a sustenta, superenfatizando os seus traços característicos. Método que deriva, em parte, de sua experiência como folhetinista de variedades do *Jornal do Commercio*, acostumado a comentar, com frequência, a própria técnica de escrita e a deixar em primeiro plano a "voz" do cronista, como se conversasse diretamente com cada leitor.

É perceptível, igualmente, nessa figuração macediana do narrador como sobrinho do tio, a influência de um texto como *O sobrinho de Rameau*, de Diderot, no qual esse outro sobrinho também se desqualifica, com petulância, ao longo do diálogo. O mesmo se pode dizer em relação à ficção humorística da primeira geração romântica brasileira, em especial os *Excertos das memórias e viagens do coronel Bonifácio de Amarante* (1848), de Manuel de Araújo Porto Alegre. Na primeira edição em livro desse fantasioso relato de viagens, em 1852, às aventuras de Bonifácio se acrescentariam anotações e histórias de seu sobrinho Tibúrcio, que, acrescido de contornos políticos, parece ter servido de modelo para o narrador-protagonista de *A carteira de meu tio* e *Memórias do sobrinho de meu tio*.

Não se pense, porém, que os dois livros do sobrinho-do-tio chegam a resultados narrativos rigorosamente idênticos. O primeiro segue de perto as *Viagens na minha terra* (1846), de Almeida Garrett, e tende a abstratizar todos os lugares, personagens (Constante, Engodo, Paciência) e discussões registrados, sublinhando-se, a todo momento, sua exemplaridade. Já no livro de 1867-8 o sobrinho-do-tio se casa, bajula, tapeia, oferece saraus, vai à Assembleia Legislativa e ao Alcazar, e acaba por tornar-se ele mesmo, e não "a própria terra", o objeto central de sua exposição. Reforça-se, assim, o dado autocaricatural e reelaboram-se alguns temas macedianos típicos — como o da relação entre amor, casamento e interesse — para melhor sublinhar, em *Memórias do sobrinho de meu tio*, um processo narrativo diverso. Com um movimento digressivo, um andamento humorístico-oratório, em lugar da multiplicação de peripécias romanescas, característica do folhetim romântico. E com ênfase não na história, mas na própria figura do narrador.

Pois se o emprego de um narrador que conta a própria história costuma servir de meio seguro de aproximação do leitor, a tarefa mais difícil de Macedo, aí, parece ser, então, o exercício de um constante distanciamento, capaz de desqualificar uma primeira pessoa narrativa todavia onipresente. Nisso, não é difícil perceber, Macedo serviria de interlocutor fundamental para que Machado de Assis forjasse o método narrativo de seus romances pós-*Memórias póstumas de Brás Cubas*: uma primeira pessoa usada "com intenção distanciada e inimiga", como o definiu Roberto Schwarz em seus estudos sobre o romance machadiano.

Só que Macedo, em vez de disseminar a tensão que sugere por seu processo de definição dos personagens (marcados, em geral, por traços únicos, exemplares) ou pela trama político-matrimonial (o que só se dá no episódio da conquista bipartidária de Chiquinha) de *Memórias do sobrinho de meu tio*, não consegue sustentá-la sequer no plano da narração. Daí a utilização de uma voz antagônica, que se contrapõe, veemente, ao longo das memórias, à do sobrinho-narrador: a do incorruptível compadre Paciência. Daí, no "Pós-escrito" do livro, a súbita alteração de foco, introduzindo-se ainda uma outra voz, que toma a palavra e, em tom sério, ralha diretamente com os políticos e o governo, explicando que todo o livro não passara, na verdade, de "um longo sermão".

O que parece reagrupar, por fim, as *Memórias do sobrinho de meu tio* ao resto da ficção macediana, de caráter predominantemente demonstrativo, exemplar. Com a diferença evidente de se sugerir, nos dois livros do sobrinho-do-tio, em particular neste de 1867-8, uma sátira não apenas política, mas ao padrão romanesco que o próprio Macedo ajudara decisivamente a popularizar. E, estabilizado o gênero na segunda metade do século XIX, se permite tensioná-lo, apontando, via sobrinho-do-tio, para outras formas — digressivas, descontínuas, humorísticas — de exercício narrativo.

Memórias do sobrinho de meu tio

Prólogo

Faço com a indispensável solenidade literária a declaração de que vou escrever as minhas *Memórias*, entro, sem dizer por quê, na teoria do único amor, retrato os meus semelhantes, escorrego do prólogo acima ou do prólogo abaixo e caio sobre um animal que não posso classificar, cuja cara porém descrevo, e desasadamente ando às tontas entre as regras do prólogo e a filosofia da escola de que sou sectário e é mestre o governo do Brasil; digo e me contradigo, prometo e falto, juro e perjuro, e não levo ainda além a extravagância, porque termino o prólogo.

Escreverei as minhas *Memórias* e portanto a história da minha vida, vida jeitosa e ilustre, como a de muitos outros varões ilustres da nossa terra que são o meu retrato por dentro, embora nenhum deles queira se parecer comigo por fora.

Semelhança por dentro, dessemelhança por fora é simples questão de aparências que no fundo não pode prejudicar a fidelidade do retrato da família, pois que os pronunciados traços característicos que denunciam a nossa irmandade estão muito mais no miolo do que na casca.

Escreverei pois as minhas *Memórias*, serei o Plutarco[1] de mim mesmo, fato mais frequentemente do que se

1 Plutarco (*c.*46-*c.*120): biógrafo e filósofo grego, autor das *Vidas paralelas*.

pensa observado no mundo industrial, artístico, científico e sobretudo no mundo político, onde muita gente boa se faz elogiar e aplaudir em brilhantes artigos biográficos tão espontâneos como os ramalhetes e as coroas de flores que as atrizes compram para que lhos atirem na cena os comparsas comissionados. Eu reputo esta prática muito justa e muito natural; porque não compreendo amor e ainda amor apaixonado mais justificável do que aquele que sentimos pela nossa própria pessoa.

O amor do eu é e será sempre a pedra angular da sociedade humana, o regulador dos sentimentos, o móvel das ações, e o farol do futuro: do amor do eu nasce o amor do lar doméstico, deste o amor do município, deste o amor da província, deste o amor da nação, anéis de uma cadeia de amores que os tolos julgam que sentem e tomam ao sério, e que certos maganões[2] envernizam, mistificando a humanidade para simular abnegação e virtudes que não têm no coração e que eu com a minha exemplar franqueza simplifico, reduzindo todos à sua expressão original e verdadeira, e dizendo, lar, município, província, nação, têm a flama dos amores que lhes dispenso nos reflexos do amor em que me abraso por mim mesmo: todos eles são o amor do eu e nada mais: a diferença está em simples nuanças determinadas pela maior ou menor proporção dos interesses e das conveniências materiais do apaixonado adorador de si mesmo.

Exempli gratia:[3]

Façamos de conta que o mundo acaba de ser felicitado e enobrecido pelo nascimento de senhor *Qualquer-Cousa*.

O senhor *Qualquer-Cousa* ama o lar doméstico pelos seios da ama que o aleita, depois pelas bonecas que lhe dá a mãe, mais tarde pelo pequira[4] que o pai

2 Pândego, brincalhão.
3 "Por exemplo", em latim.
4 Cavalo pequeno.

comprou para ele: cresce em anos e ama o município porque é aí escrivão, ou coletor de rendas públicas; passa a amar a província, porque é arrematante de obras provinciais, oficial de secretaria, ou diretor disto ou daquilo: sobe ao amor da nação porque tem por ofício ser presidente de província, já é deputado, e deseja muito a morte de um tio que é senador, para ver se lhe apanha o legado da cadeira dulcíssima dos augustos e digníssimos ex-candidatos eleitorais.

Pergunto agora: o senhor *Qualquer-Cousa* não é o espelho fiel em que se reproduzem as imagens da maior parte dos nossos beneméritos? Como querem que eu sinta e pense, como devo pensar e sentir em um país cujas altas escalas sociais estão principalmente ocupadas pela numerosa família dos senhores Quaisquer-Cousas?...

Ainda não dei princípio às minhas *Memórias* e já em meia dúzia de linhas fiz brilhar os retratos de uma grosa[5] dos beneméritos atuais da nossa pátria.

Essa consideração serve para assinalar a extraordinária importância da obra monumental que me proponho a escrever.

Convenho em que já me desviei um pouco do assunto especial e obrigado do prólogo de um livro, o que é erro grave, porque o prólogo é sempre uma cousa séria e estúpida, como a cara oficial de um ministro de Estado em dia de crise do gabinete; note-se porém que eu disse — *cara oficial* —; porque todo ministro de Estado tem, pelo menos, uma cara natural, e uma cara oficial; e há ministro de Estado que tem mais de cinquenta caras.

O ministro de Estado polifronte não é raro; é porém um animal que ainda precisa ser estudado cientificamente.

Declaro que tenho profundos conhecimentos de zoologia; mas nem por isso me foi possível até hoje classificar com segurança o ministro de Estado polifronte.

5 Doze dúzias.

O mais que pude estabelecer, não sem dificuldades e objeções de algum peso, é que esse animal pertence ao tipo dos vertebrados; chegando porém ao exame da classe que lhe deve competir, não dei um passo nem para diante nem para trás, porque o curioso animal se acha muito bem colocado em qualquer das cinco classes daquele tipo.

Que é mamífero, não se pode contestar, pois aleita, embora à custa da nação, centenas de filhotes que compõem a sua imensa ninhada que se chama ou é a maioria artificial que ele próprio engendra.

Que é ave, tudo o demonstra; porque não só modula e trina, e ainda conforme as suas numerosas espécies, este é águia pelo voo, aquele águia pelas unhas, um papagaio que repete o que lhe ensinam, e dá o pé a seu dono, outro coruja pelo símbolo que representa; mas também porque a oposição o depena, e o deixa, pelo menos, sem asas, poupando-lhe as penas da cauda para que esta se mostre completa na exposição dada ao público.

Que é réptil, tudo indica, porque rasteja pela terra, e morde até a quem o aqueceu no seio, como a serpente; é guloso, devorador a ponto de engolir sem mastigar, como o jacaré; e assemelha-se à tartaruga pelo número dos ovos que empolha, e pelo das tartaruguinhas que vai arranjando para glória da nação.

Que é anfíbio, todos sabem, pois é capaz de viver no mar, e na terra, e até viveria perfeitamente no inferno: onde não pode viver é no céu.

Que é peixe, ninguém o ignora, porque em primeiro lugar a isca é a sua paixão; em segundo tem escamas com as quais nada para o sul ou para o norte, conforme as marés cheias do seu interesse; e em terceiro lugar, porque tem espinhas, e tão grandes que há muitos anos anda o Brasil engasgado com elas.

Como se há de classificar um animal assim?

Buffon[6] se limitaria a descrevê-lo, e descrevendo-o, ocupar-se-ia em falar das caras do ministro de Estado polifronte sem meter-se em camisa de onze varas,[7] pretendendo decifrar-lhe o coração.

E que multiplicidade de caras!

Cara de organização de gabinete, expansiva e pronta para exprimir todos os sentimentos.

Cara de apresentação de programa, com ares de sacrifício, insondável, grave, dura, como a do convidado de pedra.

Cara de primeiro dia de conselho no paço, meiga, contemplativa como tendo a alma em *extasis*, comprida e fazendo sempre inclinações de cima para baixo, como a de manso cavalo de montaria.

Cara de arranjo de maioria, risonha, alentadora, promissora, e até patusca; mas pronta a modificar-se em ameaçadora, colérica, vingativa, como a face de Júpiter ao empunhar o raio.

Cara de dia de despacho na secretaria, amarrotada, enfadada, malcriada e tudo que acaba em ada.

Cara de hora de aperto por emprego que pouco antes dera, cedendo ao empenho de um compadre *imprescindível*, e apesar dos compromissos tomados com um deputado ministerial que pedira o arranjo para si e que com ele contava: cara mefistofélica, enrugada, misteriosa, transpiradora de segredo fingido, dizendo em contrações eloquentes: "que havia de eu fazer? o homem não quis...".

Cara de resposta à oposição em minoria, sarcástica, desprezadora, soberba, como a de quem manda plantar batatas a todo ignóbil vulgacho.

6 Georges-Louis Leclerc, conde de Buffon (1707-88): naturalista francês, autor de *História natural* (1744-88) e *Épocas da natureza* (1779).

7 Achar-se em dificuldades.

Cara de crise que começa a pronunciar-se, aquela cara séria e estúpida que eu chamei de prólogo, e que melhor se chamará cara de epílogo de romance desconchavado, ou de desfecho de comédia burlesca.

Cara de crise sem remédio e sem remendo, e de queda sem recurso, transtornada, quase chorona, desconsolada, como a de ator que fez fiasco e que é despedido pelo empresário da companhia.

Quantas caras e todavia não são só estas!

Mas estas só que caras!

Vou reproduzi-las em miniatura.

Cara de nenê que faz festa, vendo a teteia que vão lhe dar.

Cara de Tartufo[8] representando a primeira cena de hipocrisia.

Cara de animal de sela que parece pedir que o cavalguem.

Cara de mercador de verduras que trata de arranjar freguesia.

Cara de vilão que se acha com a vara na mão.

Cara de mordomo que caloteia a confraria e lança a culpa sobre o juiz.

Cara de Nabucodonosor[9] pouco antes de comer capim.

Cara de comilão que vê o caldo entornado.

E cara de dançarino que torceu o pé em uma pirueta.

Há muitos ministros de Estado... vou mal: os ministros de Estado são sete, e sete não são muitos.

Corrijo o erro em que ia incorrendo.

8 Referência ao personagem da comédia *Tartufo, ou O impostor* (1664), de Molière (1622-73), cujo nome passa a ser empregado como uma espécie de sinônimo de hipócrita, impostor.

9 Rei da Babilônia de 605 a 562 a.C., responsável pela destruição da cidade e do templo de Jerusalém. Segundo a lenda, enlouqueceu e pôs-se a comer capim, como um animal.

Tem havido muitos e haverá ainda agora e no futuro (vejam que me estou segurando pelas pontinhas) alguns ministros de Estado que são homens e diferem muito do animal que não pude classificar, ministros (por me apertarem muito) que não têm algumas, e enfim (se me apertam a sufocar!) nenhuma das caras que desenhei.

Não ofendo pois diretamente a quem quer que seja: não admito que haja ministro de Estado, passado, presente, nem futuro que tenha o direito de queixar-se ou de ressentir-se do que com inteira verdade acabo de escrever; se algum porém se queixar, podem ter a certeza de que é o bicho.

Mas...

Lá se foi a regularidade, a pureza artística do meu prólogo! Estou vendo que ele acaba em moxinifada[10] tão patente, em observação das regras tão às avessas, e em engano tão às direitas, que me acharei obrigado a trocar-lhe o nome de prólogo pelo de — *memorandum*[11] diplomático ou declaração de amor de namorado de velha rica, o que vem a dar na mesma cousa.

Não: assim não será: jurei que escreveria um prólogo para a minha obra.

Não saio mais do prólogo.

Continuo: e para ligar as ideias cujo fio cortei, lá vai uma tirada da mais pura filosofia.

A vida do homem é um enorme acervo de erros misturados com um punhado de acertos abismados em um dilúvio de niilidades. Cada erro, cada acerto, cada niilidade é obra de um momento quase imperceptível que se chama o *presente*, e vão todos se ajuntando em montões mais ou menos escuros que formam o *passado*, sorvedouro imenso, que tem o tragadouro aberto para engolir os desenganos que têm de sair do

10 Mixórdia, mistura de coisas diversas.

11 Nota sobre determinada questão.

seio misterioso de um monstro que está sempre em gravidez de esperanças e em parto de desilusões e que se denomina *futuro*.

O *presente* (já alguém o disse, e, se ninguém o disse, digo-o eu agora) é o espaço que medeia entre o *taque* que bateu e o *tique* que vai bater a pêndula do relógio da vida.

A vida humana é portanto uma peta homérica e tremenda; pois consta principalmente do que não existe; porque sem cessar corre entre o tempo que já passou, e o tempo que ainda não chegou.

Todavia os homens de juízo, aqueles que observam com escrupulosa solicitude o culto de seu eu, descobrirão o segredo de iludir a peta homérica, a lei da natureza, reduzindo ou antes elevando a vida exclusivamente ao presente.

A cousa parece absurda; mas não é; porque o homem de juízo não faz caso nem dá contas do seu passado, e não pensa no futuro senão para perpetuar e multiplicar por todos e quaisquer meios os gozos que está fruindo: os gozos que desfrutou são bagaços de frutos que deitou fora, os que está gozando representam a verdadeira vida, os que há de gozar são frutos que estão amadurecendo, e por peior que corra o tempo, sempre escapa alguma fruta, que perpetua o gozo.

Não pensem que esta filosofia é minha só: não! É de uma escola filosófica muito nobre, elevada e prestigiosa: o chefe da escola é o governo do Brasil.

O governo não o diz por modéstia; mas os fatos, a vida e o proceder constante, refletido, sábio dessa entidade política que chamamos governo, triunfam dos véus da sua modéstia, e patenteiam a verdade.

Digam-me os que duvidarem: já houve no Brasil governo que aproveitasse as chamadas lições do passado, e que compreendesse e criasse uma série de medidas que tivessem relação com o futuro?

Há uns dezoito anos que o governo do Brasil resolveu acabar e acabou definitivamente com o tráfico de africanos-escravos,[12] único viveiro de braços para a agricultura, e em dezoito anos não soube fazer cousa alguma, não adiantou ideia para realizar a colonização ou a emigração supridora dos braços que deviam faltar, que foram faltando, que cada dia faltam mais. Em dezoito anos nada! — *de dez vai um e oito nove e nada*: o governo do Brasil sabe pelo menos a tabuada, que o Tico-tico[13] ensinava.

É certo que durante esses três lustros e três anos despenderam-se alguns milhares de contos de réis em nome da colonização e da emigração; mas se examinarem bem a verdade dos fatos, hão de todos reconhecer que em resultado de tais despesas o que houve foi simples emigração do dinheiro do tesouro nacional para os bolsos de alguns felizes, que com toda a razão acharam extraordinária utilidade para o país nos colonos-patacões, e nas onças emigrantes[14] que povoaram os seus cofres.

Eis aí pois resplendendo ufanosa a escola filosófica do governo: o esquecimento do passado, os gozos do presente, e o descuido e abandono do futuro.

Outro exemplo:

A fonte da riqueza pública no Brasil é quase exclusivamente a agricultura: os vegetais são como os animais sujeitos a moléstias: os nossos dous principais produtos eram o açúcar da cana, e o café: dous só, se adoecessem os dous, ficávamos em maré de miséria: pois bem: o go-

12 Referência à Lei Eusébio de Queirós, de 4 de setembro de 1850, que extinguia o tráfico negreiro.

13 Forma empregada, à época, para designar a escola das primeiras letras.

14 Chamava-se, então, ao parvo, "patacão", e, ao valentão, "onça". Mas Macedo parece jogar aqui, também, com o nome da moeda de quarenta réis (pataco) e da antiga moeda de ouro (onça).

verno do Brasil cuidou algum dia da sua vida em explorar, animar, desenvolver alguma outra indústria agrícola? Nem caso! A cana estava dando açúcar, o cafezeiro café, viva la pátria!

E eis senão quando dá o bicho na cana, e a praga no cafezeiro! Estávamos bem aviados!

Mas a Providência Divina teima em acudir ao Brasil: a União Norte-Americana desaba em guerra fratricida,[15] e queima e destrói os algodoeiros do Sul: foi o que valeu: o algodão cobriu os prejuízos da praga do cafezeiro, e do bicho da cana.

Se não fosse a Providência Divina, a sabedoria do nosso governo teria ficado dupla e simbolicamente representada pelo bicho e pela praga.

E tudo isso por quê? Porque o governo do Brasil é filósofo e mestre da escola a que pertenço, e que se funda no esquecimento das lições do passado, nos gozos do presente, e no desprezo dos cuidados do futuro.

Escola sublime! Dói-me que o nosso governo seja apenas o seu atual grão-mestre[16] e não o seu fundador: nesse ponto é a glória única que lhe falta; mas diga-se a verdade: o fundador da escola foi Luís XV,[17] que a iniciou em França, dizendo: "Quem vier atrás, que feche a porta".

O diabo é que em política no século XIX quem fecha uma porta abre outra, e quando não quer abrir, às vezes o povo arromba.

Mas ainda bem que o nosso governo não é governo de portas, é de janelas: é um governo que não abre, nem fecha, é uma cousa que se parece muito com qualquer outra cousa, exceto com governo.

Misericórdia! e o prólogo?...

15 Referência à Guerra de Secessão norte-americana (1861-5).
16 O título do chefe supremo de uma loja maçônica.
17 Luís XV (1710-74): rei da França de 1715 a 1774, a quem se atribui a frase: "Depois de mim, o dilúvio".

Ah!, deixo-me levar pela corrente das ideias, como um chefe de polícia pelo encantamento do arbítrio!

Mas desta vez juro que não tornarei a ultrapassar os limites naturais do prólogo.

Encadeemos outra vez as ideias.

Eu tinha em quatro palavras lançado ou exposto as bases da escola filosófica que sigo, iludindo o despotismo do tempo, e compreendendo a vida sem passado, e quase sem futuro, exclusivamente vivida nos gozos do presente.

Sendo assim, parece uma contradição que eu me resolvesse a escrever as minhas *Memórias*, porque o objeto de todas as *Memórias* está na relação de fatos que pertencem ao domínio do passado.

Desçam porém ao âmago das cousas que não hão de achar contradição: o assunto de todas as *Memórias* é sem dúvida e sempre a desarrumação do passado; mas o seu motivo, como o de todos os escritos e livros, é gozo do presente, é a satisfação da vaidade do autor: até nas próprias *Memórias de além-túmulo*[18] o homem, furioso por não poder escapar à morte, goza, escrevendo-as, a consolação *sui generis*[19] de preparar um logro à morte, revivendo e imortalizando-se nos aplausos e na admiração que a sua obra deve excitar.

Todavia cumpre-me declarar que nenhuma dessas considerações influiu no meu ânimo, provocando-me a escrever.

As minhas *Memórias* são nada mais e nada menos do que uma desforra e um castigo.

Eu conto a história com todos os seus pontos e vírgulas em um ou dous períodos do tamanho de todo o tra-

18 Obra autobiográfica de François-René Chateaubriand (1768-1848), escrita durante cerca de quatro décadas com o propósito, segundo o autor, de "dar conta de mim mesmo a mim mesmo".
19 "De sua espécie", em latim.

balho de própria lavra que certos ministros à moderna têm nos relatórios que assinam e apresentam.

Liguei-me ("liguei-me" é exatamente o verbo apropriado) há poucos meses a um círculo, digo mal, a um arco do círculo influente da situação política: escolhi o arco onde se envergavam os homens mais notáveis da minha escola filosófica: fiz com eles comércio de amizade, e prestei-lhes relevantes serviços sob a condição de adotarem a minha candidatura a deputado da assembleia geral legislativa por qualquer distrito de qualquer das províncias do Império. Firmou-se o contrato bilateral com juramento: quem não assinou o contrato foi o povo que me devia eleger; isso porém não me preocupou; porque o povo só por exceção elege aqui ou ali alguns deputados.

Pois bem! Acabam de falar em nome das urnas, acabam de se publicar os despachos eleitorais, e fiquei logrado!... fiquei atirado no meio do povo soberano das galerias a olhar desapontado para o salão-babel do *peço a palavra*.

Lograram-me! Lograram ao seu mais parecido, ao vero espelho que reproduz suas imagens! Lograram-me: hão de pagar-me.

Pensei, refleti, e planejei uma desforra de estudante em hora de folga na academia, de soldado em quartel de inverno, ou de frade depois do coro.

Os Tartufos que me lograram e eu pertencemos todos à mesma escola filosófica e política, à escola do amor exclusivo do eu, do gozo do presente, a escola da barriga física e moral.

Há porém entre mim e eles uma única, mas considerável distinção: eu patenteio, confesso o que sou, e eles escondem o que são, e fingem ser o que não são.

Eu sou calvo; mas não encubro a falta dos cabelos.

Eles são carecas; mas trazem perfeitíssimas cabeleiras.

Eu nunca em minha vida andei disfarçado.

Eles trazem sempre máscara cobrindo a cara, capote envolvendo o corpo.

Esta diferença entre mim e eles inspirou-me a mais completa desforra da decepção por que me fizeram passar.

Escrevendo as minhas *Memórias* confessarei o que sou, e o que não encubro; e ao mesmo tempo patentearei o que eles são, e o que eles fazem, e que cuidadosamente procuram esconder.

Arrancarei as máscaras.

Rasgarei os capotes.

Porei as calvas à mostra.

Eis o motivo e o fim das minhas *Memórias* que hoje começo a escrever.

Não receio patentear-me tal qual sou, homem de *eu* ganhador político de gravata lavada, barrigudo por instinto e por convicção.

Não receio por duas razões: aí vão elas.

Primeira razão: não dando, não publicando o meu nome de batismo, e o meu nome de família, não haverá abelhudo, por mais astuto que seja, que consiga descobrir o impenetrável incógnito que me defende: apresento-me como *sobrinho de meu tio*, e desafio a que me distingam e me reconheçam no meio do formigueiro dos sobrinhos de seus tios que hoje em dia superabundam nas altas escalas sociais, e nas mais brilhantes posições oficiais.

Segunda razão: admitindo por hipótese que me arrasassem o segredo do anônimo, e me denunciassem ao público com os meus nomes de batismo e de família, que mal daí me resultaria?

No Brasil ainda não houve homem perdido, homem morto moralmente nem pelas indignidades, nem pela concussão, quanto mais pela franqueza do egoísmo e do interesse material na vida política e administrativa.

No Brasil ninguém morre moralmente enquanto não morre fisicamente, exceto os criminosos pobres condenados pelo júri.

Nas camas de tábuas duras da Casa de Correção[20] dorme muita gente, que é menos vil, e menos criminosa, do que alguns ou talvez muitos que se deitam livremente em colchões fofos, e macios, que se envolvem em cobertas de seda para passar a noite, e que de dia zombam da chamada consciência pública, ostentando a opulência que bem ou mal adquirida é sempre a mais preciosa e considerada das recomendações; ou que, no mundo político, pulando de partido em partido, não tendo crenças nem fé, subindo por isso cada dia mais, explorando em seu proveito a fortuna pública, rindo-se dos tolos, enganando a todos, vão andando seu caminho sem se incomodar com as pragas do povo, e com a gritaria dos censores que ficam por fim de bocas abertas, admirando essa vitalidade corrupta, essa putrefação que tem vida.

Não tenho medo de morte moral na minha terra: o Brasil é um país criado amorosamente por Deus, e conquistado ao seu inocente povo pelos diabos.

Olhem para o que vai por aí e decidam se tem ou não fundamento a minha confiança na impunidade do vício agaloado e na regeneração dos leprosos-morais.

Há empregados demitidos de repartições fiscais por prevaricação provada, e poucos meses depois reintegrados nos mesmos, ou arranjados em melhores empregos.

Há negociante tantas vezes quebrado que parece ter negócio de falências e que quanto mais quebra, mais se regenera.

Há presidentes de províncias exonerados pela sua desenvoltura no arbítrio e nas violências e logo depois e pelo mesmo ministério nomeados para presidir outras províncias.

Há chamados estadistas que apenas entram no gover-

20 A Casa de Correção e Detenção era a cadeia do Rio de Janeiro. Foi inaugurada em 1835, e ficava na rua Nova do Conde (atual rua Frei Caneca).

no, encalham a *nau do Estado*, e logo que alguns outros menos desastrados conseguem fazê-la safar, voltam eles, sem se saber por quê, a tomar conta do leme.

Há ministros-comparsas que espantam os próprios amigos pela sua incapacidade: pois são uns achados! Em qualquer nova organização ministerial, podem contar com eles no museu da combinação.

Há...

E o prólogo? Faltei ao meu juramento como todos os namorados e a maior parte das testemunhas de processos de caráter político.

Sou incorrigível como um jogador, como um vadio de profissão, como um parasita do tesouro, como um deputado que arruma a vida, como um ministro cortesão, como um cortesão que adula o rei no paço, e o difama *em segredo* na praça.

Mas protesto e juro de novo que não haverá mais atração nem escorregar de ideias que me façam esquecer o prólogo.

E pelo sim, pelo não, pois que não conto muito comigo, vou em duas palhetadas[21] chegar ao ponto final.

Já escrevi uma vez na minha vida, uma única: foi quando tomei aqueles apontamentos de viagem na *Carteira de meu tio*:[22] houve quem desse ao prelo esse desconchavado trabalho e dizem-me que saiu nele tanta cousa sem nexo, sem luz e sem fundo que foi tal qual um jogo de disparates; mas então ao menos tinha eu por

21 Sem demora.

22 Menção a *A carteira de meu tio*, livro de 1855, de Macedo, de que *Memórias do sobrinho de meu tio* se apresenta como continuação. Nele, o mesmo narrador, recém-chegado da Europa, diz ao seu tio e protetor desejar tornar-se um político. A condição imposta é uma viagem pelo país, montado num velho cavalo ruço-queimado, portando sempre a Constituição e as Leis do Império, e registrando o que visse numa caderneta.

colaborador o meu compadre Paciência![23] Agora não sei como me hei de improvisar memorista.

Quero porém escrever.

Aceite o público estas *Memórias*, como obra generosa, virginal, puríssima, inspirada exclusivamente pelo *amor da pátria*.

É verdade que eu já confessei que vou escrever por desejo de vingança, por empenho de desforra da derrota da minha candidatura; mas o público já tem aceitado e recebido tantos contrabandos, tantas falcatruas da ambição, tantos desconcertos e desatinos da inveja, tantas obras desordenadas do ódio com o nome ou em nome do amor da pátria, que, apesar da minha ingênua confissão, pode fazer igual favor a estas *Memórias*.

Estou em meu pleno direito exigindo tal obséquio. O público tem estômago de ema:[24] engula e digira pois mais esta peta.

Por que não há de o público aceitar, engolir e digerir em nome do amor da pátria as *Memórias do sobrinho de meu tio*?

O público aceita, engole, digere — boletins do teatro da guerra recheados de mentiras, publicados por amor dos cobres, e vendidos por amor da pátria;

Notícias oficiais das operações do exército e da armada na mesma campanha do Paraguai[25] compos-

23 *Compadre Paciência*: personagem de *A carteira de meu tio*. Trata-se de um amigo encarregado pelo tio de acompanhar o sobrinho na viagem de registro do desleixo dos governos provinciais e do descaso em que se encontravam, a seu ver, as leis do Império.

24 A expressão mais usual é "estômago de avestruz" e se refere a quem come de tudo, sem selecionar os alimentos.

25 A Guerra do Paraguai iniciara-se em 11 de novembro de 1864 e só terminaria em 1º de março de 1870. Macedo já a tematizara, então, no romance *O culto do dever* (1865).

tas de uma quarta parte de verdades e de três quartas partes de carapetões[26] guerreiros, e tudo isso calculado pelo amor da pátria:

Discussões de carne verde, de bois magros e bois gordos, de princípios econômico-liberais adubados com chouriço de carniceiros, e revolvidos no matadouro do amor da pátria:

Conciliações e ligas, coalizões, diretorias centrais, núcleos, programas, e o diabo a catorze[27] em política, em que entram uns por inocência, outros por divertimento, outros por ambição, outros por curiosidade, outros por patuscada,[28] outros por faro do ganho, e todos proclamadamente por amor da pátria:

Ministérios sem cor, sem princípios, sem ideia de futuro, sem base na opinião (que teima sempre em ser alguma cousa), sem consciência, sem capacidade e carregados, como fardos sem préstimo, pelo povo submisso em nome do amor da pátria.

Ah! o público a carregar, e o amor da pátria a enfardar, a enganar, a encapotar, a mascarar, a arranjar, a...

E o prólogo?

Protesto, assevero, juro que nunca, absolutamente nunca mais, haja o que houver, aconteça o que acontecer, nunca mais tornarei a afastar-me da matéria precisa do meu prólogo; porque...

Porque acabei o prólogo.

26 Patranha, grande mentira.
27 Derivação da expressão "diabo a quatro", oriunda do francês *faire le diable à quatre* (fazer confusão, algazarra). Emprega-se, também, "e o diabo a quatro" para indicar "etc. etc. etc.".
28 Farra.

I

Como depois de doze anos me vejo obrigado a dar satisfações ao público; digo o que é o respeitável público, e ensino as regras oficiais para as satisfações que às vezes é preciso dar-lhe: refiro em que situação deixei e por que deixei o compadre Paciência; tenho ocasião de apreciar a habilidade diplomática do ruço-queimado: dou notícia da morte de meu tio e dos absurdos do testamento que ele deixou; depois de chorar com uma demasia de cinquenta por cento, desmaio em regra, devoro um peru recheado e, conversando em seguida com o meu travesseiro, adormeço súbita e inspiradamente atacado de uma paixão amorosa pela moça que mais aborrecia.

Famosa viagem que em 1855 fui obrigado a empreender para estudar no livro da minha terra ficou, como é sabido, interrompida no fim do capítulo IV escrito na *Carteira de meu tio*, e exatamente no momento em que o carcereiro da Vila de... trancara na enxovia[29] o compadre Paciência.

De 1855 a 1867 correram nada menos que doze anos, tempo suficiente para uma cobra mudar de pele doze vezes, e um bom patriota mudar de partido outras tantas,

29 Parte das prisões, ao rés do chão ou subterrânea, e em geral insalubre, para a qual são enviados os presos por crimes graves ou considerados de alta periculosidade.

e eis-me agora metido em novo empenho para dar ao público explicações relativas à interrupção da viagem, ao destino ou à fortuna do compadre Paciência, e até à publicação abusiva dos apontamentos que eu tomara na *Carteira de meu tio*.

Do que acabo de dizer, é fácil concluir que a minha educação política tem-se aperfeiçoado muito, pois que já reconheço a necessidade de dar satisfações ao público; não tenham, porém, receio de que eu minta à escola dos grandes mestres, cujos exemplos e lições me resolvi a seguir.

Primeiramente cumpre saber e determinar bem o que é o público para os políticos da escola do Eu; e depois compreender como é que os homens desta escola devem dar explicações ao tal senhor *público*.

O *público* é o povo, isto é, um animal cargueiro, uma espécie de camelo bípede capaz de carregar às costas o próprio diabo, contanto que o peso do diabo não exceda as proporções materiais das forças do camelo; como porém o diabo tem o segredo infernal de dissimular o seu peso, o respeitável público presta-se a carregar com todos os diabos, desempenhando desse modo o seu natural ofício. Se alguém duvidar dessa verdade, examine com cuidado e sem prevenções a numerosa lista dos ministros de Estado que temos tido, que sem precisar estender o seu exame aos grandes do Império, presidentes de províncias e corpo legislativo, reconhecerá como é avultado o número de diabos que têm andado às costas do povo brasileiro.

O público é ainda um animal notável pela sua boa-fé; e tem, para engolir patranhas e mentiras, goela tão larga, como para engolir os contos de réis do tesouro nacional têm imensa goela certos fornecedores do exército e os felizes exploradores da guerra do Paraguai.

O público é muito respeitável, segundo dizem, pela força e influência da opinião que manifesta; mas sempre lhe acontece que a sua opinião fica sendo a opinião de quem fala em seu nome, e em muitos casos uns afirmam que o público diz sim, e outros juram que o público diz não a respeito do mesmo assunto, de modo que em resultado o público, apesar de respeitável, acha-se constantemente exposto a não saber o que diz.

O público é uma charada sem conceito, e cuja palavra só o governo tem o condão de decifrar: é um soberano que vota como lhe mandam; é livre no exercício dos seus direitos, contanto que pense e proceda de acordo com a polícia.

É tudo isso e assim deve ser; pode-se admitir que o público chegue a mostrar-se inteligente e instruído; mas com a condição de que em matéria de gramática há de conjugar os verbos só e exclusivamente pela passiva ou sujeitar-se a nunca ser sujeito, e a ser sempre paciente de verbo ativo.

O público é enfim ordinariamente dromedário que se humilha ante os condutores; mas também às vezes ousa ser leão que encrespa a juba e ruge. Debaixo deste último ponto de vista eu aplaudo muito os conselhos e as disposições dos meus mestres políticos: a regra é não poupar o dromedário que se humilha; e estar de sobreaviso para fazer coro com os rugidos do leão, quando ele encrespar a juba, e em último caso para fugir, abandonando-lhe às fúrias tudo quanto não seja o nosso Eu; porque tudo mais, seja o que for, e quem for, pouco importa.

Mas como é que se devem dar explicações a este animal que se chama o público?

É realmente bem desagradável que homens de gravata lavada, estadistas, excelentíssimos ministros se vejam forçados ao ponto de dar explicações à ignóbil patuleia![30]

Todavia o celerado século XIX trouxe em seu ventre maldito exigências e imposições extravagantes, absur-

30 Expressão, oriunda da alcunha do partido popular organizado em Portugal na revolução de 9 de setembro de 1836, que designa o populacho, a arraia-miúda.

das, loucas, a que no entanto os homens do Eu têm necessidade de fingir submeter-se; zombando porém de todas elas, e sofismando-as com os recursos da sua sabedoria.

O sofisma é o mais sublime e mais santo dos atos do espírito humano; para demonstrar essa proposição basta dizer que pelo sofisma faz-se da nação que se proclama soberana uma escrava mais abatida do que a mulher do tapuia: o segredo consiste em arranjar bem o sofisma.

É a sublimidade do sofisma que deve presidir a todas as explicações dadas ao animal que só por irrisão continuarei a chamar *respeitável público*.

A minha norma de explicações está nas explicações que os ministros de Estado costumam dar aos chamados representantes da nação.

Eis aqui as regras principais:

Primeira: mentira grossa: desfiguram-se os fatos; calunia-se a oposição e quando se faz preciso, jura-se que um homem que foi morto a tiro, ou a cutiladas, morreu de tubérculos mesentéricos, e neste caso acha-se um médico que ateste os tubérculos que não viu, do mesentério que não sabe o que seja.

Segunda: imposição de silêncio: declara-se que há negociações pendentes e, enquanto o pau vai e vem, folgam as excelentíssimas costas.[31]

Terceira: recurso extremo: apela-se para o salvatério das circunstâncias extraordinárias, e pede-se um *bill* de indenidade[32] com a certeza de alcançá-lo, graças ao encanto da maioria dedicada e da mobília parlamentar.

As regras não se limitam a estas três; eu porém me contento com elas, e nem de outras há necessidade para se felicitar o país; e para as minhas explicações basta-me

31 Intervalo em que o sofrimento se interrompe, parecendo possível imaginar que cessará de vez.

32 Garantia legal de relevamento de culpa por ato irregular.

a primeira que aliás é a mais comum, mais vezes empregada, e já oficialmente consagrada.

Nem se diga que essa primeira regra das explicações que se devem dar ao público, sendo a mentira, é um pecado baixo, ignóbil: os atos são feios, vis, ou criminosos, conforme a posição e condições daqueles que os praticam; e tanto isto é assim que até os próprios dilapidadores dos dinheiros do Estado, se trajam casaca ou farda, ou se dilapidam em alta escala, não são considerados ladrões.

A mentira só se pode chamar *mentira*, quando sai da boca de um homem de jaqueta, ou de algum patuleia de cotovelos rotos.

A mentira de um cidadão de *paletot* (convém saber que o *paletot* é vestido eminentemente parlamentar) chama-se *má informação*.

A mentira de um cavalheiro de casaca chama-se *apreciação menos bem fundada*.

A mentira de um senhor (*monseigneur*) de farda ministerial chama-se *reserva ou conveniência política*.

E sobretudo a mentira é um recurso indispensável: dizem que ela nodoa os lábios por onde sai: é falso! É ficção poética, é flor de retórica de péssimo gosto, é lição de moral de padre velho; se a mentira manchasse as bocas dos mentirosos, quase todos os nossos políticos tinham bocas de carvoeiros.

Ora... a mentira!

A mentira é tão útil que às vezes determina a baixa ou alta dos fundos públicos na praça e duplica a fortuna ou dá grandes lucros a quem a faz correr, e que, depois de descoberta a alhada,[33] fica com a mesma cara, e nem por isso é responsabilizado.

A mentira é a base da legitimidade da maior parte dos diplomas eleitorais dos senadores e deputados, e portanto é a base da expressão da soberania nacional.

33 Embrulhada, encrenca.

A mentira é a madrinha do patronato e por consequência a comadre dos ministros de Estado.

A mentira é o cajado de Caim com que os tribunos que atraiçoam o povo ferem os irmãos que não degeneram nem se deixam corromper como eles.

A mentira é a escadinha dos ambiciosos que na oposição pregam doutrinas que subindo ao poleiro hão de desesperadamente combater.

A mentira é o santo pretexto dos golpes de Estado; é a explicação das despesas secretas da polícia; é a espada de dous gumes que serve às oposições facciosas, e aos governos sem razão de ser nos partidos legítimos do país.

A mentira é um manjar delicioso e inocente preparado na cozinha de alguns ministérios e de algumas oposições para alimento e engodo do povo, e a prova de que o manjar é inocente está em que eu tenho visto e estou vendo o povo brasileiro comê-lo constantemente desde longos anos, e não me consta que até hoje tenha havido caso de indigestão popular.

Por consequência viva a mentira!

Entro imediatamente na matéria, encetando estas *Memórias* com as explicações que devo ao respeitável público, e que vou dar-lhe com religioso acatamento; porque elas me convêm e são precisas para ligar esta minha segunda e imortal obra à *Carteira de meu tio*, da qual será continuação.

É provável que nestas *Memórias* eu repita muitas ideias que deixei lançadas na *Carteira*; é provável que eu seja não poucas vezes repetidor e plagiário de mim mesmo; isso porém demonstrará somente a pureza e firmeza das minhas convicções, e não fará desmerecer a nova obra, que acabo de empreender.

Tenho para mim que as *Memórias* que vou escrever não serão trabalho estéril e perdido: já vou mui adiantado, ou com boas esperanças de adiantamento no meio de vida que chamam carreira política, conto ser em breve considerado notabilidade, e chegarei não tarde a benemérito da pátria; escreverei pois apontamentos muito preciosos para os meus biógrafos e futuros admiradores.

O mundo há de ver e reconhecer que o sobrinho de meu tio chegou a grande cousa na sua terra.

Eu principio.

***

O compadre Paciência achava-se trancado na enxovia da cadeia da vila de... e bradava como um possesso, por não sei quantos parágrafos do artigo 179[34] de la Constituição do Império: tive mil vezes vontade de rir; o pobre coitado, para escapar às garras dos fiéis e zelosos executores da lei, apadrinhava-se com uma alma do outro mundo, chamando em seu socorro a defunta!...[35]

Homem de ordem, e respeitador dos atos legais e também dos abusos das autoridades, homem que acha sempre razão em quem está de cima e não parece ameaçado de cair, eu empenhei-me em ver se chamava aos conselhos da sabedoria o compadre Paciência e propus-lhe que escrevesse ao escrivão, dando-lhe humildemente plenas satisfações e pedindo-lhe perdão de tudo quanto se passara.

Trabalho inútil!... O cabeçudo compadre meteu os pés à parede e durante três dias fez loucuras tais que receei vê-lo processado e condenado como conspirador.

Em três dias requereu o bom do homem tudo quanto podia requerer, subindo, em escala ascendente, desde a

34 O artigo 179 da Constituição de 1824 afirma: "A inviolabilidade dos direitos civis e políticos dos cidadãos brasileiros, que tem por base a liberdade, a segurança individual e a propriedade, é garantida pela Constituição do Império".

35 É assim que se faz referência, desde *A carteira de meu tio*, à Constituição do Império, para sublinhar o esquecimento a que estaria relegada no país.

nota de culpa[36] até o *habeas corpus*,[37] e adubando cada requerimento com as competentes réplicas e tréplicas; mas o juiz jogava o *lansquenet*[38] com o escrivão e uma dúzia de amigos, e conforme ganhava ou perdia, despachava com um epigrama ou com um insulto.

Por último o compadre perdeu de todo a cabeça e agravou, e como então já estivesse com a vara um substituto, lavrou este o seguinte despacho ditado pelo escrivão: "Agravante é o agravado; seja também processado pelo crime de que trata o art. 95[39] do código criminal; e dobre-se a guarda da cadeia; porque o réu é audaz e capaz de tudo".

E dobrou-se com efeito a guarda da cadeia, sendo para esse serviço destacados por quinze dias vinte guardas nacionais[40] do partido contrário ao do juiz e do escrivão.

36 Documento que deve ser entregue, no prazo de vinte e quatro horas, ao preso, em caso de flagrante, contendo o motivo da detenção e os nomes das testemunhas e daquele que o conduzirá.
37 Garantia em favor de quem sofre coação ou violência na sua liberdade de locomoção ilegalmente ou por abuso de poder. O direito ao *habeas corpus* fora instituído, no país, pelo Código de Processo Criminal, de 1832.
38 *Lansquenet* (que Macedo grafa *lasquenet*): um tipo de jogo de cartas, inspirado no *na'ib* árabe, difundido na Europa no século XVI.
39 O artigo 95 do Código Criminal do Império do Brasil, lei de 16 de dezembro de 1830, refere-se ao "crime contra o livre exercício dos Poderes Públicos" e determina "pena de prisão com trabalho por quatro a dezesseis anos" ao "opor-se alguém diretamente e por fatos ao livre exercício dos Poderes Moderador, Executivo e Judiciário, no que é de suas atribuições constitucionais".
40 Às Guardas Nacionais, criadas por lei de 18 de agosto de 1831, atribuía-se a função de "defender a Constituição, a Liberdade, a Independência e a Integridade do Império; manter a obediência às leis, conservar ou restabelecer a ordem e a tranquilidade públicas, ajudar o exército de linha na defesa das fronteiras e das costas".

Apesar das minhas relações com o compadre Paciência, devo confessar que me pareceu tudo isso muito conveniente, moralizador e político: muito conveniente, porque a autoridade policial ou judiciária nunca deve recuar do que faz, a fim de não indiciar que erra, imitando daquele modo o poder executivo que tem sempre a infalibilidade do papa; muito moralizador, porque essa opressão dos réus importunos, replicantes, treplicantes e agravantes, é, embora com sacrifício das imprudentes garantias estabelecidas nas leis, um meio seguro de disciplinar o povo, e ensiná-lo a reconhecer que a autoridade sempre tem razão: muito político enfim, porque o compadre Paciência é liberal emperreado e a exagerada tolerância com os emperreados de qualquer cor política é quase sempre funesta e provocadora de revoluções.

Nunca a ordem pública deixou de ganhar, quando se pode ver um liberal[41] nas grades de uma cadeia. A cadeia é a melhor escola de desenganos políticos que se pode imaginar; e os liberais, como pássaros que cantam muito ao povo, merecem ficar de vez em quando na gaiola.

Notai bem que eu não quero a proscrição absoluta dos liberais: pelo contrário, considero-os até de alguma utilidade, como espantalhos, e instrumentos de ameaça contra outro qualquer partido; mas o que se torna indispensável é uma vez por outra cortar-lhes as asas, e em caso nenhum admitir no poder exclusivamente loucos tão perigosos.

Debaixo, mas sempre debaixo, os liberais podem servir ao Estado: eles têm o direito das esperanças; suas

41 Lembre-se que Macedo militava no Partido Liberal, tendo sido deputado provincial, de 1854 a 1859, e deputado geral, pelo Rio de Janeiro, na Assembleia Geral Legislativa, em 1864-6, em 1867-8 e em 1878-81.

esperanças porém devem ser, sem que eles o percebam, as das cebolas do Egito.[42]

Declaro por honra e glória do meu nome que, durante três dias, prestei ao compadre Paciência todos os bons ofícios de amizade compatíveis com a segurança e bem-estar da minha pessoa: tive paternal cuidado da mula-ruça,[43] a quem mandei dar de milho e capim rações iguais às que recebia o cavalo de meu tio; e fui além, tive a coragem de mandar servir pão de ló e excelente vinho ao enfezado preso; soube porém logo depois que em observância do regulamento especial da cadeia daquela vila, que não permite a entrada de doces nem de bebidas alcoólicas na enxovia, o escrivão comia o pão de ló, e o carcereiro bebia o vinho, donde concluí que também em observância de qualquer outro regulamento que em todo caso respeito, era natural que o cavalo do escrivão comesse o milho, e o burro do carcereiro comesse o capim da mula-ruça do meu compadre.

Eu julgo até muito regular que o cavalo do escrivão e o burro do carcereiro comessem à custa da mula-ruça: em fato de comer à custa alheia, quando uma autoridade come, o pecado da gula se estende, pelo contágio do exemplo, aos fâmulos e ainda ao gato e ao cãozinho da casa; e desde que comem, o pão de ló e o capim não estabelecem diferenças, cavalo e burro, escrivão e carcereiro são iguais pelo mais delicioso dos pecados.

42 *Chorar pelas cebolas do Egito*: "sentir saudades do passado, embora se tenha sido, então, pouco feliz" (Antenor Nascentes).

43 A referência à mula-ruça do compadre Paciência envolve, desde *A carteira de meu tio*, certa desqualificação humorística de seu companheiro de viagem por parte do sobrinho-narrador. Pois se dizia à época "doutor da mula-ruça" de alguém que se fazia passar por sábio sem o ser.

Tenho ouvido dizer que debaixo deste ponto de vista a mula-ruça do meu compadre tem às vezes suas semelhanças com o serviço do Estado; mas em tais casos o pão de ló e o vinho não descem às humildes goelas dos escrivães e dos carcereiros.

Estava eu pois em apuros e em filantrópicos trabalhos por causa das exaltações políticas do compadre Paciência, quando na noite do terceiro dia chegou-me a toda pressa um portador com a notícia de que meu venerando tio se achava às portas da morte, e queria abraçar-me antes de passar à eternidade.

A primeira impressão que me causou esta notícia foi na verdade dolorosa: confesso a minha fraqueza que importa uma falha na comodíssima filosofia do egoísmo: é que meu tio tinha sido sempre bom para mim; em breve porém refleti que ele era muito rico e que, por sua morte, eu devia contar com a herança de toda sua fortuna: ora é positivo que a perspectiva, ou, melhor, a certeza de uma grande herança, é a mais suave consolação para as aflições do herdeiro.

Palavra que em dez minutos me achei perfeitamente consolado, e nem quis exprimir lágrimas diante do portador, calculando que me era conveniente poupá-las para o caso de encontrar meu tio ainda vivo e ser então indispensável que eu chorasse muito à vista dele.

Talvez haja quem me chame, pelo que acabo de dizer, coração de pedra, monstro e ainda muitos outros nomes feios: pois que chamem! É que nem todos são francos e transparentes como eu; juro porém que fico muito aquém de não poucos homens sérios que já conheço, e que são capazes não só de não chorar pelos tios que morrem, mas até de atraiçoar, ou de vender os tios que vivem.

Entretanto não havia que hesitar: escrevi uma carta ao compadre Paciência, dando-lhe parte do acontecimento e prometendo-lhe mundos e fundos; mandei selar o ruço-queimado; e fazendo pôr à mesa uma farta ceia, comi tanto, como certos beneméritos da pátria que devoram imensa empada da — ajuda de custo extraordinária — posta por condição ao serviço que lhes pede o governo.

Satisfeitas assim as exigências da barriga, que em todas as circunstâncias devem estar em primeiro lugar, pus-me a caminho.

Convenho em declarar que me preocupava um pouco a ideia de chegar cedo demais, e de assistir a uma cena de agonia; mas eu tinha depositado bem fundadas esperanças no ruço-queimado; admirável cavalo! Não mentiu à sua bem merecida reputação: é um cavalo sério, moroso, inalterável, contemporizador, paciente, como alguns diplomatas do meu conhecimento: é um animal estupendo, raro, que só por erro da natureza saiu cavalo: se não fosse o andar de quatro pés, o mesmo fato de nunca rinchar, e não poder falar, podia assegurar-lhe os mais altos destinos da diplomacia.

Eu hei de imortalizar esse cavalo que tem incontestável direito à minha, e, como alguns outros, à pública gratidão.

Gastamos quase dous dias de viagem para chegar à casa, e quando chegamos, o meu respeitável tio já não estava nela: havia vinte e quatro horas que tinha sido sepultado.

Achei a casa cheia de parentes, e aberto sobre uma mesa o testamento de meu tio. Não sei como pude resistir ao ímpeto de atirar-me ao testamento: foi uma das mais violentas lutas que tenho tido em minha vida; mas resisti! E resisti brilhantemente: salvei todas as aparências. Apresentaram-me o desejado papel... repeli-o com ambas as mãos e desatei num berreiro que comoveu a parentela toda.

Reconheci naquela hora suprema que eu tinha nascido para ser um figurão no teatro político: um homem que assim se domina, que, devorado da sede da herança, simula tanta indiferença por ela, e que perfeitamente consolado desata em furioso berreiro, nunca achará dificuldade em ser Graco[44] de comédia ou Catão[45] de carnaval.

Todavia a veemência da dor não podia prolongar-se muito: enquanto gritava e soluçava, calculei o tempo que devia chorar, e mitiguei pouco a pouco e decentemente o pranto: dobrei-me enfim às consolações dos parentes, e cedendo às suas instâncias, li o testamento.

Ah! que ilusão e que desengano!... Meu tio era um homem que não sabia fazer as cousas; ou que as sabia fazer a preceito; pois logrou-me de um modo revoltante: arrependi-me de haver chorado tanto: aconselho aos sobrinhos que não desatem a chorar pelos tios que morrem, sem que primeiro saibam quanto lhes deixam em testamento esses parentes. A expressão da dor deve estar na razão direta da herança que se vai receber e gozar.

Ataquem embora os escrupulosos esses princípios como imorais e indignos: defendo-me plenamente com duas palavras: não quero fazer escola; já achei a escola feita; sigo as lições dos mestres, e o único pecado de que me acuso é o de me escaparem às vezes certas franquezas, que rasgam a capa da hipocrisia dos chefes da escola e os deixam com os senões à mostra.

O tal velho liberal, o adorador da defunta que nunca viveu, meu tio, enfim, deixara uma fortuna de trezentos contos de réis, e em vez de me declarar seu único herdeiro, que era o que eu esperava, cometera o incrível abuso de deixar a sua terça a uma sobrinha muito pobre chamada Francisca, legara-me apenas cento e cinquenta

44 Macedo refere-se aos Gracos: Caio Semprônio Graco (154--121 a.C.), e seu irmão, Tibério Semprônio Graco, morto em 133 a.C., tribunos romanos que lutaram por maior justiça social.
45 Marcus Porcius Cato (234-149 a.C.): político, orador, censor, que lutava contra o luxo, em prol das virtudes romanas tradicionais.

contos de réis, e os cinquenta restantes repartira em loucos legados por não sei quantos parentes!...

Achei-me portanto despojado de trezentos e setenta e cinco mil cruzados!...[46] Dei solene cavaco.[47] Em regra eu deveria ter chorado metade do tempo que levei a chorar. Foi um erro enorme de cinquenta por cento em lágrimas.

Mas o engraçado, o curioso é que meu tio ainda deixava a minha herança dependente de uma condição, que se compunha de três condições!

Os velhos cabeçudos têm ideias que fazem vontade de rir!

Eis aqui a sublime verba testamentária condicional que seguia logo a declaração do legado:

"Como porém desejo que o meu principal herdeiro seja digno de mim e honre com o seu proceder em relação ao Estado a minha memória, declaro que não só recomendo e exijo em nome da pátria e de Deus, que esse meu principal herdeiro o meu sobrinho F... (*e vinha estirado o meu nome todo*) cumpra à risca os seus deveres de cidadão, como ainda muito precisa e terminantemente determino que ele, em presença pelo menos de três parentes, jure, pondo a mão sobre o livro dos Santos Evangelhos, que na vida política e no exercício de cargos públicos e de posições políticas observará sempre e religiosamente os seguintes preceitos:

"Primeiro: nunca se afastará da Constituição do Império.

"Segundo: será leal ao partido político a que se achar ligado e não mudará de partido sem fortes razões de consciência.

46 Moeda de quatrocentos réis. Réis: plural de real, a unidade convencional do sistema monetário luso-brasileiro à época. Hoje a moeda também é o real mas o plural é reais.
47 Dar mostras de aborrecimento.

"Terceiro: nunca, e sob pena de maldição lançada por mim da eternidade, se venderá, ou venderá o seu voto a ministério algum.

"E se o dito meu sobrinho não se quiser sujeitar a este juramento e condição, ficará privado da herança, a qual se dividirá proporcionalmente pelos outros legatários, com exceção da herdeira da minha terça".

Para provar que meu tio estava doudo, quando escreveu seu testamento, eu não precisava de melhor testemunho do que o que apresentava semelhante extravagância testamentária; mas está visto que apesar do prejuízo dos trezentos e setenta e cinco mil cruzados eu não podia pensar em propor nulidade de testamento.

O tal amor da liberdade e da Constituição quando chega ao grau de mania é a mais perigosa de todas as loucuras. Decididamente meu tio morreu louco furioso.

Em suma eu tinha ficado com um logro de cinquenta por cento; era porém indispensável mostrar boa cara, e não dar sinais de ressentimento: a minha atitude serena tornava-se todavia cada vez menos sustentável: desapontamento por logro em matéria de herança é cousa que transpira até pela ponta do nariz na cara de um egoísta.

A viagem me havia estafado; a choradeira fingida e forçada ainda mais; as verbas testamentárias exigiam reflexões, e, peior que tudo, eu sentia uma fome de ganhador político, que por erro de cálculo declarou-se em oposição antes de tempo; realmente porém sou homem de recursos: tive uma inspiração, simulei uma ligeira síncope... acudiram-me... tornei logo a mim, e queixei-me de fraqueza: a boa ou tola gente que me cercava deixou-me ir para o meu quarto, para onde logo me mandou um peru assado, pão, e vinho.

Vinguei-me no peru: devorei-o todo.

***

Achei-me nas melhores condições para pensar fria e refletidamente.

Eu não tinha mais fome, e o meu estômago deixava portanto em liberdade a minha alma.

Deitei-me: a minha cabeça pousou suavemente no seio dos bons conselhos.

Com perdão dos senhores conselheiros de Estado, o melhor conselheiro é o travesseiro.

Senti que estava a meu gosto, que estava só, livre, independente e com a cabeça no meu travesseiro.

Por que é que o travesseiro é o melhor conselheiro?

É porque a sós, sem testemunhas importunas, o homem com a cabeça encostada no travesseiro, com o corpo suavemente abandonado às delícias de um fofo colchão e de frescos lençóis de linho, pode muito a seu gosto ouvir as três vozes, e conversar com as três misteriosas faladoras, que lhe falam de dentro do seu ser, e pode apreciar qual dessas vozes deve ser mais ouvida, qual delas dá conselho mais de harmonia com a vida real deste mundo, e não com a vida do mundo dos poetas, que levam os homens aos trambolhões pela estrada dos desenganos.

E que há três vozes que nos falam de dentro de nós mesmos, não tenho dúvida alguma.

Há a voz da consciência, como a chamam os padres, e, segundo eles, voz do dever que impõe, ou do remorso que pune, e, em uma palavra, mas ainda segundo os padres, voz de Deus falando na alma do homem.

Há a voz do coração, como a denominam os poetas, e, no dizer deles, a voz do sentimento, voz dos anjos sempre generosa e pura dos interesses e das misérias da terra.

E há a voz da razão fria e positiva, voz humana que fala às realidades da terra e da vida, e que é luz que guia os homens nas sombras atrapalhadoras da viagem deste mundo.

Eu tenho opinião formada sobre estas três vozes.

A voz chamada da consciência é uma voz artificial criada pela educação perniciosa da infância, voz que nasce das histórias do tutu[48] e da mãe-d'água[49] — que as amas contam aos meninos para fazê-los dormir, e que se desenvolve depois pela influência das caraminholas pregadas pelos padres que dos púlpitos nos falam dos tormentos do purgatório e do inferno, como se no purgatório e no inferno tivessem eles por muitos anos morado.

A voz da consciência é uma tremendíssima peta, que nos causa grandes atrapalhações neste mundo: é um tambor de criança malcriada, é um martelo de latoeiro incansável, é um discurso eterno de oposição enfezada, é um incessante grito de araponga que não se pode suportar: a consciência é uma velha rabugenta que tem sempre de que ralhar.

Eu entendo que não se deve fazer caso da consciência.

A tal voz do sentimento, além de igualmente perigosa, é estúpida. O sentimento é cego, e portanto o peior dos condutores: dizem que é a voz inocente e pura do coração em que fala o sentimento que pode salvar o homem diante de Deus, e por consequência salvá-lo no céu; pois ainda que assim seja, não quero saber das purezas do sentimento que salva o homem no céu depois de deitá-lo a perder na terra: também asseveram que a voz do coração é a voz dos anjos; mas os fatos provam que há casos em que tudo indica que o diabo entra no coração, e torna este mundo um inferno para o homem.

Eu já me habituei a examinar e julgar tudo debaixo do ponto de vista político, e é boa regra, porque o bom e o mau são necessariamente bom e mau tanto na vida particular, como na vida pública: duas moralidades diversas são duas grandes mentiras: é preciso que o homem se sujeite ao absolutismo da verdade: o tolo, o escrupuloso na vida particular, é tolo e escrupuloso na vida pública, não há distinção possível.

48 Bicho-papão.
49 Iara.

Que papel faria um homem político, um estadista, se desse ouvidos à voz da consciência ou à do coração, à voz do dever ou à do sentimento, à voz de Deus ou à dos anjos?... Supondo verdadeiros todos esses qualificativos das duas vozes, seguir-se-ia que o homem todo ocupado de Deus e dos anjos, do dever ou do sentimento, esqueceria as realidades deste mundo e os homens, e faria governo e política para o reino dos anjos, e dos poetas, para o paraíso e para o mundo da lua!

Ficávamos arranjados aqui na terra.

Nada: deixemo-nos de santidades e de poesias: a cousa como vai, vai bem: o dever é uma peia, o sentimento uma fraqueza, talvez uma cousa ignóbil: o homem não deve ter consciência, que é entidade abstrata, e não real, e deve ter coração só por duas razões: primeiro, porque o coração é indispensável, segundo os fisiologistas, para a circulação do sangue e para a vida: segundo, porque o coração é uma víscera que pela posição que ocupa no corpo humano fica exatamente por baixo da algibeira, onde se recolhe o dinheiro, e consequentemente anistiado dos crimes do sentimento, afidalgado, sublimizado enfim pelas condições de contiguidade, ou pelo menos de vizinhança da bolsa que é, ainda mais do que a peça de artilharia, a soberana do mundo.

Eu portanto condeno a consciência, e se absolvo o coração é somente em homenagem à notável circunstância atenuante de senti-lo palpitar por baixo da algibeira.

A voz da razão... essa sim!

Mas não haja confusão de ideias: a voz da razão, ao menos cá para mim e para muita gente mais, quer dizer pura e simplesmente a voz do espírito refletido que anuncia ao homem o que mais lhe pode convir nas circunstâncias e no correr da vida: é a voz prudente, previdente do egoísmo, que dança conforme toca a música do interesse, que canta em todas as claves a solfa das conveniências; é a voz cuidadosa, cautelosa, calculista que dentro do homem brada ao homem "Sentido! Não te deixes levar pela honra se não queres afundar-te na pobreza! — Olha! Finge agora obedecer cegamente aos preceitos do dever, porque desta vez o dever está em harmonia com o teu interesse! — Agora não! Atira com o dever para trás das costas, desata a rir dos melindres do pudor, e arranja os teus negócios sem cerimônia".

Há quem sustente que esta voz, que eu chamo de razão, é a voz da desmoralização, ou, melhor, é a voz do diabo: não sei; tudo pode ser; mas se é a voz do diabo, metade, pelo menos, da gente que mais figura na minha terra, está com o diabo no corpo ou segue os avisos do diabo.

Não quero entrar nesta questão: basta-me saber que a consciência é incômoda, que o sentimento é trapalhão, e que a razão, que é o egoísmo, me felicita, ou, em caso extremo, me inspira recursos que diminuem o mal que me sobrevém.

Oh travesseiro! Oh minha ninfa Egéria![50] Consciência pela janela fora, sentimento posto de reserva para as cenas artificiais com a parentela amanhã — fiquemos a sós com o egoísmo: oh Egéria! Faze-me ouvir a voz das minhas conveniências materiais!

Pus em discussão o testamento de meu tio.

Era ordem do dia obrigada.

Pedi a palavra pró e contra ao mesmo tempo.

Não se admirem: nas câmaras já tenho ouvido oradores da maioria falarem pró e contra a mesma ideia no mesmo discurso, conforme o sorriso ou a careta do ministro que assiste à discussão, e o fato é muito justificável, porque ao sorriso ou à careta de um ministro prende-se às vezes todo o futuro de um deputado da maioria.

50 Ninfa cujo culto se achava ligado ao da deusa Diana. Divindade das fontes, das mulheres e dos escravos, de grande popularidade sobretudo entre a plebe romana. Dizia-se ter sido a conselheira do rei Numa.

Pedi pois a palavra pró e contra o testamento de meu tio.

E comecei a falar ao meu travesseiro, ou a repetir o que me dizia o travesseiro.

O testamento de meu tio continha três absurdos.

Primeiro absurdo: a terça legada à prima Francisca.

Segundo absurdo: os cinquenta contos[51] legados aos outros parentes.

Terceiro absurdo: a condição que me era imposta.

Que remédio porém?... No nosso parlamento tem-se observado que se reconhecem absurdos em um projeto, e no entanto se vota pelo projeto por amor de pretendidas necessidades públicas: adoto o exemplo parlamentar: reconheço que é absurdo o testamento de meu tio; mas voto por ele em consideração das mais altas conveniências da família, isto é, em atenção aos meus cento e cinquenta contos.

A primeira questão acha-se resolvida: está adotado o testamento de meu tio.

Passemos aos detalhes.

Começarei pela condicional.

A condição imposta por meu tio para se realizar a minha herança tem um travo de fel, e um grave comprometimento para mim.

O travo de fel está na manifesta desconfiança da minha probidade; esta ponderação, porém, não pode ter consequências: engulo o fel, e finjo que não entendo a história: estou pronto a dar a todos os meus parentes o direito de desconfiarem de mim, com a condição de me deixarem legados em seus testamentos.

Ande eu quente[52] e ria-se a gente.

51 Um conto de réis equivalia a um milhar de mil-réis.

52 A expressão “andar quente” parece significar, aí, “andar alegre”, “estar na sua maior influência, no melhor grau de aproveitamento” (cf. Caldas Aulete).

O grave comprometimento está na observância dos três preceitos da célebre condição.

Sem dúvida cento e cinquenta contos fazem o princípio de uma fortuna; mas os malditos três preceitos vêm embaraçar desastradamente o desenvolvimento e aumento dessa fortuna: de uma vez por todas declaro que não quero aviltar-me com o trabalho, e que calculo explorar a mina abundantíssima da política; não sou peior que muitos outros que têm enriquecido, *dedicando-se* ao serviço do Estado: francamente: eu desejo arranjar vida esplêndida, mamando nas tetas do tesouro público e, ainda mais, aproveitando a influência de uma alta posição oficial para ganhar dinheiro, que é o essencial e a grande realidade da vida.

Como porém chegarei a realizar este sublime *desideratum*, vivendo grudado com a Constituição do Império, sendo leal ao partido a que me ligar, e nunca me vendendo a ministério algum?...

Meu tio era um homem sem consciência.

Que me cumpre fazer? Desistir da herança? Nessa não cai o sobrinho de meu tio.

É indispensável aceitar e não cumprir a condição.

O juramento sobre o livro dos Santos Evangelhos é o menos: quem hoje dá importância a semelhante banalidade? Perguntai aos deputados de uma legislatura nova o que juraram quando todos depois do primeiro, que gaguejando lê materialmente todo o juramento, vêm um por um e de joelhos, pondo a mão no livro dos Santos Evangelhos, vão dizendo: "Assim o juro". Perguntai-lhes: o que juraram? Poucos dentre eles o sabem, e todavia ficam todos sendo augustos e digníssimos juramentados, e há quem diga que durante quatro meses em cada ano do quatriênio, muitos deles perjuram como testemunhas falsas, e são infiéis à pátria como Judas foi infiel a Cristo.

O juramento sobre os livros dos Santos Evangelhos

não me cria embaraço algum; a minha escola política admite e considera o juramento como um meio de mais para enganar os tolos.

Mas os três preceitos tão clara e positivamente estabelecidos?... Em todo caso é preciso salvar as aparências: é preciso ver como poderei sofismá-los de modo a impor silêncio aos meus detratores futuros.

Primeiro: nunca me afastarei da Constituição do Império.

Deste estou salvo: eu sou materialista, e devo entender e explicar tudo debaixo do ponto de vista material. Trarei sempre no bolso do *paletot* a Constituição do Império: assim nunca me afastarei dela, e nem por isso serei obrigado a respeitar os seus princípios e disposições. Os ministros de Estado também conservam religiosamente nas suas mesas a Constituição do Império, e entretanto fazem dela gato e sapato.

Estou arranjado com o primeiro preceito: vamos aos outros.

Segundo: serei leal ao partido político a que me achar ligado e não mudarei de partido sem fortes razões de consciência.

Este preceito é estúpido: há sempre fortes razões de consciência para um ganhador político mudar de partido. Eu conheço não um, mas uns poucos de patriotas como eu, que têm jurado bandeira em todos os partidos e em todas as facções desta nossa terra, que são sempre ministeriais em anos de eleições, e sempre depois das eleições quando os governos repartem com eles o pão de ló do tesouro, e que ostentam tanta lealdade e firmeza, como os mártires da fé.

Por mim eu adoto o preceito de meu tio e vou ainda além dele: protesto que nunca hei de mudar de partido; porque eu sou do glorioso partido do meu eu: a minha bandeira está hasteada nas minhas conveniências: nas grandes lutas o meu penacho de Henrique

IV[53] será sempre o meu interesse. Malditos sejam os políticos volúveis: eu sou firme: não mudo, e nunca mudarei de partido.

Chego ao último preceito.

Terceiro: nunca, e sob pena de maldição lançada da eternidade por meu tio, me venderei, ou venderei o meu voto a ministério algum.

Este preceito é que seria capaz de deitar-me a perder! Para mim e para os da minha escola equivale a um *homicídio político.*

Façam de conta que eu me apresento candidato a deputado: estava arranjado com o tal preceito! O preceito quer dizer polícia contra mim; polícia contra mim quer dizer — candidatura perdida!

Meu tio era um maníaco que via o sol à meia-noite, e não o via ao meio-dia.

E suponhamos que apesar da polícia, eu era eleito deputado: estava arranjado com o tal preceito! Preceito seria para mim a transformação de câmara em tormento de Tântalo,[54] seria o pão de ló a cheirar e eu morto de fome a jejuar! O preceito seria o dístico escrito por Dante na porta do inferno, e para mim transcrito na porta da câmara: "*Lasciate ogni speranza...*".[55]

53 Henrique IV (1553-1610): rei da França (1589-1610) e de Navarra (1572-1610). Alusão à recomendação que fez aos combatentes antes da batalha de Ivry, para que seguissem o seu penacho, pois ele estaria sempre no caminho da honra e da vitória.
54 Rei da Lídia e da Frígia que, depois de perder a confiança dos deuses, receberia castigo exemplar. Segundo algumas versões do mito, ficando preso sob um rochedo sempre prestes a esmagá-lo; segundo outras, com água até o pescoço que, no entanto, escapa quando tenta bebê-la; segundo outras, ainda, ficando próximo de um galho cheio de frutas, mas estas sempre lhe fogem das mãos ao tentar pegá-las.
55 "*Lasciate ogni speranza voi ch'entrate*" ("Deixai toda esperança, vós que entrais"): palavras que se acham gravadas

Não; isso não: isso é demais: não me submeto a semelhante sacrifício do meu futuro.

É preciso sofismar este louco preceito...

Ah! perfeitamente! A ideia não é original; mas serve-me, e é ideia salvadora: o aluguel não é compra: o alugado não se vende.

Protesto e juro que nunca me venderei a ministério algum; fica-me porém o direito de me alugar a todos os ministérios.

Oh meu venerando tio! Abençoa-me da eternidade: eu aceito a condição que me impuseste para receber a herança dos cento e cinquenta contos! Eu cumprirei à risca, e conforme os entendo, os três preceitos da tua sabedoria!

Abençoa-me, e não condenes os meus sofismas! Olha lá do alto da eternidade para a terra que deixaste, e verás que, mais franqueza menos franqueza, mais hipocrisia ou menos hipocrisia, os Sobrinhos de Seus Tios abundam tanto, e pensam e praticam tão uniformemente que eu seria um famosíssimo tolo, se quisesse ser exceção.

Consola-te do logro que te vou pregar, oh venerando finado! Consola-te com o Brasil; porque o Brasil é um tio velho e rico, cercado, atropelado de sobrinhos que o devoram, que o reduzem à miséria, e que se dizem patriotas, sem dúvida porque se consideram donos ou proprietários da pátria.

Assim pois a terrível condicional do testamento ficará plenamente satisfeita, desempenhada em todas as três partes de que se compõe.

Livre desse pesadelo que me afrontava, voltei o meu espírito para os outros dous absurdos testamentários, e comecei pelo mais grave que era a terça legada à senhora minha prima.

Bem se diz que a mulher é a desmancha-cálculos do

---

no alto da porta do Inferno, na *Divina comédia*, de Dante Alighieri (1265-1321) (*Inferno*, canto III, v. 9).

gênero humano: nos meus cálculos de herança eu não tinha contado com a mulher e por isso espichei-me[56] redondamente.

De volta da Europa não me lembrara de procurar os parentes que não me visitaram, e nem uma só vez me encontrei com a prima Francisca, que vivia com sua mãe depois que saíra do colégio, onde meu tio a fizera receber mais instrução do que qualquer homem de juízo se lembraria de dar-lhe.

Devo declarar que desde os mais tenros anos antipatizei com esta minha fatalíssima parenta.

A prima Francisca era filha de um irmão de meu tio; estava portanto nas mesmas condições em que eu me achava, com a diferença que ainda muito criança perdeu o pai; mas ficou-lhe a mãe; e eu também ainda muito criança me acharia só no mundo, se não fora meu tio que, sempre escravo de certas regras de justiça que ele arranjava para si, entendeu que me devia amar na razão dupla do amor com que amava a sobrinha, que ainda tinha mãe para amá-la outro tanto.

Do pai que lhe morrera não herdou a senhora minha prima um real: não houve na sua casa trabalho algum com a execução do testamento, nem com o inventário; porque o finado não tivera que testar, nem deixara que inventariar: o que ele deixou no mundo para lembrança de seu nome foi a mais infeliz, a mais nociva de todas as lembranças; foi a filha, que estava destinada para usurpar-me a terça de meu respeitável e maníaco tio.

Que asneira um homem pobre ter filhas que vêm depois embaraçar a fortuna dos primos! A tal menina era uma orfãzinha sem vintém,[57] que devia ter entrado logo para um convento a fim de não pesar no mundo.

56 Errar, enganar-se.

57 Antiga moeda de cobre equivalente a vinte réis. A de quarenta réis chamava-se pataco e a de cem réis, tostão. Quanto à expressão “sem vintém”, i.e., “sem dinheiro”, é usada até hoje.

Eu sempre pensei assim; nunca porém me animei a propor a minha ideia com receio de que por idênticas razões me destinassem para frade; porque eu também fiquei logo na primeira infância órfão de pai e mãe, órfão igualmente sem vintém, e foi meu tio que tomou conta de mim, como já disse.

O infortúnio e a caridade reuniram muitas vezes e por muitos dias os dous órfãos na casa de meu tio: a prima Francisca, três anos mais moça que eu, estava como eu igualmente em um colégio, e nas férias meu tio nos passava exame e achava sempre de que ralhar conosco; a menina porém inventava tantas e tão originais desculpas para os seus erros que o velho acabava rindo-se com ela.

A minha ojeriza com a prima não nasceu daí, mas de motivos muito mais ponderosos: tendo muito melhor vista do que eu, ela sempre me deixava logrado, quando procurávamos frutas, correndo pelo pomar; na distribuição de doces e confeitos recebia os melhores e creio que maior porção com os seus direitos de mais moça e de menina; e no caso em que o objeto digerível era um só, e não se podia repartir, quem comia era ela; e eu ficava a olhar.

Mas o que principalmente determinou a minha invencível antipatia foi o seguinte fato que a muitos pode parecer insignificante e pueril e que para mim é ainda hoje de grande significação moral. Um dia estávamos a brincar; a prima descobriu três ovos no galinheiro, e deles imediatamente nos apoderamos, seguindo-se porfiada disputa entre nós: eu queria ficar com dous ovos, e ceder-lhe um, e ela reclamava precisamente o contrário: furioso e receando vê-la ir procurar meu tio para juiz da causa, exclamei:

— Pois vou quebrar todos os três ovos!

— Não; gritou ela: eu tenho uma boa ideia!

— Qual?, perguntei.

— Vamos fazer um pão de ló.

Não é de hoje: desde criança eu sempre fui doudo por pão de ló: aprovei a ideia com entusiasmo, e, ainda me lembra, fui eu que bati os ovos! Fui eu que tive o maior trabalho! Depois a prima ordenou a uma escrava que pusesse o pão de ló no forno, e no fim de pouco tempo do forno o vi sair inchado, cheiroso, provocador!...

Meus olhos brilhavam, minha boca abria-se instintivamente... eu já estendia a mão para receber o meu pedaço...

— Espere: deixe esfriar, disse-me a prima.

Esperei: o pão de ló esfriou e ela tornou-me:

— Vá buscar dous pratos e dous talheres.

Obedeci, correndo: voltei nas asas da gula; mas chegando, deixei cair os pratos no chão, e soltei um grito de desespero!

A prima tinha comido todo o pão de ló, e ainda com a boca cheia ria-se de mim!

Nunca mais lhe perdoei este atentado.

A minha antipatia se baseia pois em motivos graves e sérios; provém exclusivamente de questões que interessam ao direito de comer, e sobretudo à mais triste das desilusões em matéria de pão de ló, que é um doce eminentemente político e governamental. Eu não perdoo a quem perpetra contra mim um crime de *lesa-barriga*.

Desde aquele dia sinistro rompi com a prima, achei-a desengraçada, fria e insuportável. Não me censurem, não me acusem: a prática do mundo absolve meu justo ressentimento: o pão de ló varia conforme as idades, as posições e as condições do homem; mas no fundo é sempre pão de ló: examinai os fundamentos de certos pronunciamentos inesperados de oposição no grande mundo político, e vereis que a oposição deste se explica por ter ficado de fora na organização de um ministério novo; a daquele porque não o contemplaram candidato em uma eleição de senador; a daquele outro porque não lhe deram a presidência da província que almejava, e assim por diante, e por fim de contas sempre caso de pão de ló.

Portanto eu tive as melhores razões para declarar-me em oposição à minha prima.

E agora ainda muito mais porque ela se transformou em gólfão que me absorveu cem contos de réis: que pão de ló!...

E não há meio de disputá-lo: o testamento de meu tio é positivo...

Cem contos de réis! Com os meus cento e cinquenta contos fariam duzentos e cinquenta contos, isto é, trinta contos de renda anual ou talvez mais, renda segura, limpa, deleitosa, sublimemente anual!

Aquela prima Francisca é um demônio de usurpação!

É verdade que com a minha fortuna de cento e cinquenta contos de réis, eu posso facilmente encontrar uma noiva, cujo dote... Oh travesseiro! Que ideia me sugeriste!

Por que a prima Francisca, o demônio da usurpação, não se poderia transformar em prima Chiquinha, em anjo de restituição?...

É possível, mas não é fácil nem provável que eu ache uma noiva com um dote superior a cem contos de réis; mas em todo caso mais vale um *toma* do que dous *te darei*.

Por que não me hei de casar com a prima Chiquinha?

Eu sempre chamei a prima — Sinhá Chica; mas depois da terça deixada por meu tio, ela tem incontestável direito a ser chamada Chiquinha.

A lembrança do pão de ló dos três ovos está completamente prejudicada pelo projeto do pão de ló dos cem contos de réis.

Nas câmaras os ministros clamam, quando lhes faz conta: "Esqueçamos o passado! Sacrifiquemos nossos ressentimentos pessoais e nossos ódios no altar da pátria!". Eu te direi o mesmo, oh Chiquinha! Sacrifiquemos nossas desinteligências e nossas brigas de crianças no altar do teu dote!

E, cousa célebre!, consultando a minha memória, que neste momento reproduz a meus olhos a imagem da Chiquinha aos quinze anos de idade, não posso deixar de reconhecer que ela era uma jovem encantadora e cheia de perfeições!

Eu creio que estou apaixonado pela Chiquinha. Decididamente devo casar-me com ela e ficam assim resolvidas todas as dúvidas e corrigidos todos os absurdos do testamento de meu tio.

Todos, menos o absurdo dos cinquenta contos legados a um formigueiro de parentes, e pela maior parte de parentas pobres, eu não teria dúvida de casar também com todas elas para reunir a quase totalidade do espólio; as leis porém o não admitem e é caso em que não há remédio senão obedecer às leis.

Mas para minha consolação basta-me a Chiquinha.

E não encrespai as sobrancelhas, severos moralistas e pretensiosos moralizadores da sociedade! Pensais que vou iludir uma donzela, fingir amor que não sinto, para casar-me, não com ela, mas com o seu dote? Estais muito irritados com isso?...

Fazeis-me rir!

Vós que me censurais, acabastes de almoçar com um mocetão que era pobre, há seis meses, e que improvisando ardente paixão por uma velha de setenta anos casou-se com ela da noite para o dia e, senhor dos milhões da noiva septuagenária, tem carros e palacetes, não lhe faltam amigos, e é já barão, ou sê-lo-á, se quiser, e quando quiser.

Vós louvais, admirais, elevais ao sétimo céu a honestidade de caráter e as virtudes exemplares daquele que, sentindo-se perdido de amor com a notícia da existência de uma herdeira de algumas centenas de contos, ajusta com um intermediário um casamento sacrílego, dá-lhe cinco ou dez contos de molhadura,[58] e consegue assim casar com uma mulher a quem nunca vira, e por quem nunca fora visto.

58 Gorjeta.

Vós que me condenais, já perdoastes, e já abraçastes aquele que, por amor de um avultado dote, prestou-se aos planos de uma família algoz, e fez-se algoz de uma donzela que amava, que dera o coração a um mancebo da sua escolha, e que no silêncio da noite, e diante do altar da violência, onde se profana o Cristo, foi obrigada a dar a mão de esposa ao especulador sem brio e a tornar-se escrava de um senhor sem honra...

Oh! não me censureis, nem vos metais nessas questões de casamentos-financeiros; porque a terça parte do vosso mundo vos pediria misericórdia, e apenas as vítimas, as santas mártires vos aplaudiriam em segredo, abafando com os véus do pudor os ecos com que seus corações responderiam aos vossos estéreis clamores.

E falemos agora a verdade, confessando a realidade do que se passa a nossos olhos, e dizendo as cousas como as cousas são.

Que diabo é a mulher na nossa sociedade?

Moça solteira é uma boneca, com que se brinca: diverte-nos, tocando ao piano, e dançando conosco na sala, e se não é simplesmente boneca, é uma infeliz que começa a desmoralizar-se passeando a conversar com desmiolados, que pensam ser cortesia namorar todas as moças.

Jovem casada calcula o futuro pela lua de mel e no fim de quatro ou seis meses se desengana, e passa as noites a chorar desenganos, enquanto o marido aplaude e namora as ninfas do Alcazar.[59]

59 Teatro voltado para a opereta francesa, inaugurado em 17 de fevereiro de 1859, no Rio de Janeiro, e dirigido por Joseph Arnaud até 1878. Ficava na rua da Vala (atual Uruguaiana) n°s 47, 49, 51. Macedo o descreveria severamente nas suas *Memórias da rua do Ouvidor*: “teatro dos trocadilhos obscenos, dos cancãs, e das exibições de mulheres seminuas, [...] determinou a decadência da arte dramática, e a depravação do gosto”.

Esposa e já mãe de família é a mais graduada escrava da casa; às vezes dizem que ela é rainha; mas é rainha que tem por cetro a chave da despensa.

Esta é a regra geral, e eu tenho o maior prazer em dar parabéns às exceções, que as há sem dúvida.

Mas quanto aos dotes e aos casamentos-financeiros eu sou fiel à minha escola política, que acaba de acender o meu amor pela Chiquinha.

A noiva rica é uma entidade altamente política, perde o seu caráter de mulher, e passa a instrumento material das grandezas do noivo: casa não pelo que vale por si; mas pelo valor que lhe dá o dinheiro que leva em dote: não importa que seja feia, malfeita, rabugenta, e sem juízo; o essencial é que seja rica: o seu merecimento não está nas perfeições do corpo nem do coração, está nos seus cofres; considerada debaixo do ponto de vista da gramática, o seu amor é uma oração incidente, o seu casamento uma oração subordinada, o seu dote a oração principal. Se morresse um dia depois de casada, e pudesse deixar, e deixasse toda a sua meação ao marido, não faria mal nenhum, e pelo contrário facilitaria ao viúvo a perspectiva e a esperança de um segundo casamento igual.

A noiva rica é o pedestal do monumento do noivo.

A noiva rica é, antes de casada, o plano, e depois de casada, o resultado de uma operação comercial: e o marido, em vez de escrever-lhe o nome no coração, escreve-lhe o dote no livro da receita.

Estas graves e muito verdadeiras considerações, em vez de aviltar, elevam a mulher, ao menos na opinião do sobrinho de meu tio; porque, sem que o saiba, sem que o pense, a mulher ou a noiva rica é quase sempre um agente comercial, um agente industrial, um agente político: creio que empreguei erradamente a palavra agente, direi melhor, é um capital que se obtém pelo casamento, capital que se emprega, e que se faz render para florescimento, aumento, e glória do marido.

Eu penso assim: esta é uma das grandes teorias da escola do egoísmo, e portanto...

E portanto estou apaixonado pela Chiquinha.

Amanhã começarei a bater a fortaleza e hei de conquistá-la. Agora vou dormir.

Oh travesseiro! Inspira-me belos sonhos! Eu quero sonhar com a Chiquinha.

II

Em que dou conta do sono que dormi e do sonho que tive: lamento a falta de dous estômagos no homem e faço considerações filosóficas sobre uma chávena de chocolate que me mandaram: abro a minha mala de viagem e não acho nela a *Carteira de meu tio*; encontro porém e destino a perpétuo sono, dormido no bolso esquerdo do meu *paletot*, a Constituição do Império, a quem dirijo um discurso patético e sentimental: saio do quarto, e pouco depois almoço prodigiosamente, ficando este almoço entre duas interessantes contemplações, a da prima Chiquinha na sala, e a do ruço-queimado na estrebaria.

Dormi um sono só, mas um sono que durou a noite inteira. Não sonhei com a prima Chiquinha; sonhei porém com o peru que eu tinha comido e que a minha imaginação me fez comer segunda vez, dormindo: achei-o delicioso, e compreendo agora quão grande foi o erro da natureza, esquecendo-se de fazer o homem ainda mais feliz pelo dom da ruminação; para os políticos gulosos seria isso um recurso admirável, porque enquanto fossem obrigados a estar em oposição ruminariam o que tivessem comido no tempo do seu ministerialismo, e teriam mais paciência para esperar por novo período de vacas gordas. Por esta ou por qualquer outra razão há homens que, vivendo principalmente pelos gozos da barriga, seriam capazes de vender qualquer das faculdades da alma para ter mais de um estômago, e fruir as delícias dos ruminantes.

Contra o meu costume despertei ao primeiro raio do sol. No dia que se segue a uma considerável alteração ou funesta ou próspera da vida, por força nos acordamos mais cedo. É principalmente uma felicidade da véspera que nos faz matinar no dia seguinte: é falso que os noivos que se amam façam exceção a este princípio, e que acordem muito tarde depois da noite do noivado: é peta: não creiam neles; despertaram ambos com as rosas da aurora e com o canto dos passarinhos; mas só às dez ou onze horas da manhã se lembraram de que deviam tomar a bênção aos pais e dar os bons-dias aos amigos.

Eu ainda não era mais do que candidato a noivo, e não tinha motivo algum para deixar-me ficar na cama acordado: até a minha natural preguiça, já muito abalada pelos cuidados e cálculos que absorviam o meu espírito, foi completamente vencida por uma chávena de chocolate que me mandaram trazer, apenas me sentiram desperto.

Sorri-me, reconhecendo que me estavam já tratando com a consideração devida ao herdeiro principal da casa. Aposto quanto quiserem que a Chiquinha, em honra da sua terça, também tomou chocolate; e não aposto, mas devo supor, que os herdeiros dos cinquenta contos tiveram de contentar-se com o simples café, recebendo os parentes não herdeiros cada um sua cumbuquinha de mate.

E depois destas e de outras censurem-me, porque sou egoísta, interesseiro, e porque anteponho a todos os vãos princípios de moral sempre e sempre o dinheiro, ou melhor, a riqueza.

Ponhamos de lado as cerimônias e confessemos que uns apenas soletrando, outros lendo correntemente, uns a gaguejar com vergonha infantil, outros a declamar com o mais ardente entusiasmo, neste assunto rezamos todos pelo mesmo breviário.

A sociedade tem para o pobre canga, carga e menoscabo.

E tem para o rico reverências, distinções, indulgência e chapéu fora até o chão.

Querem ver se isto é ou não verdade? Querem apreciar na história de todos os dias o abismo que separa o rico do pobre?

Venham comigo, e comecemos pela casa de Deus. Olhem que é a casa de Deus!

Sou um pobre operário; visto porém calça e jaqueta lavadas, e vou à pomposa festa do santo da minha devoção; quero entrar na capela-mor da igreja; mas esbarro com sentinelas às portas, que me repetem *on ne passe pas*,[60] e que à minha vista deixam passar um sujeito de casaca, relógio de ouro, e alfinete de brilhantes: e faz-se isso na casa de Deus, cujo filho que é o mesmo Deus feito homem escolheu os seus Apóstolos entre os mais pobres e humildes.

Querem ir à casa do governo?

Vejam! Dela sai muito consolada uma mulher com quatro meninos: é a viúva e são os filhos de um pobre soldado que se fez matar no campo da batalha, batendo-se como um herói: deram à viúva uma pensão de quatrocentos réis por dia ou cento e quarenta e seis mil-réis por ano: agora sai também, e embarca-se no seu carro, um senhor que, possuindo mil escravos, libertou dez, oferecendo-os para soldados, e recebeu por isso o título de barão com grandeza.

Querem ir às casas de todos? Entremos na de um daqueles que gozam de geral estima, e são justamente reputados homens de bem.

Bateram palmas na escada, o criado vai ver quem é: o amo apura o ouvido. Abriu-se imediatamente a porta da

60 "Não é permitida a entrada", em francês.

sala, é visita de homem que tem dinheiro ou posição: — o criado demora o visitante na escada, é sujeito que não tem cartas no correio: — o criado diz que vai ver se seu amo já está acordado: — é um pobre carpinteiro, compadre do dono da casa, que, levando o filho à escola, entrou para que o pequeno tomasse a bênção ao padrinho.

Aquele outro homem sério tem filhas e observa-as cuidadoso, e tremendo ante a ideia de ver qualquer delas apaixonada de algum moço pobre; e se esta calamidade sobrevém, combate-a, reúne os parentes, faz guerra ao amor de filha, e se acaba cedendo a ele, cede chorando e desconsolado; mas se o namorado da menina é rico, o pai abre-lhe as portas da casa, dizendo antes à esposa: "É um bom partido; finge que não vês o namoro da pequena, e oportunamente provoca o pedido de casamento".

E ainda quando o namorado rico é cabeça douda, e tem reputação de libertino, o pai da menina diz sorrindo: "Pecados da mocidade! Nós o poremos em bom caminho".

Entremos finalmente na casa de imaginação.

Fazei de conta que ali estão ao lado uma da outra a mais linda donzela de vinte anos; mas pobre como Jó; e uma velha de oitenta anos horrendíssima; tendo porém um milhão de seu: anunciai pelo *Jornal do Commercio*[61] que ambas querem casar e esperai pelos pretendentes. Ora! A velha[62] acha mais de duzentos noivos em vinte

61 O *Jornal do Commercio* foi fundado em outubro de 1827. Tamanha era a sua popularidade que quando se dizia, no Brasil oitocentista, apenas "Jornal" tratava-se do *Jornal do Commercio*.

62 Macedo parece citar aí o enredo de uma das novelas incluídas nos *Romances da Semana* (1861), em que Violante, uma tia rica, de 61 anos, mostra à sobrinha Clemência, moça, bonita, mas pobre, a importância do dinheiro na conquista amorosa. Texto que se transformaria, em 1870, com o mesmo título da novela, na comédia *O romance de uma velha*.

e quatro horas, e a moça espera dez anos antes que lhe apareça algum poeta.

Sobre esse assunto cem Alexandre Dumas[63] a escrever não esgotariam a matéria em um século, exatamente porque a influência e o poder do dinheiro são inesgotáveis.

De tudo isso que expus, conclui-se que a sociedade não prefere o homem ao homem, não tem mais estima pelo homem a quem faz barão, do que pela viúva do bravo a quem deu a pensão de quatrocentos réis por dia, nem respeita mais a casaca do que a jaqueta, nem entende que a velha de oitenta anos é tão capaz de agradar e de ser amada, como a jovem formosa de vinte anos: nada: a sociedade não é tão estúpida, nem faz ostentação de opiniões e de gostos tão inadmissíveis.

O que a sociedade ensina, proclama e adota é mais simples, mais positivo, mais prático, e mais sábio: ela ensina, proclama, e adota que quem tem dinheiro vale mais, merece mais do que quem não o tem.

E estupendamente lógica a sociedade vai adiante: examina, discute como é que este ou aquele de seus membros está ganhando dinheiro, às vezes condena os meios, e manda para a casa de correção o ganhador; se porém os meios de enriquecer ainda os mais indignos escapam aos seus olhos, e um dia o ganhador se apresenta milionário, é fato consumado! A sociedade bate palmas, ao bancarroteiro fraudulento impune, ao moedeiro-falso impune, ao impune falsificador de dez testamentos; contanto que seja milionário a sociedade abre os braços, aplaude, enche de honras, e genuflexa beija os pés do monstro moral mais feio e repugnante.

É uma sociedade que adora o bezerro de ouro e a quem mandarei passear à lua se se atrever a censurar os

63 No caso, Alexandre Dumas Filho (1824-95), dramaturgo, autor, entre outros textos, de *A dama das camélias* e *Question d'argent*, a que Macedo parece fazer referência diretamente aí.

meus princípios egoístas, e a minha sede desesperada de posição política produtiva, que é o que ela me ensina.

A sociedade deve adorar-me: sou filho legítimo, e pareço-me tanto com ela como a mão direita com a mão esquerda.

Não posso dar-vos neste momento uma prova material e muito agradável da verdade destas observações, e da influência do dinheiro, prova que acabo de experimentar como principal herdeiro do meu tio, não a posso dar-vos, repito; porque tomei todo o chocolate, e não me lembrei de deixar-vos um restinho, uma gota para que aprecieis o gosto do chocolate preparado para quem deve receber em um dos próximos dias cento e cinquenta contos de réis.

Todas estas reflexões fiz eu enquanto me vestia; vestindo-me, porém, lembraram-me os preceitos da condicional da minha herança, e entendi que me cumpria grudar-me imediatamente com a Constituição do Império.

Abri, pois, a minha mala de viagem para procurar a defunta: achei-a e pu-la no bolso do *paletot*; mas não me foi possível encontrar a *Carteira de meu tio*, em que eu escrevera os apontamentos dos primeiros dias da minha famosa viagem.

Decididamente eu tinha deixado a *Carteira* no quarto que ocupara na estalagem da vila de...: o único recurso era despachar um próprio para reclamá-la, e também para trazer-me notícias do compadre Paciência: resolvi-me a isso, e saí a apresentar-me ao formigueiro de parentes que estavam povoando a casa do finado.

Saí com a Constituição do Império na algibeira e com a Chiquinha no pensamento.

Eram dous fatos em contradição, combinando-se perfeitamente pelas suas tendências ao mesmo fim; porque a Constituição do Império na algibeira do meu *paletot* representava um embrulho, e a prima Chiquinha no meu pensamento era um projeto a desembrulhar; mas embrulho e desembrulho com o único fim de estabelecer os fundamentos da minha riqueza.

Pela primeira, e talvez última vez na minha vida venerei, adorei a defunta, amortalhada em encadernação de veludo verde: a Constituição do Império no bolso do meu *paletot* (e notai que escolhi o bolso esquerdo, o bolso da bolsa, o bolso da verdade, debaixo do qual palpita o coração) era o cumprimento do primeiro preceito da célebre condicional; era a minha mão aberta para receber cento e cinquenta contos de réis.

Eu não compreendo que haja cousa mais suave do que ser constitucional para receber dinheiro.

Pobre Constituição! Fazem de ti o que querem: és tudo e nada, meio e fim, pão e pau!

Serves de isca para os crédulos, de anzol para os velhacos.

És salva-vidas com que conta a mestrança da nau do Estado para o caso de naufrágio, e fojo[64] onde cai o povo que conta contigo nos tempos normais.

Serves para se amassar o bolo que muitos jeitosos apetecem e comem; e para se dourar a pílula que o respeitável público engole.

Deves estar envergonhada do papel que te fazem representar; esconde-te, Constituição!

Livrinho encadernado em veludo verde, fica aí no bolso: o teu lugar é aí mesmo: tu és como um vidrinho de cheiro ativo que se traz de reserva para se aplicar ao nariz nos casos de síncope, ou de ameaças de ataque de cabeça: fica onde estás, e fica bem quieta, porque deves aparecer somente nos casos de perigo: tu és como Nossa Senhora dos Navegantes, a quem os pilotos e os marinheiros recorrem só nas horas e nos dias de tempestade.

Fica aí quieta e não te movas: desengana-te; tu pensas que és bela e sábia; mas não passas de vaidosa.

64 Armadilha.

Escuta: para teu ensino eu vou dizer o que és e o que não és: aprende; mas depois de aprender, dorme, porque o teu sono é uma condição essencial da marcha regular dos negócios públicos, sempre que a minha escola e os meus mestres os dirigem.

Escuta:

Tu pensas que ainda vives, e sempre foste defunta.

Tens balda de sábia, e não podes manter a pureza dos teus preceitos.

Julgas-te bela, mas és toda de goma-elástica, e não há autoridade que não te decomponha os traços aos empuxões que cada qual delas te dá.

Presumes-te de eloquente e santa, mas o és somente como são João, quando pregava no deserto.

Crês que és um monumento, e não passas de uma escada.

Ufanas-te de ser bandeira, e de ordinário és somente capote.

Blasonas de ser pura, e és violada impunemente por qualquer inspetor de quarteirão.

Queres passar por tábua de salvação, e desconfio que apesar do teu pretendido poder, estás correndo o risco de dar à costa.[65]

Dorme, pois, ó donzela ficção, dorme, inocente enganadora do povo, dorme, poema em cento e setenta e nove estrofes, com um canto adicional em trinta e duas; dorme, ó maromba de volantins políticos!, arca santa que tantos têm profanado!, rainha escrava de executores perjuros, dorme! Deveras que deves dormir, porque dormindo és sempre ilusão que aproveita, e não atrapalhas o domínio e a marcha dos meus correligionários políticos, e acordada e se pudesses falar, bradarias contra a degeneração do tal sistema de governo que criaste, e contra o aviltamento da nação que presumiste haver nobilitado.

65 Naufragar, fracassar.

Importuna vaidosa! Dorme aí no bolso do meu *paletot*, como dormes sofismada, mentida, adulterada em sete pastas, cujos nomes não digo, não em atenção a ti nem às pastas, mas pelo respeito e veneração que tributo aos empastados de todos os tempos.

Dorme, pois, no bolso do meu *paletot*!

Para mim basta que esteja acordada a prima Chiquinha, que vale mil vezes mais do que a Constituição do Império, pelo menos nas circunstâncias em que me acho.

Porque, olha: graças ao sofisma, é suficiente que tu estejas no meu bolso, para que eu receba a minha herança de cento e cinquenta contos de réis, e portanto receberei o dinheiro, não por ti, mas pelo sofisma.

E para que eu conquiste os cem contos da terça da Chiquinha, ainda tenho trabalhos a vencer, paixão que fingir, laços que armar, e diabruras a fazer.

Tu estás no meu bolso, e a Chiquinha apenas no meu cálculo: tu és um problema resolvido, e a Chiquinha um problema a resolver: tu és uma defunta viva, e a Chiquinha uma viva que eu não admito que seja defunta.

Tu és cento e cinquenta contos que são já meus e a Chiquinha é cem contos de réis que ainda não o são.

Dorme pois no bolso do meu *paletot*, dorme aí para sempre; porque desse modo nunca me afastarei de ti, e cumprirei plenamente um dos mais graves preceitos do meu finado tio.

Estas considerações fiz eu, enquanto completava o meu *toilette*, e acabado este, olhei-me ainda uma vez no espelho, retorci as pontas do bigode, corrigi um defeito do penteado, ajustei a gravata, achei-me encantador, saí do quarto, e entrei na sala onde já estava reunida a parentela toda.

Ninguém mais chorava; somente havia em todos os semblantes aquele ar de tristeza que era pela decência imposta à situação.

Apertei as mãos de todos os parentes e com um certo *quê* de especial a mão mimosa da Chiquinha, que ou não percebeu ou fingiu não perceber a especialidade do aperto.

Enquanto esperava pelo almoço empreguei muito utilmente o meu tempo, conversando grave, mas amigavelmente com a melhor das minhas tias, isto é, com a mãe da terça deixada por meu tio.

Excelente senhora! Reunia as duas mais apreciáveis condições para mãe de uma moça que se pretende namorar: era surda e tinha a vista curta; como porém não há quem seja perfeito neste mundo, minha tia falava como se fosse ela só três dias a falar! Era péssima recomendação para sogra; mas nas circunstâncias em que me achava o senão me aproveitou; porque durante os seus discursos observava eu a minha calculada noiva.

Não que para os meus projetos de casamento a beleza da noiva fosse condição indispensável; mas indisputavelmente rico dote e mulher bonita são dous tesouros a um tempo.

A Chiquinha contava vinte e um anos, achava-se na idade do maior viço da formosura, e também na do maior empenho por laçar marido: esta condição animou-me muito; porque ela a querer laçar e eu a querer ser laçado, tínhamos metade do trabalho vencido para nos entendermos.

Vou descrever a minha noiva.

Todos sabem que isto de descrições é conforme: cada qual descreve com as tintas, e com as imagens da sua ciência, da sua arte, ou do seu ofício.

Eu podia fazer e completar o retrato da Chiquinha em três palhetadas, dizendo, é linda, elegante e engraçada; mas em matéria de descrever senhoras, a concisão é para elas falta de respeito e de cortesia; vou, pois, retratar a minha noiva com toda a poesia dos meus sentimentos e com as imagens do ofício ou meio de vida que pretendo ter.

A Chiquinha estava, como toda a parentela, vestida de luto fechado: exprimia a dor profunda do coração naquela cor negra do vestido: em mim também as calças, o *paletot* e a gravata exprimiam o mesmo sentimento; mas ainda bem que ninguém via os nossos corações escondidos nas suas caixas torácicas: a sociedade civilizada não tem nada mais que inventar em matéria de enganos e de hipocrisia! Mentimos aos vivos sem dó nem consciência, e até muitas vezes mentimos aos defuntos, enrolando o corpo em roupas de um luto que nem por momentos nos entrou no coração. O corpinho do vestido da Chiquinha trazia umas pregas tão bem-feitas e com tanta arte dispostas que apanhei-lhe escondido nas tais pregas a peta do sentimento: era ainda por isso mais formosa: pareceu-me um daqueles anjos da dor com que o herdeiro de um parente rico faz ornar o túmulo do excelente finado, anjinho feito de pedra e com as mãos cobrindo os olhos, sem dúvida para ninguém ver que não chora.

A minha noiva se penteara a capricho: afetara nos cabelos negros e bastos um abandono e um desdém que eram o resultado da mistura de todos os penteados que estavam então em moda; e nessa desordem dos cabelos anelados aqui, lisos ali, riçados em um ponto, retorcidos em outro, caía ainda um buliçoso e belo caracol de madeixa que chegava a tocar-lhe o peito: nos detalhes o penteado era de uma desarmonia revolucionária; mas no seu conjunto achei-o encantador: a hábil moça supunha talvez que o tomariam por emblema da incúria que acompanha a dor e o luto; eu porém encontrei nele eloquente emblema da política moxinifada, da política poliglota; poliedra, polimita e politudo que tem incontestavelmente por si a maioria ou mesmo a totalidade da nação; porque sendo a combinação de todas as políticas opostas de todas as aspirações mais divergentes, é uma política que contém um pedaço de política de cada um, e não sendo exclusivamente de nenhum, é de todos, e portanto deve ser a que tenha em seu apoio a nação inteira: é uma política sublime! desordenada, absurda nos seus detalhes; mas no seu conjunto estupendamente digna dos estadistas meus mestres, bem pensada, sábia e enfim tal e qual o penteado da Chiquinha.

Vejo que gastei muito tempo com o vestido e o penteado: vou resumir a descrição, aliás não chego hoje aos pés da Chiquinha.

Pela sua cor a interessante moça não representa tipo algum com perfeição, e pureza; a sua cor é uma encantadora mistura de claro — e moreno rosado — e pálido; liga ou coalizão de quatro cores diferentes, que não dão em resultado cor alguma franca, e positiva; é finalmente assim como a cor de um ministério híbrido, que é a cor mais bonita que se pode imaginar. Tem a estatura alta e elegante, como a posição social de um milionário: seus olhos são belos, langorosos, enternecedores, como os do deputado da maioria que tem rasca no orçamento e que contempla o ministro seu protetor: a sua boca tem sorrisos de tantas significações, o seu rosto expressões fisionômicas tão eloquentes, tão variadas, tão prontamente mudáveis, como a boca e o rosto de um frade que quer ser abade, de jesuíta que procura entrar com pés de lã[66] em país que lhe fechara a porta, ou de guarda-roupa que morre por ser viador, apesar de coxo, ou por subir a camarista, apesar de cego e surdo; mas conforme vi depois, esse mesmo rosto da Chiquinha em horas de desilusões e de cólera descompunha-se em horríveis contrações, como a fisionomia da oposição em dia de dissolução da câmara: o seu pescoço, o seu colo de Cisne (o Cisne é aqui de obrigação) é garboso, e alto, como o de um banqueiro que está em vésperas de fazer ponto, e ainda calcula aumentar o número dos seus credores; por baixo da camisinha de gaze preta adivinhavam-se os cândidos e entonados seios do ladrão da prima palpitando anelantes, ardendo em férvidos desejos, como

66 Disfarçadamente, sub-repticiamente.

um candidato à cadeira vitalícia de senador, o que conseguindo entrar na tríplice, suspira, e torna a suspirar, pressentindo chegado o dia da escolha: ela tem a cintura fina, como a metafísica do jornalista que escreve por conta do governo; seus braços são tão perfeitamente torneados, como os cálculos da despesa pública, que saem do tesouro para o corpo legislativo; suas mãos e seus pés são tão pequeninozinhos, como a ciência política dos nossos estadistas; sua voz tão suave e harmoniosa, como a de uma atriz que fala e namora ao empresário do seu teatro; e o seu andar tão mimoso e seguro, como o de um ator, digo mal, como o de um augusto digníssimo que é também conselheiro de Estado, que ontem fazia oposição, e que hoje vai à casa do chefe do ministério pedir uma sinecura para seu sobrinho.

A Chiquinha é portanto, sem contestação, formosa, resplendente: um poeta a chamaria Hebe, Aurora,[67] Vênus etc.: para mim ela é Ceres, a deusa das messes, que ensinou os homens a cultivar a terra para terem dinheiro, ou cousa que valia dinheiro, e que foi mãe de Plutus, o deus das riquezas.

Encontro no físico da Chiquinha perfeitas imagens de grandes verdades observadas na nossa vida social e política: o seu caráter moral há de corresponder aos seus caracteres físicos: eu creio e muito nas teorias de Lavater:[68] juro por Lavater que a Chiquinha é estadista:

67 Hebe, filha de Zeus e Hera, era encarregada da mansão dos deuses, enquanto Aurora, filha de Hiperion e Teia, era encarregada de abrir as portas do céu para o carro do Sol todas as manhãs.

68 Johann Kaspar Lavater (1741-1801): pensador suíço, autor de hinos e reflexões religiosos, do *Diário secreto de um observador de si mesmo* (1771-3), e de um estudo, *Physiognomonie* (1775-8), de grande repercussão à época, sobre a arte de desvendar o caráter decifrando os traços do rosto.

era a mulher que me convinha: sinto-me apaixonado até as pontas dos cabelos.

Anunciou-se que o almoço estava servido.

À mesa deram-me lugar de honra, ficando a prima Chiquinha ao meu lado direito. Notem bem, como aquela gente, apesar de simples e rude, instintivamente reconhecia e respeitava as proporções da herança legada por meu finado e respeitável tio: em primeiro lugar estava eu, isto é, cento e cinquenta contos de réis; depois de mim a Chiquinha, isto é, cem contos de réis; nem valera à prima a cortesia devida sempre ao belo sexo: não há preceito de cortesia que faça esquecer um excesso de cinquenta contos na comparação de duas heranças.

Mas para mim o que então estava em discussão obrigada, exclusiva era o almoço: sou homem de ordem, e nunca darei lugar a que no parlamento me chamem à ordem.

Durante o primeiro quarto de hora ocupei-me somente, e como devia, dos direitos muito respeitáveis da minha barriga: comi quanto pude, e sem voltar os olhos nem para a direita, nem para a esquerda: quando finalmente satisfiz com inteira plenitude o meu apetite, fiz ainda apenas uma pausa de suspensão; porque nesse quarto de hora devorara os sólidos, e logo depois me seria preciso completar o almoço, bebendo os líquidos, pois que contava como infalíveis o café e o leite.

A minha pausa de suspensão foi consagrada à Chiquinha.

Era de direito: depois da barriga o coração; depois do almoço o meu amor ardentíssimo.

— Prima Chiquinha, disse-lhe eu; a senhora não comeu nada!

Ela fez um movimento e olhou-me admirada; depois murmurou quase de mau modo:

— Comi demais... meu... senhor.

Reconheci-me por estúpido em matéria de conversação com senhoras: aquela admiração da prima sem dúvida proveio de lhe falar eu em comer logo à primeira vez que lhe falava! É o erro do exclusivismo, do absolutismo de todas as escolas, e de todos os sistemas: eu sempre penso que não há quem não anteponha a tudo a situação farta e portanto deleitosa do seu estômago. Esquecera-me que é regra de cortesia fazer de conta que as senhoras vivem sem comer, ou que comem como pombas-rolas.

Quis corrigir a minha rudeza, e tornei-lhe:

— Enfadou-se, prima? Juro que nunca a tive por gulosa... e hoje ainda menos, que...

A Chiquinha interrompeu-me:

— Não foi por isso; disse-me...

— Então por quê?

— Pela mudança no modo de tratar-me: dantes você... perdão... o *senhor* tratava-me por *você*, e me chamava Sinhá-Chica, e agora me chama *senhora*, e prima Chiquinha: ainda *prima Chiquinha* pode me ser agradável; mas *senhora*!...

— Abençoado o erro que cometi pelo castigo que recebo!, respondi; mas tantos anos separados, vim encontrá-la em condições que podiam exigir o esquecimento das dulcíssimas e mútuas relações da infância.

— Não é razão para mim: na Europa muda-se talvez muito com a idade e com a ausência, e esquecem-se, por isso talvez, os laços da amizade e do sangue: nós, que não saímos do Brasil, somos sempre selvagens, escravos dos nossos prejuízos e conservamos intactas nossas afeições, e indeléveis as nossas lembranças dos primeiros anos...

— Sem discutir e sem desculpar-me confesso-me criminoso, e peço perdão: em sinal do meu arrependimento pergunto-lhe: *você* me perdoa?

— Sim; respondeu ela com um leve sorriso: tratando-me de novo por *você*, lavrou o seu perdão sem precisar de despacho.

Eu começava a sentir-me pequenino, insignificante, um cousa-nenhuma diante da Chiquinha.

— Ainda bem, tornei-lhe; tive medo de lhe ter parecido grosseiro quando lhe falei em comer; realmente eu não devia começar por esse assunto, dirigindo-lhe a palavra.

— Por que não? Eu creio que vinha até muito a propósito falar desse assunto à mesa do almoço.

— Você quer desculpar-me, prima; eu porém cada vez reconheço mais o meu desazo: comer é uma necessidade indeclinável; mas é também de regra que não se aluda a esse cuidado, falando-se a uma senhora, principalmente sendo ela jovem, bela e mimosa.

— Outra vez por quê? Comer é o primeiro cuidado da inocência: os passarinhos almoçam à luz da aurora, e as crianças, que ainda são anjos, pedem pão e doce o dia inteiro.

— Prima, juro-lhe que estamos mais de acordo do que talvez supõe.

— E eu lhe juro que não suponho; porque já tinha e tenho a certeza disso.

— Como?... perguntei.

E correndo a vista pela mesa, pareceu-me que alguns olhos desconfiados nos observavam.

— Creio que reparam em nós, prima; murmurei-lhe ao ouvido.

A Chiquinha fez com os ombros um movimento indicador de soberana indiferença, como se olhasse com desprezo para aquele respeitável público que almoçava conosco, e respondeu-me no mesmo tom com que falara até então:

— Escute: por mais de uma vez nosso tio conversou comigo sobre suas ideias, suas opiniões, e seus cálculos de futuro: nosso tio não aprovava o seu modo de pensar, era porém desculpável, como velho aferrado a princípios que abraçara com cego entusiasmo na mocidade: entretanto, primo, você pode acreditar que nós as senhoras compreendemos instintivamente e muito melhor do que os homens certos sistemas...

— Continue, prima Chiquinha.

— Eu conheço, por exemplo, as suas ideias filosóficas relativas à necessidade material e moral do comer, e nós as senhoras, embora injusta mas felizmente excluídas da vida política, damos na prática material da nossa vida a mais sábia lição moral aos homens filósofos e políticos: nós à mesa dos convidados ao banquete, e até à mesa da família apenas tocamos com os lábios em uma asinha de frango; mas antes do almoço ou do jantar regularmente servidos, comemos tanto quanto é preciso, embora às escondidas, para satisfazer as exigências da natureza. A lição é eloquente e sábia aplicada à filosofia e à política: cumpre comer o mais possível atrás da porta da despensa, e de inteligência com os cozinheiros, e ostentar sobriedade ante os olhos profanos, ou diante do público.

Fiquei de boca aberta! Levei um quinau[69] dobrado; mas comecei imediatamente a presumir que minha prima Chiquinha estava já tão apaixonada por mim, como eu estava apaixonado por ela.

A prima Chiquinha era um Maquiavel metido em saia de balão, e com sapatinhos de duraque preto.

Todavia era possível que eu me estivesse enganando em minhas apreciações: a mulher é uma charada que ainda não achou quem a decifrasse: a Chiquinha, além de instruída, era esperta, como um demandista velho, e convinha que eu não me expusesse a algum triste desengano. Lembravam-me as nossas desinteligências e os nossos ciúmes da infância: quem me assegurava que eu não tinha uma inimiga disfarçada ao meu lado direito?... Os meus cento e cinquenta contos eram por certo uma garantia da consideração e do respeito da humanidade; mas a natureza da mulher não é totalmente humana; ela reúne em si e em partes iguais alguma cousa do céu, alguma cousa da terra, e alguma cousa do inferno, sopro de Deus, costela do homem, e tentação da serpente.

69 Levar uma lição.

Considerando assim, resolvi-me a fazer nova experiência.

A ocasião veio logo, acudiu imediatamente: eu estava em maré de boa fortuna.

Serviu-se o café com leite, vi diante de mim um enorme, rubicundo e provocador pão de ló: recordei-me do logro que a Chiquinha me pregara em pequena: talhei o pão de ló, e fitando a prima com expressiva intenção, perguntei-lhe:

— Ainda gosta muito de pão de ló?

Ela sorriu-se e respondeu-me:

— Sempre.

— E sempre, como dantes?

— Com uma notável diferença.

— Qual?

— É que hoje não compreendo como se pode comer um pão de ló inteiro, logrando o sócio que ajudou a prepará-lo. Cada idade tem suas malícias: há muito que perdi as minhas de criança traquinas: fui muito estouvada em menina; mas... creio que depois de moça até fiquei tola.

— Como porém... cada idade tem suas malícias...

— Segue-se que devo ter algumas próprias da mocidade; mas apesar de tola, sei bem que não é a mim que cabe o empenho de descobrir minhas inocentes malícias de moça...

— Permite pois que eu a observe e a estude?

— Tenho medo de desagradar-lhe: observando-me, achar-me-ia feia, estudando-me reconhecer-me-ia frívola, e logo abandonando a ideia de descobrir as minhas malícias, não trataria mais por *você* à frívola, e nem mais chamaria *Chiquinha* à feia.

Não pude responder, porque nesse momento a parentela toda levantou-se da mesa: não sei se a minha conversação com a Chiquinha causou impressão desagradável ou talvez mesmo revoltante aos enlutados e melancólicos parentes: pouco me importou examinar essa impressão: nenhum deles era herdeiro da terça de meu tio.

Saí da mesa do almoço com o estômago repleto de excelente e farta alimentação, e com o espírito engolfado em um oceano de entusiasmo pela prima Chiquinha.

Que almoço e que mulher! Galinha de canja, carne de vitela de primeira qualidade, peru recheado a fazer vontade de almoçar três vezes, fiambre primoroso, lombo de porco a pedir-se mais, e arroz de forno por concomitância, além dos pratos de detalhe, incidentes naquela grande oração culinária! Comi de tudo e muito: em sua vida meu tio nunca me dera almoço igual: era um perigo para a sensibilidade almoçar assim na sua casa e depois da sua morte.

E que espírito! Que eloquência da prima Chiquinha! Victor Hugo escrevendo versos, Alexandre Herculano escrevendo prosa, Humboldt descrevendo o céu, os mares, e a terra, Platão imaginando a república, Solon e Licurgo legislando para suas pátrias, Maquiavel dogmatizando sofismas e a polícia do Brasil reformando por sua conta e risco a Constituição e as leis do Império, ficavam todos muito abaixo da eloquência com que a Chiquinha me havia surpreendido no proêmio ligeiro e improvisado das suas ideias políticas tão habilmente disfarçadas.

Saí da mesa com a barriga cheia, e com a alma cheia: duas enchentes que realizam a beatitude humana neste mundo.

Estômago e alma pediam-me tempo para digerir a alimentação recebida: sob o pretexto de despachar um portador que fosse procurar na estalagem a *Carteira de meu tio*, separei-me da companhia; despachei o próprio, e por distração fui observar como estava depois daquela viagem de quatro dias (dous de ida e dous de volta) o ruço-queimado.

Atravessando o terreiro, todos os escravos me tomaram a bênção com sinais de requintado respeito; os cães da casa festejaram-me; e fui encontrar o ruço-queimado, que em toda sua vida pastara sempre desprezado no campo, recolhido então à estrebaria recentemente varrida, tendo a manjedoura atopetada de capim fresco, notando-se ainda pelo chão vestígios de boa e já devorada ração de milho.

O inteligente e grave animal, sentindo os meus passos, fez uma pausa de suspensão no trabalho suavíssimo de que se ocupava, estendeu para o lado da porta da estrebaria o seu enorme pescoço, olhou-me, inclinou três vezes a cabeça, como se me cumprimentasse; mas cedendo ao instinto, logo depois continuou a comer o seu capim.

Frui os gozos dessa estrebaria, ruço-queimado! Come o teu milho e o teu capim! Cavalo do principal herdeiro de meu tio, em tua qualidade de cavalo, tu és uma peça muito ordinária, e merecerias antes cangalhas do que selim! Mas em honra e consideração de teu dono estás sendo objeto de cuidados, que nunca recebeste em tua vida já bem longa: goza e come! Eu te saúdo, oh ruço-queimado! Porque hoje admiro a imagem do encanto da riqueza em ti, da maior parte dos homens nos escravos que te deram milho e capim fresco, e do mundo na tua estrebaria.

Ah! quantos ruços-queimados de dous pés passam vida milagrosa e felicíssima na terra, porque seus pais, ou seus padrinhos, ou seus protetores estão nas condições em que me acho depois que se abriu e foi lido o testamento de meu tio!

Ruço-queimado! És feio, velho, e não prestas para nada; mas, ainda assim, levanta a cabeça, e espera quem sabe, o que ainda te prepara a fortuna?...

Positivamente asseguro que não és o cavalo que Buffon descreveu; a fortuna porém tem caprichos; e não há quem possa determinar até onde pode chegar e subir um cavalo.

Já houve um cavalo que chegou a senador do império romano: o exemplo ficou na história, e o exemplo é como a semente, que tem o dom da reprodução.

Convenho em que a extravagância de Calígula incomodou o amor-próprio dos animais homens; porque o senador de Calígula foi mesmo cavalo dc quatro pés,[70] cavalo-cavalo.

A cousa esteve no nome, e na impossibilidade física de sentar-se o bicho em uma cadeira parlamentar; não esteve porém na capacidade intelectual, nem nas condições morais do cavalo.

À parte o nome imposto pelos naturalistas e pelo vulgo, eu te afirmo, ruço-queimado, e fica sabendo para tua consolação e teu orgulho, que tem havido muitos homens importantes, que se devem reputar feitos à tua semelhança, e que todavia se chamam homens.

Em consideração a ti, meu cavalo, vou examinar os pontos de semelhança, em que fraternizais tu e essas notabilidades.

Tu não tens o dom da palavra, e é de supor, ou deve-se admitir por hipótese, que tens o dom de rinchar: eles, as notabilidades a que me refiro, se podem falar, nunca falam, e apenas gritam: apoiado! Ora, entre um rincho de cavalo, e um apoiado de quem nunca diz outra cousa, não descubro diferença que valha a pena.

Tu recebes freio e selim e te deixas cavalgar, e carregar como podes com o cavaleiro, e às vezes com algum outro à garupa: eles sujeitam-se ao mesmo cativeiro; abrem a boca para receber o seu freio especial, oferecem as costas ao selim da mesma natureza; e são cavalgados às vezes somente por seu dono reconhecido; mas às vezes também levam a condescendência muito além da tua; porque tu em caso extremo carregas um no selim e outro à garupa, e eles têm costado tão grande, e tanta força cavalar, que carregam até sete cavaleiros de cada vez!!!

70 Alusão a Incitatus, cavalo que foi feito cônsul pelo imperador Calígula.

Tu gostas de comer capim e de roer milho, e eles também têm seu capim e seu milho e comem, como o diabo.

Tu tens cauda que serve para espantar as moscas e os insetos que te perseguem, e às vezes como um abano para te refrescar o corpo e eles também têm cauda mais ou menos comprida, e em muitos enorme; cauda que não compõe, que não orna como a tua, cauda que envergonha, e que assinala em uns fraquezas inconfessáveis, em outros crimes que ficaram impunes.

Eis aí da cabeça à cauda quatro pontos de semelhança em que não ficas abaixo de certas notabilidades, e a elas pelo menos te igualas.

Examinarei agora as diferenças, e verás, meu ruço-queimado, que é nelas evidente a tua superioridade.

Tu andas de quatro pés, e satisfazes assim as condições físicas da tua natureza animal: és cavalo, e andas e sabes andar, como cavalo: eles andam de dous pés; muitas vezes porém moralmente se tornam quadrúpedes, e esquecendo a sua natureza e dignidade de homens, se tornam homens-cavalos.

Tu nunca deste couces, mas tens natural direito de os dar, e todos os esperam de ti, como se espera o arranhão de um gato, e a dentada de um cão; eles não são animais couceadores; mas couceiam, quando lhes faz conta como dez cavalos xucros.

Tu e outro qualquer cavalo-cavalo em regra não dais couces em quem vos dá o capim e o milho; e eles escouceiam quem lhes dava o milho e o capim, desde que farejam que a manjedoura vai passar à direção de outros senhores.

Tu és dirigido pelo freio que recebes, e eles são dirigidos pelos rabichos que lhes põem: tu obedeces pela cabeça e eles obedecem pelas caudas.

Em último resultado deste exame comparativo que aliás se poderia estender muito mais, conhece-se que entre eles e ti, ruço-queimado, a semelhança é surpreendente no procedimento, no ofício, e no modo de vida, e que a única diferença realmente sensível e real é que, debaixo do ponto de vista físico, eles são bípedes e tu quadrúpede.

Sois diferentes pelos pés e semelhantes pela cabeça: a física vos separa; mas a moral vos iguala.

Tu és o que és — cavalo-cavalo.

Eles são o que não deviam ser — homens-cavalos.

Tu és melhor, mais digno do que eles.

Levanta a cabeça, ruço-queimado! Rincha uma vez por exceção; mas rincha, solta um rincho-trovão, um rincho de escárnio lançado a essa súcia humana degenerada.

Ah! esquecia-me um ponto muito importante de diferença entre eles e ti: aqui o consigno.

Eles mais dia menos dia são despedidos pelos alugadores cansados de matar-lhes a fome cavalar; e caem no esquecimento, que é o justo castigo dos homens-cavalos, e tu, ruço-queimado, nunca serás esquecido, porque quando morreres, hei de te mandar empalhar, e te remeterei para o Museu Nacional[71] para perpetuação da tua memória.

Acabo, ruço queimado, de dar-te seguros fundamentos para o teu orgulho; não quero porém que sejas vaidoso, e agora te digo: — abaixa a cabeça que te mandei levantar; porque há homens que são superiores a ti, embora sejam homens-cavalos.

Há homens que são superiores a ti; porque têm inteligência, ilustração, ciência; porque devem à natureza talento brilhante, e ao estudo conhecimentos, em alguns, muitas vezes profundos.

71 O Museu Nacional funcionou até 1892 no antigo palacete de João Rodrigues Pereira de Almeida, entre as ruas Nova do Conde (no trecho depois chamado de Visconde do Rio Branco) e dos Ciganos (atual rua da Constituição).

E entretanto superiores, muito superiores a ti, são homens-cavalos, recebem e quase que pedem freio e selim, e deixam-se cavalgar.

Mas são cavalos aristocratas: escolhem o cavaleiro e o dono; têm orgulho, vaidade da montaria; mas por fim de contas são em todo caso homens-cavalos.

Eu, para mim, ruço-queimado, julgo estes ainda mais nocivos que os outros: os outros quase que não têm razão de ser, positivamente não exercem influência na sociedade: animais de carga, fazem o seu ofício, vivem fazendo rir, e morrem sem que alguém dê por falta deles; são coristas muito insignificantes de ópera italiana, de que os camarotes e a plateia não fazem caso; os outros porém são cantores *di primo cartello*,[72] o público ouve-lhes as árias, deixa-se levar pelas volatas, trinados e tenutas de suas gargantas magistrais, ilude-se com eles, bate palmas e aplaude, pensando que são gênios da sua espécie, que o exaltam, que o honram, que o nobilitam, servindo ao progresso e à civilização, e no meio ou no fim da peça desaponta, reconhecendo que bateu palmas e aplaudiu em vez de artistas conscienciosos a homens-cavalos e nada mais.

Seja o cavaleiro peão ou rei, o animal em que cavalga é sempre cavalo.

E por consequência o meu ruço-queimado vale mais, merece mais do que todos eles; porque um cavalo não se avilta por isso; e os homens, ainda os mais inteligentes e ilustrados que se abaixam a fazer o papel de cavalos, desonram-se, o que é o menos; mas além disso comprometem o cavaleiro, quase sempre inocente, o que é o mais.

Come portanto o teu milho e o teu capim, ruço-queimado, come-os a fartar, come-os com a certeza de que há por esse mundo muitos ruços-queimados e não fazendo o bem que fazes, fazem o mal que não fazes.

72 "De primeira linha", "famoso", em italiano.

Cavalo-cavalo, tu és melhor do que todos os homens-cavalos.

Fiz estas reflexões em pé na porta da estrebaria, fazendo-as porém (é cousa célebre!) compreendi, calculei todas as vantagens que pode fruir o homem, quando combina as duas condições de cavalo e cavaleiro, e atendendo aos seus interesses, se resolve a ser hoje cavalo, para ser cavaleiro amanhã.

O selim e o freio e os braços no chão para um homem ser cavalo, não poucas vezes são degraus por onde ele sobe as grandezas sociais.

Ah ruço-queimado! Eu também me parecerei contigo! Para ganhar e subir não hesitarei em ser homem-cavalo.

O costume faz lei.

III

Como resumo em poucas páginas a história de três meses dedicados ao dinheiro e ao amor; dou notícias da *Carteira de meu tio*, que ficara junta aos autos; do compadre Paciência processado e na cadeia, e da mula-ruça digna de melhor fortuna: faço o justo elogio do moleque Platão, que é raro sem ser o único no seu gênero: admiro a sabedoria da Chiquinha, com quem me caso, e a quem os padrinhos do casamento em vez de dar, tomam a bênção: há banquete, e não digo quanto comi; segue-se o baile, digo com quem a Chiquinha dançou: à meia-noite dão-nos — boa-noite —: eles foram-se, ela foi-se, eu fui-me, e fica na sala minha tia com a cara que lhe competia no caso.

Da morte de meu tio a um outro acontecimento muito importante para a minha vida, acontecimento fácil de adivinhar, mas de que me cumpre dar conta, correram três meses que foram consumidos principalmente em duas grandes e principais tarefas: — no fácil processo do inventário do espólio do finado e na plena execução do seu testamento; — e nos meus cultos, na minha adoração à Chiquinha. Esta segunda tarefa, cheia de mil episódios mais ou menos interessantes, ainda admitida a hipótese de que a sua recordação tivesse mil encantos para mim, pareceria muito banal ao público para quem escrevo: são ou foram os mesmos episódios que enfeitam a história de todos os namoros que precedem aos casamentos: os homens casados por amor verdadeiro ou fingido conhecem perfeitamente esse romance de milhões de edições: os homens solteiros que não o conhecem, se não por ouvir dizer, tratem de casar-se quanto antes para ter ideia perfeita da obra. Estou seguro de que as moças e também as velhas solteiras aprovam por unanimidade este conselho.

Ao público pouparei descrições, conferências, leitura de bilhetes amorosos, e todas as mil niilidades que são grandes cousas em matéria de paixão a ferver, que pela minha parte simulei quanto, e como pude.

Resumirei pois a história desses três meses em poucas e breves páginas.

O próprio que eu despachara em procura da *Carteira de meu tio* esquecida por mim na estalagem da vila de... voltou no fim de poucos dias, trazendo-me as mais desagradáveis notícias.

A *Carteira de meu tio* fora apreendida pela polícia da vila, e junta ao processo instaurado contra o compadre Paciência, cujas apreciações políticas, e juízos sobre o governo e as autoridades lhes faziam enorme carga: entre outras testemunhas fora o *Marca de Judas*[73] chamado a jurar no processo e depôs, além de muito mais, que o réu o convidara instantemente para entrar em uma revolução que devia ter por fim destruir a forma do governo estabelecido.

Em resultado ficara o compadre Paciência na cadeia e processado o condenado à prisão e livramento pelo crime de que trata o art. 85[74] do Código Criminal, pedindo

73 Expressão que, em geral, designava "pessoa demasiado pequena". É assim que o narrador se refere ao estalajadeiro de *A carteira de meu tio*, personagem que volta a mencionar aqui.

74 O artigo 85 do Código Criminal, de 16 de dezembro de 1830, dizia o seguinte: "Tentar diretamente, e por fatos, destruir a Constituição política do Império ou a forma de governo estabelecida. Penas: de prisão com trabalho por cinco a quinze anos".

o promotor no competente libelo que fosse imposto ao réu o grau máximo da pena respectiva, isto é, quinze anos de prisão com trabalho.

E como é de regra que em cima de queda couce,[75] o escrivão perseguidor do compadre Paciência, levou a sua vingança até a pobre mula-ruça, e não lhe sendo possível ajuntá-la aos autos, como fizera à *Carteira*, conseguiu que a autoridade a mandasse arrematar para se aplicar o produto à alimentação do preso, e lá passou a histórica mula-ruça ao domínio de um meirinho (protegido do escrivão), que a arrematou com sela e freio por vinte e quatro mil-réis.

Sic transit gloria mundi![76]

Assim pois três calamidades: o compadre Paciência processado e na cadeia; a mula-ruça abatida, aviltada, reduzida a montaria de meirinho; e a *Carteira de meu tio* junta aos autos!

E sem dúvida algum abelhudo pediu por certidão a matéria contida na *Carteira de meu tio*, e eis explicado o fato abusivo da sua publicação, contra o qual protesto, e quando tiver tempo hei de tirar a limpo exigindo de todos os editores as competentes indenizações.

Realmente a peior das três calamidades era a prisão e o processo do compadre Paciência: era humano, moral, até mesmo justíssimo que eu corresse em seu auxílio; achava-me porém de tal modo ocupado com a minha herança e com a minha noiva, que me esqueci tão completamente do pobre homem, como se nunca o tivesse conhecido em minha vida.

Não me condenem: as duas preocupações do meu espírito eram dinheiro e mulher; dinheiro que levanta a cabeça do homem, e mulher que o faz andar com a cabeça

75 Depois de um mal, outro maior.
76 "Assim passa a glória do mundo!", em latim.

à roda: perdoe-me o compadre Paciência: positivamente eu não podia ter cabeça para ocupar-me dele.

E demais, quem o mandou tirar bulha[77] com o escrivão? Que lhe importava a instituição do júri?... Adorava-a? Adora-a? Pois então espere na cadeia pela influência benéfica do júri, e experimenta-a no banquinho dos réus: foi muito bem-feito.

Além disso, pensando agora friamente, acredito que foi para mim uma fortuna o ver-me livre do compadre Paciência, que se havia agarrado à minha pessoa como um conselheiro obrigado, um Larraga[78] constitucional, um Desgenais[79] político: não pode haver sociedade mais incômoda, maçante, nociva para quem calcula com o governo e o Estado com o fim de erguer o monumento do seu futuro, e ser figura importante no teatro oficial, do que a companhia incessante de um maníaco, que a todo momento nos arranha os ouvidos, falando de honra, dever, consciência, verdade e de outras filagranas da moral romanesca dos poetas: bom companheiro e bom conselheiro é somente aquele que está sempre de acordo conosco.

Lembra-me que no meu último ano de estudo de preparatórios frequentei com assiduidade a casa de um colega, que, longe da família, vivia independente, e era servido

77 Brigar.
78 Trata-se do frei Francisco Larraga, teólogo espanhol, autor de uma *Suma* ou *Prontuário de teologia* adotada em Portugal.
79 Tipo sentencioso que prega moral nos salões e gabinetes. Trata-se de personagem de *Filles du marbre* (*As mulheres de mármo*re, 1853), de Théodore Barrière e Lambert-Thiboust, reaproveitado, graças à sua popularidade, em *Parisiens de la décadence* (*Parisienses da* de*cadência*, 1855). As duas peças foram montadas, com sucesso, no Rio de Janeiro, em 1855, tendo Macedo comentado *As mulheres de mármore* no *Jornal do Commercio* de 25 de novembro desse ano.

por um moleque impagável. O moleque chamava-se e devia chamar-se Platão: grande filósofo o diabo do crioulo!

O meu amigo apaixonou-se por uma moça, pediu-a em casamento e o pai da rapariga negou-lha: exasperado pela recusa concebeu o projeto de raptar a namorada, que estava pronta a fugir com ele: na véspera do dia marcado para o rapto, surgiram apreensões e dúvidas no ânimo do estudante e teve ele a excelente ideia de consultar o moleque:

— Platão!, disse o estudante; eu adoro uma moça que também me adora: pedi-a em casamento, e o pai deu-me em resposta um não redondo: estou com vontade de furtar a rapariga: que me aconselhas tu?...

Platão respondeu:

— Furta, nhonhô.

— Lembra-me, porém, que se eu a furtar, a polícia me perseguirá, e poderá apanhar-me, e pôr-me na cadeia: que dizes?

Platão respondeu:

— Não furta, nhonhô.

— É assim; mas eu tomei já medidas seguras: tenho prontos bons cavalos, e furtando a moça, ponho-me com ela a panos,[80] e não há polícia capaz de pôr-nos a mão: que achas?

Platão respondeu:

— Furta, nhonhô.

— O que porém não sei é como hei de viver muito tempo assim fugido com a rapariga: não sou empregado e tenho mesada mesquinha, que talvez me falte, se eu praticar o que intento: é um embaraço terrível: como pensas?

E Platão respondeu:

— Não furta, nhonhô.

— Mas eu não posso resistir à paixão, e quero furtar a moça...

E Platão respondeu:

80 Fugir.

— Furta, nhonhô.

— E se meu pai, que não é brinquedos, além de suspender-me a mesada, mandar assentar-mc praça?

Platão respondeu:

— Não furta, nhonhô.

Estupendo moleque! Este Platão é o tipo dos melhores e mais sábios conselheiros, que são aqueles que nos acham sempre razão, espécies de adjetivos que concordam com os seus substantivos em todos os gêneros, em todos os números, e, o que é sublime, em todos os casos.

Os conselheiros devem ser assim: é verdade que sendo tais comprometem muitas vezes os aconselhados; mas que importa isso?...

Eu sei que o moleque Platão não é no mundo o único no seu gênero: sei que há por aí uma ou outra raridade do mesmo molde, e do mesmo gosto; são porém raridades, andam muito por cima, e não chegam para mim.

Todavia que tesouros! Que conselheiros para os casos difíceis; eles, adjetivos que concordam com o substantivo *em todos os casos*, que conselheiros para circunstâncias extraordinárias! E para o estudo e combinação de um golpe de Estado, que tesouros!

Há desses Platões raridades que não são, nem foram nunca moleques de estudante; mas que podem ufanar-se de se parecer muito com o moleque Platão pela sabedoria e pela consciência de seus conselhos.

Não tenho, não posso ter a esperança de possuir um Platão de semelhante ordem, hei de porém empregar todos os meios possíveis para descobrir onde se acha hoje o moleque Platão, e se o descubro, o moleque é meu, custe o que custar: compro-o por todo e qualquer preço.

Quero esse moleque para meu conselheiro.

É o avesso do compadre Paciência, que fala sempre a verdade, não hesita em contrariar as opiniões que condena, e que por isso lá está e ficará trancafiado na cadeia, enquanto o moleque Platão sem dúvida teve, que a merecia, muito diferente fortuna, e estará agora ostentando libré de cocheiro no carro de seu nhonhô, se o nhonhô ainda não caiu em alguma desastrosa estralada, como a do rapto que projetara e que felizmente não realizou.

Esquecido portanto, e de todo esquecido ficou o compadre Paciência por mim, que só pensava e cuidava em dinheiro e mulher.

O inventário e o testamento não ofereceram dificuldades.

No mesmo dia do almoço que descrevi, e das minhas sábias reflexões feitas à porta da estrebaria contemplando o ruço-queimado, exigi que todos os meus parentes, e não três somente, fossem testemunhas do juramento condicional, de que falava o testamento de meu tio.

A sala estava cheia: no meio dela colocou-se sobre uma mesa o livro sagrado: reinava profundo silêncio: eu avancei grave e solenemente até a mesa, ajoelhei-me, pus a mão sobre o livro, prestei o juramento em voz alta, mas comovida, e levantando-me, tirei do bolso do *paletot* a defunta, e exclamei: — "Ei-la aqui! Nunca me afastarei dela! A Constituição do Império vive, mora e existirá sempre sobre o meu coração!".

O enternecimento foi geral: vi duas lágrimas pendentes dos olhos da Chiquinha: tive vontade de beber aquelas lágrimas, porque, bebendo-as, beijaria as fontes.

Depois do jantar despovoou-se em grande parte a casa do finado; pois os parentes não contemplados nas verbas do testamento puseram-se ao fresco, e desses poucos foram os que concorreram à missa do sétimo dia.

Em consciência inventário e execução completa do testamento de meu tio podiam concluir-se em quinze dias; eu porém demorei, com habilidade e sem atraiçoar-me, o facílimo processo por mais de dous meses, e consegui até fazer acreditar em dificuldades e complicações de negócios que estenderiam a demora por muito tempo.

A minha herança fundara o meu crédito: achei dinheiro, e utilizei-me do dinheiro de meu tio, negociei com diversos legados dos cinquenta contos repartidos, comprei-os com elevados lucros, e ganhei uma dezena de contos de réis à custa dos meus parentes mais pobres.

Realizadas estas transações, tudo correu a vapor: o testamento cumpriu-se e quem mais lucrou fui eu.

Constou-me que alguns dos parentes pobres, a quem comprara os legados, chegaram ao ponto de chamar-me *velhaco*; mas para casos tais a regra já está desde muito estabelecida em regiões elevadas: o ofendido declara que responde com o mais solene desprezo às calúnias de detratores, para quem não abaixa os olhos.

Eu creio que disse mais alguma cousa, e, se bem me lembra, repeti a contrariedade bombástica, que não sei quantas vezes tinha lido nos Anais do Parlamento: "Eu não me avilto ao ponto de apanhar no chão, onde rolam, as injúrias torpes que me são atiradas pela canalha".

A canalha compunha-se de parentes meus, e se eles eram, eu era, isso é positivo; há porém uma cousa muito mais positiva, uma realidade, um fato, que os homens que saem do nada, e que subiram ou estão em caminho de subir ao tudo, devem esquecer, ou pelo menos não devem reconhecer: é a sua origem.

Um toro de laranjeira que foi torneado e que se dourou é indigno do torno e do ouro que o alindaram e enobreceram, se tem a extravagância de em suas grandezas lembrar-se que foi pau de laranjeira.

Entre a patuleia donde se sai e a nobreza para onde se entra deve correr um Letes[81] milagroso que faça esquecer a procedência.

É verdade qua a tal nobreza da Constituição é a da sabedoria, dos serviços relevantes, e das virtudes, e que dian-

81 Rio que, na mitologia greco-latina, passava pelo mundo infernal, e de cujas águas deviam beber as sombras dos mortos para esquecer a vida passada.

te da Constituição um *qui quae quod*, cujo pai não passou de *hic, haec, hoc*,[82] se é sábio, benemérito e virtuoso, pode ser altamente condecorado, e titular, trazer armas na portinhola da carruagem, e (isto é duro de se roer) ostentar, dizendo em alta voz que a sua nobreza é a mais nobre de todas as nobrezas, e tanto mais se alteia, quanto mais se deixa ver a humildade do berço, e a altura a que se chegou pelos voos d'águia do verdadeiro merecimento.

Mas deixá-los falar, que são poetas, e acreditam nas teorias da defunta: um *filho d'algo* ainda que seja falso, como Judas, estúpido como o mais sério dos animais irracionais, tem sempre bastante inteligência, e suficiente orgulho para, quando vê passar um daqueles condecorados ou titulares, não por dinheiro que deu a preço ajustado, mas pelas condições grandiosas que enobrecem o homem muito antes do enobrecimento oficial, rir-se muito, fazer uma careta, e dizer "canalha dourada!... aquilo é um *qui quae quod* filho de um *hic haec hoc*": isto é na suposição de que o filho d'algo gagueje latim; o que hoje em dia é raro.

Pela minha parte pouco me importam a nobreza constitucional de uns, e as caretas aristocráticas dos outros: sei positivamente que não sou filho d'algo: mas também não sou *qui quae quod* filho de *hic haec hoc*; sou e quero ser pura e simplesmente *ego-mei-mihi-me-a-mé*,[83] e sem plural, bem entendido, sem plural, enquanto não estiver casado com Chiquinha.

Cumpre porém, e quanto antes, completar com este importantíssimo assunto do meu casamento, a minha história de três meses, que, no fundo altamente políti-

82 Listam-se, aí, primeiro, as formas do pronome relativo e, em seguida, do demonstrativo em latim, ao que parece, querendo dizer "um qualquer" (i.e., que sabe apenas rudimentos).
83 "Eu-de mim-a mim-me-por mim", formas da primeira pessoa do pronome pessoal em latim, indicando, em suma, aí: "sou eu próprio, e basta".

co, fracas ou duvidosas relações parece contudo ter com a política não só particular ou individualmente minha, mas também geral do Império, que é em suma o objeto transcendente das *Memórias* da minha ilustre vida, que aliás se acha ainda apenas em seu começo esperançoso.

Eu já informei ao respeitável público de que minha digna tia, mãe da Chiquinha, era surda e tinha vista curta, e agora estou habilitado para assegurar que, percebendo que eu e a filha nos namorávamos, ficou ainda mais surda, e quase completamente cega.

Há nesta nossa vida e neste nosso mundo três cousas que servem para todos os casos, e se empregam em todas as circunstâncias com perfeito cabimento.

São os seguintes:

A aguardente, que serve para o frio e para o calor, que se pode aplicar a todas as moléstias ou deste ou daquele modo, que combate as tristezas, e duplica, triplica e centuplica as alegrias, e que entra por todas as portas ou pura, ou disfarçadamente.

O diabo, comparação universal, espírito maligno que está no corpo de todos os homens e de todas as mulheres, presidindo, inspirando, e ativando os sete pecados mortais, e traquinando em todos os pecados veniais, que é vegetal, mineral, e animal, líquido, sólido e gasoso, que mora nos lares domésticos, e nas secretarias de Estado, e que, em uma palavra, tem relações tão vastas, tão altas e tão baixas, e resume tanta cousa em si, que ninguém o compreende bastante, ninguém o pode definir, senão dizendo — o diabo é o diabo.

O dinheiro, que é a aguardente e o diabo combinados e levados à última essência, o dinheiro que pode tudo, que faz tudo, que é capaz de tudo aqui na terra; que é masculino, feminino, e neutro, epiceno e comum de dous, e de três, e de cem e de mil; que é adjetivo, substantivo, verbo, advérbio, preposição, conjunção, ponto de interrogação, ponto final, e sobretudo reticências..., primeira regra de jurisprudência, primeiro sistema de medicina, base de toda escola econômica, pai e mãe da indústria, do comércio, das artes, e de tudo, rei absoluto de todas as nações, o incomparável general nas guerras de todos os séculos, o grande decifrador de todas as charadas políticas, o encanto que faria rir a Heráclito, chorar a Demócrito, e convencer Diógenes da conveniência de trocar a sua pipa[84] por um sorriso de Alexandre, e que, enfim, fez a mãe da Chiquinha ficar mais surda, e quase cega, como em outras circunstâncias teria o condão de fazê-la ouvir o segredo de um guarani a dez braças de distância, e de enfiar um bordão de *contrabasso* pelo fundo de uma agulha de cambraia.

Minha tia não perde nada pela minha conscienciosa observação: estava lendo pelo breviário universal: se a sua condescendência fora um crime, um milhão de casas de correção que houvesse, não chegavam para os criminosos.

É que o dinheiro abre a vista, e tira a vista, como faz a guerra, e acaba a guerra; como faz do branco preto e do preto branco; como faz eleições *livres*, muda os destinos das nações, levanta e derriba tronos, e finalmente governa o mundo cá debaixo, enquanto Deus não permite que um cataclisma político e moral aniquile o poder da aguardente, do diabo, e do dinheiro; da aguardente que perturba a razão, do diabo que tenta a alma, e do dinheiro que corrompe e que domina o mundo.

Por consequência minha tia não via, nem ouvia, e a Chiquinha e eu estávamos em maré de rosas.

Tive mil ocasiões de admirar o talento, o instinto político, embora desfigurado em outros sentimentos, e as

84 No seu desprezo às riquezas e ao supérfluo, conta a tradição a respeito de Diógenes o Cínico que ele andava descalço, dormia sob os pórticos dos templos e tinha como única moradia uma pipa.

felizes disposições da minha noiva: era uma senhora de esperanças, um espírito enriquecido de princípios refletidos e sistematizados!

Era um vulcão de amor... frio como o gelo.

Um dia estávamos juntos e quase sós, ou sós, porque minha tia se achava cada vez mais cega e mais surda; e nessa ocasião muito ocupada se mostrava com o governo de casa: conversávamos pois a Chiquinha e eu em suave confidência em um canto da sala, e veio-me à lembrança distrair-me misturando com o nosso doce sentimentalismo um ensaio de ciúme simulado.

— Quer saber?, disse de repente à Chiquinha; no meio dos meus sonhos de incomparável felicidade vem às vezes uma nuvem entristecer a minha alma.

— Como se chama essa nuvem?, perguntou-me ela.

— Chama-se suspeita.

— De quê?

— De que não fosse eu o primeiro objeto de suas ternas afeições: de que antes de mim algum outro homem tivesse ocupado um lugar no seu coração, e talvez concebido esperanças de ser seu marido!

— Ah! pois era isso?, perguntou ela sorrindo-se.

— E então é pouco? Você jura que eu sou o seu primeiro amor?

— Primo, os amores contam-se de diante para trás: o primeiro amor é o último.

— Compreendo; tornei, fingindo-me um pouco magoado; não pode jurar...

— Jurar? poder, posso, mas não quero: é tão fácil jurar!

Fiz um movimento, e lancei-lhe um olhar que se não significaram ímpeto de ciúme, não foi por falta de vontade da minha parte.

Ela prosseguiu sem hesitar:

— Escute: devo acreditar que você quer e vai casar-se comigo: dizem-me que há países onde é regra que, realizado um casamento, nenhum dos noivos tem direito a tomar contas do passado do outro; a regra é boa; eu porém tenho outra melhor.

— Pode dizer qual?

— É antes do casamento a mais ampla franqueza entre os noivos.

— Então?

— Não quero ter segredos para você: confessar-lhe-ei tudo: afeições passageiras, amores de uma hora ou de alguns dias, trocas de sorrisos e de suspiros sem consequência, sem significação para a vida, realmente não sei a conta de quantos tive dos quinze aos vinte e dois anos: prisão de coração mais apertada, atenção mais séria dada a um homem, proposição de casamento ouvida, promessa de atender ao pedido, esperança finalmente alimentada por mim com juramentos, há uma, confesso que há uma; mas uma só.

— E queria que fossem mais?

— Olhe, nestes casos uma só é raridade: eu sou rara... talvez porque tenho sempre morado na roça.

— Então... se é assim... que papel faz o meu indigno rival... e que papel faço eu?

— Ele? o de namorado logrado: você o de preferido: não lhe basta?

— Mas por que sou o preferido, e ele é o logrado?

— Meu Deus! Em tais assuntos é uma inconveniência e um erro perguntar por quê.

— Embora... eu pergunto.

Devo declarar que me achava ou aturdido ou revoltado pela franqueza da Chiquinha! Não compreendia naqueles momentos de revolta do meu orgulho a sublimidade de seus sentimentos; não via, estúpido que eu tinha ficado, que ela era uma legítima representante da minha escola.

Repeti:

— Embora... eu pergunto.

Ela sorriu-se outra vez e disse friamente:

— Darei apenas metade da resposta que me pede, e

estou certa de que não me pedirá a outra metade. Quero amar e ser amada; mas quero também ser feliz e brilhar no mundo: o tal meu namorado, aliás um bonito moço, é pobre, e ofuscava-me, falando-me em esperanças de riqueza devida ao seu trabalho, e à herança de um parente milionário: o trabalho até hoje não lhe deu senão a estima de uma dúzia de amigos, e o parente milionário morreu antes de nosso tio, não deixou testamento, e ficou sem real o meu pretendente: a poesia do meu amor morreu com a morte do milionário, e portanto...

Dobrei um joelho!... A luz da mais real e utilíssima verdade tocou os meus olhos... beijei a mão da Chiquinha.

— Convenho-lhe assim?, perguntou-me ela.

Por única tornei a beijar-lhe a mão.

Nunca mais tive, nem terei ciúmes verdadeiros ou fingidos desta moça digna do século das luzes.

No fim de mês e meio depois da morte de meu tio não pude demorar por mais tempo o meu pedido oficial da mão da Chiquinha, e recebi em resposta, de minha tia, três apertados abraços que em consciência eu dispensaria sem dificuldade, e da encantadora moça um *sim* que lhe saiu todo trêmulo por entre os lábios cor-de-rosa, e acompanhado da condicional: "se for da vontade de mamãe", condicional que me fez vontade de rir, porque me lembrou a do testamento de meu tio.

Ficou entre nós ajustado que o casamento se efetuaria dali a outro mês e meio, isto é, no fim do nosso luto, exigência pueril da mãe da Chiquinha, que, escrava das ideias e dos costumes do seu tempo, quis salvar as aparências da dor que eu aposto que nem ela mesma sentia mais. Cedemos a esse capricho; mas eu também exigi pela minha parte que o nosso ajuste ficasse em absoluto segredo, e isso pela excelente razão de que a alma do negócio é o segredo, e o meu casamento era, antes de tudo, negócio.

Era fácil esperar o prazo marcado, a quem ainda se atarefava com inventário e cumprimento de legados: a adoração, o culto da minha bela noiva era para mim o mais doce lenitivo dos trabalhos aritméticos, que aliás muito me ocupavam.

Não havia mais, nem podia haver questão de ciúmes com a Chiquinha: depois do pedido de casamento vivíamos ainda em maior intimidade, e tive ensejos de aquilatar muitas vezes a sua nobre franqueza, e de apreciar a mulher que ia ser a providencial companheira da minha vida.

— Confesse, Chiquinha, disse-lhe um dia, confesse que em nossos primeiros anos você não foi minha amiga.

— Questões de frutas, de doces, e de pão de ló!, respondeu-me ela, rindo-se.

— Não: questão de tudo; você não era minha amiga.

— Pois bem: mas havia entre nossos sentimentos uma enorme diferença.

— Qual?

— Eu o olhava com indiferença e você me aborrecia.

— Franqueza por franqueza: eu não a aborrecia, odiava-a: do ódio ao amor há apenas um salto... saltei: eu adoro-a.

— E a indiferença é um sentimento de transição ou para o amor ou para o ódio: eu morro por você, meu primo.

— Como porém se explica isto, Chiquinha?

— Pergunte a si mesmo: nós nascemos um para o outro: você é a minha imagem, eu sou a sua.

— Então o nosso amor?

— Tem a sua raiz em um recente passado: nasceu com a morte de nosso tio: compreendemos ambos que um é o complemento do outro para a realização das glórias do futuro.

— Chiquinha!

— É o primeiro dos amores que tem sólidas garantias de resistir ao tempo e de perpetuar-se até a morte!

— Sim! Sim! E será um amor eterno! Um amor que nem o sopro da morte poderá apagar!

— Menos essa, meu primo: seremos leais e dedicados um ao outro em toda a vida; mas, sejamos francos até o extremo, em caso de viuvez fica a qualquer de nós o direito de arranjar ainda melhor casamento, passados seis meses de luto.

A Chiquinha valia dez vezes mais do que eu: tinha-me compreendido, e fazia-se compreender.

Não havia fingimento, nem dissimulação, nem hipocrisia, naquela alma transparente de noiva, que ia ser esposa.

Ela era a expressão leal, franca, sem véus, sem sofismas da sociedade em que vivemos; era o egoísmo de espartilho, de vestido branco, de brincos de brilhantes nas orelhas, e de colar de pérolas ao pescoço.

Era um talento brilhante realçado pelas convicções da filosofia do realismo puro, e do interesse material, que é a lei do nosso mundo na atualidade.

Era uma mulher às avessas, e portanto a maior verdade às direitas: uma mulher pelo sexo, homem pelos sentimentos, uma mulher masculina como Isabel de Inglaterra.

Nascera para estadista, para organizar ministérios, para piloto da nau do Estado: a natureza espichou-se completamente, dando-lhe o sexo que lhe deu; não conseguiu, porém, mudar-lhe a vocação, e apagar-lhe as sublimes inspirações da sua alma.

Ainda bem que nenhum dos grandes estadistas da minha terra conheceu em solteiro, e descobriu a Chiquinha em seu retiro da roça: se assim não fora, e qualquer deles compreendesse a extensão da sua sabedoria, e tivesse notícia do legado da terça de meu tio, teria eu ficado com água na boca, e obrigado a procurar outra noiva para fundamento da grande fortuna com que sonho.

A Chiquinha é uma verdadeira maravilha, uma estupenda conselheira política; é a pedra filosofal que por acaso ou inaudita felicidade encontrei. Com ela a meu lado, dispenso o moleque Platão.

Não nego, nem escondo que sou interesseiro; mas não cederia a Chiquinha por um milhão.

Hão de ver o que dá de si esta rapariga, que tem o pensamento no futuro; que aprecia devidamente o mundo em que vive; que é mulher pelo sexo, homem pela ambição, e o diabo pelo cálculo e pela tentação.

O prazo almejado chegou enfim: a Chiquinha trocou o vestido preto de luto por aquele vestido branco, que não é como os outros vestidos brancos, porque estes são simplesmente vestidos brancos, e aquele é mais do que isso, é símbolo, e símbolo que se completa com a coroa de botões de flores de laranjeira, que a noiva ostenta com os olhos baixos, e com enleios de pudor, pensando na abdicação.

Em face do altar o *Et ego auctoritate qua fungor*,[85] sagrou os laços da minha união com a Chiquinha.

Enquanto o padre lia-nos a lição dos benefícios do matrimônio, e dos nossos deveres de esposos, aproveitei o tempo para examinar os meus planos relativos ao emprego do dote da minha noiva.

Em que pensava então a Chiquinha, não sei, e nem depois procurei saber; certo é, porém, que lhe apanhei no rosto sinais de profunda reflexão, e no olhar ou vago, ou distraído, indícios de que o seu espírito andava tal e qual como o de seu noivo, arranjando futuros da vida longe do altar.

O nosso casamento surpreendeu a todos os parentes e amigos da casa, que somente nas vésperas tiveram notícia dele; nenhum, porém, deixou de concorrer às bodas: vieram todos, e até aqueles que me haviam chamado *velhaco*, e que nem por isso dispensaram o banquete do noivado.

Eu não consenti que se fizesse exceção nos convites: destinando-me à vida política, quis ir logo me habituando a dar e a receber anistia de injúrias e calúnias, e a apertar com gracioso sorriso as mãos daqueles que pou-

85 "E eu investido desta autoridade", em latim.

cas semanas antes haviam despedaçado a minha reputação, e a quem pela minha parte eu amarrara ao pelourinho das descomposturas e de aleives[86] sem medida.

Chama-se a isto reconciliação parlamentar e tolerância política.

Minha tia e sogra sofreu duas insignificantes contrariedades, nas disposições tomadas para o casamento; mostrava-se teimosa em suas ideias; teve, porém, de ceder às exigências dos noivos que se achavam de perfeito acordo.

Queria ela que as nossas testemunhas fossem dous velhos parentes nossos, com fama de muito honrados, mas pessoas de pouco mais ou menos.[87] Nós declaramos que os nossos padrinhos seriam dous figurões muito ricos e importantes, um do município em que morávamos, e o outro do município vizinho, homens a quem eu mal conhecia por ouvir dizer que tinham tido relações com meu finado tio.

A boa velha sustentou que semelhante escolha era uma falta de consideração e de respeito a nossos honrados e venerandos parentes: nós a deixamos ralhar, quanto quis, e guardamos o segredo do nosso acerto.

O meu padrinho e o padrinho da Chiquinha eram as primeiras influências eleitorais dos dous municípios.

A outra questão foi mais simples.

A velha propunha que se celebrasse o casamento com a maior modéstia, em atenção à morte recente de nosso tio: a Chiquinha não disse sim nem não; eu, porém, meti pés à parede, e reclamei toda ostentação e brilhantismo, em honra do solene ato.

— Vaidade! vaidade!, bradara minha tia.

Ainda bem que ela me acusara só de vaidade e não compreendera que nas ideias de casamento modesto eu pressentia a exclusão do grande banquete, com que o meu estômago sonhava desde dous meses.

86 Calúnia.
87 Pessoa insignificante.

A festa foi suntuosa.

Houve banquete e baile.

Quanto eu comi não se diz.

No baile a Chiquinha dançou com os dous padrinhos, e esteve feiticeira com eles: o encantamento foi tal que no fim do baile em vez de a afilhada pedir a bênção aos padrinhos, foram eles que a tomaram a ela, beijando-lhe ambos a mão.

À meia-noite os nossos convidados tiveram a escrupulosa delicadeza de procurar os chapéus e de dar-nos a boa-noite!

Boa-noite muitas vezes repetida, e dada em todos os tons, desde o grave até o trêmulo e o acentuado de malícia.

Vi brilhando cem invejas nos olhos de cinquenta convidados.

A Chiquinha era toda confusão...

Tiveram piedade da noiva e provavelmente raiva de mim...

Foram-se...

A Chiquinha estava caindo de sono...

Foi-se...

Eu creio que cochilava desde as nove horas da noite...

Fui-me...

Ficou só na sala minha tia... com a cara que lhe competia naquele caso... com cara de tola.

IV

Em que rendo cultos à verdade que não me pode prejudicar, embora prejudique aos outros, e confesso que a Chiquinha me fez esquecer o mundo durante quarenta horas: conto como despertando ao romper do dia, o noivo e a noiva, eu e ela, fomos sentar-nos a uma janela que abrimos e embebemos os nossos olhos na aurora que despontava, e enquanto a Chiquinha enrolava e desenrolava os anéis de seus cabelos, enrolei e desenrolei o teatro político: a Chiquinha profetiza cousas muito bonitas, eu beijo-lhe as mãos, minha tia nos percebe à janela, e por fim de contas a Chiquinha e eu não vimos a aurora.

Eu detesto a impostura e a hipocrisia, quando a hipocrisia e a impostura não se tornam necessárias para os arranjos e os negócios da vida: é um erro estúpido mentir sempre e ainda sem utilidade nem conveniência. O filósofo egoísta, o político sábio que zomba das ideias pueris da moral e da consciência, aquele que respeitando a primeira lei da natureza trata exclusivamente de si, e sacrifica tudo e todos aos seus interesses pessoais, deve tantas vezes quantas lhe seja possível falar a verdade, e ostentar que fala a verdade: se assim não praticar, dentro em pouco ninguém lhe dará crédito, e mais difícil lhe será enganar a humanidade, quando precisar fazê-lo.

Quando estive em França, fui amigo íntimo do redator em chefe de uma gazeta diária publicada à custa da polícia: o mísero publicista só escrevia o que os ministros lhe ordenavam que escrevesse, e por consequência mentia diariamente tanto quanto continham os seus artigos de fundo: no fim de pouco tempo ficou-lhe a boca exatamente com o mau costume da mão que escrevia: não lhe foi mais possível falar sem mentir: os ministros tinham-lhe feito da mentira uma segunda natureza: eis senão quando um dia o pobre publicista morreu de uma congestão cerebral ao terminar um artigo que escrevera, conforme os apontamentos do chefe do gabinete ministerial — tão grande fora a mentira que produzira congestão de cérebro —: pois bem, ou pois mal: não se achou médico que atestasse a morte antes de apodrecer o cadáver!... Todos os hipócrates[88] recearam que o morto estivesse vivo, e procurando enganá-los; e a polícia pagante tomou cautelosas providências para não fazer despesas com o enterro antes de perfeita segurança da morte do seu órgão e fiel e legítimo representante das ideias do governo na imprensa.

Não preconizo o culto da verdade: fora esse um erro ainda mais grave para os estadistas e os homens refletidos e frios: a verdade não deve ser o farol do homem; porque é farol que muitas vezes o compromete, e lhe atrapalha a viagem da vida; mas quando a verdade não faz mal a quem a diz, ainda que faça mal aos outros, pode e deve dizer-se.

E a regra dos homens sábios, dos mais preconizados diretores e tutores obrigados dos povos, é a minha regra.

Vou portanto proclamar uma verdade que não fará mal nem a mim, nem a pessoa alguma.

88 Hipócrates (*c.*460-375 a.C.): é considerado o maior médico da Antiguidade, responsável por um sistema baseado na alteração dos humores.

A Chiquinha teve o poder de dominar-me, de subjugar-me tanto, que nem na noite do nosso casamento, nem no dia e noite seguintes pude ter independência e liberdade de faculdades intelectuais para pensar em outro objeto que não fosse ela, para viver com outro pensamento, que não fosse o seu amor.

Acusem-me fraqueza embora! Todos nós somos pecadores, e ainda bem que eu tenho por escusa do meu pecado de fraqueza a formosura, e os encantos da Chiquinha.

Convenho em que o amor é um sentimento que abate, que avilta o homem: o famoso escritor Proudhon,[89] que aliás nunca foi da minha escola, embora muitos dos seus princípios me convenham perfeitamente, demonstrou até a evidência a baixeza e o aviltamento do amor.

Mas o que Proudhon não disse nem compreendeu é que há amor e amor: amor de poeta, todo cheio de metafísicas, de sonhos, de lantejoulas, de cousas-nenhumas, sentimento que prende, que absorve a alma, e que por consequência abate e avilta o homem, que assim se esquece de que é um bicho vivo e pensante deste mundo cheio de bichos de todas as qualidades: e amor animal, material, positivo, sem mistura de sentimentos d'alma, ou apenas com essa mistura passageira, aparente, sem consequências perigosas para a independência e liberdade do homem.

É do primeiro desses amores que falou sem dúvida Proudhon, cujas teorias neste caso aceito sem restrições.

É do segundo que me vi, que me senti preso, cativo, absolutamente dominado durante o tempo que determinei.

Esta confissão é em todo caso uma homenagem que deve parecer muito lisonjeira à Chiquinha, que é filósofa e pensa exatamente como eu.

O dia que se seguiu ao do nosso casamento ainda foi de festa, a que estiveram presentes e nela tomaram parte

89 Pierre-Joseph Proudhon (1809-65): teórico socialista francês, autor de *O que é propriedade?* e de *Filosofia da miséria*.

os dous importantes padrinhos, que ficaram cativos da bondade, do agrado, e das graças da minha bela esposa.

Em honra dela sem dúvida juraram-me ambos leal e eterna amizade: eu tomei nota do juramento para explorá-lo em ocasião oportuna.

No outro dia a Chiquinha e eu despertamos aos primeiros anúncios do dia, e erguendo-nos do leito nupcial, fomos sentar-nos a uma janela que abrimos com o propósito de ao lado um do outro saudarmos o romper da aurora, que começava a enrubescer o horizonte.

Éramos dous noivos, casados há quarenta horas, quando muito: eu estava envolvido em um elegante *robe-de-chambre* de seda, a minha adorada esposa tomara um *peignoir* finíssimo, lindíssimo, provocadoríssimo, e sobre o qual caíam em enchentes de anéis seus longos e formosos cabelos negros.

Estávamos à janela: eu apertava entre as minhas uma das mimosas mãos da Chiquinha; nossos olhos convergindo para o mesmo ponto se encontravam juntos, unidos, identificados, como um só olhar embebido nas rosas da aurora que despontava.

Era doce, suave, voluptuosa essa situação de um homem e de uma mulher por assim dizer tornados em um só ente, em um só ser, olhando, vendo, sentindo, como se não fossem dous, como se ambos fossem somente um.

Era impossível, quando nossas mãos se apertavam, nossos olhos se embebiam em um só objeto, nossos corações palpitavam em nossos peitos quase unidos, nossos suspiros voluptuosamente se confundiam, era impossível, digo, que nossas almas, também identificadas, não estivessem engolfadas no mesmo, e em um único pensamento.

E estavam, palavra de honra!

Quem primeiro manifestou, falando, esse pensamento foi a Chiquinha.

Sem arredar os olhos que se prendiam aos fulgores da aurora, apertando-me suavemente uma das mãos, e descansando com ternura a linda cabeça no meu ombro, a Chiquinha deixou sair por entre os lábios a sedutora harmonia da sua voz, e perguntou-me:

— Primo, a quanto sobe a nossa fortuna?

— Eu estava fazendo esse cálculo, Chiquinha: estamos entre duzentos e cinquenta e trezentos contos de réis, o que indica a necessidade de chegar à conta redonda.

Ela refletiu e tornou:

— Sim; mas no princípio isso é muito difícil.

— Por quê?

— Porque é preciso semear para colher.

— Eu conheço muita gente que arranja para si contas redondas, colhendo o que os outros semeiam: quer ver como isso se faz?

— Quero; respondeu-me ela sorrindo com angélica inocência.

E sem retirar a cabeça que pousava no meu ombro; e sempre com os olhos fitos na aurora, pôs-se a enrolar e a desenrolar os anéis de seus cabelos com os dedos da mão que eu lhe deixara livre.

Enquanto ela brincava com os cabelos, falei eu:

— Olhe, Chiquinha: cem, duzentos, mil pobres de espírito trabalham durante a vida inteira com a esperança de deixar aos filhos riqueza ou pelo menos medíocre fortuna, vão semeando sempre, e ainda semeando levam aos cofres de um banqueiro habilidoso as economias e as sobras de cada ano: eis chega um belo dia, o banqueiro declara-se quebrado, apresenta livros admiravelmente preparados, prova evidentemente que a falência não foi fraudulenta, paga aos credores com oitenta por cento de rebate, larga-se a vapor para a Europa, e lá ostenta gozos de milionário: quem semeou? O batalhão dos logrados: quem colheu?... O espertalhão que logrou, e que fica sendo grande cousa na terra porque tem dinheiro.

— E a justiça pública?, perguntou a Chiquinha.

— A justiça, de que fala, pinta-se com os olhos vendados: é uma pobre cega que quase nunca descobre os crimes dos homens de gravata lavada. Ouça mais: uma inteligência superior, um gênio nas ciências, na indústria, nas artes, *faz a luz* de uma transcendente descoberta, que destrói as práticas estabelecidas: utopia! brada a rotina, que é a mais teimosa e rabugenta das velhas: morre o gênio no hospital, ou em uma esteira quase podre, e no fim de algum tempo a sua descoberta que se tornou verdade cediça enriquece os filhos dos detratores do sábio utopista: quem semeou?... quem colheu?... ah! sim: às vezes a posteridade levanta uma estátua ao gênio que morreu de fome: depois do asno morto, cevada no caso: o diabo leve a estátua.

A Chiquinha continuava a brincar com os anéis dos seus cabelos.

— Nas cousas políticas a observação tem ainda mais perfeito cabimento: semeia a imprensa, semeiam homens dedicados ao que chamam culto dos princípios, religião das ideias, semeiam em oposição, combatendo no campo da lei anos inteiros, sofrendo agora perseguições, logo injustiças, quase sempre injúrias e aleives; mas semeando sempre; chega enfim o dia da vitória do seu partido, e de súbito embrulham-se os ambiciosos e os traficantes políticos com os vencedores, em duas viravoltas atiram os semeadores para o canto, e colhem os resultados da luta porfiada e as palmas do triunfo.

E a Chiquinha enrolava e desenrolava.

E eu também continuei a desenrolar assim:

— Os conspiradores semeiam revoltas que de ordinário se afogam no sangue, ou algumas vezes conseguem derribar o governo: no primeiro caso não há colheita, e apenas vão para a cadeia os Gracos que não morreram; a patuleia que escapou assenta praça de soldado, e os grandes especuladores que acenderam a fogueira, e observaram o fogo às janelas, metem-se na moita por alguns dias para salvar as aparências, ou fazem coro com os vencedores e condenam os revolucionários: no segundo caso a patuleia vai trabalhar, os Gracos ficam a olhar, e os especuladores apressam-se a colher e colhem e comem eles sós por todos.

— Ah primo, não seja Graco!, exclamou a Chiquinha.

— E ainda menos patuleia.

— De acordo: disse-me ela, tornando a desenrolar um anel de madeixa que de repente deixara.

Eu prossegui:

— Semeia o honrado capitalista que empresta dinheiro aos caloteiros que colhem, não pagando as dívidas: semeia doudamente o parvo que alimenta a ociosidade de vadios, que lhe colhem o suor, vivendo à custa de uma caridade degenerada; semeia o estudioso e abalizado chefe de secretaria projetos, melhoramentos, e bem combinados planos, que um ministro, tábua-rasa ou pouco mais do que isso, apresenta às câmaras como seus, e colhe os aplausos, e as honras que a outro que não a ele deviam caber: semeia o filósofo e colhe o prático; semeia o tolo no seu, e colhe o avisado no alheio, semeia o tempo presente, e colherá o tempo futuro, semeia o bom, e colhe o diabo. Chiquinha, eu não quero semear, quero colher na sociedade em que vivemos.

— Mas é preciso, disse-me ela.

— Chiquinha: creio que você aprendeu o latim...

— É verdade: nosso tio quis por força que eu traduzisse Virgílio.

— E o quis com razão: eu adoro Virgílio pela discrição do banquete dos troianos fugitivos,[90] e pela sublime invenção das harpias,[91] felizes animais que podiam comer sem cessar e sem o trabalho da digestão! O inspirado

90 O banquete dos troianos fugitivos, a que se refere Macedo, encontra-se no canto I, vv. 173-229, da *Eneida*, de Virgílio.
91 A descrição das harpias, mencionada aí pelo sobrinho-do-tio, encontra-se no canto III, vv. 221-69, da *Eneida*, de Virgílio.

poeta mantuano adivinhou nas harpias certos políticos do nosso tempo. Chiquinha, eu te cumprimento, porque traduzes Virgílio: era preciso que na nossa idade o latim achasse um refúgio, um abrigo hospitaleiro, que o salvasse da sentença que o condena à proscrição: em outras eras salvou-se nas dobras dos hábitos dos frades; convém que na nossa época se salve nas pregas dos vestidos das senhoras. Pois bem: Chiquinha, você tem no latim de Virgílio a teoria sublime, que tenho exposto rudemente: uns semeiam para outros colher: Virgílio o disse:

Vos egos versiculos feci, tulit alter honores;
Sic vos non vobis, etc.[92]

Foi um *sic vos non vobis* que o poeta poderia ter estendido além das aves, dos bois, e das abelhas, a todos os animais racionais.

— Diga-me porém, primo; que ideia tem você no sentido?... perguntou-me a Chiquinha, abandonando os cabelos, e levantando a cabeça, que descansara no meu ombro.

— Que ideia?

— Sim: que vida pretende seguir?

— Que pergunta, Chiquinha! Eu nasci talhado e predestinado para a vida política.

— E que é a política?

— Um meio de vida como outro qualquer; um homem pode resolver-se a ser estadista, como pode se resolver

92 "Eu vos fiz uns versinhos, e outro levou a glória;/ Assim vós [trabalhais] e não é para vós etc.", em latim. Citação de Virgílio que se refere a um dístico, deixado, sem assinatura, por ele, sob a entrada do palácio do imperador Augusto, cuja autoria seria atribuída, então, a outro poeta, bastante medíocre, Batilo. A expressão *sic vos non vobis* — "assim vós [trabalhais] e não é para vós" — costuma ser empregada, então, para indicar que alguém recebeu pagamento ou homenagem na verdade devidos a outro.

a ser advogado, médico, sapateiro, alfaiate, urbano ou pedestre. Ainda não cheguei a determinar precisamente em meu espírito, se a política é ciência, arte, ou ofício mecânico: creio que é tudo isso ao mesmo tempo.

— Como?

— E talvez ciência para aqueles que entendem que se devem aplicar os preconizados e ridículos princípios da moral severa, do direito — direito ao governo dos povos, e também para aqueles mais sábios e mais hábeis, que aceitam tais princípios em teoria; mas que os sofismam na prática: é sem dúvida uma arte para aqueles que, compreendendo a realidade das cousas, se convencem a tempo de que ela, a política, é uma coleção de regras arranjadas com acerto para se enganar as nações e viver e brilhar à custa delas; é finalmente um ofício mecânico para quantos em exercício de funções políticas servem sempre a todo e qualquer governo, contanto que o governo lhes pague o seu salário de cada dia. Eu quero cultivar a política como ciência, como arte, e como ofício mecânico.

— É difícil!

— Não me será difícil, se eu chegar a ser eleito deputado; começarei o meu noviciado como membro da maioria, tendo a política por ofício mecânico, se me convier passar para a oposição, cultivarei a política como arte, e quando chegar a ministro de Estado, elevá-la-ei à ciência de sublimes sofismas.

— Você espera ser ministro de Estado?

— Ora, Chiquinha! por que não? O finado padre Feijó, quando regente do Império, dizia: que enquanto passassem pelas ruas homens de casaca, teria onde escolher ministros: depois do padre Feijó[93] a escolha desceu até os homens de *paletot*, e eu posso assegurar e afirmar que

93 Diogo Antônio Feijó (1784-1843): padre e político paulista, foi deputado, senador, ministro da Justiça, e regente do Império de 1835 a 1837.

já têm sido ministros ilustres cidadãos, em cujos ombros penduram-se casaca e *paletot*, como em qualquer cabide de pau ordinário, que não tem cerne e apodrece depressa.

— Deveras?...

— Se deveras! De certo tempo a esta parte as exigências políticas tornaram-se menos severas: basta que o presidente do conselho, e organizador do ministério saiba não muito, mas alguma cousa: os outros ministros não precisam saber cousa alguma.

— E como tais ministros dirigem as suas repartições?

— Por instinto, e por tutoria obrigada: por instinto, fazendo parvoíces de todos os calibres; e por tutoria obrigada, assinando de cruz tudo quanto escrevem os oficiais de gabinete que chamam para lhes dar o trabalho de governar e administrar por eles. Eu já li um relatório de ministro escrito por três oficiais de gabinete, cada um dos quais tinha ideias e opiniões opostas às dos outros.

— Havia de sair bonito!

— Saiu uma torre de Babel na hora da confusão das línguas; mas por isso mesmo foi sublime! Tão sublime que ninguém o entendeu, nem o ministro que o assinou! Foi como se estivesse escrito em grego, celta e sânscrito: nunca houve relatório igual: a oposição não pôde meter-lhe o dente: havia nele recursos para tudo: com a página segunda atacavam-se as ideias da primeira, com a quarta as proposições da terceira: as outras páginas estavam no mesmo caso: era um relatório cheio de pró e contra: era um encouraçado dos estaleiros da ilha das Cobras:[94] não houve bala oposicionista que o atravessasse.

— Foi portanto um relatório que, pelo menos, teve o merecimento da originalidade.

94 *Ilha das Cobras*: uma das ilhas da baía de Guanabara. Chamou-se inicialmente ilha da Madeira, nela construindo-se fortaleza que serviu de presídio político para os inconfidentes mineiros e os revoltosos de 1817, 1821, 1848.

— Nem tanto assim; porque Eugênio Sue[95] já havia feito, em França, cousa muito semelhante nesse gênero.

— O quê?

— O judeu que o Churinada[96] dos Mistérios de Paris jantou no Tapis-franc; mas em todo caso o relatório deu ideia da capacidade do ministro, e ainda uma vez demonstrou que para ser membro de um gabinete ministerial o homem não precisa conhecer o *a b c* da repartição pública que vai presidir.

— Não discutamos este ponto, primo: vamos de preferência ocupar-nos do que nos convém resolver. Você está pois decidido a adotar a vida política?

— Adotar... o verbo é muito bem aplicado.

— Mas eu penso que essa vida tem portas que não se abrem facilmente aos noviços: eu sou uma pobre moça, uma tola que não entende dessas cousas; explique-me, como se passa, e como se vive a vida política.

— A política de um Estado, Chiquinha, é a maior das comédias, representada no maior dos teatros: há plateia, camarotes, palco, bastidores, panos de cena e de fundo, todas as possíveis mutações da cena, camarins de atores, e até uma espécie de porão do teatro, onde se atiram os trastes e objetos que não têm mais serventia.

— Ainda não compreendo...

— Vá ouvindo: a plateia, que é imensa, enche-se do povo miúdo, aquele que serve somente para votar e ser guarda nacional: os camarotes são ocupados pela classe um pouco mais elevada, donde saem os subdelegados, delegados, comandantes da guarda nacional, eleitores

95 Eugène Sue (1804-57): ficcionista francês, um dos principais responsáveis pela popularização do romance-folhetim, autor de, entre outros, *Os mistérios de Paris* (1842-3), *O judeu errante* (1844-5) e *Os sete pecados capitais* (1847-9).
96 Trata-se de Chourineur, personagem de *Os mistérios de Paris*, um assassino, mas arrependido e bastante generoso.

etc.: não preciso dizer-lhe que toda essa gente da plateia e dos camarotes é quem paga os espetáculos, e quem carrega com toda a despesa do teatro.

— E pode aplaudir e patear,[97] como nos teatros ordinários?

— Se pode! É mesmo de regra, que os espectadores estejam sempre uns aplaudindo e outros pateando: cada ator tem sua claque,[98] e os partidos[99] teatrais chegam às vezes às do cabo;[100] esbordoam-se uns aos outros sem piedade, enquanto os atores mais astutos e ladinos, recolhendo-se aos bastidores durante a pancadaria, riem-se a não poder mais.

— Até aqui a plateia e os camarotes.

— No palco brilham os atores pregando ou desempenhando a peça que está em cena: a intriga dramática é sempre inextricável: mas todas as peças têm a mesma intriga, e apenas há mudanças de nomes próprios e de palavras; as personagens de primeira ordem têm em torno de si numerosos comparsas, e aquelas que na marcha da comédia procuram dispor e apressar a catástrofe de que as outras devem ser vítimas são seguidas de um cortejo

97 Bater com os pés no chão, prática frequente à época, quando a plateia desejava manifestar seu desagrado; equivale à vaia de hoje.
98 A claque, verdadeira instituição da vida teatral brasileira do século XIX, ficava "encarregada de aplaudir a peça, [fosse] ela boa ou má", e "de vitoriar os atores, atrizes e autores, chamando-os à cena", conforme registra Luís Edmundo em *O Rio de Janeiro do meu tempo*.
99 Era comum, então, entre os frequentadores de teatro, tornar-se "partidário" de uma ou outra atriz ou cantora (Aimée ou Lovato, Candiani ou Delmastro, Charton ou Lagrua), o que ocasionava, em geral, grandes disputas durante os espetáculos. Como se vê, por exemplo, no primeiro capítulo de *O Moço Loiro* (1845), de Macedo.
100 Chegar a extremos de brutalidade.

muito menos numeroso; às vezes o ponto é entidade obrigada na comédia; mas nesses casos não há cúpula que esconda de todo o malandro que dirige a peça sem parecer entrar nela: os contrarregras são os jornalistas, que não pisam na cena, mas observam, avisam, falam e ralham dentre os bastidores; os puxa-vistas, e muda-panos são os presidentes de províncias que, fazendo eleições, executam as grandes mutações teatrais para novas comédias: os empregados do tesouro público acendem o gás do lustre da plateia, têm a seu cargo trazer o óleo para as lâmpadas do palco, iluminar os camarins das primeiras personagens, e dar luz aos comparsas destes; os atores que desempenham papéis de desgostosos e de vencidos compram velas de sebo à sua custa para se vestir nos competentes camarins.

— E que mais?

— As comédias são admiráveis; mas a companhia anda sempre em furiosa briga por causa dos primeiros papéis. No palco todos os atores são mais ou menos deslumbrantes, eloquentes e bonitos.

— E fora do palco?

— Ah Chiquinha! Você não faz ideia o que eles são para dentro dos bastidores, atrás do pano do fundo, e nos camarins! Aquelas fardas bordadas, aquelas finíssimas casacas que em cena pareciam tão escovadinhas e tão limpas, observadas de perto, e nos recantos do interior do teatro, têm cada nódoa que enjoa! Cada remendo que espanta! E o que dizem uns aos outros, o que conversam, o que maquinam os atores, atacando-se, agredindo-se sem compaixão, é incrível! Dir-se-ia um convento de franciscanos ou de quaisquer outros frades nas vésperas da eleição para os cargos das comunidades. Eis-aí o que é a maior comédia do maior teatro.

— Esqueceu a guarda-roupa e o porão do teatro.

— É verdade, e até me esquecia também da orquestra. O porão do teatro é a sepultura, o abismo onde se atiram os trastes velhos e imprestáveis.

— Por exemplo.

— Há um marmanjo, a quem se faz deputado, porque é filho de seu pai e sobrinho de seu tio, notáveis influências da província, por onde quer ser eleito senador o ministro Manuel de tal: procedeu-se à eleição, e foi o ministro escolhido senador: fica o marmanjo sendo traste velho, e é atirado ao porão do teatro na seguinte legislatura. Outro exemplo: há um excêntrico que é conhecido por honrado, austero de costumes, de consciência pura, e por isso amado do povo: os espertalhões exploram a mina, tratam de adulá-lo, fingem admirar suas virtudes, aproveitam os seus serviços, abusam da sua generosidade, fazem de seus ombros degrau, se é preciso, o obrigam a ser ministro em nome do patriotismo e da causa pública; a pobre vítima ilude-se, nobre e leal aos companheiros, sacrifica-se por eles, carrega com pecados alheios, compromete-se, gasta-se; fica traste imprestável, e vai dormir no porão do teatro.

— E a orquestra?

— É imensamente numerosa: tocam nela todos os ganhadores políticos, todos os foliões e timbaleiros das últimas classes, que por ofício e costume entoam o hino ao ministério que existe, qualquer que ele seja.

— E os ganhadores das primeiras classes?

— Esses representam sempre no palco os papéis de confidentes, ou desempenham o mister de comparsas notáveis.

— Ah! E a guarda-roupa?

— Que guarda-roupa, Chiquinha! Você não pode calcular as proporções colossais desse reservatório de casacas e vestidos de variedades sem conta, e variedades tanto na cor, como nas formas: para estender todas essas casacas, e todos esses vestidos à corte, à *négligé*, à fidalga, e à patuleia, seriam pequenos dez campos da Aclamação.[101]

101 Nome que teve a atual praça da República, no Rio de Janeiro, de 1822 a 1889.

— E para que tudo isso?

— Tudo isso? Pois se ainda assim não chega, Chiquinha!

— Não chega?

— Não: os atores, figurões do palco, viram, e mudam tantas vezes as casacas[102] que não há guarda-roupa que baste!

— Ah, primo, que teatro!

— É o melhor que posso imaginar, é o mais conveniente que conheço: a companhia ainda não se queixou de falta de pagamento dos seus honorários: a plateia e os camarotes dão sempre para a despesa.

— E nunca há *deficit*?

— O Estado quase sempre, ou pelo menos desde muitos anos se queixa dessa moléstia; mas a companhia que representa a comédia política ainda nem uma só vez sentiu-lhe o cheiro.

— Quem é o bilheteiro do teatro?

— É o ministro da Fazenda.

— Como, porém, se arranja ele, quando aumentam as despesas do teatro político, e a receita não chega para as representações da comédia?

— Encontra sem dificuldade comparsa, que propõe o aumento do preço dos bilhetes da plateia e dos camarotes, isto é, novos tributos que o povo tem de pagar.

— E o respeitável público?

— É obrigado, quer queira, quer não, a comprar os bilhetes do teatro, ainda que maldiga da comédia.

— Começo a compreender, primo.

— Por consequência, devo e quero entrar para a companhia: tenho vocação para o teatro político.

— Guardo comigo uma questão importante, de que logo trataremos, e volto à principal, que ainda agora lhe propus.

102 Macedo brinca, aqui, com a expressão "virar casaca": trocar, por interesse, de partido ou opinião.

— Qual é ela?

— Como entrará você para esse teatro?

— Com o pé direito ou com o pé esquerdo, isso pouco importa; o essencial é entrar.

— Bem: mas quer me parecer que haverá dificuldades a vencer para se realizar o engajamento de um novo ator. Em primeiro lugar: em que categoria pretende engajar-se?

— Não farei questão disso, estou pronto a engajar-me ainda mesmo na categoria dos comparsas; não é novidade ver-se um comparsa subir aos primeiros papéis.

— Quer me parecer que você pensa bem; mas enfim... as portas do teatro político são difíceis de se abrir a um homem novo.

— É certo.

— Essas portas...

— Não confundamos as cousas, Chiquinha: para se entrar na companhia há uma porta só...

— Uma só?...

— Sim; imensa, que se abre em par, e que pela sua amplidão parece abrir-se a todos, a quantos possam bater a ela, a todos sem exceção; são porém bem poucos e bem raros os que chegam e são admitidos à companhia, entrando por essa porta, ou batendo a ela.

— Em tal caso vejo crescerem as dificuldades.

— Mas, Chiquinha, há portinholas de todas as dimensões, umas rudemente rasgadas, outras de fechaduras de segredo, por onde se entra, e se escorrega para dentro.

— E quem escorrega para dentro não está exposto a cair?

— Não: desde que se passa a portinhola, sempre se escorrega para cima.

— Você me embaralha as ideias, primo: não compreendo bem o que me está dizendo.

— Eu lhe explico tudo em breves palavras: a porta grande, a que se abre em par, a que se oferece a todos os cidadãos, é a porta chamada legítima, grandiosa, monumental, a porta da Constituição: por ela pode chegar, e impor-se à companhia qualquer filho desta terra, onde nascemos, venha ele da mais alta, ou da mais humilde escala social; contanto, porém, que traga bilhete de entrada assinado pelo voto livre do povo, e com todas as exigências de uma cousa que se chama lei eleitoral.

— Deve ser bela, sublime essa porta!

— Sim; é porém a porta da defunta, e custa muito a chegar a ela: ministros, presidentes de província, chefes de polícia com todo o seu enxame de delegados e subdelegados que se multiplicam por não sei quantos mil inspetores de quarteirões, comandantes superiores da guarda nacional, tenentes-coronéis de batalhões, oficiais de companhias, caçadores do recrutamento forçado, quatro exércitos enfim político, administrativo, militar se formam, estacionam defronte da grandiosa porta, e a defendem com desespero, transformando-a em mundo em que não se vive, em língua que não se fala, em verdade que não se diz, em preceito que não se cumpre, em tremendíssima ilusão, ou, em português claro, em Constituição que não se executa, em defunta cujos sapatos o povo, que é o herdeiro, espera, e cansa de esperar, andando sempre com os pés no chão.

— Torno a entender agora, primo.

— Às vezes acontece que um ou outro teimoso feliz, por descuido do governo, e da tropa estacionada, tanto se esforça e tanto é ajudado pelo povo que consegue romper as fileiras dos janízaros,[103] e embarafusta pela porta grande adentro; isso, porém, é exceção que serve somente para provar a regra.

— E qual é a regra?

— A entrada pelas portinholas para o engajamento na companhia. As portinholas são imuráveis: há sete que têm

103 *Janízaro*: "tropa ou guarda lançada violentamente contra o povo" (*Novo dicionário Aurélio*).

fechaduras de segredo; essas pertencem aos ministros de Estado, cujos filhotes trepam e chegam a elas com facilidade extraordinária. Quem diz filhote de ministro, diz portinhola aberta, e novo comparsa da companhia; os comparsas desta ordem já trazem de fora a sua parte estudada para todas as comédias que se representam: são comparsas que dizem *apoiado* aos ministros, e que se encarregam por escala de requerer o encerramento das cenas da comédia. As outras portinholas têm diversos donos, que são os presidentes de províncias, as improvisadas influências de cada situação política, e os compadres importantes que têm afilhados a arranjar: não há bicho-careta que não possa entrar por estas portinholas; por isso em cada legislatura nova se vê a capital invadida por uma bicharia que espanta.

— Em conclusão?

— Em conclusão vivam as portinholas, porque por uma delas hei de eu entrar, e pouco me importa a porta grande, que é o sonho dos tolos, e o desengano dos utopistas que acreditam que o que se garante na Constituição é o que o governo deve observar na prática.

— E as portinholas abrem-se facilmente, primo?

— Isso é conforme: a escritura sagrada diz: "Batei, e vos abrirão": mas o que ela não diz, e é verdade, positivo e demonstrado, é que é preciso saber bater.

— E portanto chegamos sempre à questão difícil, que se torna preciso encarar de face e resolver.

— Sim, tem razão, porque todas as portinholas têm chave; a porta grande é que não a tem, e está sempre aberta: é como a porta do céu, por onde entram poucos; porque... eu não sei mesmo por que não há de haver portinholas para se entrar no céu; é uma reflexão esta que às vezes me incomoda.

— Não pensemos agora no céu.

— É verdade, Chiquinha; falávamos de teatro e de comédia política; pensemos na terra, e no inferno: é muito mais apropriado.

— Quem lhe dará, quais são as chaves que abrem tais portinholas?...

— São diversas: ninguém mas dará; porque eu pretendo forjá-las. Já tenho uma.

— Qual?

— A nossa fortuna: com o dinheiro que nos deixou nosso tio, daremos bailes, em que você há de ser a rainha, reuniões semanais, que multiplicarão nossas relações e nossos amigos; os padrinhos do nosso casamento são potências eleitorais, que com teus sorrisos irresistíveis, e com a minha incessante cortesia e obsequiosidade, se tornarão amigos dedicados; já vê que estamos em bom caminho.

— Ah! bem dizia eu que era preciso semear para colher!

— Chiquinha, você é sábia! Você é um gênio!

— Ora! eu mal compreendo essas cousas.

— Além desses meios, que me dão uma chave, há outros, que me podem servir...

— Um, por exemplo...

— A imprensa.

— Segundo tenho ouvido dizer, o povo lê pouco no Brasil.

— Felizmente lê pouco o que mais lhe convinha ler: é indiferente e mata com a sua indiferença a imprensa periódica moralizadora, idealista, séria: esquece na poeira das estantes dos livreiros o livro que contém máximas e princípios preparadores do futuro, ilustradores da população: essa imprensa, esse livro são raros; porque não achando quem os leia, não recolhem nem o preciso para pagar as despesas da impressão; e é muito justo que assim aconteça, porque tal imprensa periódica, e tais livros são os mais perigosos revolucionários do mundo.

— De que imprensa então me falava?

— Chiquinha, houve no Brasil, em um tempo em

que o povo lia, houve, digo, *Aurora Fluminense*,[104] e *Matraca*:[105] a *Aurora* brilhou muitos anos, e a *Matraca* não pôde matraquear muitos meses: agora o tempo é outro: temos progredido tanto que o povo já não quer ver *Auroras*; mas está sempre disposto a ouvir *Matracas*.

— Ah!

— Eu falava e falo da imprensa periódica, que vive, porque descompõe, que é lida, porque despedaça; falo da imprensa que ataca, atassalha, difama por sua própria conta, ou por conta da polícia: muitos especuladores preferem a primeira: porque é mais temida, e no Brasil o mais seguro degrau para subir é fazer-se temer. Injuriar sem medida, nem consciência, misturando uma verdade com cem aleives, ostentar independência na ousadia do insulto, agredir desapiedadamente a todos e a tudo, caluniar a vida pública, morder a vida privada, ser imprensa-tigre, eis o segredo.

— E a responsabilidade?

— E os testas de ferro?

— Mas é uma imprensa que devia ser condenada.

— Esta não, porque desmoraliza, e portanto abate o povo; concordaria porém que se suprimisse esta com a condição de se matar a outra: porque a imprensa foi uma invenção do diabo para atrapalhar os governos, e embaraçar os homens de juízo que arranjam a vida à custa do Estado.

— Mas o povo que prefere a imprensa-tigre à imprensa-vivificadora não dá boa ideia de si...

— Assim, Chiquinha! Falemos mal do povo, quanto

104 A *Aurora Fluminense* circulou no Rio de janeiro, tendo como redator principal Evaristo da Veiga, de 21 de dezembro de 1827 a 30 de dezembro de 1835.

105 Um dos muitos pasquins de curta duração aparecidos no país durante o período regencial. Seu redator principal era João Batista de Queiroz, e circulou na corte em 1834.

quiseres: que a desmoralização vai chegando ao povo, é verdade, e por consequência fogo nele! Não admito, porém, que censuremos o governo que com seus exemplos, sua prática, sua imprensa, seus abusos, tem levado essa desmoralização ao seio do povo. Em todo caso poupemos por ora o governo; pois calculo com ele.

— Bem: então você, primo, pretende escrever?

— Durante um, dous, três anos, se necessário for, far-me-ei tribuno do povo, e arrasarei tudo e todos... asseguro-te, Chiquinha, que o resultado é infalível: hão de querer fechar-me a boca; hão de tratar de quebrar-me a pena de publicista independente e enraivado, e então saberei impor as condições.

— E descerá de Catão a comparsa de ministro?

— Por que não? Ah! Chiquinha! Se você soubesse a história dos nossos Catões, reconheceria que ou por inveja ou por ambição, ou por ódio ou por vaidade, esses Catões trocam sem vergonha nem consciência da noite para o dia, de uma hora para outra o boné frígio dos democratas pelo chapéu de plumas do cocheiro do carro do governo. Entre eles e o sobrinho de seu tio há apenas uma única diferença, e vem a ser que eu sou ambicioso sem máscara, e eles uns famosos especuladores, que fizeram da política um passeio ou baile de carnaval, em que se apresentaram trajando vestidos de Washington para esconder corações de Galalão.[106] Eles e eu somos pouco mais ou menos da mesma escola; mas não somos iguais; porque eles são peiores: somos parentes, mas não somos irmãos; eu sou simplesmente um sobrinho do povo, que quer viver e subir à custa de seu respeitável tio; e cada um deles é um enormíssimo Caim, irmão do povo que é o seu Abel, e a quem mata à traição com a queixada de burro, como diz o vulgo, com o veneno da inveja, e com

106 Trata-se, na verdade, de Ganelon, personagem da *Chanson de Roland* (séc. XI-XII).

a fúria da ambição, como a verdade e a experiência o têm provado; mas também é só assim, Chiquinha, que se pode ser Catão.

— E ainda há outras chaves que abrem as portinholas por onde se pode entrar para o teatro político com engajamento na companhia?

— Se há! Muitas que variam segundo as circunstâncias; todas porém se classificam e resumem nos três gêneros dos latinos, porque todas são masculinas, femininas, e neutras. Abrem as portinholas com as chaves masculinas os potentados ou representantes pessoais dos potentados de província que se fazem instrumentos cegos do governo sob a condição de ser sustentada e desenvolvida pelo governo a influência legítima ou ilegítima que eles têm: abrem as portinholas com as chaves femininas os noivos das filhas ou sobrinhas dos ministros que gozam justissimamente o privilégio de fazer a nação pagar os dotes das meninas: abrem as portinholas com as chaves neutras os doutores astutos, doutores de borla e capelo de maquiavelismo, que se fingem ministeriais antes da eleição, e apanhado o diploma, atiram-se na oposição, fugindo do anzol depois que comem a isca. Eis aqui três exemplos que dão ideia dos três gêneros de chaves.

— E qual será seu gênero, primo?

— Eu sou comum de três, Chiquinha.

— Mas você não pode mais ser noivo de filha ou sobrinha de ministro, sem incorrer em tentativa de crime de poligamia.

— Não tenhas receio, Chiquinha: não é preciso absolutamente ser noivo para o caso: a influência feminina faz deputados sem casamento.

— Influência feminina... ah! Lembra-me agora a questão que inda há pouco disse que guardava comigo...

— Qual é?

— No teatro político representam somente os homens.

— Às vezes as senhoras também representam; mas por trás dos bastidores, e do pano de fundo.

— As senhoras não gozam pois as emoções da cena, não são ali jamais objeto da observação, dos louvores, da admiração dos milhões de olhos do imenso auditório...

— É certo; estão porém livres de levar pateada.

— Nem isso; porque os ódios que despedaçam com a difamação seus pais e maridos, que representam a comédia, ousam subir até elas, e ofendê-las atrozmente.

— É para carambolar[107] nos pais e nos maridos, Chiquinha.

— Até os próprios enfeites políticos são reservados exclusivamente para os homens: as grã-cruzes, e comendas que assentariam tão perfeitamente nos peitos das senhoras, não chegam, não podem chegar para elas.

— Ah Chiquinha! Se fosse de outro modo, ia o mundo pelos ares: quando os homens gastam dinheiro, alugam-se, vendem-se, brigam e fazem loucuras por causa dessas teteias, faça você ideia do que haveria, se as senhoras pudessem andar de comendas ao peito! Senhoras de comenda, revolução de encomenda: aí está um anexim de primeira ordem.

— Entretanto as senhoras com a riqueza que levam aos maridos, com a influência de suas famílias, com as amizades que atraem, e muitas vezes com hábil intervenção, servem muito aos interesses políticos daqueles, de quem tomam o nome: diga-me, primo, onde está a compensação?

— Você acha pouco governar sem ser governo?

— Como é isso?

— A senhora sagaz, inteligente, e de vontade forte, faz prodígios em política: enquanto o marido é candidato à deputação, ela é o seu maravilhoso recurso de cabala, arranja votos, cantando um lundu, conquista um

107 Enredar, trapacear.

colégio eleitoral, dançando uma valsa, e firma o triunfo da candidatura, passeando e conversando num baile com o presidente da província.

— Semeia... para o marido.

— E para ela também, que, eleito o marido deputado, faz parte com ele da maioria, ou da oposição, recebe em suas reuniões os deputados, em pouco tempo faz círculo seu, inspira, influi, aconselha a todos, manda em alguns, e eis senão quando, na primeira organização ministerial, entra um pouco, com um dos seus amigos, ou completamente com o marido para o novo gabinete.

— E depois?

— Depois governa sem as inconveniências de ser governo: com o marido ministro não traz comenda, mas dá comendas, faz nomeações, escolhe presidentes de província, elege deputados, resolve contratos de obras públicas, distribui pensões, suspende e demite empregados públicos, reforma a Constituição pelo capricho de um momento, quando se penteia, faz das leis do Império e dos papéis do expediente que vêm da secretaria papelotes para anelar os cabelos, e, finalmente, quando tem ciúmes do marido, põe o ministério em crise.

— Deveras?

— Sem dúvida: examina bem, esmerilha a marcha dos governos, indaga e procura as causas ou a origem de atos, de nomeações, que parecem inexplicáveis, e hás de encontrar em muitas épocas, e em muitos ministérios o leque da mulher dentro da pasta do ministro, e apenas lamentarás que a mulher não esteja de farda, e o ministro de saia.

— Primo, veja bem o que diz.

— Eu digo o que é verdade, digo como as cousas se passam, sustento que é assim mesmo que se devem passar, e mando ao inferno todas as teorias que aniquilam a influência política das senhoras, influência que é tão conveniente, e tão proveitosa ao adiantamento dos maridos.

— Então eu...

— Olhe, Chiquinha, sei de senhoras que com sagacidade e força de vontade, e ainda mesmo sem inteligência, têm governado sem ser governo, pondo a administração em contradança de baile, e a política em jogo de prendas: conceba o que fará você, que além de sagaz como um frade ladino, e de vontade forte, como um *yankee* que resolveu ser milionário, é inteligente e sábia como um presidente de conselho, que pelo fato de ser presidente do conselho é sábio por força de lei, conceba o que fará, sendo além disso rica, o que é metade das condições acessórias, e bela, como todos os amores juntos, o que é o complemento, a magia, a maravilha da sua próxima-futura e incontestável influência política.

A Chiquinha lançou-me um olhar cheio de flamas, sorriu-se com indizível encantamento, e exclamou:

— Primo, você será eleito deputado!

— Peço a palavra!, gritei, como se já estivesse na câmara.

— Juro-lhe que você há de ser ministro de Estado!

— Qual dos membros da maioria propõe o encerramento da discussão?, perguntei, imaginando-me sentado em uma das sete cadeiras ministeriais.

Porque, entre parêntesis, ministro de Estado e rolha[108] parlamentar são duas cousas que necessariamente se combinam, dous namorados que se adoram, duas entidades que parecem uma só: pois não há ministro que não seja rolha parlamentar.

Mas a Chiquinha tinha-se levantado da cadeira, e pondo as mãos sobre a minha cabeça, disse com acento profético:

— Você há de subir, será grande, deputado, ministro, talvez mais...

108 Macedo parece jogar aqui com dois sentidos da palavra "rolha": o de sujeito de má fama, traste; e o de imposição de silêncio, frequente em contexto parlamentar.

Fui-me ajoelhando...

Ela acrescentou com suavíssima modéstia:

— E tudo isso... talvez... um pouco por mim.

Quando ela fez ponto final, eu já estava de joelhos a seus pés: estendeu-me os braços, deu-me as mãos para levantar-me: preguei-lhe dez beijos em cada uma das mãos.

Cedi à doce violência, e pus-me em pé: debruçamo-nos à janela.

Com o meu braço direito eu cingia a Chiquinha pela cintura: nossas faces se roçavam; um anel dos seus cabelos caía-lhe sobre o seio, passando pelos meus lábios.

Estávamos, como dous pombinhos que pousam juntos, unidos, e cujos bicos cor-de-rosa se tocam.

Debaixo da nossa janela se estendia um jardim.

Minha tia e sogra passou por diante de nós, e, já com melhor vista, percebendo-nos à janela, perguntou-nos:

— Então?... Quiseram apreciar o romper da aurora?...

Não respondemos: contentamo-nos com o cumprimento do dever de lhe dar o bom-dia.

Mas a Chiquinha interrogou-me logo e sorrindo maliciosamente:

— Primo, você viu a aurora?...

— Eu não, Chiquinha.

— Nem eu.

Ah! como nos compreendíamos! Que almas fraternais! Éramos, somos dous irmãos gêmeos, como um conservador vermelho e um liberal quando estão ambos em oposição.

V

Como a Chiquinha e eu conversamos de noite debruçados à janela e não vimos a lua cheia que devia estar brilhando; mostro a diferença que há entre o *olhar* e o *ver*: faço uma preleção de astronomia, estudando o mundo do sol e o mundo da lua; a Chiquinha me convence da necessidade de uma viagem a Paris, e eu a convenço da obrigação que tem a pátria de carregar com as despesas da nossa viagem: dou ligeira e incompleta ideia dos filhotes dos ministros, e conto a história de uma contradança diplomática; partimos para a Europa, e deixo ao ruço-queimado o meu último pensamento de despedida; não digo o que fiz em Paris; digo porém por que voltei à pátria, e faço a descrição da baía do Rio de Janeiro com arroubos de poesia que devem encher de pasmo a todos os leitores destas *Memórias*, principalmente quando souberem onde deu fundo o paquete que teve a honra de trazer-me às terras da pátria.

Na noite desse mesmo dia, em que, sentados junto de uma janela aberta para o oriente, a Chiquinha e eu não vimos a aurora que rompia apesar de termos os olhos fitos nela, abrimos outra vez a mesma janela, sentamo-nos ao lado um do outro, como fizéramos ao amanhecer; mas também não vimos a lua, que entretanto devia estar clara e brilhante, porque era em fase plena.

Não se admirem disso: é enorme a diferença que há entre o olhar e o ver.

Ponho de lado a gramática e vou direto ao positivo.

Um conquistador de eleições olha sem cessar para a urna eleitoral; mas não vê a embrulhada e a fraude que a polícia, sua amiga, lança no seio da Vestal.

A maioria da câmara dos deputados olha muito e até namora os ministros; mas não vê as infrações das leis que eles cometem.

Um velhaco que se fez noivo olha muito para a velha horrenda com quem vai casar; mas não vê senão os cofres de ouro que pretende dissipar.

Um parasita olha atentamente para o hóspede a quem desfruta; mas não vê senão o jantar que regularmente devora.

Uma senhora elegante e vaidosa olha perdidamente e sempre para um adereço novo; mas não vê os suores que ele vai custar ao marido.

O menino malcriado e vadio olha para a carta do *a b c*; mas não vê as letras, e menos as sílabas.

Os tolos olham para a cidade; mas não veem as casas.

Os tratantes olham para tudo; mas não veem o que não lhes faz conta ver.

Os velhos namorados e gaiteiros olham para os sorrisos; mas não veem as caretas das Vênus que os depenam.

Em suma, um homem de juízo e que sabe o segredo de viver convenientemente, isto é, segundo as suas conveniências, olha para a aurora e olha para a lua; mas não vê nem uma nem outra; porque nem a aurora nem a lua podem ser degraus das grandezas da terra.

A aurora já havia passado: não a vi, nem me lembro dela.

Tratarei da lua, não porque a esteja vendo; mas porque é noite.

Que importa a lua a mim e à Chiquinha?

A lua é um mundo que pertence em primeiro lugar

aos poetas que veem nela o que lhes é preciso para achar consoantes ou maçar-nos a paciência com enxame de versos, que de ordinário os míseros leitores fazem de conta que compreendem, e na presença dos autores dizem — "bravo! bravo!" — sem saber por quê, exatamente como os deputados ministeriais gritam — "apoiado!" — quando fala algum ministro, que eles fazem de conta que ouvem.

O mundo da lua é, em segundo lugar, propriedade dos astrônomos, que nele têm descoberto e proclamam um milhar de cousas, que eu juro que lá não existem; mas os astrônomos estão em seu direito perfeito, porque pertencem ao gênero dos poetas aéreos.

O mundo da lua é o mundo dos sonhos dos namorados, das ilusões dos utopistas, das esperanças e das crenças de certa classe de papalvos que acreditam ser uma realidade possível o sistema representativo, como se escreve no papel.

Há mundo do sol, e mundo da lua.

Benjamin Constant[109] e os estadistas ingleses fizeram o mundo da lua.

Maquiavel e todos os sucessores desse grande gênio fizeram e fazem o mundo do *sol*, astro sublime, cujo nome é a primeira sílaba da palavra *soldo*.

A raiz da palavra *soldo* é o *sol*; porque a verdadeira luz é aquela que o ouro radia.

Há todavia mundos que são ao mesmo tempo do sol e da lua, conforme se consideram as classes da sua população.

109 Benjamin Constant (1767-1830): escritor e chefe do Partido Liberal, durante a Restauração, na França. Lembre-se que a instituição do Poder Moderador pela Constituição de 1824, no Brasil, é influência sua e deriva da defesa, por parte dele, de uma separação entre o poder executivo, a ser exercido pelos ministros, e o poder imperial, que deveria ser neutro ou moderador.

O Brasil é o mundo do sol; porque há nele muita gente que vive a soldo do seu governo, e o seu governo tem sido muitas vezes verdadeiro Maquiavel em ação.

Mas o Brasil é também mundo da lua para a nação que anda sempre a comprar nabos em saco,[110] que grita — "viva a Constituição!" — na festa oficial de 25 de março,[111] e passa sem Constituição em todos os outros dias do ano; mundo da lua para o povo, estupendíssimo soberano de comédia, que serve à mesa, e ainda em cima paga o pato.

A Chiquinha e eu estávamos à janela olhando para a lua que era plena; mas não víamos a lua.

Como ao romper do dia foi ela, não a lua, porém Chiquinha, quem falou primeiro:

— Primo, é indispensável que eu complete, aperfeiçoe a minha educação.

— Chiquinha, você é o tipo da educação moral mais completa e perfeita que eu posso imaginar.

— Não; hei de por força ressentir-me dos costumes, e dos prejuízos da nossa gente; preciso sobretudo de prestígio.

— E onde iremos achar o prestígio de que supões precisar?

— Na Europa, na vida e nos encantamentos de Paris: quem atravessa o Atlântico depois de haver por algum tempo respirado o ar, frequentado as sociedades, bebido, não a água do Sena, mas as ideias, as lições, e ainda mesmo os venenos de Paris, chega ao Brasil cercado de uma auréola, que todos ou veem, ou imaginam que veem.

— Quer então estudar?

— Não; quero passear: trarei o meu prestígio nos meus chapéus, nos leques, nos vestidos, no tom com que

110 Aceitar uma coisa sem examiná-la primeiro.
111 25 de março de 1824: data da outorga da Constituição do Império do Brasil.

hei de pronunciar — *oui* — no meu andar, no meu sorrir, no meu olhar; no meu penteado, nos meus sapatos, em tudo enfim. Chego e não preciso dizer — *estive em Paris* — porque todos o reconhecem vendo-me e admirando-me. O prestígio é certo.

— Um passeio à Europa, a vida de Paris deslumbram-me, Chiquinha; é uma ideia tentadora! Mas os meus cálculos, os meus planos políticos vão ser condenados a um adiamento comprometedor!

— Ao contrário: você ainda não é conhecido no país.

— Ah Chiquinha! É exatamente essa consideração a melhor garantia do meu engrandecimento: uma boa parte dos nossos — grandes do Estado — se fossem conhecidos antes de subir ao poleiro, não chegavam nem a vereadores de câmaras municipais; porque o povo responderia a todas as suas pretensões, gritando com furor: "*quem não vos conhecer, que vos compre!*".[112] Chiquinha, o que mais me preocupa é o receio de que, antes das minhas conquistas de posições oficiais, alguns abelhudos quer do povo, quer do governo, cheguem a conhecer-me por dentro e por fora do coração.

— Por isso mesmo; você tem tudo a ganhar em uma viagem à Europa: não é mais o estudante que vai pedir um pergaminho, um título acadêmico a esta ou àquela escola; é um homem já formado em ciência, um grande talento, que por amor de seu país viaja pelo mundo civilizado, estudando em sua aplicação e prática as instituições e os altos assuntos que mais podem utilizar a sua pátria.

— Pois você quer que eu estude, Chiquinha?

— Quem lhe disse semelhante cousa, primo? Eu lhe proponho somente que diga que vai estudar: olhe; você

112 Modo de dizer que se conhecem de cor os truques de alguém.

faz com que os jornais diários da capital anunciem, na véspera da nossa viagem, que você vai à Europa estudar, por exemplo, instrução pública, colonização, correios, estradas de ferro etc. etc., e um dia depois da nossa volta ao Brasil, os mesmos jornais proclamam a sua chegada, e os profundos conhecimentos que adquiriu em todos aqueles assuntos. Em Paris pagaremos quem escreva e publique na imprensa artigos laudativos da sua aplicação, dos seus talentos, da sua constância no trabalho; esses artigos serão traduzidos e transcritos em todas ou em muitas gazetas aqui: para mais alta fama do seu nome, você assinará e dará ao prelo memórias compostas por homens habilitados, a quem compraremos o trabalho intelectual, que aparecerá como de sua lavra, e, tornando à pátria, meu marido, que na Europa só se ocupou em passear e divertir-se com a sua dedicada e terníssima esposa, será recebido no seio do país como um filho distinto, que o soube honrar no estrangeiro, e considerado pelos seus concidadãos capaz de desempenhar as mais altas comissões, e os mais elevados cargos; e então, primo, brilhará o dia da pesca e — rede ao mar!

— Chiquinha, quando partimos?

— No próximo paquete.

— É fato consumado, embora esteja ainda por consumar-se.

A Chiquinha convenceu-me: adotei o seu plano com entusiasmo, e limitei-me a aperfeiçoá-lo com um artigo aditivo digno da minha escola política, e já por vezes proposto e feito adotar por outros em circunstâncias idênticas.

A Chiquinha ia apurar sua educação, e eu aprofundar os meus estudos de importantíssimas instituições na Europa, com o fim de melhor servirmos à pátria; por consequência, a pátria estava na obrigação de pagar as despesas da nossa viagem.

Quantos meninos bonitos têm andado assim por Índia e Mina[113] à custa da barba longa![114]

O Estado tem dinheiro como terra, e uma pequena parte dos tributos que o povo paga, sendo despendida com os passeios dos filhotes dos estadistas, não faz falta ao tesouro público.

E nem há que ralhar por ninharia tão insignificante: os ministros sabem fazer as cousas: nenhum deles diz que o seu filhote vai passear à Europa, e todos dizem que os seus filhotes vão em comissão do governo, uns para estudar isto, outros para examinar aquilo; mas por fim de contas, o isto e o aquilo acabam em cousa nenhuma, e os pequenos regalaram-se, o que é essencial.

Os ministros de Estado têm e devem ter filhotes para tudo, e em compensação da sua esterilidade em medidas úteis e de futuro, em matéria de filhotes são fecundos como os porquinhos-da-índia.

Há filhotes para a magistratura, filhotes para a marinha e para o exército, que atiram com os direitos de antiguidade e das promoções para os cantos da senzala do desprezo: há filhotes para as repartições públicas, filhotes para deputados, e mesmo filhotes de quarenta e mais anos para o senado, que ficam de improviso com merecimento que espanta e sabedoria que assombra; mas de que há somente testemunhas por ouvir dizer, e nem uma só de vista: há filhotes para obras públicas, filhotes para subvenções do Estado, filhotes para sinecura, ainda muitos outros, e finalmente, filhotes para passeios à Europa, que todos comem bons bocados, excelente doce que abunda na mesa do orçamento, e que os ministros repartem com obsequiosa prodigalidade por duas poderosas e convincentes razões, primei-

113 Por toda parte.

114 *Viver à custa da barba longa*: sustentar-se sem trabalhar, sob a proteção de alguém.

ro porque não lhes custa nada a eles, e não há cousa mais suave do que fazer favores com o alheio; segundo, porque uma mão lava a outra, e semelhantes favores rendem sempre aos ministros, ou votos no parlamento, ou apoio em eleições, e às vezes até demonstrações de gratidão tão pudibunda e melindrosa que se esconde em segredo para que a luz não lhe faça mal. Em regra, são os padrinhos dos filhotes, que manifestam o seu reconhecimento, e sublimes transações, estupendos contratos! Nunca houve um só que fosse lesivo aos contratantes! Ganha o que dá, e ganha o que recebe: quem, segundo dizem, perde quase sempre no caso é o Estado; mas o Estado é um feliz animal cego, surdo e mudo, que nunca vê, quando lhe deitam fora o dinheiro, nunca ouve, quando lhe dizem blasfêmias, e nunca fala, nunca se queixa ou grita, nem mesmo quando lhe dão pancadas, e o arrastam pelas ruas da amargura.

Eu quero ser filhote para tudo; agora, porém, vou tratar de ser filhote para passear.

Refleti um dia inteiro sobre o que mais me convinha, e fixei a minha escolha na diplomacia, lembrança que a Chiquinha aplaudiu muito.

Recorremos logo aos nossos dous padrinhos de casamento a quem fomos visitar, e pedimos o concurso de ambos para que eu fosse nomeado adido de primeira classe de qualquer legação da Europa, com a indispensável concessão de uma licença com ordenado para tratar da minha saúde, onde me conviesse.

Os padrinhos não se fizeram rogar, tendo empenho em demonstrar a sua influência, e o muito que valiam para o governo: escreveram ambos aos ministros, seus amigos.

As cartas chegaram em ocasião a mais oportuna: exatamente na véspera, um senador pela minha província, santo homem, que era sempre ministerial, tivera uma indigestão e estava com cinco médicos à cabeceira: o ministro dos Negócios Estrangeiros, calculando com as proporções de uma indigestão parlamentar, e talvez também com o número dos médicos, concebeu logo uma encantadora esperança de passamento senatorial, e, reputando-se herdeiro obrigado da imensa garopa vitalícia, tratou de ir ajeitando a sua candidatura em perspectiva.

Em menos de quinze dias achei-me com a nomeação e a licença na algibeira; mas para nomear-me, o ministro precisou fazer prodígios.

Escutem só: elevou um encarregado de negócios a ministro residente, fez encarregado de negócios a um secretário de legação, passou dous diplomatas das cortes da Europa, onde estavam, para Estados americanos, demitiu um adido de primeira classe, e nomeou três que o eram de segunda, esteve a ponto de criar uma missão extraordinária na China, e enfim, depois de tudo isso, achou meio de encaixar-me na legação de Paris!!!

A contradança diplomática custou ao listado algumas dezenas de contos de réis, mas eu e a Chiquinha lá vamos passear à Europa com um ordenado sofrível, e com uma ajuda de custos que eu não devo, não posso dizer de quantos contos foi; porque sua excelência me recomendou segredo, e o tesouro público incluiu essa quantia nas despesas não classificadas.

Assim é que se governa uma nação! Aquilo é que é ser ministro! Sua excelência deve ser senador; palavra de honra!

Chegou o dia da partida, o paquete levou os jornais desse dia, em cada um dos quais eu fizera imprimir um artigo entrelinhado, que diferente pela redação, era em todas as folhas o mesmo pela substância; resumia-se no seguinte:

"Segue hoje no paquete com sua excelentíssima e amabilíssima esposa o sr. F..., ultimamente nomeado adido de primeira classe da legação de Paris; é um ilustre brasileiro que não se limitará ao fiel e escrupuloso desempenho do seu emprego diplomático e que achará tempo para dilatar ainda mais os seus já muito vastos conhecimentos; podemos asseverar que o nosso distinto compatriota propõe-se a aprofundar os seus estudos sobre sistemas de colonização, instrução pública, organização de exército e diversas indústrias que podem ser aproveitadas no país. A formosa esposa do sr. F... radiará nos mais elegantes e aristocráticos salões de Paris, fundando a reputação da beleza, dos encantos e do espírito das brasileiras."

Cada artigo era assinado por um nome com sobrenome e cognome de pessoas que realmente não existem; mas cuja existência imaginei, porque isso me convinha.

Pelos mesmos jornais, e pretextando falta de tempo, despedi-me dos meus numerosos amigos da capital do Império, onde eu não tinha relações senão com a agente do hotel, em que morei três semanas, e com a secretaria dos Negócios Estrangeiros que tive de frequentar por alguns dias.

Minha sogra ficou chorando e o paquete saiu.

Paris!... Paris!... Hão de ver como eu e a Chiquinha voltamos dessa cidade de encantamentos, de metamorfoses, e de maravilhas de todas as espécies.

Ninguém vai a Paris que não volte sábio.

Senti não ter podido levar comigo o ruço-queimado para uma experiência decisiva; tenho para mim que o cavalo de meu tio havia de voltar de Paris rinchando harmoniosamente, e andando a trote inglês, ou a galope francês.

Não achei beliche, onde coubesse o ruço-queimado; ficou pois confiado à solicitude de minha sogra, que me prometeu não consentir que lhe pusessem cangalhas.

Eu adoro aquele animal, e quero conservá-lo, como raridade: há no ruço-queimado tantos pontos de semelhança com alguns grandes políticos da minha terra que eu me jurei guardá-lo para cuidadoso estudo de analogias.

Foi por isso que ao ruço-queimado couberam os meus últimos pensamentos ao deixar a pátria.

***

Não me é lícito dizer quanto tempo me demorei na Europa; porque se eu o dissesse, marcaria a época em que de volta cheguei com a Chiquinha ao Brasil.

No capítulo seguinte destas importantíssimas *Memórias* darei as ponderosas razões deste segredo, que pertence ao número e à classe dos segredos de abelha.[115]

É também deliberação definitivamente por mim tomada não dar contas a pessoa alguma da vida que a Chiquinha e eu vivemos na Europa, e sobretudo em Paris.

Eu já disse que não minto, senão quando me convém mentir, e portanto não quero seguir o exemplo da quase totalidade dos meus patrícios, que passam meses ou anos em Paris e que de Paris voltando, não ousam confessar o que por lá fizeram, o pelo que passaram; mas vingam-se inventando histórias, do que nunca viram, e improvisando fatos, que não praticaram.

Não se deve abusar do direito de mentir, eu o reservo para as horas solenes da minha conveniência pessoal.

Há na minha vida de Paris um único fato que devo registrar: não sei nem quero lembrar em que gabinete novamente organizado no Brasil o ministro de estrangeiros entendeu lá de si para si que devia caçar-me a licença que eu tinha para tratar da minha saúde, que aliás foi sempre a melhor possível: este atentado contra as prerrogativas da minha sinecura provocou o meu ressentimento, e determinou-me a dar demissão de adido de primeira classe e a voltar para as terras da pátria.

O meu ressentimento foi justíssimo: a licença de que eu gozava para tratar de minha saúde equivalia sem dú-

115 Coisa misteriosa, fora do conhecimento geral.

vida a uma sinecura, mas *sinecura* devia-se traduzir em português por — *sem cura* —; a alteração da minha saúde não tinha pois cura possível, e portanto a minha licença devia ser perpétua.

O novo ministro dos Negócios Estrangeiros não entendeu assim, porque não sabia nem latim, nem lógica, o que acontece muitas vezes aos nossos ministros; eu porém não quis submeter-me a uma ordem absurda e revoltante, dei pois a minha demissão, e tratei de voltar para o Brasil disposto a declarar-me em oposição ao ministério, que me havia arrancado da boca a deliciosa chuchadeira.[116]

Obedecendo aos sábios conselhos da Chiquinha, que ganhara cento por cento em Paris relativamente a lavor de educação social, e sabedoria prática, encomendei e paguei três eruditíssimas memórias, cuja tradução em português também encomendei e paguei, e as fiz publicar com o meu nome, e com uma dedicatória redigida pela Chiquinha à minha — *Pátria*.

Não me é possível dizer quais os assuntos de que tratavam essas interessantíssimas memórias; porque não as li ainda: algumas pessoas falaram-me delas, abundando em elogios ao seu merecimento: mas nem por isso me atrapalharam; pois acudi-me com o recurso da modéstia, pedindo que não me julgassem por trabalhos executados de improviso; o que porém afirmo sob juramento é que paguei essas memórias, e portanto são minhas, absolutamente minhas, e tão minhas como se eu mesmo as tivesse escrito. Podem-se comprar ideias, como se compram peixe e verduras na praça do mercado.

Há tanta gente que tem ideias assim! Eu comprei ideias, de que não tenho ideia, e não me arrependo de

116 Boneca ou pano embebido em leite ou água com açúcar que se dava às crianças pequenas. Por extensão: negócio rendoso.

as haver comprado. Sou autor, e nunca escrevi, senão na *Carteira de meu tio*: isto é pouco?

O que lamento é que eu não tenha o privilégio desta inocente usurpação e que me veja obrigado a reconhecer que no mundo, e especialmente no Brasil, sejam tão numerosas as gralhas que ostentam o brilhantismo das penas que compraram aos pavões, que as vendem.

Em suma suponham todos terminado o meu passeio pela Europa, e chegada ao seu termo a minha vida de Paris.

Vejo bem que é grave a falta da história do que vi, do que observei, do que admirei, do que reprovei, do que estudei, e aprendi na Europa, e em Paris; mas, eu acho muito mais cômodo, e muito mais agradável, que os meus compatriotas, para quem escrevo estas surpreendentes *Memórias*, façam de conta que eu escrevi e eles leram tudo isso e sobre tudo isso.

Os meus compatriotas já devem estar habituados a fazer de conta: é um trabalho suave de imaginação que poupa muito trabalho real, e torna fácil o arranjo e relação de muitas dificuldades.

Fazer de conta é gozar do que não existe, é ser o que não é, viajar sem sair de casa, chegar sem ter saído, saber ignorando, remoçar tendo cem anos de idade, é enfim a doce loucura dos homens de mais juízo.

Ah! e quanta cousa se faz de conta no Brasil!

Há moços bonitos que vêm lá do interior, felizes predestinados que nunca em sua vida molharam o dedo mindinho na água salgada, e que no entanto impelidos por um feliz pé de vento chegam a fundear no pacífico e universal ancoradouro do ministério da Marinha sem que houvessem jamais embarcado no mais podre e desconjuntado chaveco; como se improvisa um ministro da Marinha assim? Ora, é boa! Faz-se de conta que ele é almirante.

Há mágicos bem-aventurados, que quase nunca falaram, e que nunca escreveram duas linhas para o público, e que apesar disso gozam da reputação de sábios e de inteligências profundamente esclarecidas: como se explica tão assombroso fenômeno da prova de bom vinho em tais garrafas lacradas? Facilmente: faz-se de conta que esses mágicos bem-aventurados são fura-paredes de um tamanho e de uma força colossal.

Há magistrados que, incapazes de vender a sua consciência por dinheiro, ousam contudo dar despachos e recursos a troco de votos nas eleições para si ou para seu partido, e escrever sentenças injustas contra a propriedade alheia e os direitos políticos dos cidadãos para servir assim a potências eleitorais, de quem depende a sorte de suas candidaturas, ou das candidaturas de correligionários seus, e faz-se de conta que são magistrados íntegros, e incorruptíveis.

Há parlapatões[117] faladores, que taramelam no parlamento duas horas sem parar, nem tomar fôlego, deixando apenas boiar uma dúzia de ideias muito comuns em um dilúvio de palavras campanudas ou triviais, e faz-se de conta que são uns oradores de mão-cheia, que atiram Mirabeau de cócoras, Cícero de pernas para o ar, e Demóstenes de barriga para baixo.

Há diletos da fortuna que ouviram falar em geometria, e sabem, por lhes haverem dito, que há uma cousa que se chama desenho, e outras que têm outros nomes, de que não se lembram, e que por ordem superior fazem de conta que são engenheiros.

Há notáveis aritméticos que além de saber *quantum satis*[118] as quatro espécies, são grandes em *quebrados*; mas não compreendem os complexos, e que de improviso fazem de conta que são financeiros de primeira plaina.

117 Fanfarrão, impostor.
118 "Quantidade suficiente", em latim.

Há nas grandes enchentes do rio da política águas de monte[119] que vão passando, e que ainda depois de passadas fazem de conta que moem moinho.

Eis aí, pois, sete exemplos do faz-se de conta, e paro nos sete porque sete é um número simbólico e respeitável, o número dos pecados mortais, e dos nossos ministros de Estado.

Como porém pode haver quem queira mais exemplos, aí vão mais sete em suplemento:

Há perus que fazem de conta que são águias.

Há pedaços de cristal que fazem de conta que são diamantes.

Há papagaios que fazem de conta que são rouxinóis.

Há caniços que fazem de conta que são vinháticos.

Há tartarugas que fazem de conta que são baleias.

Há macacos que fazem de conta que são homens.

E há cavalos que fazem de conta que são cavaleiros.

Já agora saiam outros sete exemplos no caráter de adicionais.

Há chapéus armados que fazem de conta que são cabeças.

Há paus de vassouras que fazem de conta que são colunas.

Há ecos de voz alheia que fazem de conta que têm voz própria.

Há lodaçais que fazem de conta que são lagos.

Há manivelas que fazem de conta que são eixos.

Há botas acalcanhadas que fazem de conta que são pés mimosos.

Há tapetes que fazem de conta que são fardas.

Eu bem podia passar dos adicionais aos anexos; julgo porém que já dei exemplos demais.

119 A expressão faz referência às chuvas que caíram sobre o Rio de Janeiro de 10 a 17 de fevereiro de 1811, ocasionando desabamentos e muitas mortes, sobretudo no morro do Castelo.

Façam pois *de conta* que levam um grosso volume contendo a história da minha vida e dos meus trabalhos durante o feliz tempo que com a Chiquinha passei na Europa, e quase constantemente em Paris.

Dada a minha demissão, e disposto quanto era necessário, embarquei-me com a minha linda esposa no primeiro paquete, e nele fizemos a melhor viagem: a Chiquinha enjoou muito; mas foi só em terra, quando disse adeus a Paris: no mar passou admiravelmente.

No fim de vinte e dois dias avistamos a barra do Rio de Janeiro, tendo antes saudado o famoso gigante de pedra: a Chiquinha correra ao convés do vapor, e apoiando a mão sobre o meu ombro admirou comigo o sublime espetáculo, que a nossos olhos se mostrava.

Foi tão longa e profunda a nossa admiração que somente despertamos ou saímos desse enleio d'alma diante da Rasa.

Esta ilha que hoje se chama Rasa já se chamou do Gato,[120] e eu entendo que fizeram muito bem em mudar-lhe o nome: *gato* quer dizer animal caçador de ratos e portanto um símbolo inconveniente, mal escolhido para se colocar à entrada da baía de uma cidade capital do Império, e onde se acham, além de todas as outras repartições públicas, a primeira alfândega, os arsenais e o tesouro público: *rasa* quer dizer *taxa dos estipêndios ou das custas*, e portanto símbolo anunciador delicado da prática e do sistema do venha a nós. Fizeram bem em trocar o nome de Gato pelo nome de Rasa.

Diante desta ilha abrem-se as duas carreiras mais seguidas por onde entram os navios na baía do Rio de Janeiro. Uma fica entre a Rasa e a ilha dos Paios, e para o ocidente a que medeia entre a mesma Rasa e a Redonda.[121]

120 A atual ilha do Governador.

121 Uma das ilhas, ao sul de Paquetá, pertencente ao arquipélago de Jurubaíbas.

Ainda bem que o capitão dirige o navio para o ocidente: eu antipatizo com aquela denominação de ilha dos Paios.

Fixando o óculo nesta ilha, não descubro nela sinais de população e entretanto devia-se supor muito povoada; porque a família dos Paios[122] é a mais numerosa que se conhece no mundo, embora nenhum dos membros dela queira acudir pelo nome da família.

Daqui a pouco verei ao lado esquerdo, na praia Vermelha, um majestoso palácio erigido em benefício dos doudos; mas uma cousa é loucura e outra cousa é falta de juízo: se todos quantos padecem de falta de juízo devessem recolher-se àquele asilo de caridade, pelo menos a quarta parte da população da cidade que começo a descortinar achar-se-ia às voltas com a Santa Casa da Misericórdia, e por certo que não caberia tanta gente no palácio da praia Vermelha.[123]

O que cumpria ao governo, ou aos institutos filantrópicos era mandar construir alguns palácios como esse na ilha dos Paios e oferecê-los para recolhimento e residência dos membros da família dos Paios, que são os padecentes da falta de juízo.

Querem ver quanta gente estava no direito de residir na ilha dos Paios?

Os paios políticos: aqueles que em eleições e em lutas de partidos, acreditando nas promessas e proteções de tribunos ardentes e de chefes improvisados, sacrificaram-se por amor deles que apenas se apanharam no poleiro, fizeram uma grande careta aos princípios, e deram um pontapé ainda maior nos amigos.

122 Tolo.

123 O "majestoso palácio erigido em benefício dos doudos" é o Hospício D. Pedro II, construído pelos mesmos arquitetos responsáveis pelo prédio da Santa Casa de Misericórdia, e inaugurado em 1852, no local onde já funcionava uma enfermaria destinada aos doentes mentais na praia Vermelha.

Os paios sentimentais: os velhos apaixonados, que tendo mais de cinquenta anos de idade casam com bonitas moças, que ainda estão longe dos trinta.

Os paios inocentes: aqueles que convencidos do seu direito não se empenham para alcançar o despacho que lhes é devido e que ficam com caras do que são, isto é, com caras de tolos, vendo-se preteridos pelos afilhados de bons padrinhos.

Os paios comerciantes: aqueles que sem conhecer bem as cartas do baralho da agiotagem, metem-se no jogo, e saem depenados.

Os paios... mas onde irei parar! Ah! não edifiquem na ilha dos Paios! Porque o maior paio de que tenho notícia é um famoso índio que se chama Brasil, e não cabe dentro de ilha alguma.

Mas o paquete já passou além da Redonda, nome estúpido por ser apropriado à forma da ilha, o que é contrário aos princípios da aplicação política e moral das palavras; denominação abusiva porque ofende o que devera ser privilégio dos arranjadores de dinheiro a receber: redonda é adjetivo na parte feminina que cumpria concordar só e sempre com o substantivo — *conta*.

Eis-nos em face do Pão de Açúcar: na verdade é um penhasco sublime que há de imortalizar-se com todas as petas poéticas com que o têm ornado certas imaginações escaldadas. Fizeram dele os pés do gigante de pedra que deitado ao ocidente da entrada da baía preside os destinos do Brasil: está o Brasil bem servido com semelhante presidente! O tal gigante dorme sempre um sono de pedra e não desperta, nem à força dos raios que lhe caem em cima: é verdade que, ainda assim, e dormindo sem cessar, é melhor do que muitos presidentes que têm tido as províncias do Império, onde fundaram e deixaram reputação e créditos que fazem inveja ao cólera-morbo, e à febre amarela: posso afirmar que ainda atualmente certas províncias prefeririam ter por presidentes, em vez dos bichos que lhes mandaram, o próprio Corcovado, ou ainda qualquer pedra ordinária que servisse ao menos para a construção da parede mestra de algum edifício útil; vãos desejos porém! Dão as presidências das províncias a bichos ferozes, e se alguma vez despacham para elas pedras, são estas sempre lajedos talhados de propósito e exclusivamente para degraus de escada.

Elevaram também outros o Pão de Açúcar a sentinela da barra! Fresca sentinela que nunca em sua vida soube nem uma só vez bradar *alerta!* apesar de quanta pouca-vergonha entra e sai pela barra que vigia! É uma sentinela que está no caso da Constituição do Império; ninguém faz caso dela.

Passamos além do Pão de Açúcar: lá está a praia Vermelha, berço primitivo da cidade do Rio de janeiro, razão talvez por que o governo, zombando muitas vezes do seu povo, parece mandá-lo à praia.

Lá está o formoso Botafogo, e o suntuoso palácio dos doudos, o maior, mais elegante, e mais bem-acabado palácio do Império do Brasil.

Cada nação tem um ou alguns monumentos, que atestam o seu mais profundo sentimento, o seu principal caráter, a sua ideia mais predominante, o seu ponto de vaidade, ou que manifestam o cuidado das suas mais reais necessidades.

Roma tem a basílica de São Pedro, que é na terra o trono do catolicismo, e os monumentos das suas ruínas, que ostentam as grandezas do seu passado.

A França tem o Panteon que imprime o sentimento da glória, e o hotel dos Inválidos o espírito belicoso do seu povo.

A Inglaterra tem a torre de Londres que recorda imensas lições da história e o poder das tradições, a catedral de São Paulo que alteia a influência do protestantismo, e o palácio do Parlamento que magnifica a soberania da nação.

A Espanha tem o Escorial alardeando o palácio convento e a realeza — sempre mais ou menos frade ou freira.

A Rússia tem o palácio do Inverno em São Petersburgo, e o Kremlin em Moscou assinalando a onipotência imperial.

A Turquia tem o Serralho e no Serralho o harém realçando o despotismo do Sultão, e a escravidão da mulher.

A China tem o palácio do Filho do Sol, cuja extensão parece um símbolo da vastidão do Império, e a torre de Nanquim com os seus nove andares, cuja elevação simboliza o parentesco do soberano com o astro do dia, e provavelmente também com o da noite.

A Confederação Norte-Americana tem o hotel de mármore branco que representa a grandeza e a liberdade do povo, e tem os palácios das escolas de instrução primária, que são os monumentos, onde ali se cria ou se prepara o futuro.

O Brasil tem o seu mais belo e grandioso monumento no palácio da praia Vermelha, o que claramente está indicando que o país conta mais doudos do que homens de juízo.

Ora, como no sistema representativo o governo é a expressão da maioria, e como o nosso sistema de governo é o representativo, e como está indicado monumentalmente que a maioria entre nós se compõe de doudos, segue-se... tirem lá a conclusão os que sabem lógica.

Vamos agora passando entre a Laje[124] e Santa Cruz,[125] e vendo lá em cima a fortaleza do Pico, três fortalezas inocentes, que ainda não fizeram mal a pessoa nenhuma, e nas peças de alguma das quais já houve galinha que tirasse pintos!...

124 Pequena ilha situada no meio da entrada da barra do Rio de Janeiro, dividindo-a em dois canais.

125 Uma das pequenas ilhas situadas ao longo do estado do Rio de Janeiro, dentro da baía de Guanabara.

Lá está Villegaignon,[126] ninho de hereges, primeiro ponto de povoação europeia, que parece ter deixado na predestinada capital do Brasil o gérmen dos malefícios de toda espécie de heresia.

Volto os meus olhos para o lado direito e lá descubro em seu gracioso retiro a famosa Jurujuba.[127]

— Como se chama aquele sítio encantador?, perguntou-me a Chiquinha.

— Saco da Jurujuba.

— Mal escolhido nome, tornou ela; embora o saco tenha boca e tenha fundo, não desperta senão ideias prosaicas e completamente materiais: deviam antes chamá-lo seio ou regaço da Jurujuba, nomes que trariam à mente pensamentos mais mimosos e suaves. Ao menos nestas cousas que não dão nem tiram, podia-se preferir o regaço ao saco, o seio ao dinheiro.

— Chiquinha, onde você a vê ali tão escondida no seu saco, a Jurujuba já teve a sua época gloriosa na história contemporânea da nossa terra. Em 1831 saíram da Jurujuba para a cidade do Rio de Janeiro alguns dos revolucionários que se pronunciaram no campo de Sant'Ana, depois da Honra, e, por hora, da Aclamação, na tarde e noite de 6 de abril: realizada a abdicação de 7 de abril o Jurujuba foi o tipo do patriota exaltado, isto é, o tipo dos paios da época: houve um batalhão chamado dos Jurujubas, houve modas à Jurujuba, houve muita gente trazendo à cabeça chapéu de palha rudemente tecido por caboclos,

126 *Ilha de Villegaignon*: chamada pelos índios de Serigipe, abrigou o forte Coligny. Em 1619, passou a ser usada como local de quarentena para os suspeitos de varíola, ficando por isso conhecida como Degredo das Bexigas. Depois da ampliação do aeroporto Santos Dumont, deixou de ser ilha, servindo de extensão ao continente.

127 Enseada na margem oriental da baía de Guanabara, antes chamada de Piratininga.

que se dizia à Jurujuba, houve até um periódico intitulado "O Jurujuba dos Farroupilhas", que deu panças, e não respeitou nem o crime, nem a inocência. Tudo isso já lá vai; ainda porém florescem hoje na cena política alguns figurões que subiram pelos ombros dos Jurujubas, que não voltaram a cara à alcunha de farroupilhas,[128] e que depois de servirem-se da escada, quebraram os degraus, ajudando outros a atirar com os Jurujubas no saco.

Oh! lá está a cidade de Niterói: é a chácara da cidade do Rio de Janeiro: capital da província tão perto, e tão à vista da capital do Império, ainda é chácara em relação à política e à administração: é chácara do ministério, de quem é feitor de chácara o presidente da província, pobre coitado, que não pode, que não tem licença de dar um espirro sem vir primeiro à Corte perguntar ao ministério se terá direito a receber — *dominus tecum*.[129] É por isso que desde alguns anos só por exceção concedem à província do Rio de Janeiro algum presidente que possa ou seja capaz de espirrar sem licença e de pensar por si.

Eu não censuro, antes louvo esta prática; porque ela permite e facilita ao governo geral despachar presidente para a província do Rio de Janeiro a qualquer amigo desazado que não sirva para nenhuma das outras províncias: com o seu quartel em Niterói qualquer cabozinho de esquadra[130] pode ser capitão-mor: um homem quase analfabeto faz ali o mesmo que o maior sábio: é uma

128 Maltrapilho. Era este o nome empregado (ao lado do de "chapéu-de-palha") para designar os liberais exaltados durante os anos 1830 no Brasil. Foi também esta a denominação atribuída pelos seus adversários aos revoltosos gaúchos de 1835-45.
129 "Deus o proteja", expressão em latim com que se costumava saudar aquele que espirrava.
130 Referenda ao posto hierarquicamente inferior na Marinha. Além disso, dizia-se à época "esse é do cabo de esquadra" de alguém que tivesse proferido ou praticado uma grande tolice.

província como não há duas; é o mais suave ninho presidencial dos filhotes que não furam parede: basta que o filhote saiba materialmente assinar o seu nome: o mais é simples; quando o pequeno quer espirrar, vai à Corte.

E dizem os gaiatos que *capenga não forma!*;[131] forma: na presidência da província do Rio de Janeiro até os capengas formam: é uma presidência museu: ali entra toda espécie de raridade burlesca: há só um impossível, é que um filho da província, um homem que conheça e ame a província seja lembrado para presidi-la.

O paquete não para, e não dá importância alguma às minhas sábias observações que só a Chiquinha escuta pacientemente.

Eis ali o Arsenal de Guerra à nossa mão esquerda, dominando a ponta do Calabouço;[132] este arsenal tem dado que falar aos abelhudos e impertinentes zeladores dos dinheiros públicos: é voz corrente que nas proximidades dele frequenta o mar um mero faminto e insaciável que devora quanto pode apanhar: asseveram-me que é um mero que come desesperadamente e nunca deixa de ter fome, e ouvi dizer que o governo, atropelado pelos abelhudos e impertinentes, empenha-se em querer pescá-lo: não sei se há alegoria na história: se há, protesto contra a resolução do governo: convença-se ele de uma grande verdade da nossa escola: em tais casos finge-se não entender a alegoria, manda-se pôr anzol e redes no mar; verdadeiro mar para pescar o

131 Palavras com as quais se sublinha a impossibilidade de alguém praticar determinada atividade. Segundo Antenor Nascentes, o dito se origina de um lundu muito em moda em 1867, alusivo a um capenga (coxo) que quis participar, de qualquer maneira, de uma parada da Guarda Nacional.

132 A ponta do Calabouço, onde ficava o Arsenal de Guerra, foi aterrada com a derrubada do morro do Castelo, na década de 1920.

peixe, e deixam-se em paz os meros e os merotes que nadam e comem em terra.

Ora, que tolo sou eu! Estou querendo ensinar o padre-nosso aos vigários!

Não tenham receio: os meros e os merotes do arsenal e dos arsenais só serão pescados se não forem filhotes.

E finalmente o paquete deu fundo, lançou a âncora, parou; chegamos!

E onde havia de lançar a âncora o paquete que me trouxe de volta ao seio da pátria?...

Oh! presságio afortunado e animador! Oh! anúncio de prodigioso futuro político! Eu te bendigo!

O paquete parou, deu fundo quase juntinho à ilha dos Ratos![133]

133 Recife rochoso, vizinho à ilha das Cobras, cercado por locais de atracação, que servia de depósito e armazém aduaneiro em meados do século XIX. No período final do Segundo Reinado, foi construído, ali, o edifício-sede da Guardamoria e quartel dos guardas da Alfândega, passando a chamar-se, então, ilha Fiscal.

VI

Em que a Chiquinha e eu vamos de passeio e visita à minha província, que não digo qual seja para não perder o direito de haver nascido em mais duas ou três: deixo por breves dias a capital do Império sem declarar quando cheguei a ela, porque não quero ofender a sábia doutrina dos partidos impessoais: somos recebidos e despedidos em triunfo pela gente da nossa terra, onde fica ainda em gozo de alforria o ruço-queimado; chegamos de novo à cidade do Rio de Janeiro, e vamos provisoriamente morar no Club Fluminense, das janelas do qual vejo mais do que se pode supor: estudo a situação política do país, e sem mais véus nem reservas denuncio quem eram então os ministros de Estado, e encho de luz o quadro dos negócios públicos do Brasil nesse tempo.

Imediatamente depois da nossa chegada ao Rio de Janeiro, gemeram os prelos das folhas diárias, saudando o acontecimento em artigos encomiásticos que elevaram a mim e a Chiquinha às maiores alturas, de modo que nos teatros que frequentamos, merecemos a honra dos binóculos do respeitável público, e nos passeios a glória de nos apontarem com os dedos.

Não preciso dizer que os artigos foram todos escritos por aqueles excelentes amigos que nunca existiram. Os latinos diziam "*amicus est alter ego*":[134] penso melhor que os latinos: *amicus mei solus ego.*[135]

Não era possível que nos demorássemos na capital, onde aliás devíamos em breve estabelecer-nos: o interesse do meu futuro político me impunha a necessidade indeclinável de ir visitar e festejar os dous padrinhos de casamento, os nossos parentes, e as influências do distrito eleitoral; partimos pois eu e a Chiquinha a cumprir esse dever.

É um dever maçante, onerosíssimo, enfadonho! Ter um homem como eu de fazer boa cara, cortesias, de ouvir, de falar, de agradar a todos aqueles rudes e desajeitados roceiros! Mas que remédio? É indispensável contemporizar: não se apanham trutas a bragas enxutas. Ah!... no dia em que me apanhar senador que pontapé darei em toda aquela gente! Não tirarei mais o meu chapéu a nenhum eleitor.

E partimos para a província.

Há duas cousas que, por ora, eu não digo, nem que mo peçam de joelhos: é o mês e ano em que cheguei da Europa, e o nome da minha província.

A razão deste duplo segredo vou agora manifestar.

Não digo, por ora, o nome da minha província; porque me reservo o direito de me proclamar natural de qualquer das províncias do Império, seguindo o exemplo de alguns políticos ladinos, que têm mudado de berço provincial por duas e três vezes. Se me obrigassem a declarar já de que província sou, erigia-me em Fluminense; porque a província do Rio de Janeiro é como a Santa Igreja, mãe de todos os que querem ou fingem querer pertencer a ela: e boa mãe adotiva que ela é!... despreza até os filhos pelos enjeitados: não parece irmã da Bahia.

Não tenho certeza, mas acredito que fui batizado: como porém não se encontra o assento do meu batismo,

134 "Um amigo é um outro eu", em latim.
135 "Amigo meu só eu", em latim.

conto com este feliz recurso para sustentar que nasci na província que me fizer mais conta, e assim procedo muito bem; guardando cautelosamente este meu segredo.

E também hoje em dia no Brasil está banido o mau costume de inquirir a alguém sobre a sua procedência, ou sobre o lugar donde saiu; porque tanta gente de Saquarema tem-se mudado para Santa Luzia, e vice-versa,[136] que ninguém mais se anima a ofender as conveniências, expondo-se a fazer perguntas indiscretas.

Quanto à época da minha chegada da Europa, chitom[137] ainda mais absoluto: darei fácil meio de determiná-la, a quem a adivinhar no rápido esboço da situação política do país, trabalho que executarei logo depois da minha viagem à província.

Menção franca do dia, mês, e ano da minha volta do Velho Mundo, e do meu desembarque no Rio de Janeiro, fora a denúncia e declinação dos nomes dos ministros desse tempo, e das influências reguladoras ou presunçosamente supostas-reguladoras da situação, e impossível se tornaria para mim escrever com inteira liberdade e sem o perigo de quererem descobrir em minhas apreciações, e em minhas ideias censuras, recriminações e indiretas a pessoas determinadas: nessa não cai o sobrinho de meu tio que fez voto de viver bem, e de viver mal com estes, aqueles, e aqueles

136 Macedo parece ecoar aqui frase atribuída ao senador Holanda Cavalcanti — "Nada se parece tanto com um saquarema quanto um luzia no poder" — e transformada numa espécie de mote para explicar a vida partidária no Brasil imperial. "Saquarema", nome de um município fluminense, no qual vários chefes políticos tinham suas propriedades e exerciam pleno domínio eleitoral, designava, no começo do Segundo Reinado, os conservadores. "Luzia", nome atribuído aos liberais, se referia à vila mineira de Santa Luzia, onde sofreram sua derrota decisiva na Revolução de 1842.

137 Silêncio.

outros, conforme as conveniências e as circunstâncias, que ainda espero que se pronunciem para mim.

Esta reserva relativa às pessoas está muito de harmonia com os meus sentimentos políticos: eu admiro e sigo o princípio dos partidos impessoais, partidos cuja metafísica sublime ensina àqueles que os seguem a não ver nem considerar devidamente homem algum por mais legítimo e antigo representante que seja das ideias desses partidos, cada um de cujos membros fica por isso mesmo com o direito de ver só e exclusivamente a sua própria pessoa, o seu eu; pois que a ninguém é dado deixar de ver ou de sentir a si mesmo.

Se este não é o meu partido, o legítimo partido da minha escola, não entendo as cousas deste mundo.

Vejamos se ele é ou não é o meu partido, estudando as consequências que o sapientíssimo princípio é suscetível de produzir em benefício de um ambicioso, como eu.

Vá por hipótese.

Pertenço a um partido político que tem chefes antigos, tradicionais, provados nas lutas, na adversidade, e conhecidos pelos seus serviços: eu quero subir depressa às maiores alturas sociais, e alguns desses chefes me embaraçam o caminho, porque naturalmente estão adiante de mim: que faço eu? Ataco os partidos pessoais, desconheço a importância, a significação dos generais do exército; simulo culto exclusivo às ideias, finjo não compreender que um chefe de partido, que o dirige, que fala em nome dele, não representa, não simboliza, enquanto é leal, o partido que aliás comanda: esmerilho o passado, a vida, as ações, os atos desses capitães políticos: são homens, devem ter cometido erros, olvido as suas virtudes e atos de dedicação, elevo seus erros a crimes, adubo esta apreciação com cinquenta ou cem aleives, proclamo e grito contra os tais capitães, reduzo-os a cabos de esquadra, engano os inexpertos com a ostentação da pureza e da severidade dos meus princípios, junto aos inexpertos que seduzo quantos famintos pedem comer, e estão prontos a servir-me e auxiliar-me com a esperança de fazer carreira produtiva, e por fim de contas empurro para o lado, por algum tempo ao menos, os chefes que estavam no caminho, e vou arranjando a minha vida em nome das ideias, e dos partidos impessoais.

Que dizem a isto? Haverá cousa ou bicho mais pessoal do que o político que se declara propugnador dos partidos impessoais?

Ah, Talleyrand, Talleyrand![138] Como tu eras profundamente sábio quando definias a palavra!

Realmente não há, não pode haver pessoa mais engraçada do que um homem impessoal! É um homem epicenático (admitam o adjetivo), um epiceno humano que não enxerga senão o seu eu, e que até casar-se-ia consigo mesmo (tal é a sua paixão por si próprio!) se achasse bispo que lhe desse licença, e padre que lhe recebesse os votos.

Eu sou dos partidos impessoais; porque não conheço nenhum que aproveite mais às pessoas, e por consequência não digo, e não direi, em que dia, em que mês, em que ano cheguei de volta ao Brasil para não entender com pessoa alguma.

A nossa visita à província foi curta e animadora: achamos minha tia e sogra de perfeita saúde, e prometendo viver ainda longos anos, o que não me preocupou, porque era uma pobre senhora que morresse quando morresse, não tinha fortuna que legar.

O ruço-queimado estava no pasto, e em pleno gozo de alforria, em que nem por isso engordava: era sempre o mesmo caixa d'ossos, comendo muito e sempre magro, sempre cavalo imodificável, sempre eloquente analogia política!

Quando voltamos para a capital do Império, não

138 Charles-Maurice Talleyrand-Périgord (1754-1838): diplomata francês que ocupou altos postos no Império napoleônico e na Restauração.

trouxe comigo o ruço-queimado somente em atenção à despesa que me custaria.

Lembrou-me por alguns momentos trazê-lo, e provocar uma corrida com aposta a favor do cavalo que corresse menos e chegasse ao ponto em último lugar; abandonei porém a ideia, receando que algum administrador de obras públicas se inscrevesse para contender com o ruço-queimado: não quis expor-me a que o ministro da repartição respectiva se coroasse indiretamente com os louros, que conquistaria o administrador, seu afilhado.

Os padrinhos do meu casamento deram-nos banquetes, e bailes em que a Chiquinha primou: houve delírio por ela, e manifestações entusiásticas pela minha candidatura a deputado da assembleia geral, que desde logo anunciei com estudada modéstia, mas com toda a firmeza, que me foi possível mostrar.

Os artigos publicados nos jornais tinham-me precedido, e produziram o seu efeito; fui recebido com orgulho pelos roceiros da minha terra, que engoliram inocentemente o ópio que eu lhes havia preparado; e quando me retirei da província, um esplêndido cortejo de amigos, e de entusiastas, que me adoravam como dez, e como cem à Chiquinha, acompanhou-nos até ao lugar, onde embarcamos.

Adeus, até outra vez, pobres instrumentos da minha calculada elevação! Adeus! É provável que eu continue ainda por muito tempo a explorar a mina da vossa credulidade: quando, daqui a quinze ou vinte anos, eu entrar para o senado, e me conhecerdes então, não maldigais de mim, porque eu sou tal e qual a muitos outros que lá estão na vitalícia, cumprindo o seu glorioso dever de servir sempre à vontade de todos os governos, e de esquecer e desprezar a origem, donde saíram.

Durante a viagem, que não me é lícito declarar se foi breve ou longa, a Chiquinha e eu discutimos e resolvemos todas as questões relativas ao nosso estabelecimento na cidade do Rio de Janeiro; entendemos, porém, que era prudente começarmos por habitação provisória antes de chegarmos à habitação permanente.

O bairro onde se mora decide muito do círculo em que se vive, e esta questão de círculo é das mais importantes para um homem que pretende apresentar-se candidato na primeira eleição.

Na escolha da habitação provisória coube à Chiquinha a glória de provar-me ainda uma, porém não a última vez, a sua perspicácia e sagacidade.

Tomamos cômodos e suficientes aposentos no Club Fluminense.[139]

A casa e os costumes da casa prestavam-se perfeitamente a todos os nossos cálculos e disposições: em poucos dias conquistei ali numerosas relações, e com elas as chaves que me abriam as portas da alta sociedade e da sociedade política do Rio de Janeiro: a Chiquinha alegre, espirituosa, expansiva, bela e hábil começou a causar delírio, sem contudo arriscar-se a comprometimento algum: deixava que lhe fizessem a corte; mas só até o limite que a honestidade permite. Estávamos em mar de rosas, que é o mar das esperanças.

Para mim principalmente a casa tinha uma condição como que providencial: a casa do club é uma casa que tem duas frentes ou duas caras: das janelas de uma eu via a praça da Constituição;[140] das janelas da outra eu espiava a Polícia.[141]

139 O Clube Fluminense, ou apenas o *Club*, como se dizia então, foi, até o aparecimento do Cassino Fluminense, segundo informa Wanderley Pinho em *Salões e damas do Segundo Reinado*, "o mais distinto" entre os círculos e centros da Corte. Ficava no antigo Rocio (atual praça Tiradentes).

140 Antigo largo do Rocio. A partir de 1889 passa a se chamar praça Tiradentes.

141 Parece tratar-se, aí, da Polícia Central, que ficava na rua da Relação nºˢ 88 e 90, quase na esquina da rua Lavradio.

A Constituição estava ou está na praça e a polícia na rua vizinha; duas inimigas morando tão perto!...

No meio da praça ergue-se a monumental estátua equestre[142] do fundador do Império: ornam as quatro faces principais do pedestal octógono, grupos de índios admiravelmente executados; mas os índios não dão ideia de compreender o que se passa por cima deles: são exatamente a imagem do povo brasileiro.

O cavaleiro, o herói, tem o braço direito alçado, mostrando ao povo a Constituição do Império, que se ostenta no ar: quererá isso dizer que a Constituição é cousa aérea, e que deve estar sempre suspensa? Não desejo caluniar o pensamento do estatuário; mas, se o pensamento foi esse, mr. Luís Rochet[143] é sábio.

Tenho receio de incorrer em sérias inconveniências, estendendo mais a descrição da praça da Constituição, lembrando a sua história antes de ser largo do Rocio, depois que passou a largo do Rocio, e finalmente quando chegou aos seus famosos anos de praça da Defunta: foi campo, foi largo, e é praça: quando era campo teve a glória de uma força; quando passou a largo teve a nobreza de um Pelourinho de Açoutes, quando chegou a praça teve as honras de uma espécie de cemitério, porque lhe deram por nome uma espécie de epitáfio no nome de uma defunta.

Foi um campo, foi um largo, e é uma praça que encerra mil recordações históricas: viu a morte de um he-

142 Trata-se da estátua equestre de Pedro I, inaugurada em 1862 na praça da Constituição (atual Tiradentes). Lembre-se que Macedo é autor de um cântico comemorativo da inauguração, incluído na antologia dedicada "à estátua equestre do sr. d. Pedro I" e impressa pela tipografia de Paula Brito nesse mesmo ano.

143 Luís Rochet foi o escultor francês responsável pela execução, com alterações consideráveis, de projeto da autoria de João Maximiano Mafra para a estátua equestre de Pedro I.

rói no patíbulo, viu as torpes vergonhas dos açoutes, viu *bernardas*,[144] três incêndios de um teatro,[145] rusgas e muitas cousas mais. É um lugar cheio e rico de reminiscências.

Se um dia me der na cabeça estudar, hei de escrever a história do campo do Rosário, largo do Rocio, e praça da Constituição.

Agora tenho cousa melhor a fazer: estou escrevendo as minhas *Memórias*, e não falarei mais na praça da Constituição.

Empreguei os dous primeiros meses que passei no Club Fluminense a ler e a estudar os anais da câmara e do senado e as gazetas políticas dos últimos anos, a consultar e a ouvir a todos sobre os acontecimentos, as ideias, e os homens do mundo político; mostrei-me ainda mais ignorante do que sou, relativamente aos negócios públicos, e no fim dos dous meses mandei vender os anais e os periódicos à confeitaria vizinha; porque tinha já compreendido perfeitamente a situação do país, e adotado o partido que me convinha seguir.

Vou, pois que é impossível deixar de fazê-lo, denunciar quem eram os estadistas que achei no poder, chegando ao Brasil de volta da Europa, e descrever em breves, mas fidelíssimos traços a situação das cousas públicas.

Governava o Estado um gabinete composto de sete ministros, cujos nomes esqueci completamente; mas que

144 Revolta popular.

145 Trata-se do Real Teatro de São João, inaugurado em 1813 e destruído por um incêndio a 25 de março de 1824, durante espetáculo em honra ao juramento da Constituição do Império. Reinaugurado a 16 de abril de 1827, como Imperial Teatro de São Pedro de Alcântara, sofreria novo incêndio a 9 de agosto de 1851. Graças a João Caetano, seria reaberto a 18 de agosto de 1852, para incendiar-se, de novo, a 26 de janeiro de 1856. E voltar a funcionar a 3 de janeiro de 1857. Em 1923 passaria a se chamar Teatro João Caetano.

todos podem adivinhar quais eram pelos seguintes sinais característicos dos excelentíssimos.

À parte as diferenças determinadas pelo maior nariz de um, pela calva mais lustrosa de outro, pelas grandes orelhas deste, pela enorme barriga daquele, os sete ministros que achei no poder pareciam irmãos gêmeos dos sete que os tinham precedido, e prometiam ainda ser muito parecidos com os sete que haviam de subir depois deles ao governo.

Vestiam fardas bordadas de ouro, andavam farofando de carro com ordenanças e correio atrás; tinham oficiais de gabinete e tratamento de excelência, brigavam uma ou duas vezes por semana nas conferências, e faziam as pazes uma ou duas vezes por semana no Paço.

Assinavam os expedientes das secretarias, faziam nomeações de empregados, distribuíam pela gente da sua roda os cargos públicos, diziam em segredo àqueles a quem faltavam com os despachos prometidos que infelizmente os ministros no Brasil precisavam ter mais liberdade de ação; protestavam que as circunstâncias do país eram muito embaraçosas, e que a oposição era facciosa e culpada da esterilidade do governo; riam-se de quem lhes falava do futuro, e não adiantavam ideia.

Mentiam cem vezes por dia: faltavam à palavra dada cem vezes por mês; adoravam as pastas, acordavam de noite sobressaltados, sonhando com crises ministeriais, e juravam a todas as horas que estavam fazendo votos ao céu para se verem fora das cadeiras de Procusto[146] onde se viam atados.

146 Alusão ao "leito de ferro" de Procusto, assassino e salteador que, segundo a mitologia grega, costumava agir nas vias de acesso entre Mégara e Atenas, e supliciava suas vítimas, esticando-as violentamente quando não alcançavam a extensão do leito em que as estendia, ou cortando-lhes os pés quando a ultrapassavam.

Asseveravam que lhes faltava o tempo para o desempenho de todos os seus deveres e para atender a todos os assuntos da administração e que não tinham sossego, nem consolações; mas não perdiam banquete, nem baile, não sentiam fastio, palestravam com os amigos até alta noite, os amantes da cena frequentavam os teatros e não iam ao Alcazar Lírico somente pelo receio de alguma pateada.

Uns eram senadores, e outros deputados: os que não eram senadores e contavam quarenta anos, pensavam em sê-lo, e informavam-se caridosamente do estado dos vitalícios doentes; e os que ainda estavam longe do oitavo lustro faziam estudos profundos sobre a teoria e a prática das compensações.

Todos os sete, poucos meses antes, na oposição ou mesmo na maioria ministerial, tinham falado muito em Constituição, sistema representativo, e liberdades públicas, mas entrados para o ministério fizeram da primeira — peteca — do segundo — fantasmagoria — e das terceiras — palitos.

Eis aqui os mais pronunciados sinais característicos dos sete ministros, que, chegando da Europa, achei governando o Brasil.

Sem declinar os nomes destes sábios estadistas ou os leitores das minhas *Memórias* devem imediatamente reconhecê-los e apontá-los todos um por um, ou a dúvida e a disputa servirão somente para provar que os padres são muitos; mas que o breviário é para quase todos esses reverendos *um só*.

E na hipótese provável da segunda ponta do dilema, quem tem razão sou eu, que não acredito na cousa, e trato de arranjar a minha vida sem me importar com honra, virtude, e dedicação à pátria, três estúpidas atrapalhadoras do conseguimento das grandezas sociais e políticas.

E o senhor Brasil não se vexe nem se envergonhe destas misérias humanas; porque lá pela Europa civilizada o que eu vi foi isto mesmo, salvas impertinentes exceções que felizmente não abundam.

Lá também a adulação é escada segura, a mentira é dogma para os ministros, a traição é recurso que aproveita, e a desmoralização substitui perfeitamente à forca de Richelieu, ao *quero* de Luís XIV, à guilhotina de Robespierre *et coetera*.

Entre parêntesis: o *et coetera* com que rematei o precedente período completaria, mas deixa encapotado o meu pensamento para livrar o governo do meu país de alguma questão internacional, de que venha a sair, como tem saído de outras, isto é, pagando sempre as custas do processo.

Já denunciei, o mais claramente que lícito me era, os nomes dos sete ministros, a quem saudei, chegando ao Brasil: agora vou expô-los ainda com transparência mais patente aos olhos de todos, descrevendo em ligeiro quadro a situação política que compreendi e apreciei logo com critério magistral.

O Brasil continuava na posição astronômica marcada pelos geógrafos, e no gozo perfeito e afortunado dos benefícios do calor e da umidade.

O governo era, como dantes, monárquico, hereditário, constitucional, representativo, conforme está escrito no art. 3 da Constituição, e se ensina nas academias jurídicas de São Paulo e Pernambuco.

A política do ministério tinha maioria na câmara, e a oposição jurava que a maioria da nação era contrária ao ministério.

O gabinete encerrara a sessão legislativa sem haver feito passar o orçamento anual, e por isso estava sendo muito censurado pelos últimos e penúltimos ex-ministros, que do mesmo modo tinham governado o país, dispensando essa recomendação essencial da defunta.

Não havia ministro, senador, deputado, jornalista, simples cidadão que não se entusiasmasse, falando do seu partido, e todos também se ocupavam de uma cousa que chamavam reorganização dos partidos.

Havia sempre na esfera política dous polos opostos; mas a esfera andava sem eixo, e no ano em que cheguei ao Brasil, como acontecera nos anteriores, e havia de acontecer nos próximos futuros, eram poucos os astros fixos e luminosos, e muitos os errantes e opacos que a viajar assemelhavam-se às andorinhas.

As frotas moviam-se e misturavam-se sem bandeira, e no meio delas vagavam dúzias de navios piratas disfarçados.

Falava-se muito e falavam todos ao mesmo tempo; mas ninguém se entendia; porque na maior parte dos faladores cada um tinha o seu patuá, e a menor parte não conseguia fazer-se compreender, teimando em exprimir-se em português.

Estavam em moda três questões principais:

Regeneração do sistema representativo, pobre soneto com versos de pés-quebrados de que cada qual por sua vez mostrava os defeitos, e subindo ao governo, apresentava emenda peior que o soneto.

Questão financeira, problema em resolução consecutiva e que se resolvia, mudando-se de sistema e de escola econômica de seis em seis meses.

Emancipação de escravos, gato em cujo pescoço não se amarra facilmente o guizo: nó górdio que em meu parecer deve cortar-se de um golpe; porque eu já vendi todos os escravos que me couberam na herança de meu tio.

A situação política do país definia-se, distinguia-se, pronunciava-se evidentemente por outros sinais que, assim como os que acabo de esboçar, não a deixam confundir com outra qualquer. Eis alguns:

Os que estavam de cima não queriam descer, e os que estavam embaixo queriam subir: daí provinha uma gritaria infernal.

A esfera rolava às tontas:

Aos polos já faltava atração:

Os astros errantes transtornavam todos os cálculos:

O número dos cometas crescia a olhos vistos:

A Terra tornara-se satélite da Lua, e no mundo da Lua se achava; mas a maldita Lua estava em permanente e dupla fase minguante; porque minguava o dinheiro e ainda mais o juízo:

Mas ainda assim se para os tolos havia em cima somente enormes trabalhos a vencer, havia para os ambiciosos por vaidade bonitas farofas a fazer, e para os homens de juízo, a quem a canalha chama *ganhadores*, sempre o pão de ló a cheirar:

A oposição falava em reformas liberais, o ministério declarava-se ainda mais liberal que a oposição, e o povo continuava como dantes e como depois, a ver as reformas liberais, e a prática da Constituição por um óculo, que no lugar dos vidros tinha baeta preta.

Em suma para de uma vez e de um só traço daguerreotipar a situação, determinando a sua época, o seu mês, o seu dia, mostrando os seus diretores, os ministros de então com os seus nomes e sobrenomes, e com as suas caras naturais, digo tudo em duas palavras:

A situação política do Brasil no ano, mês, dia e hora em que desembarquei no Rio de Janeiro, de volta da Europa, era um grande embrulho[147] a desembrulhar que cada vez se embrulhava mais.

Tão claro como isto só noite de tempestade.

Era uma situação *embrulho*, a mais favorável e auspiciosa de todas para quem, como eu, está resolvido de pedra e cal a explorar a mina inesgotável da política em proveito não só da pátria, mas do seu eu.

Oh embrulho! Embrulha-me em ti, e desembrulha-me em alguma produtiva e suave posição oficial!

Oh pátria! Eu confesso que sou a prosa personaliza-

147 Confusão.

da; hoje porém adoro-te, como em noivo adorei a Chiquinha pelos encantos da terça deixada por meu tio, e empenhado em casar-me também contigo pelo dote que me podes trazer, peço de empréstimo a um dos teus melhores poetas dous versos para te demonstrar a natureza e as proporções do meu amor!

Oh pátria! Eu te digo como o Caldas (*de ouro*) fez Pigmalião dizer a Galateia:

Convence-me em ternos laços,
Que eu e tu somos só eu.[148]

Embrulho! Embrulha-me em ti com a condição de me desembrulhar convenientemente!

Compreendi a situação política do meu país: é sem tirar nem pôr a mesma em que o deixei em 1855.[149]

Embrulho sempre, e cada dia mais embrulhado.

Estou esclarecido e vou entrar em cena.

Chiquinha! Repito as palavras proféticas, que me disseste: "Agora — rede ao mar!".

148 Trata-se, aqui, dos dois versos finais da cantata "Pigmaleão", do rev. Antônio Pereira de Sousa Caldas (1762-1814), segundo a edição de 1821 dos seus *Poemas sacros e profanos*.
149 Referência ao ano da publicação de *A carteira de meu tio*.

VII

Em que começo por abençoar a moxinifada política, passo a apresentar a nova teoria das candidaturas a deputado, e dou conta dos títulos e fundamentos importantíssimos da minha candidatura: em resultado de uma longa conferência com Chiquinha, entro em cena pela porta da imprensa, publicando a *Espada da Justiça*, que produz efeito maravilhoso: deixo, a pesar meu, de receber patrióticas inspirações saídas dos fundos secretos da polícia por culpa da Chiquinha, que me faz assim representar o papel de Catão de máscara, e experimentar o martírio de Tântalo; falo dos visionários da imprensa livre, mostro quanto sofrem os namorados leais da filha de Gutemberg, e concluo dizendo as duas cousas que nunca serei, mas reservando-me o direito de fingir-me uma delas, quando me for preciso.

Eu não conheço no mundo país como o Brasil, onde se fale mais em partidos políticos, e onde menos se façam sentir os partidos políticos na governação do Estado.

Ouvi dizer, quando estive na Europa, a um francês velho que fora discípulo de Benjamin Constant, que os partidos políticos eram para o sistema representativo o que são as artérias e as veias para o coração do homem; como porém pertenço à escola que compreende a vida do homem político dirigida às vezes pela cabeça, sempre pela barriga e nunca pelo coração, aplaudo muito o fato de não se observar em minha pátria a doutrina do discípulo de Benjamim Constant.

O tal velho francês, apesar de francês, apontava como exemplos da sua lição os governos da Inglaterra e da Bélgica, onde, segundo ele, há mais moralidade política, exatamente porque ali fielmente se observa a condição essencial do sistema representativo, isto é, governo franco e leal dos partidos legítimos.

A isso respondo eu com duas poderosas observações: primeiramente se assim é, tanto melhor para mim no Brasil, pois não tenho lucros a tirar, nem posições a conquistar com as absurdas teorias da moralidade política; e em segundo lugar, onde não há, el-rei o perde: se o Brasil não tem partidos políticos legítimos, o remédio é arranjar o seu sistema representativo sem eles e dar graças a Deus por ter vida constitucional de comédia em vez da realidade constitucional.

Asseveram-me que o Brasil já teve partidos políticos legítimos, vivazes, e ativos, sucedendo-se no poder e tão pujantes e arrojados que no ardor das lutas chegaram à maior violência, um no provocador excesso da opressão, outro no excesso ilegal da reação, e quer em um quer em outro caso tomando os respectivos chefes toda a responsabilidade dos mais graves comprometimentos.

Eu não ponho em dúvida essa história do passado, em que tanto abundaram os tolos com a mania das crenças, das convicções do culto dos princípios, e dos sacrifícios pessoais pelas ideias dos seus partidos; mas o que a história do tempo em que começo a florescer me ensina é que *águas passadas não moem moinho*.

A verdade é que felizmente para os egoístas e especuladores políticos, entre os quais me desvaneço de contar-me, não há desde muitos anos partidos legítimos governando franca e lealmente o Estado, há sucessivamente no poder uma polifarmácia de homens que não podem decentemente entender-se, de ideias que não se combinam, de aspirações que se repelem, *imbroglio* político que faz as delícias dos egoístas e especuladores e por consequência a fonte aberta da imoralidade política, fonte para mim dulcíssima, onde hei de beber, beber, e beber até a saciedade.

As causas determinantes desta feliz e proveitosa falsificação do sonho poético do sistema representativo do Brasil hão de ser estudadas profunda e sinceramente em um dos seguintes capítulos das minhas *Memórias*, dizendo-se então tudo quanto é verdade em português claro em sinal de gratidão aos arranjadores deste glorioso desconchavo, de que espero tirar o maior proveito.

Patenteei a moxinifada governamental, a debandada dos partidos, a mistura incombinável de homens e de ideias, a situação provisoriamente permanente, em que uns se iludem, outros especulam, e todos, quantos não se iludem, nem especulam, todos, se precipitam ou andam às tontas; patenteei tudo isso em poucas palavras com o fim preciso e positivamente determinado de tirar a estes e àqueles o direito de dar às minhas *Memórias* o caráter da sua autonomia política risivelmente ostentosa.

Não quero, não admito que alguém se suponha com direito a dizer que as *Memórias do sobrinho de meu tio* são a sátira deste ou daquele partido: porque tratam de um período em que predominou no governo este ou aquele partido.

Menos essa. Não hei de levantar semelhante aleive a partido legítimo nenhum.

O que eu tenho visto, e espero ainda continuar a ver, é o mais feliz e engenhoso jogo do *aí vai o papelão político*, em que *aí vão-se* sucedendo no governo séries de homens antigos e novos, que juram, protestam ser de família diferente dos antecessores e sucessores, e que entretanto são todos irmãos gêmeos, falam todos a mesma língua, têm todos os mesmos sestros, fazem todos a mesma cousa e até se parecem perfeitamente uns com os outros naquilo que lhes falta; porque poucos deles têm religião de princípios, firmeza e lealdade de crenças, amor do poder pelas ideias, e desapego do poder pelas suas individualidades.

Convenho em que haja exceções (raríssimas) desta regra: mas tais exceções são notas desafinadas no grande coro do egoísmo.

Nada tenho pois que entender com os partidos legítimos que são almas do outro mundo, bananeiras que já deram cacho,[150] para fortuna minha e de muitos: nem haveria hipótese em que eu me prestasse a servir à causa de qualquer deles: sobretudo nunca me sujeitaria a ser considerado liberal por mais de seis meses; preferia antes ficar viúvo da Chiquinha.

Ainda bem que acho-me livre desse perigo: a situação é como devia ser sempre, favorável, propícia aos arranjos da vida e foi por isso que me resolvi a lançar a rede ao mar, porque tenho quase certeza de abundante pescaria.

A perspectiva de uma eleição geral a efetuar-se em breve prazo acariciava o mais suave e lisonjeiro dos meus sonhos.

Eu já era dentro de mim mesmo candidato a deputado da assembleia geral, embora não soubesse por qual distrito de qual das províncias do Império: este último problema devia ser resolvido pela opinião pública manifestada na designação do meu nome por algum ministro ou por alguma notável influência ministerial.

Eu já tinha alguns títulos importantes e fundamentos consideráveis para a minha candidatura.

Pensam alguns velhos do tempo em que os deputados e senadores iam de casaca às sessões das câmaras, e ali ficavam em suas cadeiras ouvindo, e deliberando desde as dez horas da manhã até as duas da tarde, que para um

150 Coisas ou pessoas que não servem mais para nada.

cidadão brasileiro se apresentar candidato a deputado, deve antes ser conhecido do povo eleitor pelos seus estudos e prática dos negócios do Estado, pelos seus serviços ao país, pela sua instrução e capacidade de desempenhar o grande mandato político, e enfim pela sua probidade, e pela sua moralidade.

Pois vão com essas hoje em dia! Prática tão insensata só podia ser tolerada nos tempos revolucionários, vergonhosos, em que o povo, a ignóbil patuleia era quem realmente elegia os eleitores, que realmente elegiam os deputados.

Agora não; agora e desde muitos anos o sistema representativo civilizou-se, e a moda parlamentar, e a moda eleitoral são outras.

Agora são os delegados e subdelegados de polícia, e os chefes da guarda nacional que elegem os eleitores em nome da ignóbil patuleia, que ou se submete, ou é recrutada e apanha pancadas, e são os ministros, os presidentes de província, e os chefes de polícia que elegem os deputados em nome dos eleitores, quer eles queiram, quer não; porque ao governo sobram os meios de fazer querer contra a vontade.

Agora os senadores e deputados apresentam-se de *paletot* e quase de niza[151] com abas às sessões das suas câmaras, e especialmente os deputados, depois do ato de presença, vão às dúzias matar o tempo das sessões, comendo pastéis, e adorando as moças na rua do Ouvidor.[152]

E eu entendo que assim mesmo é que se deve praticar; porque o pastel que se come representa perfeitamente o mandato legislativo, e a moça que se namora por passatempo é a melhor imagem da pátria, a quem se fazem cumprimentos, e logo depois se deixa no olvido.

151 Casaco curto, jaquetão ordinário.
152 A rua do Ouvidor, "a gazeta viva do Rio de Janeiro" oitocentista, segundo Machado de Assis, seria objeto, de 22 de janeiro a 10 de junho de 1878, de uma série de crônicas de Macedo, reunidas, no mesmo ano, em *Memórias da rua do Ouvidor.*

Consequentemente a teoria das candidaturas à deputação também se reformou profundamente, e a sua moda é hoje outra, e bem diversa, variadíssima, e portanto impossível de se especificar em todas as suas variedades.

Contentem-se os leitores das minhas *Memórias* com uma espécie dessa moda de mil espécies, com o exemplo das bases sérias, legítimas, patrióticas, e grandiosamente políticas da minha candidatura em problema; contentem-se, e fiquem certos de que, como eu, há muitos que têm sido candidatos, e felizes candidatos assim.

Os títulos importantes, e fundamentos consideráveis da minha resolvida candidatura a deputado da assembleia geral legislativa ainda não sei por qual distrito de qual das províncias do Império, eram já os seguintes:

No dia aniversário natalício do filho mais velho do ministro da... eu no meio do banquete festivo improvisei um soneto, que me custara dez mil-réis que paguei a um sempre inspirado negociante de versos, o qual vaticinou ao nhonhô um brilhante futuro igual ao de seu pai, e por sinal que o soneto acabava com o verso de Camões: "Que de tal pai tal filho se esperava!".[153] Cumpre-me declarar que ouvindo o meu improviso, o pai do nhonhô fez uma careta de sensibilidade, a mãe desatou a chorar, e o nhonhô, mais ajuizado que ambos, provocou a hilaridade da numerosa companhia, gritando: "Aquilo tudo é mentira, papai!".

Havia perto de um mês que eu estava adulando uma das principais e mais vaidosas influências da situação: apenas lhe ouvia a mais insignificante trivialidade, ficava diante dela em contemplação: mostrava-me adorando esse homem como se ele fora um Cícero em eloquência, um Aristóteles em sabedoria, um Catão em patriotismo

153 Esse verso se encontra no canto III, estrofe XXVIII, de *Os lusíadas*, de Camões.

austero, e até repetia muitas vezes que lhe achava no rosto extraordinária parecença com os retratos de Malesherbes[154] que eu vira em Paris.

Incumbi-me de comprar uma parelha de cavalos de tiro para o carro de um personagem muito considerado pelo ministério, e, comprando-os admiráveis, dei-os a sua excelência por metade do preço que me haviam custado, o que me trouxe em consequência uma série de encomendas que me arrasaram um terço do meu rendimento daquele ano.

Além disto e de outros fundamentos menos poderosos acresciam ainda dous títulos concorrentes e de significação muito preciosa.

A Chiquinha era em todos os bailes o par efetivo na primeira quadrilha da excelentíssima influência, de quem eu me tornara agente de compras baratas.

E ainda a Chiquinha, muito amiga da excelentíssima senhora do ministro da..., aos anos de cujo filho eu improvisara o meu soneto de dez mil-réis, era a conselheira do seu *toilette*, e chegara até a corrigir não sei que imperfeições de um vestido que aliás saíra das mãos prestigiosas de Mme... francesa.

Com tais títulos, com semelhantes fundamentos da mais alta política era impossível que a minha candidatura a deputado da assembleia geral legislativa não fosse adotada com entusiasmo por aqueles muito ilustres e prováveis fazedores de deputados.

Por consequência eu podia decentemente calcular para o bom resultado da minha candidatura com três abundantes, riquíssimas fontes da opinião pública:

154 Chrétien-Guillaume de Lamoignon de Malesherbes (1721--94): magistrado francês, membro do Conselho do Rei em 1787 e 1788, que emigraria da França logo no começo da Revolução, voltando, em seguida, porém, para defender Luís XVI diante da Convenção, o que o levaria a ser executado também.

Com o ministro aos anos de cujo nhonhô eu improvisara o meu soneto, e cuja senhora tinha por diretora ou conselheira do seu *toilette* a Chiquinha.

Com a importante influência política da situação, a quem eu adulava sem vergonha nem consciência, achando-lhe até no rosto parecenças com os retratos de Malesherbes, os quais eu nunca tinha visto.

Com o personagem muito poderoso, de quem eu me havia feito o comprador barato e com quem a Chiquinha dançava a primeira contradança em todos os bailes.

Eram três esperanças, três escoras: que me falhasse uma, duas eram até demais: que me falhassem duas, uma me bastava para o pronunciamento ardente e entusiástico da opinião pública em favor da minha candidatura.

Mas desde o primeiro dia, e a primeira hora em que pude apreciar a inteligência superior da Chiquinha, tinha-me habituado a não tomar resolução alguma sem ouvir-lhe os conselhos.

Pensando no futuro, o homem reflete, a mulher adivinha.

Eu já havia demitido de conselheiro o meu travesseiro: a Chiquinha tomara o lugar da minha ninfa Egéria, e tinha o direito de tomá-lo; porque era um abismo de sabedoria, e um milagre no cálculo das conveniências.

Antes de lançar a rede ao mar, em uma bela manhã precursora de um dia sereno e aprazível, convoquei o meu conselho de Estado, isto é, chamei a Chiquinha a conferenciar comigo.

— Chiquinha, penso que é tempo de cuidar muito seriamente da nossa candidatura a deputado da assembleia geral.

— Da nossa?, perguntou-me ela sorrindo.

— Sim; o candidato serei eu somente; mas o negócio e os lucros serão da firma Sobrinho de Meu Tio e Cia., e sabes que não tenho e nem quero ter outro sócio que não seja a minha bela e querida Chiquinha.

— Pois sim... seja nossa a tua candidatura.

— Dizia-te que a campanha eleitoral se aproxima e que me parece não dever adiar a minha apresentação.

— Eu o creio também.

— Por consequência desde hoje mãos à obra.

— Como?...

— Julgo que deves dizer duas palavras à tua amiga, mulher do ministro...

— Esta noite devo levar-lhe os últimos figurinos que me chegaram de Paris.

— Ótimo! Atira-lhe com a minha candidatura no meio de algum penteado moderno, e dentro do corpinho do vestido mais elegante, porque assim lhe ficará ela em cima da cabeça e perto do coração.

— Só?...

— Não: sou de parecer que digas também não duas, mas quatro palavras ao teu par indefectível das primeiras contradanças.

— Amanhã é dia de reunião em casa do barão de...

— Excelente! podes fazer-me deputado em um *tour de main*.[155]

— Em um passeio é mais lógico.

— Pois passeia.

— E você, primo?

— Eu vou nestes dias ver o que me podem render o soneto que improvisei, as compras baratíssimas que tenho feito, e a adulação que gastei até hoje e as parecenças que descobri com os retratos de Malesherbes.

— E depois?

— Achas pouco?

— Não; mas acho de mais e de menos.

— Explica-te.

— Para que sejas eleito deputado, basta que tenhas o apoio decidido ou da mulher do ministro da... ou de

155 "Num instante", em francês.

qualquer dos três nossos amigos, a quem temos sido tão agradáveis: há portanto aí elementos eleitorais demais.

— Em matéria de eleições quanto mais elementos, mais certeza de resultado.

— É um erro repartir a gratidão por tanta gente.

— Em política é de regra que só se reconheça o benefício enquanto se precisa do benfeitor: a gratidão é um abatimento da alma que avilta o homem que a sente: a gratidão é sentimento que nunca me há de fazer mal.

— Não discutamos isso: prefiro passar a dizer-te o que acho de menos no teu plano.

— Vejamos.

— Serás deputado exclusivamente pela influência de alguns protetores e sem a mais leve aparência de elemento próprio, e de importância pessoal.

— E que importa isso desde que eu consiga ter assento na câmara?

— Importa muito: ficarás reduzido a simples filhote de um ou de três senhores pretensiosos que se julgarão com o direito de te dar sempre na câmara o santo e a senha.[156]

— Deixa o futuro por minha conta: tenho bons exemplos a seguir: quando o meu interesse o determinar, voltarei as costas aos protetores.

— E eles dirão em alta voz que te levantaste contra os santos; mas que não largaste a esmola.

— E eu os deixarei dizer tudo quanto quiserem, confundindo-os com o meu solene desprezo.

— Mas não é preferível em tal caso sustentar que a tua eleição teve por fundamento a tua importância pessoal?

156 Sobre a expressão "dar o santo e a senha", informa Antenor Nascentes, no *Tesouro da fraseologia brasileira*, que, nas antigas milícias, era por meio do nome de um santo e de uma senha, escolhidos em segredo, que os sentinelas e guardas se davam a conhecer nas rondas e trocas de postos.

— Mas se eu não tenho importância pessoal, Chiquinha!

— Aparenta ao menos que a tens: é um argumento que te ficará de reserva.

— E como hei de eu arranjar essa aparência?

— Ah primo! Eu não sou mais que uma pobre moça tola, que, quando muito, pode discorrer sobre assuntos de *toilette*; no teu caso porém apelaria para um recurso, de que por vezes já te lembraste.

— Qual?

— A imprensa: explora em proveito de tua candidatura a influência dos protetores, com que contamos; mas ao mesmo tempo publica uma gazeta, e nela sustenta as ideias e os princípios que mais convenientes te forem.

— E acreditas...

— Tenho a certeza de que o teu periódico não te dará dez votos na eleição; com ele, porém, terás um pretexto para te proclamar oportunamente — filho da imprensa — e de sustentar que não deves o teu diploma de deputado senão a ela.

Refleti durante cinco minutos, conversando com os meus botões: depois levantei a cabeça e disse:

— Chiquinha, ainda uma vez reconheço que tens mais juízo do que eu; o teu conselho porém esbarra diante de dificuldades muito consideráveis.

— Primo, eu tenho o defeito feminil de não acreditar no impossível, quanto mais em dificuldades que se oponham à nossa vontade.

— Resolve pois, ou anula as que te vou apresentar. Sejamos francos: eu me reconheço incapaz de redigir uma gazeta.

— E quem escreveu os teus admiráveis trabalhos publicados em Paris? Quem compôs o soneto que improvisaste no banquete do aniversário natalício do nhonhô?...

— Tens razão neste ponto; mas repara que deve ser uma despesa horrível.

— Semeia-se para colher: é o meu princípio.

— Bem: esta dificuldade é fácil de vencer-se: o autor do meu soneto e mais dous ou três estudantes talentosos podem encarregar-se de alimentar com artigos a gazeta, da qual aliás me considerarão o redator em chefe. Eu dirigirei o pensamento do periódico, darei os temas principais para os artigos e ficarei com as honras e com as glórias da redação.

— Agora cabe-me dizer-te por minha vez — mãos à obra!

— Espera; que ainda falta muito a considerar. Primeira questão: qual deve ser o formato da gazeta?... Cumpre que ela seja diária ou não?...

— Julgo isso muito indiferente.

— Não: o século XIX é um século açu:[157] apesar de dever compor-se de cem anos, como todos os outros séculos, não é como os outros: as proporções do seu progresso exigem que tudo nele seja grande, gigantesco: *mirim* é adjetivo guarani que não entra no dicionário do gênio progressista da nossa idade; todas as entidades mirins são esmagadas pelas locomotivas da moderna civilização. Uma das nossas antigas instituições, que não pode mais resistir ao despotismo do progresso, é a gazeta mirim e periódica: não se tolera hoje em dia senão a gazeta gigante e diária: o pequeno periódico do tempo passado, se ainda algumas vezes ousa sair à luz, procurando leitores, passa da tipografia à confeitaria, é lâmpada que em breve se apaga por falta de azeite, logo se torna em papel de embrulho.

— Primo, você raciocina como se quisesse fundar uma empresa permanente, e do que deve tratar é da publicação de uma gazeta previamente condenada a desaparecer daqui a três ou quatro meses.

— É exato: nas vésperas de todas as campanhas eleitorais há dessas erupções de patriotismo arrojadas por

157 "Grande", em tupi.

vulcões que fecham as crateras apenas apanham os votos que pedem, cantando, chorando, e gritando.

— Mas além disso eu não adoto a sua tese: você calunia o século e a sociedade brasileira para não confessar a verdadeira causa do mal: o que devemos dizer é que no Brasil não há imprensa exclusivamente política; porque o povo, à força de se ver mil vezes enganado, perdeu as crenças, e assiste quase indiferente às lutas: é por isso que os homens políticos que precisam da imprensa apelam para as grandes folhas diárias, que falam aos interesses do comércio e de todas as indústrias, e são obrigados a socorrer-se dos vinténs por linha que produzem os anúncios para sustentar os artigos de propaganda.

— Chiquinha, juro que aprendeste lógica e história política do Brasil.

— Continuemos a conversar, disse-me ela.

— Assim pois gazeta de pequeno formato e periódica, embora não seja lida...

— Não; vendendo-se, e quando não se vender, distribuindo-se grátis para ser lida.

— Grátis? Essa palavra — *grátis* — desequilibra todo o sistema da minha vida. Eu não compreendo que se trabalhe de graça em caso algum.

— Semeia-se para colher, repito.

— Para demonstrar que a agricultura é um mister onerosíssimo basta este princípio cruel. Eu queria ser deputado sem despender um real.

— Para que então te apressaste a casar comigo?... Se fosses noivo da filha de algum ministro, podias receber em dote a deputação-geral, ou alguma outra alta posição oficial.

— Sei, e todos sabem isso; mas não há tesouro que iguale o teu merecimento.

— Temos alguma outra questão a resolver?

— Sim: de que espécie deve ser o meu periódico?

— Quantas espécies há?

— Muitas: mas limitar-me-ei a falar-te das principais: há a gazeta excepcional, a gazeta séria, que discute as questões, aprofundando-as, que não faz arma da calúnia, nem da injúria pessoal, que...

— Adiante; essa não te pode aproveitar.

— Há a gazeta exaltada e violenta que tem princípios definidos; mas que insulta o adversário, e nunca enxerga nele nem merecimento, nem ato acertado, nem honra, limitando-se porém a atacar a pessoa do adversário, e parando nela.

— Se não fossem os tais princípios definidos, essa te convinha.

— Há o periódico pelourinho, que não tem ideias; mas tem penas que são azorragues e punhais: o redator é um vil assassino de esquina de rua, que fere à traição a vítima: é um salteador de estrada que, com a ameaça do mais horrível insulto, perde a bolsa ou a honra; é um detrator sem peias, que atira o aleive e a difamação ao seu condenado e não para nele, vai além, ousando ferir a esposa nobre, e a filha inocente do teimoso que não quis dar dinheiro...

— Ah! isso é horrível demais!

— Pois é assim; não te admires porém; porque...

— Há peior?

— Não; mas há melhor; o periódico pelourinho franco, nu, ostentoso, é farroupilha e desprezível: já ninguém faz caso dele.

— Então que é que você acha melhor?

— O pelourinho civilizado: a gazeta sem ideias e que se proclama idealista, que não tem consciência e que fala sempre em nome dela, que afeta gravidade nos artigos da redação, e que espalha veneno em artigos anônimos, mas de lavra própria, e que com esses recursos assassina ou faz por assassinar a honra alheia, quando isso convém ao seu interesse, ou aos ódios de quem o aluga, como o bravo de Veneza[158] que vingava afrontas de outros a preço de contado. É sempre pelourinho; mas o outro era farroupilha e este é afidalgado.

— Primo, a minha opinião é que você deve combinar a gazeta exaltada com o pelourinho civilizado.

— Estamos de acordo; vou ser um luzeiro da imprensa política e periódica: hoje mesmo organizarei o meu gabinete de redação e alugarei o meu testa de ferro.

Oito dias depois desta conferência saiu à luz da imprensa o primeiro número da *Espada da justiça.*

Rodeei-me de alguns moços de talento e sem experiência do mundo, incensei-lhes a vaidade e contei com redação segura que facilmente fui pagando com modestos presentes, e com pomposos elogios, que, saídos muitas vezes da formosa boca da Chiquinha, puseram os rapazes doudos.

A necessidade que eu tinha de ganhar toda a proteção do ministro da... obrigou-me a atacar imediatamente o seu mais detestado adversário, e assim o primeiro artigo da *Espada da Justiça* foi uma biografia insultuosa, violenta e caluniadora da vida inteira daquele ex-ministro dos Negócios Estrangeiros, que me nomeara adido de primeira classe para a legação de Paris, que me dera a ajuda de custas misteriosa, e a licença com vencimentos para tratar da minha saúde, onde me conviesse.

Estreei, pagando um favor composto de três grandes favores com os mais desabridos ataques e ultrajes.

Houve quem me lançasse em rosto este procedimento; eu porém respondi:

158 O termo "bravo" designa um tipo de assassino de aluguel, de espadachim contratado outrora, na Itália, para liquidar inimigos e gente por algum motivo indesejável. Macedo talvez se refira aí a *The bravo* (1831), de Fenimore Cooper, a *Vénitienne* (1834), peça de Anicet-Bourgeois inspirada no texto de Cooper, ou a *Il bravo* (1834), ópera, de Berettoni e Martiani.

— Sou na imprensa a *Espada da Justiça*; sou juiz consciencioso e severo: nos próprios favores que recebi vejo o desenfreamento do mais escandaloso patronato, que a rigidez dos meus princípios me força a condenar.

A *Espada da Justiça* teve em breve, e contra a minha expectativa, numerosos leitores, alguns dos quais pagantes: um certo esmero, às vezes pedantesco, na redação, devido ao talento dos meus jovens colaboradores, a audácia nos ataques, a exaltação das ideias, a impostura de independência deram interesse ao periódico.

Eu não admitia artigo cuja matéria não fosse agradável ao ministério; mas tomei como regra dizer tudo em nome do meu partido, protestando sempre que pouco ou nada me importava desagradar ao governo.

No fim de um mês vi que havia já despendido com a *Espada da Justiça*, que se publicava três vezes por semana, cerca de trezentos mil-réis do meu bolso, o que me incomodou consideravelmente.

É verdade que os três personagens, meus amigos, tinham-me garantido a eleição de deputado à assembleia geral; mas a minha ideia predominante era sempre colher sem semear.

Em tais circunstâncias procurei consolar-me, ostentando a grandeza dos meus sacrifícios, e em certa noite de reunião na casa do ministro da..., ouvindo encômios, e recebendo parabéns pela redação ilustrada e enérgica da *Espada da Justiça*, respondi com o jeito que pude:

— E todavia é um serviço que presto e que me custa caro: não faço questão disso; mas o primeiro mês da *Espada da Justiça* exigiu que eu despendesse nada menos que um conto e setecentos mil e tanto; ainda assim porém não desanimo: a pátria merece mais.

Evidentemente o meu patriotismo admirou ao auditório.

Os homens de gênio fazem maravilhas sem perceber que as fazem: eu acabava de fazer uma verdadeira maravilha, e eis aqui a prova.

No dia seguinte ao levantar-me da cama, recebi este bilhetinho precioso escrito pelo ministro da...

"Confidencialíssimo. — Meu Predileto: o governo não abusa nem deve abusar da dedicação dos seus amigos: a sua candidatura é um direito do seu merecimento e lealdade, mas o seu eloquentíssimo periódico não pode continuar a ser tão oneroso sacrifício pecuniário para um dos mais ilustres dos nossos correligionários: venha falar-me: temos meios secretos que, sem ofensa da sua probidade e sem quebra da sua independência, tornarão mais leve o peso da *Espada da Justiça*, cuja publicação é indispensável ao ministério.

Seu de todo coração. — *X. Z. Y.*"

Dei um salto de alegria: a Chiquinha correu a saber que novidade havia, e lendo a cartinha ministerial, fez um momo:

— Que lhe achas?, perguntei.

— Mau cheiro, respondeu ela.

— Como?...

— Cheira-me a cofre da polícia.

— É um dos meus sonhos, Chiquinha!

— De realização muito desejável no futuro; mas por ora inconveniente, e talvez perigosa para a nossa candidatura.

— Chiquinha, estou receoso de que estejas hoje por exceção com falta de lógica: um homem que rejeita dinheiro nem ao menos pode entrar na lista dos jurados; porque evidentemente lhe falta o bom senso exigido pela lei.

— Primo, você quer passar toda sua vida em aluguel à polícia?

— Não: tenho determinado ser muito mais alta e desfaçadamente caríssimo pensionista do Estado.

— Em tal caso rejeite o oferecimento do ministro e continue a escrever.

— E o dinheiro que perco?

— Ganhará muito mais depois: alugado ao governo nesta ocasião, amesquinhará o seu merecimento, e poderá até pôr em risco a sua candidatura: aproveite o ensejo para ostentar desinteresse e dedicação e eu lhe juro que lucrará muito e muito mais em próximo futuro.

Deixei cair tristemente a cabeça e pensei e refleti duas longas horas em silêncio.

A Chiquinha calculava bem, é verdade; mas condenava-me ao martírio de Tântalo: eu tendo diante de mim aberto o sublime cofre das despesas secretas, e obrigado a afastar a mão, e a fingir horror ao dinheiro!!!

Oh! a vida política tem horas e dias que sabem a tragos de fel!

A Chiquinha me grudava no rosto a máscara, e me enrolava o corpo com o manto de Catão!!!

Foi neste dia de silenciosa tempestade rasgada no meu espírito que compreendi, com a mais dolorosa experiência, os transes por que passa, as amarguras que experimenta o egoísta que explora a política, e que por sábio cálculo refalsado leva às vezes anos a iludir o povo com brilhantes rasgos de fingido catonismo que lhe custam os olhos da feia cara verdadeira!

Hoje o diabo do governo tenta-o, oferecendo-lhe uma sinecura, o Catão mascarado soma os lucros, e vê que ainda não chegam à conta redonda que espera: tem entretanto uma fome devoradora, maldiz do povo que o observa; mas das fraquezas forças, encrespa os sobrolhos e exclama com voz altissonante: "Eu não sei receber favores do governo!".

O ministério fica desapontado, o povo bate palmas, e o egoísta — acatonado murmura consigo, passando a mão pela barriga, "que maçada! Por que não me haviam de oferecer logo o pão de ló com que sonho!".

Amanhã vem nova tentativa, nova experiência, e

novo tormento da alma do pobre pecador, que não quer comprometer o seu cálculo, comendo fatias...

Finalmente chega o dia do bolo grande e completo! O herói arregala os olhos, abre a boca imensa, por onde o bolo desaparece, como um navio que se abisma no golfão. Desde então não há mais peias que contenham a fome e a sede do egoísta que depôs a máscara e rasgou o capote.

Os falsos Catões são para a política do Estado como os falsos profetas para a religião do verdadeiro Deus.

Mas eu confesso que não tenho ânimo de aspirar a tanta glória: eu sou simplesmente egoísta ordinário, não posso ser egoísta gênio.

Tenha a Chiquinha paciência: sujeitar-me-ei a fazer papel de Catão esta vez somente: representar semelhante comédia uma segunda vez me faria rebentar de desespero.

Fiz, consumei o enorme sacrifício: escrevi ao ministro, rejeitando o seu oferecimento, queixando-me de que me tivesse feito uma proposição que ofendia o meu caráter escrupuloso e severo, e assegurando que ainda assim continuaria a prestar na imprensa os meus serviços ao ministério.

Referi muito em segredo aos outros protetores com quem contava tudo quanto se havia passado; ganhei por isso os cumprimentos de ambos; devo porém declarar que o ministro recebeu-me depois friamente na primeira visita que lhe fiz, e que só voltamos à intimidade das antigas relações depois que a Chiquinha imaginou e regulou para um pomposo baile um *toilette* a capricho com que a vaidosa esposa de sua excelência conquistou os louros do primor da elegância.

Não censuro a frieza do ministro; ele teve razão: o que o governo quer dos seus afilhados deve ser feito prontamente e logo: imprensa livre e independente, ou com ostentações desse caráter não pode convir a ministério algum no Brasil: a imprensa deve ser o eco da voz do governo, deve ser toda ela, como o *Semanário* do Paraguai. É por isso que eu desejo a censura prévia.

Além disso os ministros no Brasil estão tão habituados a pagar com o dinheiro da nação a imprensa que os defende, que o uso já tem feito lei; e conseguintemente, por culpa da Chiquinha, ofendi a lei, e os direitos da polícia.

A *Espada da Justiça* continuou pois a fazer prodígios de difamação civilizada, e eu a tornar-me celebridade na capital do Império, sendo muitas vezes objeto das ovações dos meus supostos amigos políticos.

Mas olhem, nem tudo que luz é ouro.

Se a *Espada da Justiça* não fosse para mim somente alavanca eleitoral, um cálculo egoísta, em que não entrava nem a consciência, nem o dever, nem o interesse pelo bem público, eu a teria metido logo na bainha, e a deixaria ali perpetuamente enferrujar-se.

Faço ideia dos desgostos que experimentam, e das lutas secretas que são obrigadas a travar as almas cândidas dos toleirões que escrevem periódicos por impulso de patriotismo, e pelo generoso interesse dos princípios dos partidos políticos, a que em sua virginal inocência supõem servir.

Que exigências cruéis, que imposições ao pobre coitado! Que acerbidade de queixas!

Examinemos, entre parêntesis, este assunto que é de máxima importância nos países onde existem governos livres bem regulados.

Há entre nós cabeças desmioladas e teimosas que tomam ao sério a missão da imprensa política e que em vez de a fazerem negócio de ideias, ou meio de pregar ideias exclusivamente para lucrar com elas, deixam-se guiar pelo triste farol das convicções, e sacrificam-se pela missão da imprensa em vez de sacrificar a missão da imprensa ao seu interesse.

São uns visionários que me causam compaixão!

Querem eles que a imprensa política seja livre e independente e que fiel mantenedora dos princípios, da opinião de que é o órgão, não os olvide nunca, nem pela conveniência de defender contra os justos ataques dos adversários os erros e os abusos destemperados do ministério que saiu ou pretende ter saído das fileiras do seu partido.

Que erro descomunal! A imprensa política deve ter obrigação de considerar impecáveis os ministros que reputa do seu credo político: a boa disciplina de um partido exige que os partidistas de um ministério abdiquem o direito de pensar e de ter consciência, limitando-se a dizer *amen* a tudo quanto quiser e fizer o ministério: em política é loucura querer viver pela verdade, e é prova de bom juízo arranjar a vida pela condescendência com a mentira: no Brasil já é prática muito antiga que os ministérios que se organizam manifestem a procedência, não direi dos partidos, mas dos lados ou dos grupos parlamentares donde saíram não realizando no governo os princípios que sustentaram na tribuna, sim, repartindo as posições políticas influentes, e os empregos lucrativos pelos sócios da comandita que conseguiu o monopólio temporário do governo do Estado.

Com imprensa política livre e independente, com imprensa zeladora dos princípios, sem condescendências contraditórias dos princípios não haveria no Brasil ministério regular, porque no Brasil o que é regular é que governo não tenha princípios definidos.

E os patetas a quererem reformar a sociedade! Por isso quando algum desses visionários ataca, em nome dos princípios, este ou aquele ato do ministério que se propala saído do seu lado político, o ministério e os famélicos que o cercam bradam enfurecidos: “Fora! Está fora do partido!” e bradam com razão; porque o partido de um ministério é uma espécie de instrumento de metal que ao excelentíssimo sopro rincha sempre e por força — *amen*.

E não se queixem do governo os visionários da tal imprensa política independente e livre; porquanto no próprio seio dos partidos de que ela se quer fazer órgão, e em suas relações com uma boa parte dos respectivos chefes essa pobre mártir, a imprensa política, vê-se douda, vê-se no purgatório das suas loucuras, vê-se condenada ou à mais desesperada luta, ou a ser criada não de dous, mas de vinte ou de cem amos.

Façam de conta que um desses visionários se presta a publicar e redigir um periódico que seja órgão das ideias do seu lado político: manifesta a sua resolução e sobram-lhe as animações e as promessas de considerável concurso: cai o tolo na esparrela.

Supõe de si para si o pobre visionário que a imprensa política é a gloriosa, a mais importante tribuna do alto da qual o escritor ilustrado e consciencioso orador de todos os dias fala ao povo, anunciando-lhe os seus direitos, e ensinando-lhe doutrinas sãs, fala ao governo, lembrando-lhe o seu dever, defendendo seus atos legais, e censurando os seus abusos e erros; fala enfim e sempre ao seu partido, esclarecendo-lhe o caminho que lhe cumpre seguir, e mantendo como pura Vestal a flama sagrada do templo da sua religião política.

Pensa ainda o visionário que o laço comum de um partido é apertado pelo acordo e pela harmonia de um complexo de ideias capitais de um plano político, que em todo caso não impõe aos correligionários o jugo servil e absoluto de submissão a todas e quaisquer ideias de ordem secundária, ou ainda de consequências as mais consideráveis, independentes porém do plano essencial do partido.

Pois o senhor visionário está, como estão todos os visionários, vivendo e pensando no mundo da lua.

Há sem dúvida um ou outro, alguns homens políticos notáveis pela sua posição e sabedoria, há ainda homens que nada mais têm que pedir ao povo, e que fiéis às suas crenças, dedicados à opinião que os elevou, estão sempre no seu posto, desinteressados e nobres, e tipos de abnegação, quase que se escondem na sombra nos dias da prosperidade e que ao soar a hora da adversidade, mostram-se a toda luz e gritam aos antigos amigos: "Aqui estou! Contai comigo!".

Mas desses quantos há?... *adparent rari nantes in gurgite vasto!*[159] Esses não incomodam, não atormentam os visionários; porque eles também o que são senão visionários?... Esses... eu sei! Até não têm graça, são velhos imprestáveis, que não estão na moda do nosso belo tempo: esses são exceções que não entram em linha de conta.

Vamos à regra.

O visionário da imprensa política livre e independente publica o seu periódico.

Ai dele! Prendeu-se à mesa da redação noite e dia com o nobre e generoso intento de servir exclusivamente à causa da opinião cuja bandeira adotou; para logo porém começam-lhe os transes: hoje um reizinho do partido vem exigir que o periódico insulte, ataque sem piedade tal correligionário político que lhe disputa a influência na sua província; amanhã é o chefe de um grupo de outra província, que não admite que seja agredido o presidente dela, que está fazendo favores a seus parentes: mais tarde chega o senhor Esta Cousa, que está furioso; porque o jornalista independente pronunciou-se contra o seu projeto de concessão de um privilégio que lhe deve aproveitar muito, embora seja contrário aos interesses nacionais; logo entra carrancudo no gabinete da redação o senhor — Outra Cousa — que pergunta enfezado, como é possível que na gazeta se achasse eloquente o discurso do deputado que agrediu o chefe de polícia da província de... que é seu compadre!

159 "Raros náufragos flutuam sobre o vasto abismo." Alusão ao verso 118 do canto I da *Eneida*, de Virgílio.

E dentro em pouco o visionário da imprensa política livre e independente ou torna-se instrumento dos caprichos, das paixões, e dos interesses dos seus pseudocorreligionários políticos, ou fica às moscas, e por causa das moscas que realmente o devem incomodar muito, suspende a publicação do seu esperançoso periódico.

Eu também hei de suspender a publicação da *Espada da Justiça*; mas não há de ser por isso.

No correr da minha vida poderão chamar-me quantos nomes feios quiserem; há porém dous nomes feios que só os caluniadores poderão atirar-me ao rosto:

Um é visionário; porque não sou, nem jamais serei poeta.

Outro é liberal; porque...

Não: neste último caso, preciso, em lugar de dizer o porquê, deixar como franco e leal protesto da pureza do meu atual e futuro procedimento, uma reserva indispensável:

Não sou, nem serei nunca verdadeiro liberal, isso é positivo; mas não prescindo do direito de fingir-me liberal, quando me convier.

E bem tolo seria eu, se desprezasse o recurso desse nome, que tem servido a tantos especuladores políticos para subir pelos ombros do povo até as grimpas sociais.

VIII

Infandum, regina, jubes renovare dolores![160]

VIRGÍLIO — *Eneidas*
(segundo diz a Chiquinha).

Como depois de patentear um notável defeito do nosso sistema eleitoral, e de descrever os sintomas principais que anunciam a invasão da moléstia política chamada eleição, vejo minha candidatura entregue aos cuidados de um presidente de província, o que além de vesgo e coxo e de se chamar por alcunha o Bisnaga, tem uma filha de nome Desidéria, feia, quarentona, e nunca dantes desejada, por causa da qual entra o diabo nas urnas e eu naufrago nos cachopos do doutor Milhão, perdendo a Chiquinha o gosto dos versos rimados e cabendo-me, para coroação da obra, o cruel sacrifício de pagar as nossas passagens de volta no mesmo vapor em que tivéramos na ida passagens do Estado por favor do ministério.

Aproximava-se o dia solene, em que deviam falar as vestais do governo representativo.

160 "Mandas-me, ó rainha,/ renove a dor infanda" (tradução de Odorico Mendes). Trata-se do começo do relato de Eneias a Dido no canto II, vv. 3-4, da *Eneida*, de Virgílio.

Dentro de dous meses proceder-se-ia à eleição geral de eleitores, e um mês depois, conforme a disposição da lei, à eleição secundária, ou dos deputados.

O dia de uma e outra eleição é, ainda nos casos extraordinários, conhecido, sabido de todos com a necessária antecedência conforme um estúpido preceito da lei que ainda não se achou meio de fazer sofismar, e que tem o gravíssimo inconveniente de impedir que o governo faça eleições de improviso: digo que esse preceito da lei é estúpido; porque, ainda com as prevenções, e com o conhecimento geral dos dias fixados para os tais comícios, é sempre o governo quem faz ou quem ganha as eleições; sendo pois melhor que estas se fizessem de improviso; porque assim se poupavam à oposição imensas despesas e grandes esforços e sacrifícios estéreis; e ao governo o emprego de muitos meios de corrupção indispensável, e de muitas violências irrepreensíveis para obrigar o povo a falar a verdade, votando com a polícia.

Mas ainda quando não estivessem fixados, ou não se publicassem com antecedência, nos casos extraordinários, os dias marcados para as eleições primárias e secundárias, há sempre sintomas claros, patentes, eloquentíssimos da proximidade do assalto oficial às urnas populares, ou da invasão dessa moléstia (ao menos a minha escola considera moléstia) do sistema representativo.

Vou apresentar o quadro do cortejo dos sintomas característicos e infalíveis da tal moléstia política.

Primeiro: o ministério muda ou faz contradança de presidentes de províncias e de chefes de polícia, os quais são escolhidos a dedo entre os já provados conquistadores que têm realizado a fortuna de César: *veni, vidi, vici.*[161]

Segundo: em cada província o respectivo presidente ou faz tábua rasa na máquina policial existente, e enche os

161 "Vim, vi, venci", em latim. Palavras atribuídas a César, anunciando a rapidez da vitória sobre Farnácio, perto de Zela.

jornais com portarias de demissões e nomeações de delegados e subdelegados, ou aperfeiçoa e fortalece todas as malhas da rede já preparada: às vezes em certas províncias até se nomeiam para cargos policiais de municípios suspeitos homens que são réus de polícia, e ainda mesmo assassinos; mas quem tem culpa disso é o povo desses municípios que não quer obedecer às ordens do governo, votando livremente, como o governo manda.

Terceiro: em todas as paróquias opera-se mudança ou aperfeiçoamento igual no exército pedestre dos inspetores de quarteirão.

Quarto: as malas dos correios não chegam para as cartas que recebem, e o selo rende novecentos e noventa e nove por cento mais.

Quinto: descobrem-se parentescos e amizades, com que nunca dantes se havia sonhado.

Sexto: multiplica-se o número de excelências de um modo extraordinário: esse tratamento torna-se quase geral.

Sétimo: tem alta excepcional na praça a mercadoria dos protestos de patriotismo, dedicação à causa pública, e, sobretudo, de eterna gratidão.

Oitavo: os negociantes com relações no interior, e principalmente os consignatários, não têm mãos bastantes para escrever *post scriptum* nas cartas que mandam aos fregueses.

Nono: quadruplica a despesa do chá e dos sorvetes nos salões dos ministros.

Décimo: estragam-se em três ou seis semanas seiscentos chapéus à força de muito cortejar a ignóbil patuleia.

Undécimo: chega das províncias à capital do Império cada bicho que mete medo.

Duodécimo: descompõe-se o passado, o presente e o futuro de Adão e Eva em todas as gazetas da capital e de todas as províncias do Império.

Décimo terceiro: há patronato como chuva em dezembro, traições como ratos em casa velha, adulações como farrapos na casa da miséria, dinheiro como nas casas de jogo, infâmias como nos lupanares.

Quando semelhantes sintomas se pronunciam, podem contar que há eleições batendo à porta, e que o governo está, por exceção, em época de gloriosa atividade.

Ora exatamente eram estes os sintomas que eu estava sentindo, apreciando, e com o maior cuidado acompanhando em honra do meu interesse pessoal.

A minha candidatura achava-se, ao menos pelo que diziam os meus dedicadíssimos protetores, fora de contestação, e até eu já sabia que me haviam designado para o único distrito eleitoral da província de...

Único distrito eleitoral quer dizer província pequena e de última ordem, quer dizer lugarejo desprezível para onde se atira o desembrulho de uma *candidatura embrulho*, que não é possível desembrulhar em outra qualquer parte.

Durante alguns dias empenhei-me fortemente para conseguir que o governo me apresentasse candidato pelo distrito eleitoral dos meus padrinhos de casamento, e onde eu contava não poucos parentes, alguns dos quais me seriam favoráveis; foi porém trabalho baldado: a eleição desse distrito já tinha sido empalmada com prévio cuidado por três filhotes mais estimados do ministério, e não houve meio de fazer aceitar os meus embargos à precedência.

Resistir ao decreto eleitoral que me privava da bênção dos meus padrinhos era impossível; porque eu não podia jogar as peras com os meus amos; fiz pois boa cara ao contratempo, e contentei-me com a esmola que me ofereciam em outro distrito.

A escolha da província que nunca tivera notícia da existência do Sobrinho de Meu Tio, e da qual eu devia ser legítimo representante, não era por certo muito lisonjeira para o redator em chefe da *Espada da Justiça*; não dei porém importância a essa desconsideração; porque enfim o que eu queria era ser eleito, ou, em português claro, designado deputado à assembleia geral.

E para sê-lo só me faltava a última etiqueta política.

Não deem aqui à palavra *etiqueta* a significação que lhe dão os caixeiros das lojas da rua do Ouvidor, que entendem por etiqueta a marca do preço da fazenda que vendem: não: etiqueta significa, no caso de que trato, a cerimônia política.

Vou pôr esta charada em trocos miúdos.

Na designação de candidatos para deputados a oposição observa uma prática, e o partido do ministério às vezes duas.

Os chefes ou chamados chefes da oposição designam a quase totalidade dos seus candidatos à deputação.

O partido do ministério nem sempre procede do mesmo modo.

Às vezes os ministros dividem entre si as províncias, e cada qual designa os deputados da província ou das províncias que lhes coube ou couberam na partilha.

Às vezes, menos indecentemente, os ministros entendem-se com os maiorais do partido que os sustenta, fazem concessões, arranjam de acordo os despachos eleitorais, e fica assim resolvida a expressão do *voto livre*.

Mas em certas circunstâncias torna-se indispensável salvar as aparências.

Quando os ministros despacham sem mais cerimônia (e é a prática melhor, mais cômoda e mais suave) os candidatos que devem por bem ou por mal ser eleitos deputados, não há etiqueta. Nomeiam-se os presidentes de província, estes recebem as designações e *magistri dixerunt.*[162] Vivam os Aristóteles.

Nas épocas de cerimônias porém o partido que sustenta o ministério, ou para falar com mais precisão, o

162 "Os mestres o disseram", em latim. Com as palavras *Magister dixit* ("O mestre o disse") os escolásticos procuravam citar, como argumento sem réplica, o que seria a opinião de seu mestre, Aristóteles.

partido que o ministério sustenta, procede como sempre faz a oposição que não tem por si a donosa e invencível providência do governo.

Então os chefes respectivos fazem previamente a designação: os chefes oposicionistas só por si, os ministerialistas de combinação e acordo com o ministério e, designados os candidatos, lustram as chapas com o lavor da etiqueta.

Aqui vai agora a etiqueta.

Há uma cousa a que os tais partidos políticos dão extraordinária importância, e que não tem importância nenhuma: essa cousa chama-se: "reunião política". É a etiqueta.

Partido de oposição, partido ministerial acreditam muito nessa comédia; mas é comédia, posso assegurá-lo.

As reuniões políticas em regra não resolvem cousa alguma, e por exceção resolvem somente o que já antes estava resolvido pelos maiorais.

Em negócios eleitorais observa-se invariavelmente a mesma doutrina, e a mesma prática.

Os candidatos a deputados, quer ministeriais quer oposicionistas, já estão previamente adotados e designados pelos capitães dos respectivos partidos; para salvar porém as aparências, convocam-se as grandes reuniões políticas, a que concorrem os tenentes que sabem metade, os alferes que sabem a quarta parte, e os sargentos e cabos de esquadra que não sabem uma só palavra do padre-nosso dos capitães dos seus partidos, e que nas reuniões aprovam com entusiasmo tudo quanto eles propõem e sustentam e depois saem delas muito vaidosos do concurso que prestaram para a organização das chapas eleitorais, que aliás já estavam organizadas.

Graças à minha experiência e ao meu bom juízo nunca até hoje tomei ao sério nenhuma dessas numerosas reuniões políticas, nas quais o meu cuidado tem sido sempre tomar sorvetes e comer doce até a saciedade.

Incorro talvez em crime de profanação, descobrindo e manifestando estes segredos de abelhas; como porém não haverá quem se presuma, ou queira declarar-se atraiçoado pela minha franqueza, estou seguro da impunidade.

A etiqueta que me faltava era pois a adoção da minha candidatura na grande reunião política, que em breve se efetuaria.

E efetuou-se.

Como redator em chefe da *Espada da Justiça*, isto é, como órgão notável do partido que o ministério sustentava, estive presente à grande reunião.

A assembleia era numerosa, brilhante, animada, e, oh sacrossanto respeito ao voto livre! oh sublime prova de abstenção do governo no próximo pleito eleitoral! nem um só dos sete ministros viera tomar parte no conclave magnífico.

Eu vi o mundo com todos os seus enganos, com todas as suas ilusões resumido naquela assembleia! Uns discutiram programas, outros falaram das altas conveniências dos partidos, muitos abundaram em considerações sobre a escolha indispensável de homens seguros e dedicados à causa do partido para candidatos à deputação geral, e por fim de contas a candidatura de cada um dos pretendentes que se achavam na reunião foi sucessivamente aceita e aprovada por unanimidade de votos, como era de esperar: adotaram-se ainda outras candidaturas de ausentes, ficando duas dúzias delas para estudos e resoluções subsequentes.

Durante a conferência, enquanto uns oravam e outros ouviam com admirável gravidade, grupos de três ou quatro influências conversavam baixinho nos cantos da sala, ou no fundo do gabinete contíguo.

As ilusões sonhavam pois em voz alta no meio da sala, e a realidade andava apuridando pelos cantos.

A reunião dissolveu-se com acordo geral, com a perfeita harmonia que se observara desde o seu começo:

saíram dela todos satisfeitos, como herdeiros que acabam de fazer com pleno contento partilha amigável.

Sem dúvida o maior número daqueles convocados políticos entrara na assembleia noturna e dela saíra com a alma cheia de boa-fé e o coração palpitante de suaves esperanças de lisonjeiro futuro para si, e, di-lo-ei, também para o país: sem dúvida porque confesso que me pareceu haver disposição e empenho de fraternidade leal e sincera; mas declaro também que apanhei no pestanejar de olhos de um, nas palavras alambicadas de outro, e até nos abraços apertados de um terceiro figurão os anúncios de falcatrua política futura.

O governo representativo oferece sempre ao partido predominante uma festa muito parecida com a das núpcias de Tétis e Peleu,[163] na qual alguns dos chefes representam as figuras de Vênus, Juno e Minerva, e o primeiro lugar do poleiro governamental é o pomo lançado pela Discórdia para desarranjar as melhores combinações.

Por que acontece assim? Porque, felizmente para os homens de juízo, para os especuladores políticos a cuja grei pertenço, ou não há, como sustento, verdadeiros partidos políticos no Brasil, isto é, partidos de ideias, cujos chefes só o sejam pelas ideias e pela capacidade e leal disposição de as realizar no poder, *sine qua non*, e há somente bandos e sequelas que se unem por simpatias a certos homens, e por oposição a outros bandos e sequelas, e que tomam nomes sem dar importância às ideias que esses nomes significam:

163 Alusão à história mítica do pomo de ouro lançado pela deusa Discórdia durante o banquete de casamento de Tétis e Peleu como vingança por não ter sido convidada. O que provocaria a cobiça de Juno, Minerva e Vênus e uma disputa que, segundo os outros deuses, deveria ser resolvida pelo primeiro mortal que passasse. Foi o pastor Páris, que escolheria Afrodite em troca da conquista do amor de Helena.

Ou então aquilo acontece porque os partidos políticos no Brasil têm pressa demais em subir ao poder, e por causa da pressa, ao primeiro aceno, correm aos trambolhões, trepam por toda espécie de escada, entram pelas janelas em vez de entrar pelas portas, perdem nos saltos da subida o código dos seus princípios, deixam cair no caminho as suas ideias, desfiguram, ou alteram profundamente suas fisionomias pela fadiga dos arrancos violentos, e quando se mostram de cima, nem os pais, nem os filhos, nem os irmãos os conhecem mais.

Eu sou de opinião que os tais partidos, se procedem assim, procedem muito bem: porque o pão de ló do poder vale tudo isso e muito mais ainda; há porém pobres de espírito que entendem preferível conservar a pureza da religião dos seus princípios a ser governo sem eles.

São gostos! Eu acho muito melhor vestir-me à moda do tempo: os alfaiates não fazem fardas de ministros para vestir ideias; fazem-nas para pendurá-las nos ombros de cabides humanos.

Mas o que é ainda mais certo e positivo é que estas considerações não vêm a propósito: devo tratar agora somente da questão eleitoral.

Apesar de todas as seguranças que me davam do triunfo incontestável da minha candidatura pelo único distrito da província de... cumpre-me confessar que eu não me achava perfeitamente tranquilo.

Havia três fundamentos, ou, pelo menos, três motivos para os meus receios.

Primeiro: o presidente nomeado para a província que devia ter a honra de eleger-me deputado sem me conhecer era um varão ilustre, a quem chamavam, por alcunha, o comendador Bisnaga: ah! no Brasil até há bisnagas comendadores!

Considerem-me tolo, e escravo de prevenções ridículas, não me ofenderei por tão pouco; mas não sei o que me dizia ao coração que o maldito Bisnaga me bisnagaria a candidatura.

Segundo: o excelentíssimo Bisnaga era vesgo do olho esquerdo e coxo da perna direita, e ninguém me dava a certeza do olho com que ele veria a minha candidatura, nem do pé com que andaria em proveito dela. Acrescia ainda ao olho vesgo e à perna coxa que sua excelência era viúvo, e tinha uma filha solteira com quarenta anos de idade, feia como um jabuti, e da qual nunca se separava pelo medo da sedução de algum namorado.

Protestei contra a nomeação de semelhante presidente para a minha província; mas o ministério declarou que era caso resolvido, que não havia remédio, senão ceder a certos caprichos, não querendo confessar que o Bisnaga era compadre do presidente do conselho: mas por compensação dous dos ministros apresentaram-me pessoalmente, e recomendaram-me com ardente empenho ao ilustre designador dos deputados da província de...

Terceiro: esta minha província dá dous deputados: um será por certo o sobrinho do ministro da..., o outro, dizem que serei eu; é porém ali candidato o filho do barão de..., o homem mais rico da província: candidato com vinte e dois anos de idade, saído do curso jurídico de São Paulo, há quatro meses, inteligente, travesso, ambicioso, e que também tinha a sua alcunha, pois que na província era conhecido por doutor Milhão.

E notai bem: a alcunha — milhão — não significava milho grande, significava mesmo — milhão-dinheiro.

Assim pois a minha candidatura estava colocada entre uma Bisnaga suspeitosa e um Milhão contrário a ela.

É verdade que eu tinha por mim duas importantíssimas condições favoráveis, que eram duas condições negativas do doutor milhão.

Este jovem candidato era primeiramente oposicionista franco, e enraivado, e punha todos os ministros pelas ruas da amargura: em segundo lugar protestava em voz alta que não compreendia a existência de governo monárquico no mundo, e ainda menos na América, e que se pronunciaria sempre pela república, como único sistema governamental digno das nações, e regenerador, e salvador do Brasil.

Ostentando semelhantes sentimentos, o doutor milhão não poderia ser elegível, e esta convicção animava-me bastante.

Evidentemente a riqueza enorme do pai do candidato e o empenho que o malvado velho fazia em eleger o filho deputado eram um perigo sério para a minha candidatura; porque o dinheiro é a peça de artilharia de maior calibre que se conhece.

Mas se o Bisnaga tomasse deveras a peito a minha eleição, encravaria com as pontas das baionetas dos soldados protetores do voto livre a peça de artilharia do velho Cresus,[164] do barão de...

Neste ponto não há dúvida possível; quando o governo quer, vence eleições, zombando dos mais colossais elementos de oposição, e do próprio poder da mais opulenta riqueza. Imagine-se uma paróquia em que 490 em quinhentos votantes sejam contrários ao ministério, contrárias a ele todas as influências legítimas, todas as autoridades eletivas, toda a riqueza da paróquia: pois bem: aí mesmo o governo ganha a eleição e até por unanimidade de votos; basta querer: o meio é simples e já muitas vezes posto em prática: no dia solene do voto livre amanhece a matriz com as portas guardadas por soldados com espingardas carregadas e de baionetas caladas: o povo quer entrar na matriz e não lhe dão licença, protesta que tem o direito de votar e tem em resposta uma gargalhada do subdelegado: se em desespero intenta penetrar na igreja, os soldados fazem fogo, morrem quatro ou seis ci-

164 Cresus (*c.*563-548 a.C.): rei da Lídia. Nome usado como sinônimo de pessoa muito rica.

dadãos livres e os outros, feridos ou não, deitam a fugir e vão fazer uma duplicata inútil; mas no maior número dos casos o povo soberano retira-se prudentemente antes que a história acabe em banho de sangue e ou [sic] nesta ou na primeira hipótese, a polícia procede à eleição suave e naturalmente, a urna fica atopetada de listas, embora ninguém votasse e entrou por uma porta, saiu pela outra, manda el-rei meu Senhor que me conte outra.

Ora, o comendador Bisnaga fora precedido na província de... por duzentas praças de tropa de linha: era demais: com semelhante exército faria ali vinte deputados, quanto mais dous.

O voto livre estava pois perfeitamente garantido na minha província eleitoral, e o que me incomodava era somente a instintiva desconfiança da lealdade do comendador Bisnaga.

Pelo sim pelo não fiz escrever e publiquei na *Espada da Justiça* dez artigos e levando ao sétimo céu o merecimento, a sabedoria e os serviços relevantes do Bisnaga que veio visitar-me muito agradecido, e protestou-me que eu era o seu primeiro, o seu candidato do peito.

Fui logo pagar a visita ao meu presidente e levei a Chiquinha para cumprimentar a excelentíssima filha do Bisnaga e relacionar-se com ela: a quarentona solteira chama-se dona Desidéria.

Era uma Desidéria que nunca tinha conseguido ser desejada. Não houve protesto de amizade que não se trocasse entre nós.

Apesar disto e de quantas promessas me faziam, e das seguranças de triunfo que me devam ministros, influências protetoras e o presidente Bisnaga, resolvi de acordo com a Chiquinha ir para a província de... zelar de perto e ativamente a minha eleição.

Suspendi por dous meses conforme a declaração solene que fiz, e para sempre, segundo os meus cálculos, a publicação da *Espada da Justiça* e segui com a Chiquinha para a província de... no mesmo paquete a vapor em que foi o Bisnaga com a filha. É escusado dizer que o meu amigo o ministro da... arranjou-me passagem do Estado para mim e para minha família, e que portanto não fiz despesas com a viagem.

Chegamos à capital da província, e procedi como era de mister.

Tomei casa: andei de Herodes para Pilatos[165] entregando cartas de recomendação, e fazendo visitas; em obediência aos conselhos da Chiquinha, embora a pesar meu, dei banquetes e saraus semanais: não deixei passar dia em que não fosse ao palácio do presidente: alcancei duas dúzias de nomeações para cargos policiais: prometi quarenta empregos de repartições públicas da corte: consegui que muita gente me tivesse na conta de empenho infalível para qualquer dos membros do ministério: assegurei que havia de dar à província pelo menos uma estrada de ferro: jurei que faria desembargador a um juiz de direito, e juízes de direito a três juízes municipais: perdi constantemente no voltarete,[166] jogando com o chefe de polícia: menti como um viajante francês, imposturei como um brasileiro tolo que chega de Paris, enganei e trapaceei como um solicitador ou procurador de causas desmoralizado.

A Chiquinha também não descansou: deu moldes de vestidos e figurinos velhos a quantas senhoras eram esposas ou filhas de eleitores prováveis ou de figurões da terra: dançou, cantou, fez maravilhas para agradar aos meus desejados comitentes.

Em honra da verdade me cumpre declarar que a minha candidatura me parecia fora de questão: o meu nome

165 *Andar de Herodes para Pilatos*: andar de um lado para outro sem conseguir nada; por um lado se dizer uma coisa, e por outro, outra (Caldas Aulete).
166 Voltarete: jogo de cartas.

tornara-se em breve bem aceito, e o comendador Bisnaga mostrava-se empenhado em dar-me o mais decidido apoio.

Entretanto o doutor milhão, cujo nome de batismo de família não quero dizer, corria a província, trabalhava com furor, e por fim rebentou um dia na capital, onde me achava.

A nova da chegada do meu áureo adversário preocupou-me um pouco; o que porém mais me admirou foi vê-lo em minha casa para visitar-me.

Não havia que fazer senão recebê-lo com a devida cortesia.

O doutor Milhão era e é um jovem bem-apessoado e até bonito; elegante no trajar, engraçado falando, amabilíssimo na conversação, um pouco estouvado, com pretensões a poeta, sem crenças em matéria de religião, dizendo-se republicano em política; mas no fundo egoísta como eu, ambicioso sem máscara, rindo-se da moral, e capaz de tudo para subir.

Vi o doutor Milhão o mais perigoso dos rivais pelos muitos pontos de contato que o seu caráter tinha com o meu.

Logo na primeira visita disse-me:

— Somos adversários; mas não devemos ser inimigos: vamos de cara alegre até o fim da comédia eleitoral, e vença quem vencer, não deixemos por isso de ser amigos.

Na segunda visita observou-me:

— Somos adversários: mas devíamos não sê-lo: eu não hostilizarei a sua candidatura: por que há de hostilizar a minha? Vamos pregar um mono ao sobrinho do ministro?...

Pus-me a rir para não responder sim nem não.

Na terceira visita não me falou mais em eleições: ocupou-se todo em fazer a corte à Chiquinha, e cantou com ela um dueto do *Elixir de amor.*[167]

167 Ópera de Donizetti, com libreto de Felice Romani, cuja primeira apresentação foi em 1832, em Milão.

Desconfiei do elixir: não gostei do Dulcamara,[168] e pareceu-me que a Chiquinha desafinara.

O doutor Milhão fizera-se o mais assíduo dos meus amigos, e, o que é mais, frequentava do mesmo modo o palácio e a sociedade do comendador Bisnaga.

Todos têm o seu fraco: era impossível que a Chiquinha fosse em tudo perfeita: a minha adorável Chiquinha tem um único senão, ama a poesia, e dera-lhe para aprender a compor versos rimados com o doutor Milhão.

Tive minhas cócegas de ciúme; porque evidentemente o doutor Milhão se interessava mais do que era preciso pela Chiquinha, que de sua parte, conservando-se aliás sempre digna do nome de seu marido, nunca se julgara ofendida por quem reconhecia o poder dos seus encantos sem alvoroçar-lhe o pudor: era moça, bonita e vaidosa: que lhe havia eu de fazer?

A sabedoria humana consiste principalmente em tirar partido e proveito das próprias contrariedades.

Calculei que a Chiquinha poderia conseguir para a minha candidatura o apoio do doutor Milhão: abri-me confidencialmente com este sobre os negócios eleitorais, e chegamos a um acordo, em que me pareceu que me coubera a partilha do leão; obriguei-me a não dar passo algum, a não recomendar a candidatura do sobrinho do ministro, e a não hostilizar a do doutor Milhão, o qual deu-me palavra de honra de sustentar a minha, fazendo-me obter os votos de todos os seus amigos políticos.

Deste modo aumentavam-se as proporções da minha vitória eleitoral, e eu devia ser indubitavelmente o mais votado dos candidatos.

Não me censurem, não me acusem nem pela tolerância do namoro, aliás inocente, com que eu dei-

168 Dulcamara é o vendedor ambulante que, em *O elixir do amor*, vende a poção do amor (na verdade, apenas vinho tinto) a Nemorino, o camponês apaixonado pela rica Adina.

xava o doutor Milhão incensar a vaidade de Chiquinha, nem pela indiferença, ou, se quiserem, traição com que eu abandonava a candidatura do sobrinho do ministro da...; não me censurem, não me acusem, não me provoquem, nem me obriguem a defender-me, apresentando exemplos ainda mais tristes de uma e outra fraqueza dados por alguns varões ilustres da minha terra.

Não me provoquem; porque, se eu dissesse tudo quanto sei e muitos sabem, diria horrores...

Basta-me dizer o que agora vou expor nestas minhas veracíssimas *Memórias*.

Um belo dia, já nas vésperas da eleição primária, o comendador Bisnaga, recebendo-me em seu gabinete, observou-me, com ares de escrupulosa gravidade, que não era conveniente que eu vivesse em tão estreitas e amigáveis relações com um inimigo do governo, com um republicano confesso e ostentoso, como era o doutor Milhão.

Caí das nuvens, e respondi a sua excelência que eu entendera que não devia fechar as portas da minha casa a um homem de tão boa sociedade, que era recebido no seio da própria família do presidente da província.

Ouvindo tal resposta o comendador Bisnaga carregou os sobrolhos e tornou-me:

— O presidente da província é pela sua posição oficial, e pela conveniência de ostentar plena imparcialidade, e completa abstenção no pleito eleitoral, obrigado a receber a todos sem distinção.

Saí do palácio com o espírito carregado de sombria apreensões: referi quanto acabava de passar-se à Chiquinha, que, soltando um — ah! — muito comprido, observou-me:

— Ah! por isso dona Desidéria enregelou-me ontem com a frieza de seu recebimento!

Ao que vinha a dona Desidéria para a questão eleitoral, e para as inconveniências da assiduidade do doutor

Milhão, o inimigo do governo, o republicano confesso e ostentoso em minha casa?

A Chiquinha se entristecera profundamente e de súbito:

— Por que te afliges?, perguntei-lhe.

— A tua eleição está perdida, respondeu-me ela.

Pus-me a rir; pois nunca julgara em melhores condições a minha candidatura.

— Não te rias, tornou-me a Chiquinha; olha; eu sou capaz de jurar que o diabo vai entrar nas urnas eleitorais.

— E que diabo é esse?

— Um que eu conheço, porque sou mulher.

Não dei importância às prevenções, e aos temores da Chiquinha.

Também não me vi constrangido para obedecer ao Bisnaga a despedir de minha casa o doutor Milhão; porque três dias depois o áureo candidato deixou a capital da província para assistir à eleição de uma paróquia do interior, onde as cousas estavam correndo muito mal para ele.

Livre do doutor Milhão, tranquilizei-me: a Chiquinha, porém, cada vez se entristecia mais: ingrato! atribuí sua tristeza a saudades do doutor Milhão; e era por mim que a Chiquinha se obumbrava em profunda melancolia.

— Candidatura perdida!, repetia-me ela.

E eu ria-me! Pateta que eu era; ria-me!

Procedeu-se em todas as paróquias da província à eleição primária, e em todas as paróquias, sem exceção de uma só, venceu por grande maioria o partido do presidente.

— Então?, disse eu à Chiquinha, dando saltos de alegria.

— Veremos; respondeu-me ela ainda mais tristemente.

Resumirei agora a história do meu desengano, da minha derrota, e da infâmia do Bisnaga e da baixeza do doutor Milhão em quatro palavras.

Sim! Venceu o partido do Bisnaga em todas as paróquias da província, e venceu quase sem luta, venceu sem derramamento de sangue, venceu suave e naturalmente em toda parte, venceu até sem duplicatas!

E dez dias depois da eleição primária o doutor Milhão, o inimigo do governo, o republicano confesso e ostentoso casou-se com dona Desidéria.

O noivo era rico, jovem de vinte e dois anos, bonito e espirituoso: a noiva era senadora pela idade, quase irracional pela inteligência, tartaruga pelos dotes físicos.

Nunca se contraíra na província de... casamento mais absurdo; no fim porém de vinte dias a bênção política tornou-o lógico, pois coroou aquelas núpcias: reuniram-se os colégios eleitorais, votaram e...

E foram eleitos, em primeiro lugar e com unanimidade de votos, o doutor Milhão, genro do presidente Bisnaga, e em segundo, e por grande maioria, o sobrinho do ministro.

E eu que havia trazido cem cartas de recomendação e feito trezentas visitas, que dera banquetes, e saraus semanais, que diariamente me sacrificara a adular horas inteiras o Bisnaga, que perdera o meu dinheiro, jogando com o chefe de polícia, eu que mentira, que imposturara, que enganara, eu...

Eu obtive na apuração geral de todos os colégios eleitorais da província — sete votos!

Eu candidato do ministério composto de sete ministros tive sete votos! Um voto por ministro! Que proteção!

A minha derrota eleitoral fez-me passar duas noites em claro; mas em paga das vigílias vi tudo muito claro.

Não me queixo do Bisnaga: detesto-o; mas reconheço que ele é homem da época, e meu correligionário político, pois evidentemente pertence ao partido do seu interesse material e pessoal.

Se o ministério se tivesse empenhado deveras pela minha eleição, o Bisnaga não se animaria a atraiçoar-me tão indignamente, e ainda mais o presidente da província de... não teria sido o Bisnaga, e sim um homem de minha plena confiança, como eu reclamara.

O ministério simulara adotar a minha candidatura; mas realmente a havia abandonado ao arbítrio e à boa ou má vontade do Bisnaga.

Não me queixo do partido que me designara deputado na sua grande reunião política; porque eu nunca acreditei naquela farsa. Conheço o país em que vivo: em matéria de eleições, quem vence, quem elege não é partido algum, não é o povo, é o governo.

Não me queixo do Bisnaga; já disse que o detesto; mas eu faria o que ele fez.

Estão vendo que apesar da minha derrota, conservo em toda sua pureza o meu espírito de justiça.

Pois que faz o Bisnaga? Aproveitou-se da sua alta posição oficial para arranjar a vida: está direito; é assim mesmo que se faz, e que se vê muita gente grande fazer.

O Bisnaga é tão pobre que não tem onde cair morto e carregava com uma filha chamada Desidéria, que nunca fora nem podia ser desejada, e que passara solteira além dos quarenta anos.

O ministério fê-lo presidente da província, e ele, aproveitando o ensejo, deu em dote à Desidéria um lugar de deputado, e casou-a com um mocetão de vinte e dois anos, e herdeiro da casa mais rica da província.

Devo queixar-me do Bisnaga? Não teve ele bons mestres? Não fez o que outros fazem? Pois é novidade dotarem varões ilustres as suas meninas à custa do povo e da pátria?

Avante, Bisnaga! Fizeste muito bem: avante! No Brasil procedimento como esse teu não avilta, não desonra aos grandes da terra: no Brasil diz-se que um homem é honrado quando paga as suas dívidas no dia do vencimento das letras: satisfeita esta obrigação, nada mais pode afetar a honra.

É por isso que andamos esbarrando com beneméritos em todos os cantos das ruas.

Não me queixo do Bisnaga, repito; queixo-me somente do governo, que anda desde certo tempo semeando bisnagas pelas presidências de muitas províncias do Império.

Como quer que seja, eu me achava derrotado, vergonhosamente derrotado, e a Chiquinha tão desapontada que me causava verdadeira pena: coitadinha! Tinha até perdido o gosto dos versos rimados.

O casamento da filha do Bisnaga com o doutor Milhão e a minha subsequente derrota fizeram da minha casa um deserto; fugiram todos de mim, como se eu fora um bexiguento em São Paulo, um leproso em qualquer parte; e, o que é melhor, uns dous periódicos que se publicavam na capital da província, e que até vinte dias antes me elogiavam, começaram a insultar-me sem motivo, chamaram-me ave de arribação, forasteiro, intrigante, afrontador dos brios da província, e outras amabilidades do mesmo gênero.

Ainda que eu quisesse responder, não podia, porque não tinha imprensa.

O meu único recurso era fugir; mas faltava-me o paquete, pelo qual tive de esperar perto de um mês, ficando, durante esse tempo, atado aos dous pelourinhos do Bisnaga e do doutor Milhão.

Do Bisnaga hei de vingar-me na primeira ocasião: se eu for algum dia presidente de província e o apanhar na minha alçada, mandarei recrutá-lo e assentar-lhe praça de soldado raso, apesar da comenda e da perna coxa.

Do doutor Milhão já estou vingado: casou com a dona Desidéria e basta.

Finalmente chegou o paquete, em que devia efetuar a minha retirada.

A imprensa bisnaga-milhão assanhara todas as fúrias do povo contra mim.

Na hora da partida a Chiquinha e eu embarcamos ao estrépito de mil foguetes, bombas e girândolas: foi um fogo infernal!

E *finis coronat opus*:[169] foi-me preciso pagar passagem para mim e para minha família!...

Façam ideia das suaves e consoladoras disposições com que eu voltava para o Rio de Janeiro:

Eu vinha — derrotado:

Tinha sido ilimitadamente injuriado:

Saíra — esfogueteado:

Fora obrigado a pagar as passagens no vapor. Eram quatro atentados: o último não menos que os outros fizera-me chorar o coração.

169 "O fim coroa a obra", em latim.

IX

Como chegando enfurecido à capital do Império, e indo logo acender o *Raio do Desengano*, vem uma chuva benéfica apagar-me o fogo; a Chiquinha lança-me em rosto não ter aproveitado o ensejo para fazê-la baronesa: demonstra-se a necessidade da oposição, e por consequência lembro-me do compadre Paciência, que ainda se achava na cadeia, cujas portas de ferro abro com as chaves de duas cartas de empenho: descubro um bom e um mau agouro em uma queda de cavalo, e depois de outras muitas cousas que ou não vêm ou vêm ao caso, chega-me de súbito e a propósito ordem de partir logo e logo para a província de que estava nomeado presidente por causa de um Manuel Mendes que fizera a asneira de morrer, e de um Relambório que pretendia ser vivo demais, rematando a história a mais horrível careta do compadre Paciência.

Cheguei à cidade do Rio de Janeiro, transpirando princípios liberais, e máximas severas de moralidade política por todos os poros; porque uns e outras me serviriam para atacar o ministério, e o comendador Bisnaga, seu digno delegado.

Eu ia pois ser gralha política toda vestida e enfeitada de penas de pavão: não havia novidade no caso: estas rápidas metamorfoses se reproduzem constantemente: absolutistas na segunda-feira, republicanos na terça-

-feira, ministerialistas na véspera do dia de despacho, oposicionistas no dia que se segue ao do despacho, que desenganou, são fenômenos trivialíssimos porque todos os partidos abraçam todos os desertores sem perguntar nem moralizar os motivos da deserção.

É o que vale a mim e à minha gente: se os tais partidos políticos zelassem mais sua dignidade, desprezassem os traficantes, e arrancassem as penas de pavão com que se enfeitam as gralhas, não se multiplicaria tanto o número dos renegados, a descrença política não se estaria arraigando no coração do povo, os homens honestos não se achariam misturados com depravados e ganhadores, e o Sobrinho de Meu Tio daria à costa nos cachopos da moralidade, com a triste consolação de afogar-se em companhia de alguns mil barrigudos.

Mas ainda bem que nenhum partido se convenceu de uma verdade perigosíssima, isto é, de que no Brasil antes das lutas por ideias políticas, ou para que haja verdadeira e profícua luta por ideias políticas, é necessário que se chegue a acordo leal para conscienciosa e decidida imitação da sagrada lição de Jesus Cristo, que a golpes de azorrague expeliu os traficantes que mercadejavam às portas do templo.

Mas no Brasil toleram-se os traficantes que mercadejam não às portas, porém dentro do templo do Estado e até sobre os altares.

E, se duvidam do que estou dizendo, estudem bem o logro infame que me pregaram o ministério e o comendador Bisnaga.

O meu profundo ressentimento era como uma cratera a ferver e a abrir-se para que prorrompesse o vulcão: vinte e quatro horas depois do meu desembarque na capital do Império, os jornais diários anunciaram o próximo reaparecimento da *Espada da Justiça*, que se publicaria com o novo título de RAIO DO DESENGANO *para fulminar todos os perversos, e opressores do povo.*

Bem longe estava eu de esperar os grandes e felizes resultados produzidos pelos meus furiosos anúncios.

Não há no Brasil arma que assuste, fantasma que assombre mais os ministros de Estado do que o anúncio de um periódico de oposição, principalmente se o seu redator foi amigo da véspera e não tem papas na língua, nem reservas de generosidade.

A razão é simples.

A razão geral é que quase todos os ministros são animais de cauda mais ou menos comprida, e a imprensa da oposição é tesoura amolada que corta sem piedade as caudas dos ministros.

A razão especial é que o amigo da véspera é cúmplice de muitos escândalos misteriosos, conhece segredos comprometedores, e os fracos e as misérias do ministério, e se não tem papas na língua, nem generosas reservas, se é capaz de sacrificar um olho para furar os dous olhos do seu inimigo, torna-se por isso mesmo uma potência terrível, cujas iras é preciso a todo transe desarmar.

Confesso que eu não tinha calculado com estas gigantescas proporções da minha vingativa oposição; reconheci-as porém, vendo entrar pelo Club Fluminense adentro o ministro da... com sua excelentíssima senhora para visitar a mim e à Chiquinha.

Recebi o elevado visitante com enregelada cortesia; mas é de regra que um ministro não sinta frio nem calor.

Sua excelência deu-me mais de dez abraços, lamentou a minha derrota eleitoral, jurou-me que já estava resolvida a demissão do Bisnaga e que o ministério tinha meios de castigar a traição de que eu fora vítima; finalmente declarou-me que se achava autorizado para oferecer-me as compensações que eu quisesse exigir, e sem limite algum em minhas exigências, que estavam previamente consideradas justíssimas.

O homem é de carne e osso: abalei-me, senti-me comovido pela eloquência sentimental do ministro da...

Eu tenho o coração muito propenso à ternura: aqueles amáveis oferecimentos do governo abrandaram a minha cólera, e tocaram a minha natural sensibilidade.

Referi ao ministro da... a história de todos os tormentos por que havia passado, das afrontas que recebera, e até do sacrifício a que fora obrigado, pagando as passagens no vapor.

No fim de duas horas de conversação íntima e confidencial o ministro da... retirou-se com sua excelentíssima senhora, despedindo-se de mim com estas animadoras e suavíssimas palavras murmuradas ao meu ouvido:

— Dentro de oito dias receberá as provas da lealdade do ministério, e da alta consideração com que ele sabe distinguir os seus amigos.

Não é preciso dizer que adiei, ao menos por oito dias, a publicação do *Raio do Desengano* para ver que resultado teriam as promessas que acabava de fazer-me o amável ministro.

E antes de terminado o prazo marcado chegaram-me com efeito as demonstrações inequívocas do apreço que de mim fazia o gabinete.

Por ordem superior e competente foi-me restituída a quantia que eu despendera, pagando as passagens, minha e de minha família, no paquete que me havia trazido de volta à cidade do Rio de Janeiro.

Fui nomeado presidente da província de..., uma das de segunda ordem, mas já não pouco importante.

E para compensar o enorme sacrifício pessoal a que me sujeitava, aceitando esse elevado cargo, concederam-me, além da ajuda de custos da lei, uma outra extraordinária, cuja importância não chegou ao domínio do público.

Finalmente foi-me solenemente garantido que o comendador Bisnaga receberia em breve demissão pura e simples sem a mentirosa mas usual declaração de — a pedido que poupa certo vexame aos demitidos.

Esta chuva de despachos que caiu sobre mim em um só dia apagou definitivamente o *Raio do Desengano*, como teria enferrujado a *Espada da Justiça*.

Em troco do diploma de deputado que o Bisnaga empalmara para o noivo da sua Desidéria, davam-me dinheiro, e alta posição oficial, não pelos meus bonitos olhos, mas para trancar-me a boca, e comprar-me o silêncio.

Os excelentíssimos tinham razão de sobra para apressar como apressaram a lícita transação: eu poderia contar tantas histórias!...

Enfim não havia que dizer, nem que hesitar: o arranjo convinha-me perfeitamente: era negócio da China: aqui em segredo confesso que ter-me-ia vendido por menos.

Um restinho de ressentimento do estudo dos versos rimados tinha feito com que eu dirigisse toda esta negociação moral e política sem ouvir os conselhos da Chiquinha; recebendo porém os meus despachos, dei-lhe parte do transcendente acontecimento.

— Portanto, observou-me ela, a tua furiosa oposição desfez-se como trovoada iminente que uma hora de ventania desconcerta!

— Tal e qual: a oposição foi-se, e nunca me senti mais profundamente ministerialista do que hoje.

— Por que não me consultaste, conforme costumavas fazer sempre, antes de tomar qualquer importante resolução?

— Porque os dogmas não se discutem, são pontos de fé, e o negócio que acabo de fazer é para mim um dogma. Olha: por te ouvir os conselhos já uma vez pequei, ofendendo este dogma, que me aproveitou agora.

— Quando foi isso?

— Quando me fizeste rejeitar o dinheiro da polícia que o ministro da... me oferecia para amolar a *Espada da Justiça*.

— Não me arrependo do que então aconselhei, primo; ainda mesmo no que hoje você conseguiu está a prova da prudência do meu conselho; e, digo mais, se me tivesses ouvido nesta negociação, terias lucrado... talvez o dobro.

— Ora!

— Que te deram? Dinheiro, de que em consciência não precisamos...

— Nego a consequência: de dinheiro preciso eu sempre, e sempre cada vez mais.

— E uma presidência de província, que te hão de tirar mais dia menos dia!

— E o *Raio do Desengano*?...

— Não te deram cousa que fique, que subsista, que não possa depois ser tirada, que aproveitasse agora e no futuro.

— Por exemplo?...

— O título de barão que facilmente conseguirias também.

Soltei uma risada homérica.

— De que te ris?, perguntou-me a Chiquinha, sem desapontar.

— Da tua ideia: és capaz de dizer-me para que serve ser barão no Brasil?

— Sou.

— Pois dize.

— Serve só para satisfação de um pequeno, mas suave capricho; ao menos porém serve para esse capricho...

— Qual?... Acaba de uma vez!

— Serve para um homem casado e amoroso fazer sua mulher baronesa.

Caí de joelhos.

— Perdão, Chiquinha!, exclamei.

Ela deu-me ambas as mãos e levantou-me.

— Oiça: tornei-lhe comovido; tenho a certeza de que ainda hei de vender-me, ou alugar-me muitas vezes ao governo, e juro-te que na primeira transação de importância o meu primeiro cuidado será fazer-te baronesa.

— Esqueçamos esta puerilidade.

— Não: estou maçado, arrependido de não ter consultado a minha sábia conselheira.

— Primo, os meus conselhos pouco ou nada valem: nós estamos sempre de acordo, vemos tudo com os mesmos olhos e debaixo do mesmo ponto de vista; é por isso que erramos frequentemente.

— Preferirias que vivêssemos em constante e sistemática divergência?

— Não; mas seria uma fortuna que tivéssemos um amigo que, não pensando como nós, soubesse contrariar-nos com franqueza: a discussão nos daria luz tanto para ver a verdade verdadeira, como para distinguir bem a verdade das nossas conveniências.

— Estás caindo em cheio na desastrada e abominável teoria do sistema representativo, que reputa a oposição uma condição essencial da sua existência, e até mesmo utilíssima auxiliar do governo!

— Mas se é assim...

— Assim?

— Por certo: sem oposição o governo nem examina, se desvaira: corre sem cuidado, à rédea solta, e às vezes se lança em precipícios: e pelo contrário as censuras e os brados da oposição o trazem alerta e cuidadoso; dão-lhe faróis, mostram-lhe os perigos, e até lhe emprestam força para resistir às exigências inadmissíveis dos falsos, ou pesadíssimos amigos.

— Por consequência...

— O que se observa com o governo do Estado, observa-se na vida trabalhosa e variável do homem: feliz aquele que pode ter constantemente junto de si um censor severo e ainda mesmo exagerado!

— Estou vendo que pretendes lançar-me na estrada gloriosa de todas as virtudes!...

— Digo-te somente que para melhor apreciares o bem e o mal, a verdade verdadeira, e as nossas próprias conveniências menos te aproveito eu que penso como pensas, do que te aproveitaria um amigo ralhador, que nunca nos achasse razão.

— Um compadre Paciência, por exemplo...

— Quem? O amigo do nosso tio? Primo! Seria uma conquista inapreciável, um verdadeiro tesouro!

— Pensas?

— É um amigo dedicado, e a franqueza rude, quase selvagem personalizada.

— É por isso que parou na cadeia.

— Como?... perguntou-me a Chiquinha.

Tive meus arrepios de vergonha, minhas alfinetadas de remorso, considerando que até aquele dia nem sequer me lembrara um instante do compadre Paciência, esquecendo-o a tal ponto que nem ao menos referira o seu infortúnio à Chiquinha.

Obrigado a responder ao — *como?* — interrogativo de minha mulher, contei-lhe a história da prisão do pobre velho, desculpando com pretextos e falsidades a minha escandalosa indiferença e o meu repreensível olvido da desgraça, em que o abandonara.

A Chiquinha é mulher, e embora calculista e egoísta como eu, ficou com os olhos rasos de lágrimas, ouvindo-me.

— Ah primo! Você esqueceu demais o infeliz compadre Paciência! Não o conhecia bem... foi por isso.

— É exato: vi-o, encontrei-o pela primeira vez na célebre viagem, que nosso tio me fez empreender...

— Então nem lhe sabe a história? Pois é curiosa...

— Conta-ma.

— É melhor que ele lha conte: eu não a conheço bem.

— Ele?... Onde estará o compadre Paciência?

— Eis o que cumpre imediatamente averiguar: se ainda se acha preso ou está condenado, é preciso soltá-lo, ou alcançar o seu perdão. Primo, este empenho não nos pode ser nocivo, e lhe fará honra: é um ato de beneficência, de caridade e de gratidão, que sem o mais leve prejuízo ou inconveniência recomendará o seu nome; e sobretudo será honra e proveito cabendo em um saco.

A Chiquinha pensava bem: despedi no mesmo dia um próprio, que seguindo para a minha província verdadeira a fim de trazer-nos as notícias e informações de que precisávamos, voltou em breve e anunciou-nos que o compadre Paciência ainda se achava na cadeia da vila de...

Sob o pretexto de levar a Chiquinha a despedir-se de sua mãe fizemos uma viagem à província; e eu corri logo a tratar de pôr em liberdade a inocente vítima.

Encontrei o compadre Paciência no estado o mais deplorável, magro, descorado e coberto de trapos; seus já raros cabelos brancos caíam-lhe sobre os ombros, e a barba também alvejante roçava-lhe o peito; mas no rosto macilento ostentava a constância mais inabalável, e nos olhos brilhantes a flama do espírito.

Era um homem endiabrado que uma prisão de anos não pudera abater! Duvido que a famosa raiz de gameleira, de que se faz tão legal aplicação na constitucionalíssima ilha de Fernando de Noronha, conseguisse dar juízo a liberal tão emperrado.

O compadre Paciência conheceu-me, apenas lhe apareci, e quis voltar-me o rosto; mas não pôde, rolaram-lhe duas lágrimas pelas faces e disse:

— Ingrato!... Eu te perdoo.

E apertou-me com força a mão, que lhe estendi.

Contei-lhe a melhor história que eu tinha podido arranjar para diminuir as proporções do meu criminoso esquecimento, e deixei-o logo para ocupar-me do meu empenho.

Eu tinha levado uma carta do ministro da Justiça para o juiz de direito, que felizmente estava, por exceção, na vila, e outra de um dos senadores da província para o escrivão de quem era compadre e protetor; apressei-me a ir entregá-las, sendo recebido por ambos como varão ilustre que estava nomeado presidente de província, e já tinha portanto tratamento de excelência.

Em menos de vinte e quatro horas consegui tudo quanto desejava: o escrivão descobriu em um canto escuro do cartório o esquecido e empoeiradíssimo processo, e o juiz de direito, atendendo ao recurso que em 1855 o compadre Paciência interpusera, lavrou a sentença despronunciando o réu, e mandando passar-lhe alvará de soltura.

O compadre Paciência saiu da cadeia bramindo no mesmo tom com que bramira, entrando para ela, e sempre a clamar pelos direitos do cidadão e pela Constituição do Império, jurou que ia dar queixa contra o escrivão e as autoridades da vila de...

Diga-se a verdade: se as leis valessem alguma cousa, o enfezado velho tinha justos motivos para assim revoltar-se.

Há tantos anos preso, processado e sem julgamento! A justiça pública faz cousas de arrepiar os cabelos, principalmente aí pelo interior de algumas províncias!

Todavia se as aparências condenavam no caso do compadre Paciência a justiça pública da vila de..., o estudo das circunstâncias e dos fatos a absolviam plenamente na minha opinião.

Tudo havia marchado se não muito regularmente, ao menos muito explicavelmente.

Em primeiro lugar o juiz de direito da comarca era deputado desde 1853, e em cada ano tinha, além do tempo das sessões legislativas, comissões a desempenhar ou como presidente de província ou como chefe de polícia, e a comarca não o viu, senão algumas semanas por acaso em um ou outro ano.

Em segundo lugar o juiz municipal era membro da assembleia provincial, e em regra, quando não estava atarefado na salinha, desfrutava licenças repetidas para tratar de sua saúde, e durante os meses em que uma ou outra vez se recolhia ao desterro da vila de... empregava utilmente o seu tempo caçando veados, o que é inocentíssima distração.

Em terceiro lugar os substitutos do juiz de direito e do juiz municipal tinham vida em que cuidar, andavam constantemente a passar as varas,[170] e estavam muito no seu direito, procedendo assim, porque não era justo que roessem as espinhas dos dous peixes que os juízes formados comiam em santo ócio.

Em quarto lugar por todas essas razões não se convocara e portanto não se reunira o júri na vila de... desde 1855, o que os cidadãos jurados agradeciam como favor, sem se lembrar dos presos e processados, que, inocentes ou não, gemiam na cadeia, ou estavam em suspensão de alguns dos tais inconsiderados direitos constitucionais.

Em quinto lugar o compadre Paciência teimava sempre em gritar contra a opressão e injustiça que sofria, ameaçando juízes e escrivão seu inimigo com a vingança da lei, e evidentemente a um homem que grita e ameaça não é prudente abrir a porta da cadeia, ao contrário convém apagar a exaltação dos revolucionários, isto é, de quantos maníacos pretendem que haja no mundo direito real que não seja o fato, e preceito da lei que ponha limites à salutar onipotência da autoridade.

Há cabecinhas políticas sempre cheias dos sestros das reformas, que do estudo de sofrimentos iguais aos que passou o compadre Paciência, de outros casos análogos, e da forçada intervenção da magistratura nas eleições, concluem sustentando a necessidade urgente de magnificar-se o magistrado tornando-o independente do povo que *dá* elegendo, e do governo que *dá*, removendo, melhorando as posições, e concedendo favores: acham eles que a magnificência se realizaria fácil e completamente com as incompatibilidades eleitorais absolutas, e com o aniquilamento de toda ação influente do poder executivo sobre o magistrado.

Deus nos livre de semelhante desgraça! Se tal acontecesse, o governo perderia metade de sua força: o magistrado não distraído do cumprimento da sua missão, e

170 Transmitir os encargos.

sem esperanças de despachos e favores faria da religião da lei a sua glória, não se arrecearia de opor barreiras às arbitrariedades da polícia política e eleitoral, resistiria à ordem ilegal de qualquer ministro, e sem depender do povo seria a sentinela, e a guarda dos direitos do cidadão; não daria ouvidos parciais à vontade dos potentados dos municípios e finalmente marcharia com a consciência do dever, tendo a lei por farol.

Desse modo desorganizava-se completamente a nossa sociedade política, e ficava a nação em grande parte livre da tutela forçada do ministério, muita gente boa em disponibilidade perpétua e provavelmente eu não conseguiria nunca ser designado deputado, nem continuaria por muito tempo, como pretendo, a felicitar-me nas presidências de algumas províncias.

A prova da alta conveniência da ação poderosa do poder executivo sobre a magistratura aí está no próprio negócio do compadre Paciência. O processo dormia há longos anos no cartório do escrivão, e bastou uma carta do ministro da Justiça para que o juiz de direito despronunciasse o pobre réu imediatamente e até sem ler as peças do processo.

Custou-me muito menos a alcançar isso do que a arrancar da vila de... o enfezado velho, que pretendia começar logo a comprometer-se de novo, dando queixa contra o escrivão.

Enfim convenci o rabugento compadre de que só perante autoridades superiores poderia fazer vingar os seus direitos ofendidos, e no dia seguinte, pusemo-nos a caminho, não como outrora, cavalgando eu o ruço-queimado, e ele a infeliz mula-ruça; mas desta vez montados em excelentes cavalos e seguidos de dous pajens com ricas librés.

As auras matinais respiradas docemente em liberdade depois de tão prolongada e cruel prisão puseram de bom humor o compadre Paciência.

— Adivinho que vive em maré cheia de fortuna; disse-me ele: viaja com um estadão...

— Próprio de quem acaba de ser nomeado presidente da província de...

— Presidente de província!... Já vejo que mudou de vida e de costumes: que deu-se, como devia, ao estudo, e, como bom cidadão, ocupou-se muito de assuntos administrativos.

— Compadre, aqui para nós, eu continuo inabalável nos meus princípios: não estudei cousa alguma, e em matéria de administração enxergo tanto como o menino analfabeto que vai entrar para a escola.

— E conhece a província que tem de presidir? Sabe quais são as suas circunstâncias políticas e econômicas? Quais as suas grandes necessidades? Que fontes naturais de riqueza podem nela ser exploradas?

— Nem migalha de tudo isso.

— Então que vai fazer?

— É boa pergunta! Vou ser presidente de província, vestir farda bordada, ter tratamento de excelência,[171] bocejar nas audiências, comer nos banquetes e dançar nos bailes que me derem, arranjar maioria na assembleia provincial, recrutar na oposição, despender o dinheiro da província sem me importar com a lei do orçamento, ter o meu exército de afilhados, e antes de tudo e principalmente arranjar a vida.

— Excelente! E não tem receio de que o governo geral o mande plantar batatas logo no fim do primeiro mês da sua desmiolada e pestífera presidência?

171 O tratamento de "excelência" passou a ser aplicado aos senadores por decreto de 18 de julho de 1841, ficando reservado aos deputados o de "senhoria". Estendendo-se, depois, porém, a estes, e, como prova de respeito ou subserviência, também pelos mais variados estratos da hierarquia social, inclusive no tratamento de senhoras.

— Qual! Obedecendo cega e prontamente a todas as ordens oficiais e às cartas particulares de todos os ministros presentes e futuros, e sendo instrumento material da vontade e dos caprichos dos deputados gerais da província, serei presidente *per omnia soecula soeculorum.*[172]

— E a mísera província?...

— Que se arranje com o calor e com a umidade.

— Benzo-me com a mão toda!, exclamou, benzendo-se como dissera, o compadre Paciência.

— De que se admira?

— É que em outros tempos a presidência de província era uma cousa séria: às vezes era confiada a um ancião pouco ilustrado; mas de experiência e de prática dos negócios reconhecidas: às vezes também a um moço noviço em administração; mas de inteligência superior e de notáveis habilitações.

— Pois meu caro compadre, hoje em dia há uma invasão de Bisnagas nas presidências de províncias que eu até ando com pretensões às glórias de notabilidade.

O velho maníaco parou o cavalo, deixou cair as rédeas no pescoço do animal, cruzou os braços e disse gravemente:

— Presidente de província quer dizer um homem a cuja sabedoria é confiado o presente e o futuro de uma considerável parte do Império...

— É um agente oficial que vai servir aos interesses dos deputados e dos amigos do ministério.

— É o arquiteto do futuro nos cuidados que presta e no desenvolvimento que dá à instrução e à educação do povo...

— É o espectador do presente nas eleições que se preparam, ou nas urnas eleitorais que viola e conquista.

— É o mantenedor da lei que honra a moralidade do

172 “Por todos os séculos dos séculos”, em latim.

presente, fazendo garantir os direitos de todos sem enxergar diversidade de opiniões políticas.

— É o caixa-mor do patronato a favor dos ministerialistas e presidencialistas, e o diretor em chefe das perseguições da súcia rebelde dos oposicionistas.

— É o fiscal zeloso da economia dos dinheiros públicos, que só devem ser despendidos em proveito real da província.

— É o espalhador mais ou menos cerimonioso dos dinheiros provinciais pelos protegidos de cada situação política, com quem se fazem contratos, que à província aproveitam como dez e a eles como dez mil nos casos ordinários.

— É o homem criador que abrindo estradas, cavando canais, facilitando a navegação dos rios, pondo em tributo o mineralogista, o naturalista, falando aos interesses da indústria e do comércio, acendendo a luz da civilização, abrindo as asas ao progresso, faz maravilhas que economizam o tempo, encurtam o espaço, multiplicam a riqueza e nobilitam a humanidade.

— É um candidato a deputado, ou candidato a senador, ou caixeiro de um figurão do tempo, ou comissário para realizar empenho especial e determinado, ou deputado que quer ser presidente no intervalo das sessões, e que toma a presidência por gozo de férias, ou qualquer outra cousa como alguma dessas e que por consequência não perde o seu tempo em pó de estradas, nem em água suja de canais, nem em pedras e lamas de rios, nem se queima na luz da civilização, nem tropeça correndo com o progresso, nem é tolo para perder o apetite e o sono metendo-se por minas e bosques.

— É um chefe de administração que na província que preside resume ou reúne as sete pastas dos sete ministros do Estado.

— É portanto um grandioso sofisma multiplicado

por sete sofismas, e que deve dormir como sete, gozar como sete, comer como sete e viver como sete.

O compadre Paciência era sempre a antítese da sua alcunha: perdeu a paciência com as minhas interrupções, e dando com as mãos e com as pernas no brioso cavalo, exclamou furioso:

— Se é assim, onde vai parar o Brasil?...

E o cavalo que não era a mula-ruça, sentindo-se tocado pelas esporas, deu um salto e atirou com o compadre Paciência em cheio nas bordas de um medonho precipício que havia ao lado da estrada.

Soltei um grito de susto e de horror.

Mas o compadre levantou-se e disse, olhando para o abismo:

— A Providência salvou-me.

— Que coincidência! Um mau e um bom agouro!, observei eu.

— Quais?

— Acabava de perguntar onde iria parar o Brasil...

— E o cavalo respondeu-me, atirando-me na boca do precipício.

— Mas a Providência salvou-o!...

— Assim seja.

Eu ainda tremia; o compadre Paciência porém calmo e sereno, como se não acabasse de escapar ao maior perigo, tornou a montar a cavalo, e disse-me:

— Fizeram-lhe impressão as coincidências; mas escapou-lhe uma observação muito curiosa.

— Qual?...

— Que as desgraças do país são tão patentes, e as calamidades e riscos que ameaçam o Brasil tão claros, que até este cavalo, que é irracional e não fala, respondeu de súbito e com eloquência irresistível à pergunta que eu fizera.

Involuntariamente fiquei silencioso e pensativo.

O velho deu por isso e perguntou-me a rir-se:

— Então?... O agouro está-lhe apoquentando o espírito?

— Ora... por quê?

— Porque em seu caráter de presidente da província e conforme suas teorias vai ser cavaleiro, e reduzir o povo seu governado a cavalo...

— Firmeza da mão nas rédeas, dos joelhos nas abas do selim, e dos pés nos estribos, açoute na anca, e esporas no ventre do cavalo sempre que for preciso, e não há perigo possível.

— Tem-se visto os mais consumados picadores[173] cair de pernas para o ar, quando menos o esperam: olhe: basta que se quebre o freio e que rebentem as cilhas...

— Sim... entendo: revolução no caso! Eis o que quer dizer; eis o constante recurso dos liberalões de todo o mundo!

— Está dizendo uma grande necedade,[174] com perdão da sua excelência!, exclamou o compadre Paciência, a cujo nariz eu acabava de chegar mostarda.[175]

— Estou denunciando um crime, e os verdadeiros criminosos.

— Revolução!, bradou o velho; pois sim: ela é possível, a fogueira está se construindo e há nela cada toro que mete medo...

— Ah! confessa?...

— Mas se é verdade! O que cumpre porém examinar é donde parte a conspiração, é quem são os revolucionários.

— Aposto que o conspirador vai ser o governo.

— Indisputavelmente. As revoltas, as rebeliões podem ser obra de facções, ou de partidos em delírio: as revoluções têm sido, são sempre resultado dos erros profundos e acumulados do governo.

— Filosofia da história à Victor Hugo.

— Que se vê no Brasil? Sistema representativo sem

173 Domador de cavalos.

174 Tolice, disparate.

175 *Chegar mostarda ao nariz*: perder a paciência.

nação representada, porque os chamados representantes são designados pelos ministros e não eleitos pelo povo; — daí falseamento da essência do sistema: — ministérios sem lealdade política, sem cor de partido, homens ostentando a negação do passado, popularidades aniquiladas, influências gastas e perdidas, confusão de ideias, engano em cima, desengano embaixo; daí a descrença do povo: centralização absurda, amesquinhando, abatendo as províncias que mudam de presidentes de seis em seis meses e que são condenadas a intermináveis noviciados de administradores efêmeros; daí desgosto profundo e geral em todo país: corrupção dos costumes mostrando-se desenvolta na fraude política, na fraude administrativa, na fraude comercial e na impunidade de mil crimes; elevando o suor do ganho lícito ou ilícito à religião do ouro pelas vaidades do luxo, pelo furor do jogo, pelos desatinos da luxúria; o governo vendendo títulos e em mercado escandaloso, exercendo o patronato que atropela os direitos de uns, e avilta o merecimento de outros; no comércio os credores não se espantando mais ao ver chegar os devedores a proporem-lhes concordatas lesivas; os ministros sofismando as leis sem pensar que os seus sofismas ensinam os governados a sofismar o dever; daí a desordem dos espíritos e o enregelamento dos corações: na casa de Deus o clero ignorante e desmoralizado (guardadas nobilíssimas exceções) amesquinhando o culto, apagando a tocha da fé, deixando acender-se o facho da heresia; na casa do rei o princípio irresponsável atirado às discussões, às censuras, às queixas por ministros que se cobrem com o manto da coroa em face das câmaras, que no conselho são baixos por subserviência espontânea; e que são falsos lastimando-se do governo pessoal em confidências ignóbeis nos corredores da traição; na casa da justiça a magistratura condenada às migalhas da pobreza, atada ao carro do poder executivo pelos tirantes da dependência, com uma das mãos pedindo ao governo, com a outra pedindo ao povo: e enfim na casa do povo...

— Basta de expor o Brasil em vistas de marmota da oposição.

— Não: eu quero falar dos sofrimentos do povo: no que já disse estão muitos dos principais toros com que se arma a fogueira; agora vou tratar do archote que há de acendê-la.

— Dispenso o resto do discurso...

— Mas não o dispenso eu...

— O senhor devia ter ficado para sempre fechado na cadeia da vila de...

— Então por quê?

— Porque é um republicano endemoninhado e ativo.

— Ativo?... Homem, republicanos de opinião há de haver no Brasil, eu o creio: mas republicano em atividade, conspirando sem cessar tenebrosa embora indiretamente contra a monarquia, só conheço um.

— Qual é?

— O governo que desacredita e solapa o sistema monárquico representativo, adulterando-o, corrompendo-o.

— Declamações, compadre Paciência.

— É assim mesmo que os ministros respondem nas câmaras.

— Onde aprendeu e soube tanta cousa, estando há tantos anos na cadeia?

— O carcereiro me emprestava o *Jornal do Commercio* de que eu era assinante, e ele se ficava com a coleção.

— Era melhor que se limitasse à leitura do *Diário Oficial*.

— Sim: queria que eu tomasse ópio em todos os sentidos! Que eu lesse para dormir e para me iludir.

— O *Diário Oficial* é mais do que um arquivo dos atos políticos e administrativos do governo do Estado: é a realização do grande princípio da publicidade exigido pelos liberais abelhudos.

— Mas tarde ou nunca publica as deliberações misteriosas que não convém que se apreciem.

— Ora, o compadre Paciência tendo já as barbas e os cabelos brancos ainda está com os beiços com que mamou! Pois então, os meninos escondem à família as gazetas que fazem na escola; as moças as cartas que mandam aos namorados; os partidores ocultam do juiz os caídos[176] que ganham dos herdeiros que pedem melhor quinhão na partilha; não poucos padres pregadores não confessam de que sermonário copiaram os sermões escritos por eles de improviso; o negociante esconde os defeitos e avarias da fazenda velha que vende por nova; os médicos nunca declaram que não conhecem as moléstias dos seus doentes; os advogados enrolam e ocultam em dez mil palavrões a ignorância do direito e a ciência da injustiça ou a convicção do crime que defendem; todas as variedades de postiços anunciam que a humanidade adora as dissimulações, e não pode viver sem o encanto dos segredos, e somente aos ministros de Estado não seria dado guardar nos arcanos da prudência alguns ou muitos dos seus atos...

— Essa é boa! Tem razão: o governo é cousa deles, não é cousa pública! O governo erige-se em marido da nação e diz-lhe: "Minha mulher, o que possuímos é nosso; eu porém sou a cabeça do casal, e nada tens que ver com o que eu faço da nossa riqueza": e quando gasta a fortuna com as mundanarias, e a desbarata em orgias, esconde o crime em segredo e está no seu direito.

— Nega que haja segredos de Estado?

— Nego que os haja perpétuos: a prudência e a conveniência política podem reservar alguns por certo tempo; mas o que se esconde sempre é somente o que envergonha, e avilta ou infama.

— Ainda bem que *certo tempo* quer dizer tempo *ilimitado*.

176 Rendimentos devidos.

— Venha mais esse sofisma: obrigação absurda de pagamento sem prazo! Empréstimo a casamento! Calote seguro de devedor sem consciência; mas não tratávamos de segredos de Estado, e sim de atos do governo na política e na administração do interior, o que torna a reserva muito mais suspeitosa e condenável.

— Compadre, digo-lhe que não entende patavina de ciência política: os grandes segredos do Estado consistem exatamente ou principalmente nas cousas que lhe parecem mais repreensíveis. Escute: o ministério precisa do silêncio ou da palavra ou enfim do voto de um senador influente que exige por condição um enorme destempero administrativo: que há de fazer o ministério? Destemperar; mas guarda segredo enquanto pode: é indispensável reparar os estragos ou aumentar as proporções da fortuna de um distinto cavalheiro, cujos altos padrinhos o querem abençoar com a mão do tesouro público, não há remédio, incumbe-se-lhe de fazer compras extraordinárias no estrangeiro, e sepulta-se a negociação no cemitério dos arquivos da secretaria. Todas estas cousas e outras semelhantes são segredos de Estado, que devem ficar em arcano, porque se fossem conhecidas, desmoralizariam o governo. A moral não está nos atos, está no véu que encobre o escândalo: o segredo é aqui o indício do pudor.

— Não me diz nada de novo, meu caro senhor: estamos de acordo na matéria e apenas discordamos na forma: é isso mesmo o que eu pensava; mas o que acaba de chamar negócios do Estado, eu chamo negócios da escada.

— Compadre, eu não tenho o mau costume de fazer questão de palavras: uma vez que estamos de acordo, mudemos o assunto da conversação.

— O último ponto da nossa conversação foi sobre o *Diário Oficial* que eu chamei *ópio*, e ópio em todos os sentidos.

— Tal e qual.

— Nesse caso preciso ainda dizer alguma cousa.

— Ainda!

— Certamente: atacar é fácil, e demolir não é difícil: mas o demolidor é um simples gênio do mal, se não sabe reconstruir, o que pode aproveitar.

— Portanto...

— Eu não condeno, aplaudo a instituição do *Diário Oficial*; lamento que o governo a esterilize, e a sentencie à morte dada pela indiferença pública.

— Meu doutor, venha a receita para curar a moléstia.

— O governo deve fazer ler o *Diário Oficial* pelo povo: para isso é preciso que lhe dê duas condições, uma essencial, outra secundária; mas também indispensável.

— Vamos ao desenvolvimento do plano.

— Em primeiro lugar é preciso que o *Diário Oficial* seja sem contestação o franco e fiel arquivo de todos os atos do governo; que se tenha a certeza de encontrar nele toda a história de vida do Estado: se for assim, ninguém no Brasil desconhecerá a sua importância sobre todas as publicações da imprensa periódica e diária.

— *Dificilem rem postulasti*:[177] o *Diário Oficial* é e deve ser um composto de luz e sombras: dia de sol nublado seguido de noite sem lua.

— Depois dessa publicidade perfeita, conscienciosa que é um direito da nação soberana, cumpre que venha a explicação e a defesa simples e grave dos atos dos ministros, o que é mais do que direito, é dever do governo; mas note-se que a explicação não é a polêmica: a polêmica e a luta ficam por conta das gazetas dos partidos políticos.

— Bem entendido, pagando o governo as despesas das gazetas que se disserem do seu partido.

— E além da parte oficial e política é ainda preciso que o *Diário* do governo se faça ler por todos...

— Peior!

177 "Propuseste uma questão difícil", em latim.

— Severo e veracíssimo em notícias do exterior, abundante em informações relativas a todas as províncias do Império, tornando-se interessante à agricultura, à indústria, ao comércio e às artes, instruindo e moralizando o povo com artigos amenos, originais ou traduzidos, mas sempre morais, reunindo enfim o útil e o agradável o *Diário Oficial* deixará de ser ópio, e acabará sendo lido por todos.

— Mas, compadre da minha alma, a grande conveniência política consiste em haver *Diário Oficial* organizado e dirigido de modo que a sua leitura seja cruel penitência.

— Por quê?

— Homem, falando a verdade, o nosso *Diário Oficial* não é o que podia e devia ser porque, em compensação do dinheiro que se deita fora por um lado, fazem-se economias doudas em serviços que seriam utilíssimos, se se gastasse com eles quanto é preciso.

— Graças a Deus, que lhe saiu da boca uma observação sensata!

— Mas em meu parecer o *Diário Oficial* é o que deve ser, e o que exige a conveniência política; porque — existindo ele, supõe-se satisfeita uma necessidade pública, e sendo lido apenas por alguns penitentes, menos conhecidos são muitos abusos e erros do governo.

— E os jornais muito lidos que transcrevem todos os atos oficiais publicados?

— Devia-se proibir esse escândalo: tal publicação cumpria ser privilégio exclusivo do *Diário Oficial*.

— Sim! Era melhor que ainda se publicasse menos.

— Sem dúvida, e hei de proceder nesse sentido nas províncias de que for presidente.

O compadre Paciência tornou a fazer parar o cavalo e disse-me seriamente:

— Ou os seus paradoxos são gracejos, ou o ministério que o nomeou presidente não o conhecia.

— Qual! Nomeou-me e eu aceitei a nomeação porque ele e eu nos conhecemos.

— Não! Não: primeiramente ainda duvido um pouco da sua nomeação, e enfim custa-me a crer que o governo do meu país tenha descido ao ponto...

O velho não acabou; um soldado de cavalaria, correndo à rédea solta, estacou diante de nós e entregou-me um ofício e uma carta.

O ofício ordenava-me que seguisse imediatamente a tomar conta da presidência, anunciando-me que um vapor ficava à minha disposição na capital da província, onde me achava.

Passei o ofício ao compadre Paciência, que o leu.

— Então?, perguntei.

— Tem razão: é presidente de província: respondeu-me com ar apatetado.

— É homem de segredo?

— Penso que sou e por isso mesmo raramente curioso.

— Veja esta amável cartinha que acabo de ler.

O velho não se fez rogar: a carta era do meu amigo o ministro da... e dizia assim:

> Confidencial. Prezadíssimo; parta logo e logo, e para evitar demoras, não passe pela corte. Morreu o deputado eleito Manuel Mendes e sabemos que o eleitorado todo do competente distrito adotou a candidatura do dr. Relambório que, embora seja do partido, é inaceitável pelo ministério, porque há dous anos, sendo examinador de filosofia, reprovou o irmão mais moço do atual presidente do conselho; por consequência carta branca: não queremos o Relambório eleito. Faça deputado a quem melhor servir para derrotá-lo. — Seu do coração
>
> *X. Z. Y.*

— E agora?, perguntei de novo.

— Agora, tornou-me o compadre Paciência, agora estou ainda mais convencido de que com ministros e presidentes de províncias que assim desgovernam, o Brasil vai, não à vela, mas a vapor...

— Para onde?

O velho fez uma careta horrível.

X

Em que *ad perpetuam rei memoriam*[178] deixo resumida a história de quatro anos durante os quais fui presidente de cinco províncias que não sei se andaram de Herodes para Pilatos, mas posso assegurar que Herodes andou por elas: sou obrigado a sofrer a incômoda companhia do compadre Paciência, porque descubro nele duzentos títulos que o recomendam ao meu respeito: o velho abusa da sua posição, atormentando-me os ouvidos com a matraca da verdade, e com a rabeca das censuras mais violentas, e a Chiquinha, que está de acordo comigo, finge estar de acordo com ele: recruto, designo, demito e nomeio, contrato e reparto pão de ló; faço eleições, e até chego a enganar um vigário e sou enfim eleito deputado pela província de... que ainda hoje ignora se eu sou peixe do mar ou bicho da terra.

O esforço que eu empregara para tirar da cadeia o compadre Paciência fora para mim simples questão de vaidade e empenho de passar aos olhos do povo, sempre fácil de ser enganado, como homem compassivo e caridoso; bem longe porém estava de admitir as teorias da Chiquinha sobre a necessidade e utilidade da oposição.

178 "Para perpetuar a lembrança da coisa", em latim. Trata-se de palavras inscritas geralmente em medalhas ou monumentos comemorativos.

Os sabichões políticos, a Chiquinha, e o compadre Paciência agarrem-se embora a todas as sutilezas da metafísica constitucional, hão de cair, esbarrando no absurdo, quando chegarem à prática do governo.

Os sabichões ensinam assim: a oposição mais ardente e injusta é ainda preferível à falta completa desse elemento precioso: às vezes, as censuras, os ataques da oposição são válvulas de segurança que dão saída às queixas, aos ímpetos dos ressentimentos e das paixões dos partidos que se acham fora do poder; e, além de serem válvulas de segurança política, são os sinais patentes da vida cívica pujante, e, se nem sempre da observação fiel e marcha regular do sistema representativo, sempre da possibilidade de mantê-lo, de regenerá-lo, quando está desvirtuado.

Rejeito a lição e respondo: as tais válvulas são vulcões; pois não tenho notícia de revolução que deixasse de ter o seu cordão umbilical preso à oposição; por consequência não havendo fogueteiros, não há fogo de artifício, e deixando de haver placenta, não nascerá a criança monstro. Oposição é gritaria, gritaria é desordem, e o governo não é cavalo que se dirija pelo freio.

Diz a Chiquinha que nas câmaras unânimes é de regra invariável que haja cisão do partido vencedor em consequência da falta de adversários, que tornem para ele a união, uma condição indeclinável da sua influência predominante nos negócios. — Pois é por isso mesmo, senhora d. Chiquinha! Quanto mais se subdividirem os partidos, tanto melhor para o governo, que pode fazer deles gato e sapato. Eu entendo que convém levar ao extremo a experiência de um governo representativo sem partidos políticos, ainda que aconteça o que sucedeu ao cavalo do inglês,[179]

179 Alusão a uma anedota sobre um inglês muito avarento que reduzia diariamente a ração do seu cavalo, para que aprendesse a jejuar, até que ele acaba morrendo de fome, justamente quando, segundo o dono, parecia estar aprendendo.

que morreu antes de se habituar a viver sem comer. Nesta questão a minha linda esposa parece ressentir-se ainda das lições de poesia que lhe deu o doutor Milhão.

Esbravejará sem dúvida o compadre Paciência exclamando: a oposição é a sentinela das liberdades públicas — é a barreira levantada diante dos abusos e arbítrios do executivo: — é a denunciadora das violências da autoridade: — é o contrapeso da influência e da ação imensas do ministério: — é a Vestal que vela pelo fogo sagrado da Constituição. — Rabugens de liberal velho, renitente, contumaz e furioso! — sentinela posta ao governo é suspeita injuriosa: — barreira diante dos excessos do executivo é exemplo de má-criação que ensina os pupilos a tomar contas aos tutores: — a denunciadora dos abusos da autoridade é pecaminosa difamadora da vida alheia: — contrapeso da influência do ministério é furto na balança do Estado: — a Vestal que vela pelo fogo sagrado é rapariga traquinas e desastrada que às vezes chega a incendiar a casa toda.

Neste assunto os sabichões, a Chiquinha e o compadre Paciência não valem nem uma moeda de duzentos réis da última emissão com cheiro de prata que fez a Casa da Moeda.

Eu tenho ideias mais práticas. Qual é o fim da oposição? Derribar o ministério e substituí-lo: ora, "quem o seu inimigo poupa, nas mãos lhe morre", néscio portanto seria o ministério que não empregasse todos os meios para fechar as portas da câmara ainda ao mais inocentinho oposicionista. Se as câmaras unânimes apresentam na cisão do partido vencedor oposição inesperada, ao menos "enquanto o pau vai e vem, folgam as costas": se as maiorias muito numerosas trazem o ministério em tormentos, e custam-lhe muito caro, ainda assim "*viva a galinha com a sua pevide*".[180] Eis

180 Antes viver adoentado do que morrer.

aí três anexins estabelecendo a verdadeira doutrina no estilo de Sancho Pança que foi estadista tão maravilhoso, como alguns que nos sobram.

Com estas ideias não me podia convir a companhia do compadre Paciência; mas para livrar-me dela contava com a sua firme disposição a proceder judicialmente contra os seus opressores da vila de...; logo porém que chegamos à casa, a Chiquinha pediu-lhe, no meio de dous abraços, para acompanhar-nos, e o maldito velho, esquecendo a sua desafronta, deixando pela primeira vez de ser cabeçudo, respondeu gravemente:

— Irei.

Caí das nuvens: provavelmente o meu rosto se franziu, e o compadre, que me observou, disse no mesmo tom:

— Vou perder o meu tempo para cumprir um dever; mas feche-me francamente a sua porta, que ficarei agradecido.

Desfiz-me em desculpas: a Chiquinha interveio, jurando que o seu pedido tinha sido previamente ajustado entre nós dous.

O velho apaziguou-se; mas acrescentou:

— Não preciso de amparo, nem de esmolas: não tenho filhos, nem parentes, e sou rico demais para mim.

— Rico?

— Os trapos em que me achou na cadeia foram o requinte da fúria malvada do célebre escrivão.

— Rico?... tornei a perguntar.

— Relativamente. Possuo um telhado que é meu, enquanto o escrivão da vila de... não achar neste município algum seu semelhante, que faça desse telhado o que ele fez da minha pobre mula-ruça; e possuo ainda duzentas apólices da dívida nacional, cujo rendimento chega para o pão e para as manias de um velho.

— Duzentas apólices! E como esteve na cadeia tantos anos?...

— Que tem a cadeia com o meu dinheiro?

— Com o seu dinheiro comprava o escrivão da vila de... saía da prisão em triunfo e até recebia a mula-ruça ornada de fitas de todas as cores.

— Tenho a vida limpa, meu jovem compadre, e cá para mim o corruptor é tão ignóbil como o corrompido.

— Menos essa: o homem que compra olha sempre de cima para aquele cuja honra ou consciência comprou.

— Será assim lá entre os dous; mas a moeda da corrupção deixa nódoa tão negra na mão donde sai, como é negra a que imprime na mão que a recebe.

Calei-me e admirei o compadre Paciência, não pela sua filosofia anacrônica, sim pela notícia das suas duzentas apólices, que lhe davam a meus olhos pelo menos dous palmos mais de altura.

Era preciso tratar da partida. O velho foi ver o seu telhado e dispor os seus negócios, prometendo vir acordar-nos no dia seguinte. Eu fui com a Chiquinha fazer uma visita de despedida, levando o soldado de cavalaria, que eu transformara em ordenança interina para ostentar farofa[181] na minha terra.

Na manhã seguinte partimos. Nem me lembrou ir ver um instante o ruço-queimado: um presidente de província não gasta o seu precioso tempo com cavalos magros.

O navio largou. Achei-me a sós com a Chiquinha. Falamos sobre o compadre Paciência.

— Sem filhos nem parentes e possuindo duzentas apólices! Chiquinha, pode-se suportar com indulgência e doçura a oposição deste velho uma vez que ele faça testamento, e nos deixe por seus herdeiros.

— Deixa à minha conta ameigá-lo: protesto que hei de sempre dar-lhe razão contra ti.

— Entendo: vás passar para a oposição. É assim mesmo... Ah! os milagres do pão de ló!...

— Não queres?

181 Dar-se ares de importância.

— Ao contrário: faze-me guerra desapiedada: não há tanta gente que finge brigar e se entende?...

— Estamos de acordo.

— Mas há para mim um ponto obscuro: que dever é esse que obriga o rabugento compadre a acompanhar-nos?

— Não sei bem: suponho que ele deveu a sua fortuna e grandes favores a nosso tio.

O velho chegava nesse momento, e ouvira as últimas palavras da Chiquinha.

— É verdade, disse ele com os olhos úmidos de lágrimas e com voz trêmula: seu tio foi meu pai, menina; e por paga única de uma enchente de serviços imensos que me salvaram a vida, conservaram-me ilesa a honra, deram-me riqueza material, e imensa consolação, incumbiu-me de aconselhar, e dirigir este mancebo infeliz, cujos princípios falsos, egoístas e ruins, encheram de amargura seus últimos dias. Não tenho mais esperança de vencer as disposições desregradas, e repreensíveis de seu marido; vou porém contar-lhe a minha história, e Deus permita que a rude exposição dos meus trabalhos e sofrimentos, e o quadro das virtudes de seu tio lhe sirvam de exemplo e de luz.

O compadre Paciência falou duas horas sem pedir copo d'água: está visto que não serve para deputado do nosso tempo de oradores aquáticos. Ainda sem água fez a Chiquinha banhar-se em pranto por vezes: para mim pregou no deserto.

A história do compadre Paciência é um romance político e sentimental. Quando eu concluir as minhas *Memórias*, e ainda não for, ou não tiver sido ministro, escreverei e darei ao prelo a história do velho: por ora não posso: sou presidente de província e quero ser deputado; por consequência não escreverei cousa alguma, além destas admiráveis *Memórias*.

O compadre Paciência retirou-se, a Chiquinha ainda chora, eu rio-me, e o vapor vai cortando as ondas.

***

Para poupar os leitores das minhas *Memórias* resumirei em breve quadro a história de quatro anos que desfrutei presidindo províncias.

Durante toda a legislatura na qual deixei de ser deputado pela infame traição do comendador Bisnaga, tive a habilidade de conservar-me sempre presidente, embora em tão curto período mudasse quatro vezes de *ubi*[182] presidencial, ou fosse sucessivamente capitão-mor de cinco províncias, e tomei tanto gosto ao ônus da administração que compreendi o acerto de alguns jeitosos políticos que fazem das presidências de províncias profissão constante.

Não sei ou não quero dizer quantos e quais os ministérios que se substituíram[183] no poder nesses quatro anos: o que asseguro é que passei excelente vida com todos eles: o segredo desta fortuna foi simples: nunca achei inconveniente algum nas ordens e recomendações que me vinham dos ministros, a quem sempre obedeci cega e prontamente; e fui o instrumento da vontade e dos caprichos dos deputados ministeriais da província onde me achava: tive o maior cuidado em repartir bem o pão de ló provincial, sendo escusado declarar que não me esqueci de reservar para mim as melhores fatias.

À exceção da primeira, o motivo das minhas mudanças de presidência foi sempre a justíssima e legítima necessidade política que tiveram os ministérios de satisfazer ambições e vaidades de deputados da maioria, que se empenhavam por passar as férias parlamentares fazendo vistas de presidentes de províncias, e recebendo as ajudas de custos e os vencimentos competentes.

182 "Onde", em latim.
183 Só entre 1862 e 1868, seis ministérios se sucederam no país.

Nunca dei importância à oposição da imprensa, deixando o trabalho de combatê-la aos periódicos que eu tinha de aluguel pagos em segredo mal guardado pelo tesouro provincial. Nunca li nem as censuras, nem as defesas, era a Chiquinha quem aplaudia estas e o compadre Paciência que, em regra, fazia coro com aquelas.

Nas assembleias provinciais a oposição irritava-me às vezes com a luz da verdade; eram porém os deputados presidencialistas os que me atrapalhavam mais; é certo que houve exemplo de deputado oposicionista que, depois de atacar-me em sessão pública, veio de noite a palácio pedir-me favores administrativos, o que achei muito regular, porque um cômico pode até na mesma noite fazer papel de príncipe e logo depois papel de lacaio; mas encontrei sempre não poucos deputados meus defensores, que eram dos tais procuradores do epigrama de Bocage.[184] Que aduladores e que famintos! A pretexto de vir receber de mim o santo e a senha, faziam-me diárias visitas, e em cada uma delas tinham sempre que pedir: este queria empregar dous irmãos analfabetos na secretaria provincial; aquele pedia a nomeação de professor público para um primo idiota; outro exigia a construção de uma ponte sobre o rio da fazenda de seu pai; ainda outro uma estrada que só devia aproveitar a seu tio; e assim por diante.

Eu cedi tudo, concedi tudo, empregos, obras, despesas inúteis, fiz contratos horríveis, dei demissões revoltantes; mas por fim de contas quase sempre artificiei maiorias que me sustentassem, e até uma vez fui obrigado a fazer comércio de amizade com o partido adverso

184 Macedo parece se referir aí ao seguinte epigrama do poeta português Manuel Maria Barbosa du Bocage (1795-1805): "Um procurador de causas/ Tinha na destra de harpia/ Nojenta, incurável chaga,/ Que até os ossos lhe roía.// Exclama um taful ao vê-lo:/ 'Que pena de talião!/ Quem com a mão roeu tanto/ Ficou roído na mão'".

ao ministério que para isso me deu carta branca, ostentando o sublime espetáculo de um mistifório político que enjoou a província, e realçou a prevaricação.

O quadro de tantas misérias servia-me para demonstrar ao compadre Paciência os absurdos e a natureza ruim do seu adorado sistema representativo constitucional; o teimoso velho porém gritava-me sempre que eu confundia o sistema com a corrupção do sistema, a virtude com a imoralidade, a vítima com o patíbulo, e que em vez de se condenar o sistema, era indispensável castigar exemplarmente os seus inimigos, os seus corruptores, no número dos quais entrava o Sobrinho de Meu Tio.

Que fosse e que seja assim: fui corruptor; mas achei corruptíveis, e enquanto o governo nomear homens do meu caráter presidentes de províncias e enquanto os tais patetas partidos políticos não se resolverem de comum acordo a não dar quartel aos ganhadores, não haverá bonifrate[185] que sendo presidente de província deixe de fabricar maioria na respectiva assembleia provincial.

Debaixo do ponto de vista geral foi assim que passei a minha vida presidencial, vida alegre, cheia de encantos, de flores que só para os tolos escrupulosos têm espinhos, vida de festas que apenas eram perturbadas pelas diárias censuras, acusações e pelos destemperos do compadre Paciência, cuja oposição sempre reconheci legal, admissível pela perspectiva da herança das duzentas apólices de conto de réis.

Agora vou marcar cada uma das minhas cinco presidências com os fatos mais importantes que ficaram em minha memória.

Primeira presidência

Esta durou somente três meses. A minha missão era impedir que fosse eleito deputado o atrevido que anos an-

185 Fantoche.

tes, sendo examinador, ousara reprovar o irmão mais moço do varão ilustre que havia de ser anos depois presidente de conselho; mas para conseguir tanto, para derrotar o atrevido que era o candidato legítimo e querido do distrito eleitoral, preciso me foi pôr-me em luta desesperada com os principais deputados da província, demitir, tirar o pão a uns poucos de empregados honestos e substituí-los por especuladores sem consciência, e por parentes de eleitores, dar por paus e por pedras[186] na polícia e na guarda nacional, inventar pretextos escandalosos para privar do direito de voto a vinte e tantos eleitores, celebrar dous contratos que deviam arruinar as finanças da província, pôr em atividade eleitoral alguns juízes de direito e quase todos os juízes municipais, lançar fora da província alguns oficiais de primeira linha que eram eleitores, fazer instaurar processos-crimes sem fundamento, cercar o colégio mais numeroso com força armada, derramando o terror com o falso anúncio da descoberta de uma conjuração, que nunca existira, e enfim suspender ilegalmente os vereadores da câmara municipal apuradora das votações dos colégios para que se desse o diploma de deputado ao meu candidato, que, ainda assim, venceu apenas por trinta votos.

A província inteira bradou contra mim; a imprensa, depois de discutir os meus atos, passou a injuriar a mim, a Chiquinha, e, melhor que tudo, até ao compadre Paciência, que aliás me atacava todos os dias, sustentando que eu era um louco ou traidor à causa pública.

Escrevi e mandei confidencialmente ao ministério a história da eleição, e das minhas proezas, e em resposta recebi a demissão de presidente daquela província e a nomeação para presidir outra de igual importância. Com os ofícios do governo veio-me uma carta do ministro da... que acabava com as seguintes palavras:

186 Praticar desatinos.

"Eu já o conhecia por homem de ação: agora vejo mais que é um herói; mas não nos sendo lícito sustentá-lo aí sem inconvenientes graves, confiamos-lhe o governo de outra província e conte com a nossa gratidão. Asseguro-lhe que a câmara aprovará o diploma do nosso deputado e que vozes eloquentes hão de defender a eleição. Lembranças à d. Chiquinha, a quem minha mulher manda um beijo nos lábios e eu peço licença para beijar os pés. Adeus etc."

Em três dias entrouxei o fato e partimos: embarcamos à meia-noite, precipitadamente e pelo sim pelo não escoltados por uma força policial de cinquenta homens. O vapor saiu ao romper do dia e eu escapei assim de pela segunda vez ser esfogueteado.

— Consciência de criminoso!, dizia o compadre Paciência a rir-se: um ex-presidente reto e honesto embarcava ao meio-dia, e sem um soldado ao pé de si: a guarda do bom governo é o amor do povo. Deus permita que lhe aproveite o castigo.

— Castigo! Não vê que sou presidente de outra província?

— O castigo de que eu lhe falava era o da sua consciência que o fez partir às escondidas, medroso, trêmulo, como um réu de polícia que foge da cadeia: quanto à sua nova nomeação vejo somente nela um desconchavo de ideias, que não abona o juízo do governo: pode gabar-se de que foi condenado e absolvido, castigado e premiado pelo mesmo juiz e na mesma causa: o seu ministério é um portento, e o senhor uma maravilha.

— Meu marido emendará a mão na sua nova presidência; disse a Chiquinha.

— Misericórdia!, exclamou o velho; quando ele, com a mão que tem, fez o que fez, que não fará com a mão emendada!

Segunda presidência

Esta administração foi longa: teve uma duração de dez meses! Durante eles não houve nem eleição, nem tarefa extraordinária a desempenhar. Foram dez meses dedicados ao patronato, à esterilidade, ao abandono dos interesses reais da província, cujo cuidado exigia habilitações e conhecimentos especiais que eu não tinha: deixei ao meu secretário o trabalho de governar por mim, e ocupei-me em assinar o expediente e em divertir-me.

O compadre Paciência não levou a bem este *dolce far niente*, e irritava-me, exagerando as proporções da espécie de tutela do meu secretário: a Chiquinha fazia coro com o velho; porque o inteligente empregado nunca se lembrara de conversar com ela sobre os negócios da administração, e ainda mais porque um dia tivera a descortês imprudência de dizer que o primor da beleza em um baile que nos deram pertencera a uma senhora que não era a excelentíssima presidente, e tanto fizeram os dous que eu já cheio de prevenções briguei com o meu secretário por causa de um contrato de conserto de estrada, para o qual cada um de nós apadrinhara o seu afilhado: está visto que eu venci: mas o conserto da estrada desconcertou-nos: o vencido deu parte de doente e fiquei sem cabeça.

Ressentido e vaidoso tive o pensamento de governar por mim mesmo e em poucos dias tornei-me o objeto das epigramas da imprensa e de gargalhadas gerais. Pratiquei sandices de arrepiar os cabelos: por exemplo: o cólera-morbo tinha invadido a província, e recebi ofícios em que se me pediam instantes socorros para uma vila, cuja denominação me pareceu indicadora de porto comercial: imediatamente contratei dous médicos, e mandei que seguissem logo em um barco a vapor para a vila empestada: ai de mim!... A vila está situada no alto de uma serra a muitas léguas do litoral!... As risadas que provoquei com o navio a navegar para a serra puseram-me de sobreaviso: logo depois chegam-me outros ofícios vindos da freguesia de..., em que diziam: "O cólera já chegou a esta paróquia: médicos e medicamentos pelo amor de Deus, excelentíssimo senhor!".

— Ah! já chegou?, pensei comigo: desta vez não me engano: a peste vai descendo a serra.

E ordenei que se pusessem à disposição dos médicos contratados as cavalgaduras necessárias para eles, e as bestas precisas para as cargas.

Oh desgraça! A tal freguesia demorava em uma ilha a poucas léguas de distância da capital!

Fiz a confissão ingênua destes dous miseráveis erros de palmatória: mas tenho vexame de registrar aqui outros ainda maiores, com que dei prova da minha ignorância.

O compadre Paciência, que nunca me poupava, deu-me de presente à vista da Chiquinha três livros; um era a geografia do senador Pompeu,[187] e os outros dous os volumes da *História do Brasil* do Varnhagen.[188]

— Olhe: disse-me então a rir-se; um homem não pode ser presidente de província sem ter estudado muita cousa, e sobretudo muito a história e a geografia da sua terra: mande dizer isto mesmo aos seus ministros.

187 Trata-se do compêndio de geografia do senador Tomás Pompeu de Sousa Brasil, publicado em 1851 e adotado por um longo período no Colégio Pedro II e nos maiores estabelecimentos de ensino da Corte.

188 *A História geral do Brasil*, de Francisco Adolfo de Varnhagen, fora publicada de 1854 a 1857. Servira de base para as *Lições de história do Brasil para uso dos alunos do Imperial Colégio de D. Pedro II* (1861) e para as *Lições de história do Brasil para uso das escolas de instrução primária* (1865), obras didáticas de Macedo, de grande difusão até o começo do século XX.

— Pode!, exclamei com força; cinquenta exemplos têm demonstrado o contrário do que está dizendo: não há necessidade de estudos, nem de ciência para o presidente que tem um secretário que se ocupe das niilidades da administração.

— Mas então o que é que não é niilidade?

— A parte política do governo provincial, a única que deve ser o mister exclusivo do presidente.

— Quer ter a bondade de dizer-me de que consta essa parte política?

— Pois não! Consta da eleição, do recrutamento, da perseguição sem limite feita aos adversários.

— Chama a isso política?

— Sim senhor; o presidente deve ser na província a imagem do ministério no governo geral do Império.

— Meu jovem compadre, a isso que chama política eu chamo escandalosa desgovernação do Estado.

— Os palavrões do costume! Pois que é política? Diga: venha a lição.

— Política é a ciência do governo e do Estado: é uma cousa de pouco mais ou menos que não se tem, nem se adquire sem profundos estudos: prende-se à ciência da riqueza, aos princípios do direito, às luzes da história e da filosofia...

— Pare aí, senão arrasta-me pela enciclopédia.

— Pois veja lá! Sabendo tudo aquilo o homem pode ser um grande político em teoria, e um desazado na aplicação da política.

— Sim?...

— Porque na aplicação dela o estadista precisa ainda ter em conta as exigências do tempo em que vive, as condições econômicas do país, a influência dos costumes do povo, as circunstâncias, enfim, que são o termômetro da oportunidade dos atos e das medidas. Não é político quem não aprendeu no passado, quem governa só com expedientes no presente, e que não semeia para a colheita do futuro.

— Compadre Paciência, acenda a lanterna de Diógenes,[189] e vá me descobrir pelo nosso mundo um político da sua definição.

— Não faça tal injustiça à nossa terra: Deus dá a cada país, a cada nação quanto a eles é preciso para seu maior bem. É o erro que faz desaproveitar os favores imensos de Deus. Sobra inteligência aos brasileiros, e raro é o ministério e nunca houve câmaras que não exibissem talentos superiores que se gastam em lutas estéreis de caprichos pessoais, que se perdem em consecutivas desforras reacionárias, que a todos fazem mal.

— Com que sonha, compadre?

— Com as lutas generosas dos partidos legítimos separados por princípios realmente diversos, distintos, brilhantemente distintos; com a Constituição, sendo ponto comum de partida, e de união para todos eles; com estadistas no governo, não se limitando a assinar a papelada das secretarias, não se ocupando em designar deputados, não corrompendo a nação com o comércio ilícito do patronato, das maiorias artificiais, e das violências do ódio de partidos.

— Que vai por aí de poesia!

— Sonho com ministros que não sejam cabides de fardas, com ministros que não sejam brancos no norte, verdes no sul, amarelos no oriente e vermelhos no ocidente; com ministros de uma só cor, de uma só cara, de um só caráter; com ministros que não mandem para as províncias presidentes ignorantes, opressores, instrumentos cegos de facções ou de partidos.

— Sonha com o impossível.

189 Alusão a uma história exemplar do desencanto deste filósofo com a humanidade em geral. Conta-se, nesse sentido, que Diógenes fora capaz de vagar por Atenas, em pleno dia, com uma lanterna na mão, segundo ele para ver se conseguia encontrar um homem.

— Não; por Deus que não; porque o dever, a honra e o patriotismo não são impossíveis em país algum.

— Mas eu creio que o compadre, quando agora mesmo falou em presidentes ignorantes, e não sei que mais, não pretendeu referir-se a mim...

— Referi-me.

— Chiquinha, que dizes a esta?

A Chiquinha pôs-me a mão no ombro, acariciou-me, e depois respondeu-me assim:

— Primo, faça as pazes com o seu secretário.

Segui o conselho da minha formosa esposa: tornei-me às boas com o meu secretário, e passei vida regalada nos últimos meses da minha segunda presidência de província.

Terceira presidência

Duração: — onze meses e mais meio mês: (presidência Matusalém).[190]

Fato principal: — eleição de lista tríplice para um senador.

O ministério era novo, e não tinha membro que não fosse senador, e que não contasse quarenta anos ou mais: a deputação da província, aliás pouco numerosa, se havia declarado toda em oposição, e eu não recebera da corte designação de candidato ou de candidatos oficiais, e até pelo contrário me vieram recomendações para não intervir no pleito eleitoral.

Pela primeira e única vez, mas por cautela, desobediente ao ministério, toquei os pauzinhos de modo que fiz a quase unanimidade dos eleitores da província: custou-me isso apenas a despesa de algumas dezenas de contos de réis com marchas e contramarchas de destacamentos, dez ou doze demissões e nomeações na polícia, e meia dúzia de favores na administração.

190 Personagem bíblico que teria vivido 969 anos.

Árbitro dos eleitores, mas não tendo candidato oficial, deixei correr livre a eleição secundária e apenas recomendei um vigário que tinha escrito uma ode em latim, elevando ao sétimo céu, não as virtudes espirituais, mas os encantos físicos da Chiquinha.

O compadre Paciência batia palmas, e declarava que eu ia tomando juízo; efetuou-se livre, quase perfeitamente livre a eleição secundária; mas vinte e quatro horas depois entra um vapor procedente da corte e traz-me cartas dos ministros, recomendando-me absolutamente a inclusão do nome de um candidato, desconhecido na província, na lista tríplice, cuja eleição aliás já se achava consumada.

Vi-me em apertos desesperados! O ministério era novo, e eu precisava ganhar-lhe a confiança: todavia a eleição já estava feita! E esta? Que apuros!

Operei um milagre: o vigário poeta latino tinha sido o mais votado: mandei-o chamar, e anunciei-lhe que em três meses seria bispo de não sei que diocese sob a condição de não tugir nem mugir,[191] vendo-se fora da lista tríplice: o reverendo concordou, e o mais efetuou-se, embora com o trabalho violento.

Durante uma semana eu, a Chiquinha, e o meu secretário não fizemos outra cousa, senão escrever atas de colégios eleitorais, e durante quinze dias os meus agentes policiais mataram cavalos para ir fazer assinar pelos eleitores atas novas e falsas, que deram o primeiro lugar na lista tríplice ao candidato serôdio do ministério, ficando fora dos três esperançados o vigário poeta.

Dei conta aos ministros do milagre estupendo que operara, e fiquei tranquilo, desprezando solenemente os insultos e as injúrias da imprensa oposicionista da província.

No fim de quatro meses o vigário poeta escreveu-me, perguntando-me pelo bispado; eu respondi-lhe com toda cortesia que o governo geral ainda não tivera tempo de

191 Não dizer nada.

escolher o candidato que devia eleger e apresentar a sua santidade, e que à sua reverendíssima cumpria esperar com paciência, empregando os dias da esperança em dizer missa de manhã, e cumprir os deveres paroquiais até a noite.

O maldito vigário entendeu-me o verso que lhe escrevera em prosa, e em breve pagou-me o logro, compondo e fazendo publicar uma segunda ode, essa porém em latim macarrônico, em que pintou a Chiquinha como uma fúria e a mim como um demônio.

A ode macarrônica tinha sido inspirada pela mais rancorosa vingança: a descrição do rosto afeiado da Chiquinha, e do meu rabo de filho de satã fizeram furor, e me convenceram da alta conveniência de uma prática que até certo tempo se observava o que os homens irrefletidos condenavam, isto é, de se dispensarem os padres, e até os vigários do estudo consciencioso do latim, língua danada que inspira às vezes odes macarrônicas.

É indispensável que voltemos à prática já um pouco abandonada, e que se torne a dispensar o estudo do latim.

Um padre ignorante, quase analfabeto, que nem sabe latim, que é a língua em que confere os sacramentos, é a mais inocente das criaturas, e apenas desacredita a religião católica, o que é de grande proveito para aqueles que, como eu, nada esperam da moral, nem da verdade.

O meu milagre eleitoral não escapou à observação e às francas e ásperas censuras do compadre Paciência, que me honrou com a classificação de primeiro e o mais desenfreado falsificador de eleições; quando, porém, passados breves meses chegou-me a terceira demissão e quarta nomeação de presidente, mostrou-se ele profundamente triste.

— Que significam estas presidências de província com duração efêmera?, perguntou-me.

— Ah! A demissão que recebi o afligiu?

— Ora! O senhor desde muito tempo deveria ter sido não só demitido, mas responsabilizado pelas violências e loucuras das suas administrações: o que me aflige é somente esse sistema fatal de presidentes que não aquentam lugar em província alguma.

— Pois que mal provém dessas mudanças muito repetidas de presidentes? *Varietas delectat*:[192] o povo gosta de ver caras novas no governo: cada mudança nova esperança.

— É como estou falando.

— Pois está dizendo asneiras, com perdão da sua excelência.

— Falemos seriamente.

A Chiquinha pôs-se a rir. O compadre Paciência prosseguiu.

— Apreciemos a prática sublime. Lá vai ela em trocos miúdos. Em regra nomeiam-se presidentes a homens estranhos à província.

— Acha isso mau?

— Conforme. Os presidentes que vêm de fora gastam tempo a estudar as províncias; mas o seu noviciado teria uma compensação na imparcialidade de administradores que não estão sujeitos à influência de interesses pessoais e políticos próprios, e dos seus parentes, e dos seus amigos, e companheiros de lutas de partido; mas com as tais presidências efêmeras mil vezes antes os presidentes de casa, mil vezes antes aqueles que conhecem já as províncias onde nasceram, e cuja prosperidade não lhes pode ser indiferente.

— Eu logo vi que o compadre havia de descobrir meio de atacar o princípio: a oposição condena sempre todo e qualquer sistema adotado pelo governo.

O velho olhou-me de revés; mas não quis responder-me e continuou:

— Em regra os presidentes nomeados são estranhos às províncias que vão presidir. Em setembro, no fim da sessão legislativa, o ministério, para alentar dedicações parlamentares, tira da maioria uma fornada de deputa-

192 "A variedade deleita", em latim.

dos presidentes, para o arranjo dos quais há uma contradança de administradores de províncias: os nomeados chegam às capitais e tomam posse em outubro: nenhum deles conhece nem os negócios administrativos, nem as condições econômicas e as necessidades reais da competente província: suponhamos que alguns as estudem: estudam até abril, seis ou sete meses, e, adeus províncias! Eles vêm tomar assento na câmara, e elas ficam com os vice-presidentes, ou recebem novos presidentes que governam seis ou sete meses, até outubro, em que chegam os mimosos da nova fornada!... É assim ou não?

— Pouco mais ou menos...

— E viva a pátria!... Seis meses presidentes interinos, seis meses presidentes deputados! Em uns e outros conhecimento das províncias nulo; governo fecundo nunca; arranjo de afilhados sempre; sofrimento das províncias cada vez a mais, o futuro do país cada dia mais escuro. Que diz a isto, meu sábio da Grécia?[193]

— Digo que nem por isso padece a administração provincial, pois que embora haja dez mudanças por ano, há sempre e em todo caso um chefe a dirigi-la.

— Mude pois duas vezes em cada ano o mordomo da casa, o administrador da fazenda, o gerente da empresa, o professor do estudante, o general do exército, e os ministros do Estado, e ainda nas substituições prime no acerto das escolhas, que eu lhe juro que no fim de poucos anos põe tudo isso em desordem, e não sabe mais a quantas anda.

— Meu caro, peça ao sistema constitucional representativo as contas dessas mudanças frequentes de presidentes de províncias.

193 Referência aos sete homens considerados sábios na Grécia antiga: Tales de Mileto, Pítaco de Mitilene, Sólon de Atenas, Cleobulo de Lindo, Bias de Priene, Míson de Xenas e Quílon da Lacedemônia.

— E por quê?

— Porque é o sistema das maiorias parlamentares que não se podem manter sem se dar cartuchos de amêndoas aos meninos que servem de anjinhos na procissão.

— As maiorias do sistema representativo são as que fazem ministros: as que são feitas pelos ministros são maiorias da corrupção.

— Mas como há de proceder um pobre ministério, quando alguns membros da sua maioria pedem, exigem seis meses de presidências confortáveis?...

— O ministério deve negar o que não é conveniente e justo.

— E depois?... E as deserções para a oposição?

— É melhor não ser governo, do que sê-lo para servir mal ao país.

— Mas...

— Qual mas! Compreendo que a prática abusiva de muito tempo deve pôr em torturas os ministérios no mês de setembro de cada ano: compreendo que às vezes há verdadeira necessidade de se mandar presidir províncias por senadores e deputados, cujas habilitações e influência ofereçam garantias de bom desempenho do serviço do Estado em épocas e condições locais difíceis e arriscadas; mas a regra das fornadas de setembro é mesmo de reduzir as províncias a chácaras de recreio para meses de férias. Eu não hesitaria em apelar para um recurso extremo.

— Novo artigo do seu programa político: venha ele.

— Tem alguns inconvenientes; mas acabava com as fornadas de setembro, e com os cartuchos de amêndoas: era uma lei estabelecendo a incompatibilidade da deputação legislativa com o cargo de presidente de província, salvos os casos extraordinários de que fala a Constituição. Esta providência daria pelo menos dous grandes benefícios ao país: primeiro: administração prolongada de presidentes de províncias dedicados, hábeis e honestos: segundo: um meio de menos para a organização das maiorias artificiais do parlamento.

— O compadre parece que tem razão; observou a Chiquinha.

— Também você contra mim, Chiquinha?...

— Contra você, não; mas contra os seus princípios nesta questão.

— Tem a palavra para se explicar.

— Eu não entendo de política; já li porém a Constituição do Império por curiosidade.

— E fez bem: a leitura de romances é agradável às senhoras.

— Sacrílego!, exclamou o velho; fale, menina: seu marido não tem juízo.

A Chiquinha continuou, fingindo-se acanhada:

— Em regra os senadores e deputados não devem ser delegados do ministério; porque sendo-o, são executores da sua política, e também um pouco responsáveis por ela, e no caso em que a política do ministério for atentadora contra os direitos dos cidadãos, for criminosa enfim, tais delegados parciais e cúmplices não podem, deputados, cumprir o dever de acusar, senadores, cumprir o dever de julgar.

— Lantejoulas... disse eu.

— Ouro fino, verdade pura!, gritou o compadre Paciência. Esta menina tem língua de Cícero: ela, e não o senhor, é que devia ser presidente da província!

A Chiquinha era efetivamente muito mais ladina do que eu; porque enganava, quantas vezes queria, o velho liberalão.

Quarta presidência

Duração: nove meses e onze dias.

Fatos principais: recrutamento e designação de destacados na guarda nacional.

Nunca me vi tão abarbado com as fúrias do compadre Paciência, como nesta e na seguinte e última da primeira série das minhas presidências de províncias.

A guerra contra o ditador do Paraguai alvoroçava todos os corações brasileiros, e levas numerosas, brilhantes de voluntários da pátria[194] tinham partido entusiasticamente para a guerra até que a voz do governo disse à nação: basta!

O compadre Paciência, que era o mais belicoso de quantos proclamavam a necessidade indeclinável da guerra de honra, o compadre Paciência que ao ver os primeiros voluntários desatara a chorar, maldizendo da sua velhice, entristeceu-se, ouvindo o — basta! — do governo, e disse:

— A intenção é boa sem dúvida, porque inspirou-a o cuidado de poupar à agricultura e à indústria braços que parecem já de sobra para a guerra; mas o entusiasmo do povo é fogo que nestes casos não convém apagar; porque é fogo que difícil e raramente se reacende.

E o velho teve razão; pois, decorridos poucos meses, o governo pediu ao país novos contingentes de soldados e força foi apelar para o recrutamento e para a designação na guarda nacional.[195]

O compadre quis desta vez decididamente intervir e para a designação na guarda nacional.

— Rapaz sem cabeça, mostra ao menos que tens coração; disse-me ele quase convulso; passou o entusiasmo: mas a fonte do dever patriótico ainda é abundante e

194 Corpo especial para o serviço da guerra criado pelo decreto 3371, de 7 de janeiro de 1865.

195 Segundo o artigo 9 da lei de 18 de agosto de 1831, que criava as guardas nacionais, a rigor, seus integrantes "ficam isentos de recrutamento para o Exército de Linha e Armada". Daí, além da campanha pelo alistamento voluntário, as sucessivas convocações e designações de guardas (em torno de 8 mil em 1867) para o serviço de guerra.

sublime: escuta: pelo amor de Deus, suaviza, santifica os sacrifícios dos cidadãos com a imparcialidade e a justiça do governo: na designação dos guardas nacionais que devem destacar para o serviço da guerra, manda apelar para o sorteio público que excluirá toda ideia de perseguição de partido político: no recrutamento vela pela execução conscienciosa da lei, e faze recrutar indistintamente os recrutáveis pobres e ricos, os do teu partido, como os do partido contrário. A causa é de todos, a guerra é de honra, de desafronta e de glória; não guerreies a guerra santa, fazendo da guerra uma arma de perseguição eleitoral e política!

O velho quase chorava e eu estive às duas por três a rir-me da cara com que ele me falava, e das puerilidades que me estava dizendo; mas para poupar-me a algum bate-barba[196] tempestuoso, desviei a conversação para outro ponto, dizendo-lhe:

— Oh compadre! Está cantando a palinódia! Já aplaude o recrutamento forçado?

— Nunca o aplaudi e não o aplaudo: desejei sempre vê-lo substituído pelo sistema de conscrição que faz do ônus militar um dever de todos os cidadãos, e não um ato de submissão à violência: condenei e condeno os abusos, as injustiças na execução da lei do recrutamento forçado, e hoje principalmente, pois que a guerra é patriótica, peço, exijo recrutamento patriótico, isto é, sem espírito parcial, sem perseguição de partido.

O compadre Paciência estava sentimental; mas eu não podia deixar-me levar pelo seu sentimentalismo e perder a melhor das ocasiões para descarregar golpe seguro no partido da oposição que havia na província.

O ministério pedira-me cem guardas nacionais designados, e duzentos recrutas: para salvar as aparências não fui além dos cem guardas; mas em menos de dous

196 Bate-boca, discussão.

meses mandei quatrocentos recrutas, isto é, quinhentos votantes do partido da oposição; e que boa gente! Vinte viúvos com filhos, não sei quantos filhos únicos de mães já viúvas e pobres, três dúzias de homens casados, e muitos maiores de quarenta anos, e menores de dezoito, mandei-os todos, tendo somente dispensado alguns guardas e recrutas que estavam muito no caso de marchar; mas a cujos padrinhos e madrinhas não me era lícito resistir.

A Chiquinha fez-me por sua conta e risco reconhecer supostas isenções de mais de vinte ótimos soldados; entretanto eu me desforrava das isenções e dispensas com outros designados e recrutas.

Ignoro quantas mães, viúvas e esposas acompanharam esta leva de soldados para a corte: o governo que se arranjasse com a gritaria dessa pobre gente feminina: afirmo que maior, muito maior foi o número das carpideiras que me ficaram na província por absoluta falta de meios para se transportar à corte, e aí queixar-se de mim.

O velho liberalão tornara-se todo flamas; mas eu fiquei todo gelo.

— Que pensa que fez?, perguntou-me um dia.

— Mandei quinhentos soldados.

— E como?

— Isso pouco importa.

— E as leis?

— Quando atrapalham, o executor salta por cima delas.

— E os direitos do cidadão?

— Ficam entortados.

— É uma indignidade!

— Queria que não mandasse soldados para a guerra!

— É falso: eu queria que o senhor presidente não admitisse designação e recrutamento de homens casados enquanto tivesse solteiros, e assim por diante observando as regras da lei.

— Não me sobrou o tempo para esses enfadonhos exames: o caso era urgente.

— É falso outra vez! Marcou as vítimas, ou deixou que os seus agentes as marcassem, recrutando e designando somente no partido contrário.

— É boa! Pois queria que eu mandasse recrutar e designar no partido que me sustenta?

— Mas é cinismo!

— Pois se é capaz aponte muitos presidentes que não fizessem o que eu fiz.

— Que se segue daí?

— Que temos tratado de aproveitar nossas posições e as circunstâncias extraordinárias do país para preparar o triunfo eleitoral do nosso partido. Ajuntamos dous proveitos em um saco:[197] damos soldados para a guerra, e reforçamos o nosso partido, perseguindo e abatendo o outro.

— Pode dizer-me qual é o seu partido?

— A falar a verdade não sei: é aquele que me conserva presidente de província, e será aquele que me der escada para subir a maior altura.

— E homens como o senhor...

— Serão sempre os melhores instrumentos dos partidos e das facções...

— Partidos! Os partidos têm princípios ou não são partidos...

— Não nos envolvamos nesse mistifório; não dou importância a palavras vãs.

— Partidos! E pensa que perseguiu, que atropelou um partido com os seus últimos despotismos? Por que não recrutou os chefes, os filhos dos ricos e dos poderosos que lhes fazem justíssima oposição? Haveria ao menos nessa perseguição, aliás em todo caso condenável, a tal qual nobre afouteza agudeza do inimigo forte e franco.

197 Matar dois coelhos com uma só cajadada; conseguir um duplo resultado com uma única ação.

— Não se vai logo às do cabo, compadre.

— Que fez? Foi atropelar os pobres, os desgraçados, não respeitando seus direitos duas vezes sagrados, sagrados pela lei, sagrados pela pobreza!

— É a massa recrutável, compadre.

— Meu Deus!, exclamou o velho pondo-se de joelhos; meu Deus! Concedei ao Brasil o sistema de recrutamento pela conscrição para que se quebre nas mãos dos opressores a arma malvada do recrutamento forçado.

— Amém: disse eu com ar contrito.

Quinta presidência

— Duração: até o começo da nova legislatura

— Fatos principais: uma questiúncula com o compadre Paciência, e a conquista eleitoral.

Fui ainda transferido para outra presidência e desta vez com evidente glória minha, porque escolheram-me a dedo para uma província recalcitrante audaciosa que se supunha com força bastante, e com disposições de resistência legal capaz de mandar à câmara deputados da oposição.

O Hércules chegou, entrando com pés de lã: iludi a oposição com protestos de imparcialidade, e de absoluta abstenção no pleito eleitoral: toda a imprensa elogiou-me e festejou-me.

Eu tinha três meses diante de mim e bastavam-me três semanas para conquista; dei porém apenas quinze dias de esperanças à oposição que caiu no laço. Não me era possível proceder de outro modo; porque recebera a designação dos candidatos oficiais para deputados, e porque um desses candidatos era presidente da província, pela qual em troca pré-ajustada e sancionada pelo ministério eu devia ser eleito deputado.

No fim dos quinze dias e ainda em segredo aliás logo depois descoberto, despachei na mesma manhã e na mesma hora policiais para todos os municípios, levando as demissões e substituições indispensáveis para fortalecer as malhas da rede policial, ordens para recrutamento desenfreado, e para novas designações na guarda nacional, e fiz ponto com a mais plena segurança de resultado: os recrutadores e designadores eram todos meus, ameaçar, isentar, perseguir, espalhar o terror, cercando e varejando as fazendas e casas dos mais prestigiosos chefes oposicionistas sob os mais fúteis protestos, e nos dias da eleição primária forjar duplicatas eleitorais em extremo caso de necessidade ficava por conta deles. Deitei-me tranquilo. O pouco que faltava para coroar a obra, o emprego da força em alguns pontos da província era cuidado que ficava para mais tarde, e a que oportunamente atendi.

Com o recrutamento forçado, a designação na guarda nacional para o serviço da guerra, e com o direito de empregar força armada, pretextando a necessidade de manter a ordem pública ameaçada, e de garantir a liberdade do voto de cidadão, o governo só perderá eleições onde as quiser perder por hipocrisia, e onde se deixar vencer por desmazelo e abandono.

A oposição, despertando desiludida, deu brados, arrastou-me pelas ruas da amargura, e disse de mim o que Mafoma não dissera do toucinho:[198] a imprensa do meu partido, ou do partido a que eu servia de instrumento, defendeu-me habilmente com estudada frieza, queixando-se da minha exagerada abstenção, que já antes a oposição havia reconhecido e elogiado, e que punha em risco a causa dos amigos do governo abandonados pelo próprio governo.

Os tratantes estavam cheios até os olhos, e de acordo comigo quase que me acusavam de inepto, de modo que iam chegar à corte do Império com as fúrias da oposição

198 Falar muito mal de alguém (já que a carne de porco é proibida para os seguidores de Maomé).

e com as tristes lamentações dos governistas os indícios da minha imparcialidade na luta eleitoral, o que era tudo quanto desejava o Sobrinho de Meu Tio, esperançoso estadista que aproveita as lições de admiráveis mestres, e que protesta que não é tratante.

Preparada assim a conquista eleitoral, ocupei-me de cousas de pouco mais ou menos, e um dia, estando presente o compadre Paciência, que continuava sempre a perder o seu tempo, ralhando domingo debalde, disse eu à Chiquinha:

— Os teus dous afilhados receberão em breve os suspirados despachos: acabo de oficiar ao ministro da Justiça, pedindo-lhe as nomeações de um e de outro para os lugares de escrivão, e de partidor e distribuidor da vila ultimamente criada.

— Eis aí!, bradou logo o velho enfezado que andava de mau humor com as minhas providências eleitorais; eis aí a centralização administrativa com as suas absurdas, intoleráveis exigências atormentadoras do povo! Que quer dizer por tão pouca cousa tanta dependência provincial da vontade do governo geral?

— Temos outro artigo do seu programa político; observei eu rindo-me.

— Fale, compadre; disse a Chiquinha.

— Sim, fale! Corte com a sua eloquência revolucionária os laços da união e da integridade do Império.

— Ora, é na verdade engraçado ver a união do Império dependente das nomeações de um escrivão e de um partidor e distribuidor da mais afastada vila do interior feitas pelo governo geral!

— É uma condição do sistema de centralização que nos salva.

— O senhor, com perdão da sua excelência, é papagaio que repete o que ouve, e não tem consciência do que repete.

— O compadre é amável!

— Digo as cousas pelos seus nomes. Escute lá. Há centralização política e centralização administrativa: depois de 7 de abril de 1831[199] houve muitos que pretenderam acabar com a segunda, e reduzir a primeira a sua mais simples e última expressão, transformando em monarquia federativa[200] o sistema de governo do Brasil. O senado matou essa ideia; mas em breve o Ato Adicional[201] não só fundou o princípio da descentralização administrativa, como afrouxou um pouco os laços da centralização política, dando às assembleias provinciais consideráveis atribuições, principalmente com relação ao poder executivo das províncias. Depois sofismou-se o Ato Adicional: a centralização política tornou-se mais forte e apertada do que nunca, e quanto à administração propriamente dita, em vez de se promulgarem leis que desenvolvessem e realizassem o princípio descentralizador fundado pela reforma constitucional, forjaram-se leis que o contrariaram, e que deram em resultado não pouco o abatimento, e muito estorvo do maior progresso das províncias.

— Compadre, observei eu, o papagaio não pode aprender um recado tão comprido.

— Por que se havia de tirar às assembleias provinciais o direito de eleger os vice-presidentes das respectivas províncias? Porque... mas deixemos de parte os assuntos mais graves, aqueles que podem talvez ainda suscitar objeções; vamos aos pontos até absurdos da centralização administrativa.

— Pois vamos a isso.

199 7 de abril de 1831: data da abdicação de Pedro I.
200 Eram os liberais exaltados os defensores de uma monarquia federativa para o país depois da Abdicação.
201 Trata-se da lei de 12 de agosto de 1834, que fez adições e alterações na Constituição de 1824 no sentido da descentralização e do fortalecimento do poder local.

— Não há nomeação de carcereiro[202] que não dependa do governo geral: é o governo geral quem nomeia escrivães, contadores, distribuidores, até bedéis de academias, e os mais insignificantes empregados; só escapam dele os meirinhos! E para que isso? Por um lado essa dependência inútil, inexplicável, incômoda, apura a paciência dos cidadãos e abate as condições das províncias: por outro lado, como faz o governo geral tais nomeações? Em regra deve fazê-las ouvindo os presidentes das províncias, e nomeando os propostos por eles: pois, se é assim, deixe-se aos presidentes o direito de fazer tais nomeações!

— Isso foi em regra: foi hipótese.

— Tem razão: de fato as nomeações de que trato, fazem-se do modo o mais inconveniente e desmoralizador: chegado o mês de maio, vêm os deputados e senadores para as respectivas câmaras, trazendo cada um dez ou vinte pedidos nos bolsos dos *paletots*: eis os ministros em cerco, e portanto eis aberta a feira das transações, e são ainda nessa triste prática falseadas a verdade e a pureza do sistema representativo!

— É o caso da confraria de pedintes!

— Naturais procuradores dos povos que os elegeram os senadores e ainda mais os deputados por gratidão e por cálculos de futuro pedem, quase que não podem deixar de pedir ao ministério; mas pedindo, descem, amesquinham sua posição, seu caráter de representantes da nação: eles os fiscais do governo, como hão de fiscalizar o governo, a quem pedem favores todos os dias? Aí tem as belas consequências da centralização administrativa.

— Ora, compadre Paciência, na sua última aprecia-

202 Referência ao parágrafo 4 do artigo 7 da lei de 3 de dezembro de 1841, segundo o qual competia aos chefes de polícia (nomeados diretamente pelo ministro da Justiça) "nomear os carcereiros e demiti-los, quando não lhes mereçam confiança".

ção é que está o segredo da cousa, e a perfeição do princípio centralizador.

— Como é lá isso?

— O princípio centralizador é o principal elemento da força irresistível do poder executivo: o caso é simples: o ministério precisa ter maioria, e com deputados que trazem das províncias os bolsos dos *paletots* cheios de pedidos a maioria é certa.

— Maioria artificial, como dizia um dos homens de mais juízo que tem tido o Brasil.

— Quem é ou quem foi ele?

— O visconde de Albuquerque, o senador Holanda Cavalcanti,[203] que adotara por costume formular as maiores verdades em aparentes paradoxos.

— No meio de toda esta discussão, disse a Chiquinha, uma ideia está-me incomodando.

— Qual?

— A necessidade de procurar um deputado que se interesse pela nomeação dos meus dous afilhados.

— Tranquiliza-te: já tens o deputado a teu dispor.

— Qual será?

— Eu.

— Pois o senhor vai ser eleito deputado?, perguntou o compadre Paciência, arregalando os olhos.

— Estou seguro disso.

— Por qual das províncias?

— Pela província de...

— Oh! Pela província cujo presidente tem de ser deputado da sua designação nesta?

— É exato: uma mão lava a outra: eu o elejo, ele me elege, nós nos elegemos.

203 Antônio Francisco de Paula e Holanda Cavalcanti (1797-1863): político pernambucano, combateu a Confederação do Equador, foi deputado, senador, ministro da Fazenda e conselheiro de Estado.

— Mas é imensamente imoral!

— O quê?

— Essa sofismação das incompatibilidades eleitorais dos presidentes de províncias!

— A lei é executada ao pé da letra: os presidentes não são eleitos pelas províncias que presidem.

— Mas fazem berganhas que anulam o espírito da lei, e, o que mais é, o governo geral apoia e autoriza essas berganhas.

— É que assim anima e galardoa as dedicações.

— Por que foi que a lei de 1855[204] estabeleceu essas incompatibilidades? Porque o interesse da própria candidatura podia levar os presidentes das províncias a embaraçar a manifestação do voto livre do povo e a conquistar as urnas eleitorais. Com as tais berganhas os presidentes continuam ainda a servir aos interesses das próprias candidaturas, e muito mais desembaraçadamente do que dantes.

— Mas salvam-se as aparências, compadre. A opinião pública, diziam os senhores, reclamava essas e outras incompatibilidades: satisfez-se a senhora rainha do mundo; como porém é de regra que os reis e as rainhas vivam sempre enganados, ficou a opinião pública com as incompatibilidades dos presidentes das províncias escritas no papel, e os presidentes das províncias com o recurso das berganhas dão gargalhadas homéricas da pretendida soberana que os queria incompatíveis.

— Por consequência confessa!

204 Trata-se do decreto 842, de 19 de setembro de 1855, que alterou a lei de 19 de agosto de 1846, a respeito das eleições. Por meio da "lei de 1855", introduzia-se o voto distrital, para ampliar a representação das maiorias locais e reduzir a força dos chefes nacionais dos partidos, e afirmavam-se inelegibilidades, incompatibilidades eleitorais, proibindo-se que funcionários públicos concorressem a cargos eletivos nos distritos em que exercessem as suas funções.

— Confesso e sustento que esta, aquela, mais outra e todas as leis devem ser na bisca[205] política trunfos para os que estão de cima, e oito e nove fora do baralho para os que estão debaixo.

— Isso é na política dos biscas.[206]

— E dos grande jogadores que temos.

— E quando o senhor estiver debaixo pensará do mesmo modo?

— Fiz voto de estar sempre de cima, compadre.

— Voto de estar sempre de cima em política é medida certa de profunda baixeza.

— Poesia no caso! Fique eu sempre no poleiro, e sempre subindo mais, e dou licença a todos para lamentarem o meu rebaixamento.

O compadre Paciência voltou-me as costas.

Chegou o dia da eleição primária. Favas contadas. Os comandantes superiores e oficiais da guarda nacional tinham andado na semana anterior ameaçando os guardas recalcitrantes com a designação para o serviço da guerra, e garantindo isenções a todos os submissos; os delegados e subdelegados procederam do mesmo modo, explorando o recrutamento, e com as adicionais de aparato de força aqui, de alguns tiros ali, e de duas duplicatas indispensáveis, improvisei um eleitorado que me deu assombrosa maioria. Nunca vi eleição mais livre: quase todo o povo votara à força por sua vontade.

O suposto diretório do partido vencedor organizara a chapa de deputados de acordo comigo: isto é, a chapa viera organizada da corte; nós porém tivemos de salvar as aparências e de gastar algumas noites, conversando em alhos e bugalhos para dissimular a imposição e fazer crer que a escolha dos candidatos partira dos chefes do partido da província.

205 Jogo de baralho.
206 Patife, mau-caráter, velhaco.

Como de costume surgiram pretensões, brigas de amigos, e roupa suja da família lavada na praça pública; mas isso não impediu que no fim do mês da lei a chapa triunfasse toda e com abarrotamento de votos que todavia não causou indigestão a nenhum dos eleitos.

Duas semanas depois recebi a agradável notícia da minha eleição de deputado à assembleia geral pela província, ou antes pelo presidente da província de... que, coitadinha, nunca vira nem a ponta do meu nariz e ignorava se eu andava com os dou pés ou de gatinhas.

Província nobre e generosa! Nem uma só vez na legislatura que vai começar te darei motivo para te queixares de que mal te conheço e te aprecio; porque protesto e juro que farei de conta que não existes, e nunca me ocuparei de ti!

Que festas e que alegrias em casa! A Chiquinha não cabia em si de contente, ia voltar para a corte, e já planejava glórias e triunfos no círculo político, que reuniria em sua casa, e de que devia ser a encantadora influência dominante.

Em breve partimos.

— Adeus, províncias!, exclamei eu.

— Adeus, cinco desterros!... disse sorrindo alegremente a Chiquinha.

— Adeus, mártires!, resmoneou o compadre Paciência.

XI

Como logo depois de chegado à capital do Império sou agraciado com a *comenda da Rosa*,[207] cujos espinhos ferem a vaidade da Chiquinha, que ainda não consegue ser baronesa: tenho vontade de fazer oposição; mas não caio nessa asneira, e fico ministerialista *quand même*: quero a todo transe falar na câmara, levo oito noites a decorar um discurso que levara oito dias a preparar com a Chiquinha, e indo enfim improvisá-lo na tribuna, espicho-me completamente e faço espirrar um ministro: mudo de sistema, e fico homem sério: a Chiquinha, que é inimiga da política, faz política em segredo; reúno um *club* de desgostosos, de que o compadre Paciência faz autópsia perversa em uma noite em que a Chiquinha de improviso o dissolve por causa dos vestidos nesgados.

Chegamos à capital do Império poucos dias antes de começarem as sessões preparatórias e logo achei justís-

207 Ordem honorífica, com seis classes diferentes, destinada a civis e militares, e criada por d. Pedro I para comemorar o seu casamento com d. Amélia de Leuchtemberg em 1829. A comenda trazia, de um lado, a inscrição "Amor e fidelidade" e, de outro, os nomes "Pedro e Amélia". Vale lembrar que Macedo já recebera, então, o título de cavaleiro em 1847 e o oficialato da Ordem da Rosa em 1857.

simo e ponderoso motivo para declarar-me em oposição ao ministério, que em paga de quatro anos de dedicação amesquinhou, abateu a mim e a Chiquinha com um ato revoltante.

Pelos meus serviços extraordinários prestados nas cinco províncias que presidira, reputava-me com direito ao título de barão com grandeza ou pelo menos ao de barão pequeno, e em uma fornada de despachos galardoadores de não poucos presidentes de províncias apenas me contemplaram com a comenda da Rosa!... Ora! A comenda do amor e da fidelidade a mim que não amo senão a minha própria pessoa, e que jurei não ser fiel a pessoa alguma!... Era para desesperar! A rosa da minha comenda tinha espinhos que feriram principalmente o coração da Chiquinha.

Todavia não me foi lícito romper com o ministério, primeiro, porque eu ainda não estava reconhecido deputado, e em segundo lugar porque não sabia se o gabinete dispunha de condições seguras de vida, ou se em breve se acharia *in articulo mortis*,[208] e sabê-lo era essencial para a oportunidade do rompimento: sufoquei pois o meu ressentimento; conservei-me ministerialista; mas com os calcanhares firmes na maioria, e com as pontas dos pés levantadas para ao sentir cheiro de crise ir sentar-me nos bancos da oposição.

Enfim a eleição da minha província foi aprovada: respirei e não era para menos: desde muitos anos uma eleição de deputado no Brasil às vezes consta de quatro votações eleitorais: — eleição primária — eleição secundária — eleição feita pela câmara municipal apuradora — e eleição feita pela câmara dos deputados, reconhecedora dos poderes.

O meu primeiro problema achou-se pois resolvido: a solução do segundo tornou-se clara antes e claríssima logo

208 “Na hora da morte”, em latim.

depois da abertura do Corpo Legislativo: o ministério tinha na câmara uma maioria a aborrecer e amigos entusiastas a deitar fora; ia portanto atravessar a sessão com certeza de assoberbar as tempestades da oposição; conseguintemente abaixei as pontas dos pés e mostrei-me inabalável, ardente, intolerante, e frenético ministerialista.

Eu não conheço posição mais cômoda e folgada do que a do bom ou do ótimo deputado da maioria: o ótimo deputado da maioria é aquele que nunca fala, e que vota sempre com o ministério. Eu resolvi-me a ser ótimo, e eis aqui a minha vida parlamentar: às onze horas e três quartos chegava à câmara, assistia à abertura da sessão, perguntava se devia haver votação, ou discurso de ministro com aparato triunfal, no caso afirmativo ficava na minha cadeira; recebendo resposta negativa, tomava o meu chapéu, e ia palestrar na rua do Ouvidor. Ouvir as ordens do dia e estudar as matérias foi cousa que nunca fiz.

Entretanto para ostentar pretensões a orador, pedi a palavra em todas as discussões importantes, tendo porém o cuidado de inscrever-me sempre em vigésimo lugar na lista dos oradores; porque assim estava certo de não falar; a oposição descobriu o segredo e começou a chamar-me por trás dos bancos — orador vigésimo —: não gostei da graça e mudei de tática, passando a inscrever-me em vigésimo quarto lugar, e a maldita trocou-me logo a alcunha, chamando-me *orador das dúzias*.

O peior, além das provocações da oposição, era o compadre Paciência infalível ouvinte, que em frente de mim se sentava em uma das galerias, e que de volta para casa atormentava-me sem piedade.

Compreendi que a má figura que estava fazendo poderia prejudicar o meu esperançoso futuro, e determinei-me a falar uma vez, fazendo essa exceção ao meu ótimo ministerialismo. Comprei obras em que os oradores notáveis da França reuniram seus discursos, pus a Chiquinha a ler Mirabeau,[209] Guizot,[210] Lamartine[211] e outros, traduzindo muitos pedaços aplicáveis à política do Brasil: no fim de oito dias ela, de combinação comigo, havia concluído uma grande manta de retalhos: achei-me abarbado[212] com um caderno de papel escrito e levei oito noites a decorar o meu recado.

Finalmente fiquei com o discurso na ponta da língua, fui para a câmara, pedi para romper pelo lado ministerial a discussão que ia abrir-se, e na ocasião oportuna o presidente deu-me a palavra.

Levantei-me, pedi um copo d'água e comecei:

"Senhor presidente, vou falar desalinhadamente, porque não posso vencer o mau costume de não estudar discursos, e de improvisar sempre que falo."

Uma voz da oposição — Sempre que fala?... Aqui é a primeira vez. (*Risadas.*)

Uma voz da maioria — Não perturbem o orador.

Eu — Os apartes não me perturbam, e tenho a coragem precisa para responder com energia, repelindo os sarcasmos que partem dessa oposição facciosa! (*Gritos de ordem — cruzam-se violentos apartes — o presidente toca com força a campainha.*)

(E no meio da confusão, eu, fazendo um movimento

209 Honoré-Gabriel Riqueti, conde de Mirabeau (1749-91): orador que desempenhou papel decisivo no começo da Revolução Francesa, tendo participado da redação da *Declaração dos direitos do homem e do cidadão.*
210 François-Pierre-Guillaume Guizot (1787-1874): historiador e político francês, foi ministro do Interior (1830), da Instrução Pública (1832-6, 1836-7), dos Negócios Estrangeiros (1840) e presidente do Conselho (1847-8).
211 Alphonse de Lamartine (1790-1869): poeta francês, autor das *Méditations poétiques* (1820); deputado (1833-51); ministro dos Negócios Estrangeiros (1848); e orador, oposicionista ao rei Luís Filipe, de grande influência.
212 Sobrecarregado.

desajeitado, bato com a mão no copo d'água, e a água entorna-se toda na farda e nas calças do ministro que oficialmente assistia à discussão e por detrás do qual me levantara para falar: façam ideia da cena! Câmara e galerias desfizeram-se em gargalhadas, e para meu maior mal, o ministro constipou-se e começou a espirrar até que saiu do salão maldizendo da minha eloquência.)

(Só no fim de um quarto de hora restabeleceu-se a ordem e o silêncio.)

O presidente — O nobre deputado pode continuar o seu discurso.

(Qual discurso! Na perturbação do meu espírito não me lembrava mais uma única palavra do meu recado: gaguejei, titubeei, e apelando para o mais incrível e estúpido recurso, eu que devia sentar-me pretextando incômodo explicável, eu desabotoei o *paletot* parlamentar, tirei do bolso o meu caderno de papel, e comecei a ler o discurso.)

Uma voz da oposição: É o mau costume de não estudar discursos e de improvisar sempre que fala!...

(*Hilaridade prolongada, o presidente não pode manter a ordem, porque é um dos que mais riem.*)

Não pude resistir à borrasca, disse trinta injúrias à oposição, protestei que ia ler documentos importantes, e não um discurso, e sentei-me, declarando que o fazia, porque o presidente da câmara não sabia defender e manter os meus direitos.

Eu saía furioso do salão, quando sua excelência o ministro da..., que não é capaz de engolir epigrama que lhe faz cócegas na ponta da língua, tomou-me o braço e disse-me:

— De que se aflige? Você tem sobra de consolações e prestou-nos hoje um grande serviço.

— Vossa excelência quer zombar de mim?

— Não, meu amigo: olhe: console-se, porque eu tenho na minha maioria mais de seis oradores, que improvisam à sua moda.

— E qual foi o grande serviço que prestei?

— Fazer espirrar o meu colega da... que estava doudo para se pôr ao fresco[213] e escapar à discussão.

— Mas voltará amanhã.

— Qual! Constipou-se, e foi tomar sudoríficos: o seu copo d'água salvou-o.

— Todavia... como o ministério é solidário...

— Você é terrível! Nem poupa os amigos! Está querendo dizer que eu vou andando com umas poucas de pernas de pau.

E sua excelência foi-se, deixando-me estupefacto.

Vejam só como às vezes alguns espirros de um ministro são mal traduzidos pelos próprios colegas do ministério!

O que não admite dúvida é que o meu infeliz improviso e os afortunado espirros do ministro da... deram tema aos epigramas da oposição na câmara, e na imprensa, e que tornei-me celebridade no Rio de Janeiro.

Ainda bem que eu podia achar em minha casa suaves compensações do meu fiasco na tribuna parlamentar.

Na câmara não tornei a falar, e, seguindo os sábios conselhos da Chiquinha, tomei a máscara de homem sério e grave: fiz o sacrifício da palestra na sala dos charutos, e dos passeios pela rua do Ouvidor: ostentei-me sempre ocupando a minha cadeira, apoiando com aparente convicção, mas sem entusiasmo, as doutrinas dos ministros e em um ou outro aparte deixei ouvir protestos de desinteresse, e preceitos triviais de moderação. Em duas ocasiões enfim cheguei a votar com a oposição, pretextando escrúpulos de consciência, havendo porém previamente conseguido licença do ministério para votar desse modo.

Era assim que eu deveria ter procedido desde o primeiro dia em que entrei na câmara: ninguém faz ideia de quantas garrafas vazias, mas lacradas e com letreiro, passam por conter vinho generoso por causa do lacre e do

213 Retirar-se, safar-se.

letreiro! Ninguém faz ideia de quantas submediocridades passam por grandes cousas, graças ao silêncio impostor.

Não somente a palavra, também o silêncio foi inventado para enganar os homens.

Com o emprego deste sistema, e com a habilidade e o desenvolvimento da influência da Chiquinha comecei em breve não só a ganhar quanto havia perdido, como a ser tido na conta de deputado importante pela consideração e amizade de que era objeto em um círculo numeroso de membros do parlamento.

A Chiquinha e eu recebíamos os nossos amigos quase em todas as noites, e especialmente em uma em cada semana tínhamos reunião numerosa de ambos os sexos: nesta dançava-se, cantava-se, tomavam-se sorvetes, e ainda nesta como em todas falava-se, e tratava-se muito dos negócios políticos.

Da casa éramos três as figuras: a Chiquinha oração principal, eu, oração subordinada, e o compadre Paciência, oração incidente, que algumas vezes sacrificou a gramática, tomando o governo do período.

O aspecto físico das três figuras da casa, e alguns dos seus dotes morais têm grande importância para o caso.

A Chiquinha era sempre formosa: descobrira o segredo de perpetuar o viço dos vinte anos; vaidosa e meiga recebia a corte de trinta admiradores, distribuindo sorrisos sem consequências e tornando impossível o comprometimento com algum pela igualdade do agrado com que encantava a todos: pelo menos era isso o que ela me dizia, e o que eu acreditava e acredito piamente; porque não tive nem tenho razões para pensar o contrário.

Eu era esbelto e um pouco magro como sempre fui e sou e como em regra se observa em todos os homens que comem muito: reconheço que há respeitáveis barrigudos que são exceções, mas não destroem a regra: afável e obsequiador sem sacrifício, não observando nunca minha mulher nas reuniões, adulando muito as pessoas das famílias das notabilidades políticas, ajudava quanto podia a Chiquinha a fazer da nossa casa uma armadilha de flores.

O compadre Paciência ostentava enormíssima calva cercada de uma orla semicircular de cabelos brancos, olhos vivos, rosto agradável mas severo, e palavra pronta, franca, e desapiedada. Nas primeiras reuniões houve quem menos delicado pensasse em rir à custa dele; o velho porém não precisou de defensor; com o seu bom senso e rudeza foi dizendo o que pensava, e dentro em pouco tornou-se o censor temido de quanto lhe parecia erro ou abuso, e de quantos erravam ou abusavam, e nem poupava epigramas a quem lhos dirigia.

Uma noite, por exemplo, acabava de pronunciar-se calorosamente contra um jovem deputado da maioria, que no correr da conversação sustentara a conveniência das ditaduras em circunstâncias extraordinárias, e o ministro da... que o ouvira, disse-lhe, gracejando:

— Vossa excelência...

— Eu não tenho excelência:[214] o tratamento de *mercê*[215] já é muito para o que sou na ordem das cousas.

— Pois bem: o senhor devia trocar o seu apelido de Paciência pelo de Trovoada...

— Ah! Se eu fosse trovoada, excelentíssimo!

— Que faria?

— Tinha já lançado um raio, fulminando vossa excelência na última discussão em que falou na câmara.

O ministro não perguntou por quê, e foi conversar com a Chiquinha.

Nossas reuniões eram muito concorridas: não havia nelas exclusão de partidos: ministros e membros da maioria tomavam sorvetes na mesma roda com de-

214 Ter direito, pela sua posição ou pelo cargo, a receber o tratamento de excelência.

215 Vossa mercê, sua mercê, vossemecê: tratamento mais familiar, inferior ao de senhoria.

putados e senadores da oposição: a palestra era então mais cerimoniosa e contida; nas noites porém de simples recepção de visitas, falava-se, discutia-se livremente, e muitas vezes laborava a intriga política.

A Chiquinha declarara que aborrecia a política e que não permitia que algum de nós se chegasse a ela sem juramento prévio de não provocar o seu aborrecimento: com ela só deixava que se tratasse de teatros, de festas, de música, de modas, e de sentimentos suaves; mas com as mãos no teclado do piano, debruçada à janela, dançando e sorrindo obtinha empregos, favores, graças para os nossos amigos das províncias, e, até como intermediária direta, para alguns protegidos dos deputados da oposição.

Isso era o menos; o meu, o nosso futuro político era o mais: a Chiquinha protestara que eu, isto é, que nós entraríamos na primeira organização ministerial e procedeu nesse sentido: desejando naturalmente a queda do ministério, nunca pronunciou, fora da sua intimidade comigo, uma só palavra que revelasse aquele pensamento; não poucas vezes porém, apanhando segredos da alta administração, e projetos ou planos ainda encobertos, passava-os ao ouvido de algum oposicionista que logo no dia seguinte ia na câmara atirar com os segredos à face do ministério.

Enquanto a Chiquinha manobrava por esse modo, eu continuava a prestar com decisão e firmeza o meu voto ao gabinete, e assim dentro em pouco a oposição principiou a acariciar-me, e o ministério tratou-me com respeito.

A Chiquinha era o diabo em política!

À medida que a sessão legislativa se adiantava, mais violenta a oposição agredia o ministério, e mais desgostoso se mostrava em suas confidências um círculo de deputados da maioria que contavam todos, e eram mais de uma dúzia, herdar algumas das pastas do ministério que apoiavam e no entanto desejavam ver morto e enterrado.

Esses desgostosos eram constantes frequentadores da nossa casa, onde nas noites em que mais em liberdade nos achávamos, discutíamos sobre a situação política e sobre os meios de salvar o país.

Salvar o país — era pois, não direi a ordem do dia; mas a ordem da noite em todas as sessões desta nossa assembleia especial.

Tanto porém falamos em salvar o país, que uma vez o compadre Paciência tomou a questão muito ao sério, e sem pedir a palavra, pôs-se a discutir, como ele discutia.

— Digo-lhes, excelentíssimos, que estou cansado de ouvi-los falar na necessidade de salvar o país: pobre país! Mísero doente com tantas dúzias de charlatães à cabeceira.

— Compadre!

— Não retiro a expressão: a verdade que saiu, saiu: convenho ao muito e por amor da cortesia que os excelentíssimos que se acham presentes se suponham excetuados.

Pusemo-nos a rir; era o único recurso que tínhamos.

O velho continuou:

— Todos os senhores são membros da maioria que sustenta o ministério na câmara, e que de noite e aqui proclamam todos que o Estado vai à garra,[216] e que é indispensável a organização de um novo gabinete, de modo que os senhores são uns de dia, e outros de noite, têm uma consciência para o sol e outra para a lua.

— O senhor não entende destas cousas: o nosso proceder é muito político: o ministério é péssimo; mas na câmara contemporizamos com ele até que soe a hora oportuna do golpe mortal.

— E essa hora...

— Será aquela em que a queda do ministério atual não possa aproveitar à oposição que nos combate.

— Português claro: será aquela em que lhes parecer que a herança das pastas lhes entrará por casa: franque-

216 Perder o rumo.

za, excelentíssimos! Os senhores estão doudos por serem ministros: as fardas bordadas e os correios galopando atrás dos carros lhes fazem cócegas, e atiçam uns desejos, a que não podem mais resistir: é natural: também as moças, quando chegam aos dezoito anos e pensam em casar, ficam assim.

— O senhor calunia os nossos sentimentos: os homens políticos que têm a convicção de poder fazer o bem do Estado devem aspirar ao governo.

— Bravo! A teoria é verdadeira, e até magnífica; mas vamos ao essencial: que política pretendem seguir, quais são as medidas que empregarão para salvar a nau do Estado?

A resposta demorou-se: o velho insistiu e por fim um dos nossos amigos, que já tinha sido ministro, respondeu:

— Deem-nos o poder, e verão.

— Ah, excelentíssimos! Pois os senhores querem ser nabos comprados em saco?... A teoria a que há pouco se agarraram assenta em outros princípios: os políticos que querem ser governo, porque pensam que podem fazer o bem do país, anunciam em oposição os seus planos, e manifestam as suas ideias.

— Os nossos sentimentos políticos já são conhecidos em todo o Brasil.

— Mas, olhem: o Brasil já está muito aborrecido da constante sucessão de ministérios, que fazem todos a mesma cousa e não saem de um círculo vicioso.

— Então o senhor quer que continue no poder este gabinete fatal e desassisado?...

— Misericórdia, meu Deus! Que eu dissesse isso, eu que aplaudo a oposição; porque sou liberal da velha escola, estava direito; mas os senhores que têm votado e votam com o ministério?... Não se pode ser juiz com tais mordomos![217] Excelentíssimos! O ministério é ruim, como o diabo; mas o senhores são peiores do que o ministério.

— O compadre Paciência não sabe migalha de política prática e parlamentar, observei eu; e por isso não compreende as regras das conveniências, e a necessidade de se tolerar e sustentar às vezes um ministério que faz o mal do país.

— Pois tenha a bondade de pôr-me em dia com as circunstâncias atenuantes desse crime.

— Olhe, o ministério atual é mau, é calamitoso; ao menos porém mantém nossa influência nas províncias e faz-nos os favores que lhe pedimos; e se tivesse caído há um mês, ou caísse amanhã, era e é possível que subisse ao poder a oposição, e adeus nossa influência, e adeus favores!

— Otimamente! Os interesses da nação na cova do esquecimento, o dever banido como elemento perigoso, o pudor condenado como trapalhão, a lealdade — peta, os princípios — caraminholas, e o egoísmo de cada um acima dos direitos de todos! Política negócio, governo balcão, ministros mercadores... oh que salvadores da pátria!... Excelentíssimos, os senhores estão brincando.

— E o senhor já se ressente da idade muito avançada, aliás compreenderia que os nossos interesses pessoais são legítimos; porque se acham ligados aos interesses da pátria.

— Ora pois: admitamos este carapetão: ainda assim dou-lhes uma triste notícia.

— Qual?

— Os senhores não podem ser ministros.

— Por quê?

— Porque não conseguirão maioria na câmara.

217 Anexim que se aplica quando numa questão ninguém se resolve a estabelecer um acordo.

Rebentamos em estrondosas gargalhadas.

O compadre Paciência deixou-nos rir à vontade e depois continuou:

— Não têm maioria: não lhes é lícito contar com a oposição...

— Quem sabe se não pescaremos nela alguns votinhos? Olhe: estar em oposição muitos anos há de cansar por força, compadre; sentir o cheiro do banquete, e não poder sentar-se à mesa, é um martírio que entra pelo nariz, e vai pôr em torturas a alma...

— A alma dos gulosos e dos especuladores políticos. Quando uma oposição tem em seu seio alguns desses, ganha sempre que fica livre deles.

— Outro erro: na câmara contam-se os votos e não as consciências; mas pouco nos importa a oposição para o caso da nossa maioria.

— Bem: e como se arranjarão os senhores com os atuais ministerialistas? Não se arreceiam de que muitos deles não estejam pelos autos?

— Sabe como se organiza uma maioria?

— Não: sei apenas que maioria parlamentar deve ser partido político saído vitorioso das urnas eleitorais.

— Pois escute: a maioria é filha do gabinete que se organiza.

— Falsificação do sistema: o gabinete deve sair do pensamento, das ideias políticas da maioria mandada para a câmara pelo país.

— É assim mesmo que se diz; mas não é assim que se faz.

— Então como é que se faz?

— Suponha que eu sou encarregado de organizar um gabinete...

— Do que Deus livre e guarde o Brasil.

— Por quê?

— Por nada. Faça o favor de continuar: eu suponho que vossa excelência se acha encarregado...

— Muito bem: vou procurar um ministro em cada uma de três ou quatro deputações mais numerosas, e completo o ministério com uma cunha[218] e dous amigos, ou com um amigo e duas cunhas.

— E o acordo político entre os membros do gabinete?

— Há casos em que se tem arranjado isso depois de organizado o ministério. Na noite da véspera da apresentação do programa reúnem-se os ministros e improvisa-se a política.

— Primeiro as fardas, depois as ideias.

— Que fardas! No dia do programa ainda são ministros de casaca.

— É o mesmo porque já são cabides de fardas.

— Cabides!... O senhor tem expressões...

— Ora! Homens que aceitam pastas de ministros antes de ter uma política entre eles combinada, que podem ser senão cabides de fardas?... Mas não vá a desconfiar: vossa excelência já tem o seu ministério organizado.

— Pois bem: está tudo feito.

— Alto lá! E a maioria para sustentar o seu ministério?

— Não lho indiquei inda agora?... Um ministro tirado de cada uma das três ou quatro deputações mais numerosas é garantia da dedicação dessas deputações que acompanhadas pelos satélites, pelos deputados ministerialistas de todos os gabinetes, e ainda por estes e aqueles que pendem e dependem, formam uma brilhante e decidida maioria que recebe com fervorosos apoiados e movimento de entusiasmo o meu programa ministerial.

— O cálculo é pelo menos lisonjeiro; mas nessas deputações numerosas, ou mesmo nas outras não aparecerão dissidentes?...

— Nunca faltam ambiciosos vulgares que, invejando a elevação dos próprios e mais íntimos amigos, declaram

218 Pistolão.

guerra violenta ao gabinete de que debalde desejaram e contaram fazer parte.

— Vossa excelência acaba de enunciar uma verdade que há mais tempo já estava me entrando pelos olhos e pelos ouvidos. E certíssimo: nunca faltam ambiciosos vulgares.

— Mas nós dispomos de influência bastante para zombar de tais adversários.

— Nós quem, excelentíssimo?

— Quem? Nós: os amigos que se acham de perfeita inteligência, e com planos políticos estudados e adotados; nós que estamos aqui, e ainda outros.

— Então os senhores têm todos mais ou menos influência no parlamento?...

— Incontestavelmente.

— Em tal caso, excelentíssimo, e julgando das cousas pelo que lhes tenho ouvido, cada vez acredito mais que um ministério dos senhores não terá maioria na câmara.

— Pelo quê?...

— Pelo excesso de influências, e falta de desinteresse pessoal.

— Isso é demais!

— Não é demais e vou demonstrá-lo: excelentíssimos! Placidez e sangue-frio! Nenhum se atraiçoe mudando de cor ou perturbando-se: cabeças levantadas e eu principio.

Ficamos todos a olhar para o velho, que passou a mão pela calva, e disse:

— Os senhores são aqui catorze: dos catorze vejo três, o que ocupa a primeira cadeira, o que se senta na quinta, e o que está ali modestamente no canto, que se supõe com direito a organizar ministério: se o afortunado for o senhor do canto, como parece mais provável?... Ai! O da primeira cadeira ficou pálido e o da quinta vermelho! Vejam só!

Olhamos e era verdade; em breve porém cada um dos dous protestou sua lealdade ao político do canto, que com um sorriso mefistofélico respondeu-lhes no mesmo tom.

— Querem organizar o gabinete?... Uma pasta para o presidente do conselho, duas para dous senadores, duas para contentar deputações numerosas: restam duas, dou mais uma de quebra, restam três... três para tantos que estão presentes, entre os quais vejo quatro a namorar a marinha, cinco o Império, todos a todas as pastas... como se há de arranjar a partilha?...

É preciso confessá-lo: começamos a olhar desconfiados uns para os outros.

Um dos meus amigos, corando até a raiz dos cabelos, exclamou:

— Nós o temos ouvido por distração; devemos porém estar arrependidos do mau emprego do nosso tempo: o senhor nos confunde com os mais baixos exploradores da política do Estado.

— Perdão! Ou antes castigo! Os senhores têm um meio de me proclamar aleivoso confesso: escolham dentre si três para três pastas determinadas, na hipótese da organização de um ministério saído do seu grupo, e comprometam-se todos, debaixo de palavra de honra, a respeitar a escolha feita.

O maldito velho lançava a discórdia no campo de Agramante:[219] senti o perigo que eu mesmo corria, apertou-se-me o coração, e acudi-me, fingindo acudir aos amigos.

— Compadre, o senhor quer arrastar-nos para o ridículo; mas perde o seu tempo: nós nos estamos ocupando de cousas muito sérias.

— Compraram todos bilhetes da loteria e estão à espera que ande a roda: eu desconfio que os seus bilhetes saem brancos...

219 Lugar onde há muita confusão. Referência a Agramante, herói sarraceno, responsável por violento ataque contra a cristandade, durante o qual Deus, para salvar Carlos Magno, teria ordenado que se lançasse a discórdia no campo de seu oponente.

— Aposto que não; tornei eu.

Nesse momento a Chiquinha, que havia saído nessa noite a visitar uma de suas amigas, entrou na sala, afetando um sorriso, mas com a fisionomia um pouco alterada.

— Grande novidade para os senhores que são políticos!, disse ela.

— Que há?...

— Não sei bem; porque quando falavam, distraí-me conversando sobre os vestidos nesgados...

— Mas...

— Foi na casa do barão de... creio que asseveraram que os ministros tinham brigado...

— Ora... ora... isso é pelo gosto de fazer as pazes.

— Não: parece que houve desconcerto completo...

— Então cai a casa?...

— Diziam que fora chamado para organizar novo gabinete...

— Chamado... já?... perguntaram os senhores da primeira e da quinta cadeira, levantando-se.

— Quem?

— Repetiram o nome; mas não me lembra; é o nome de um dos chefes da oposição liberal...

Já estávamos todos em pé, menos o compadre Paciência, que ria-se a bandeiras despregadas.

— Mas o nome... o nome, minha senhora!

— Que quer?... Não sabe que aborreço a política?... Esqueci o nome; distraí-me com os vestidos nesgados.

Em dez minutos achei-me só com a Chiquinha, e o compadre; bastaram-me porém esses dez minutos para acreditar que em sua maioria os meus amigos votariam com o novo ministério.

A Chiquinha tirava o chapéu, o compadre Paciência bocejava, eu, depois de refletir um pouco, disse:

— Compadre, sempre tive a mais pronunciada simpatia por este chefe liberal que está organizando o novo gabinete!

— Já sabe quem é?

— Não; mas sei que está organizando ministério.

O velho ia prorromper; a Chiquinha porém tomou-lhe a palavra:

— Primo, o pronunciamento das suas simpatias é inoportuno.

— Como?

— Não houve briga de ministros, nem crise, nem mudança de ministério: a baronesa e a sua ninhada de filhas, de primas, e de sobrinhas atormentaram-me três horas com os seus vestidos nesgados; cada uma mostrou-me dous, e a baronesa quatro; tive medo que também o barão me mostrasse algum, saí com dores de cabeça, e ardendo em desejos de vingar-me em alguém.

— E portanto...

— Vinguei-me nos nossos amigos que vão passar uma noite de espinhos,[220] pensando na mudança do gabinete.

— Em tal caso, Chiquinha, continuo a concentrar todas as minhas simpatias no ministério atual.

— Boa noite!, gritou o compadre Paciência, saindo da sala furioso.

220 Noite atormentada, cheia de cuidados.

XII[221]

Sessão do *club* dos desgostosos: presidência da Chiquinha que faz do piano regimento da casa: ordem do dia — males mais consideráveis do país — não tem, mas toma a palavra o compadre Paciência, que faz discurso de copo d'água, e discorre sobre ninharias, como as questões de emancipação, de finanças, de degeneração do sistema representativo e suas causas, e descobre o elixir das reformas para curar tudo isso, rematando o discurso com um epílogo de ave de mau agouro. Nós os desgostosos fomos destruindo todas as declamações do velho com apartes sapientíssimos, e por fim eu proponho um programa e um convênio que são aceitos, o compadre sai então fora da ordem, desobedece à música da Chiquinha; mas prova que tem cabeça, porque cai com um ataque cerebral, e patenteia a fraqueza de seu juízo em uma visão que deixo no tinteiro por causa das dúvidas.

A história da mudança de gabinete improvisada pela Chiquinha e da consequente debandada dos nossos amigos correu, apesar deles, pela câmara, chegou aos ouvidos dos ministros e foi motivo de grande zombaria para

221 Desde a 1ª edição do livro há aqui um salto na numeração dos capítulos, passando-se do XI ao XIII. Trata-se, porém, do capítulo XII, indicação que se corrigiu aqui.

os debandados e de aplausos para a moça travessa ou maliciosa. Durante algumas das seguintes noites avultou o concurso das nossas visitas e o número dos turificadores[222] da Chiquinha, que aliás descobrira na casa da baronesa um novo recurso para libertar-se dos mais teimosos: quando começavam a impacientá-la, desatava a discorrer sobre os vestidos nesgados e estava acabada a história: não havia quem resistisse.

Enfim pouco a pouco tornaram as cousas ao seu estado normal, e passada uma semana, alguns dos ministerialistas desgostosos acharam-se quase em plena liberdade: digo quase porque o compadre Paciência era nosso infalível desmancha-prazeres.

Estávamos reunidos sete nessa noite: o político do canto, os seus dous rivais, mais três deputados da nossa grei, e eu: sete estadistas que se podiam lavar com um dedal de água, sete judeus-errantes políticos que todos tinham já viajado por todos os partidos legítimos e de ocasião, sete notabilidades, nenhuma das quais podia rir-se das outras.

Este acerto na escolha dos meus íntimos, esta atração mútua que nos coligava eram muito naturais; porque, diz o adágio, lé com lé, cré com cré.[223]

E não pensem que os furores e conspirações de ministerialistas contra o ministério sejam cousas de outro mundo: não! Um velho porteiro da câmara me disse um dia ao ouvido: "Nesta casa há duas oposições, uma do salão e outra dos corredores"; e eu hoje posso acrescentar que a oposição do salão arranha o ministério, mas a dos corredores que corre por conta dos ministerialistas desgostosos faz dos ministros bifes.

Como dizia éramos sete e além de nós estavam presentes a Chiquinha, que estudava ao piano uma músi-

222 Incensadores.
223 Cada qual com o seu igual.

ca nova, e o compadre Paciência que rondava pela sala, observando-nos.

— O seu compadre não vai ao menos alguma vez ao Alcazar?, perguntou-me em voz baixa um dos amigos.

— Qual! Diz que o Alcazar é escola de devassidão.

— Este velho é uma nota dissonante que perturba a nossa harmonia: na última conversação que tivemos, disse horrores.

— Não é tanto assim: acudiu o político que habitualmente se sentava no canto; às vezes faz observações sensatas e aproveitáveis.

Os dous rivais do político do canto piscaram os olhos um para o outro.

— Eu vou apelar para um recurso poderoso; disse o mais jovem de nós, levantando-se e dirigindo-se à Chiquinha: Minha senhora! Requeiro que vossa excelência faça hoje exceção ao seu aborrecimento à política e que se declare presidente da nossa palestra para chamar à ordem o seu desabrido compadre, quando ele nos atacar.

— Aceita a minha presidência, compadre?, perguntou a Chiquinha.

— Sem dúvida; estou seguro de que não há de sofismar o regimento da casa para cortar a palavra à oposição.

— Pois declaro-me presidente da palestra; mas hei de presidi-la por música: quando eu tocar *fortíssimo*, estarei chamando à ordem o orador.

— Tenha vossa excelência a bondade de abrir a discussão.

— Está em discussão tudo ao mesmo tempo, com a condição de falar cada um por sua vez: disse a Chiquinha, continuando a tocar a sua música.

— Então que temos? Eu hoje estou de excelente humor: disse o velho, vindo sem cerimônia sentar-se em frente de nós.

— E convém que assim esteja; observou o amigo que fora já uma vez ministro, e a quem para distinção chamarei o ex-ministro: em assuntos graves deve falar-se com seriedade e calma. Nós outros somos membros do corpo legislativo, temos importante missão a cumprir, e estudando em íntima reunião de amigos as cousas públicas, não procedemos mal, antes desempenhamos um dever de patriotismo.

— Conforme as intenções.

— Satisfazemos um dever de patriotismo; porque o país vai mal, vai muito mal, e o ministério não está na altura da situação.

— Se não está na altura da situação, ainda abaixo dele se acham aqueles que o sustentam nas câmaras: o voluntário cargueiro de um fardo ruim vale menos do que o fardo.

— Peior! Começamos?...

— Deixo isso já de parte: os senhores lá sabem as linhas com que se cosem; passemos adiante: eu também penso que o país vai mal e muito mal: quais são porém, na opinião do excelentíssimo, os males mais consideráveis do país?...

O ex-ministro respondeu:

— Uns que são por certo tremendos, mas que me parecem de natureza transitória; e um que é profundamente político e que afeta a essência do nosso sistema de governo: os de natureza transitória são a guerra, a ruína das finanças, e o problema implacável da emancipação.

— De perfeito acordo! E que pensa da emancipação?...

— Que é inevitável, que se não tratarmos dela, ser-nos-á imposta; mas não nos convém falar nisso.

— Apoiado!, disse um deputado; o raio é certo: e portanto deixá-lo vir; nós porém não devemos provocar o ressentimento dos agricultores, ocupando-nos de semelhante matéria: seria impolítico: não nos comprometamos loucamente.

— Vossa excelência para moço já é de cálculo e de maquiavelismo de velho manhoso.

— Por quê?...

— Porque engana os agricultores, esquece a nação e só trata do seu interesse: se o raio é certo, por que não prevenir os maiores estragos? Nesta questão o maior inimigo do lavrador e do proprietário de escravos é aquele que não lhes abre os olhos, e não lhes manifesta a verdade. Não ir tomando medidas para que a solução do problema implacável se realize sem precipitação, moderada e cautelosamente, e mantido o respeito ao direito de propriedade, salvo o direito da compensação pelo Estado, é atraiçoar a causa do lavrador, do proprietário e do país. O verdadeiro político é aquele que, não podendo impedir o mal, sabe ao menos diminuir-lhe as proporções.

— O senhor não tem nem quer ter futuro político: é por isso que fala assim; nós não podemos afrontar o ressentimento dos lavradores; porque precisamos deles.

— E os lavradores têm mais juízo do que os senhores e refletem muito mais do que se pensa.

— Ora... caem nos laços,[224] como passarinhos.

— Escute: eu também fui lavrador: o lavrador na sua solidão deita-se às nove horas da noite, cansado do labor dorme um sono só, e acordando às três horas da madrugada, fica na cama esperando pela aurora, e sabe em que pensa então?...

— Diga.

— Metade do tempo no seu trabalho, e nas suas contas com o correspondente da cidade, e a outra metade nos carapetões de muitos deputados e de muitos ministros. O senhor não os ilude: vá com esta.

— O que não quero é cair no desagrado dos tais roceiros: o meu distrito é do interior.

— A emancipação é infalível dentro de prazo mais ou menos breve?...

— Eu o creio.

224 Deixar-se surpreender, apanhar ou lograr.

— Pois, meu caro senhor, se tem essa crença, e não acode o lavrador, preparando a emancipação com providências que a tornem muito menos calamitosa, pode limpar as mãos à parede:[225] qualquer pau do mato é deputado assim.

— À ordem!

— Dona Chiquinha ainda não tocou *fortíssimo*.

— Veja como o ministério pagou caro as palavras do discurso da coroa[226] sobre a emancipação.

— E devia pagá-las mais caro ainda: o governo apenas falou, e nada propôs: sua fala foi ameaça vaga, impolítica que pôs em cuidados e temores interesses imensos: seus projetos poderiam ser consolações e confortos. O governo nunca deve falar esterilmente. O grande erro esteve em um anúncio vago, e que se tornou vão.

— Deixemos de parte a emancipação.

— Deixemo-la; mas neste ponto os senhores não adiantaram ideia; reconheceram o mal do doente, e não receitaram para combater a moléstia. Outro ofício, meus senhores! Antes uma velha a rezar de quebranto, do que médicos que recebem vinte mil-réis por visita diária em quatro meses de cada ano e deixam o pobre país enfermo sem remédio, e até em vésperas de ficar sem caldo![227] Outro ofício! Mas deixemos a emancipação. Vamos às finanças. Estão em ruínas: todos o sentem. Meus excelentíssimos doutores, que receitam contra a ruína das finanças?...

225 Vangloriar-se de ato impensado, insensato ou que teve resultado infeliz.

226 Macedo se refere à "Fala do Trono de 1867", que sugerira, pela primeira vez, a emancipação dos escravos, "respeitada a propriedade atual, e sem abalo profundo em nossa primeira indústria, a agricultura". Macedo dedicaria, em 1869, *As vítimas-algozes*: *Quadros da escravidão* ao tema.

227 Ficar sem ânimo, imprestável.

— O Brasil é um país novo, e rico de recursos.

— Lugar-comum, podia vossa excelência acrescentar que devemos esperar muito do calor e da umidade; mas o positivo?...

— Enquanto durar a guerra é impossível regenerar as finanças.

— Morreu o Neves:[228] até aí vou eu, que só aprendi as quatro espécies da aritmética; mas é possível empregar meios que vão ao menos especando o tesouro público e o crédito da nação.

— A criação de novos e importantes impostos[229] é indispensável; disse o político do canto.

— Voto por isso; observei eu: o povo é quem deve pagar as custas.

— Eu também voto; mas por outra razão, tornou o velho: a pátria precisa e pede, o cidadão puxa pela bolsa e dá, e aquele que recalcitra ou protesta é filho desnaturado; quando porém o governo lança novos impostos sobre o povo, deve ao mesmo tempo ostentar a mais severa economia, e a mais escrupulosa fiscalização nas despesas públicas.

— Isso também é quase impossível no caso de uma guerra relativamente colossal.

— Vossa excelência deixou-me um quase a que me agarro e que não largo mais: isso pode ser difícil, impossível não é, faz-se preciso que seja possível e real. Rouba-se escandalosamente, explorando a guerra: rouba-se o tesouro aqui na corte, no rio da Prata, em Corrientes, rouba-se, e todos o sentem e o sabem, e o governo ainda não apanhou um só ladrão e não deu um só exemplo de justiça e de moralidade que desanime os ladrões!... Quando abundam os ratos em uma casa, o escravo ve-

228 Nenhuma novidade.

229 Referência aos impostos de indústria e profissões, transmissão de propriedade e renda, criados em 1867.

lho da casa arma uma ratoeira, e apanha ratos; e o governo ainda não mostrou nem mesmo a rude habilidade do negro velho que arma ratoeiras!... E a consequência...

— Qual é?...

— É que muita gente pensa que em grande parte o cálculo dos devoradores da riqueza pública do Brasil tem concorrido para a perduração da guerra.

— Compadre, era preciso que o governo fosse tamanduá para acabar com o maldito formigueiro.

— Não: o que me está parecendo é que o governo, além de mandar leões para os combates, já deveria ter uma criação de gatos nos arsenais da corte, e gatos em toda parte, onde se fazem fornecimentos; porque as ratazanas engordam com a guerra, e é indispensável acabar com elas.

— Mas a guerra...

— É verdade: que julga vossa excelência da guerra?

— Não se pode dizer tudo...

— Convenho: eu também sei e penso muitas cousas que não digo: às vezes fazem-me cócegas na garganta e engulo-as; tenho por isso náuseas e domino-as; limitemo-nos porém a uma questão essencial: que diz da continuação da guerra?[230]

— A guerra é calamitosa: se não vencermos até o fim de 1867, é preciso acabar de qualquer modo com ela.

— Mesmo celebrando um tratado de paz com o ditador Lopez?[231]

230 Vale lembrar que se parecia, então, viver, desde o começo do Gabinete Zacarias, um período de operações estéreis e inação, no que dizia respeito à guerra com o Paraguai.

231 Marechal Francisco Solano López, presidente do Paraguai desde 1862, responsável pela transformação do país num dos mais prósperos e com maior poderio militar na bacia do Prata. Seria morto, ao fim da guerra contra Brasil, Argentina e Uruguai, em março de 1870, em luta com as tropas brasileiras.

— Ainda assim: a condição que a isso se opõe no Tratado da Tríplice Aliança[232] foi um erro lamentável.

— E a honra nacional também será um preconceito ridículo?...

— A França retirou-se do México, viu Maximiliano[233] fuzilado e não me consta que perdesse a honra.

— Na guerra do México a França foi agressora, e mesmo assim, se não retirou-se[234] com quebra de sua honra, saía do empenho tão confundida que ainda hoje ralha com o seu imperador que a meteu naquela entrosga.[235]

— Então o senhor, apesar de velho, é dos belicosos a todo transe?[236]

— Eu sou um velho como fui em moço brasileiro a todo transe: a guerra é de desafronta da honra nacional: meus senhores, a questão do Paraguai não é contenda que se acabe por conciliação a esforços de um juiz de paz.

232 O Tratado da Tríplice Aliança, entre a Argentina, o Brasil e o Uruguai, foi firmado em 1º de maio de 1865, depois da invasão de Mato Grosso, em dezembro de 1864, e de Corrientes, na Argentina, em março de 1865, por tropas paraguaias. Um dos itens do plano de operações aprovado pelos três países era exatamente a derrubada do governo de Solano López, além do acerto definitivo das questões de fronteira com o Paraguai e da livre navegação dos rios Paraná e Paraguai.
233 Maximiliano (1832-67): irmão do imperador Francisco José, da Áustria, e primo-irmão de Pedro II, aceitou a coroa do México, oferecida por Napoleão III, tornando-se imperador em 1864. Rejeitado pelos mexicanos, seria fuzilado em 1867, depois de derrotado por Benito Juárez, presidente do país antes da intervenção francesa.
234 O governo francês foi, na verdade, obrigado, em 1866, a retirar suas tropas do México pelo governo americano — o que se efetivaria em fevereiro de 1867.
235 Ardil, embuste, complicação.
236 A todo custo.

— Não há governo que não tenha recuado diante da miséria pública.

— E como há quem se lembre de recuar diante da miséria moral? Se o Brasil retirar-se do Paraguai antes de conseguir vitória completa, sai vencido, e cai na revolução dissolvente, que rompe da convicção profunda da ignomínia nacional.

— Nas suas apreciações há exageração do ponto de honra, e de terrorista do futuro. O país começa a fatigar-se da guerra.[237]

— E a vossa paz que seria, senão o adiamento da guerra? Se já estudastes a política dos dous Lopez[238] do pai e do filho, fazei a vossa paz, dando logo de presente ao filho grande parte da província de Mato Grosso, e o domínio exclusivo da navegação do Paraguai e do Paraná, ou preparai-vos para outra guerra muito mais difícil; e se já estudastes as condições e as delicadezas da política do Brasil no rio da Prata, e quereis a paz sem a vitória no Paraguai, fazei primeiro uma cova bem funda e enterrai a dignidade, a força moral, a vitalidade da política brasileira naquela região importante; fazei a cova, porque sois coveiros; mas não vos descuideis de mandar também levantar as muralhas da China nas fronteiras do Rio Grande do Sul.

— Nenhum de nós propôs a paz: refletimos sobre a perduração da guerra, e sobre a imposição partida da miséria pública; foi uma hipótese que figuramos.

— Ainda bem! Mas nem por hipótese figuremos a pátria de tantos bravos como triste mãe desamada dos filhos e exposta às zombarias e ao ludíbrio do mundo.

237 Desde a 1ª edição, foi incluída a seguinte informação, possivelmente do próprio Macedo: "As *Memórias do sobrinho de meu tio* foram escritas nos dous últimos meses de 1867 e no de janeiro de 1868".

238 Menção a Carlos António López, que governara, autoritariamente, o Paraguai antes do filho Francisco Solano López.

— Não insistamos sobre este ponto.

— Pois não insistamos.

— Eu anunciei por último, disse o ex-ministro, um mal profundo, e exclusivamente político.

— E qual é ele, excelentíssimo?

— É a degeneração do sistema representativo.

— Outra vez de perfeito acordo!, exclamou o compadre Paciência.

— Dê-me a sua mão... quero apertá-la!, tornou o ex-ministro, estendendo o braço, e oferecendo a mão ao velho.

— Espere, respondeu este; antes do sinal da aliança é preciso saber se somos realmente aliados: degeneração do sistema é consequência de um vício introduzido no sistema; entendamo-nos pois sobre a causa do mal.

O ex-ministro hesitou um momento; mas logo depois disse:

— É o governo pessoal.

— Mais claro: é a vontade do Imperador irresponsável imposta ao governo dos ministros responsáveis.

— Exatamente: a eleição é fantasmagoria política; os partidos políticos não se sucedem mais no poder legítima e lealmente representados nos ministérios que se organizam; as câmaras sentem amesquinhada a sua influência constitucional no governo do Estado; os ministros não têm importância pela opinião que devem significar, e só recebem força da confiança da coroa.

— E tudo isso por causa do governo pessoal?

— Assim o penso.

O compadre Paciência passou duas vezes a mão pela calva, coçou a orelha e disse:

— Cousa singular! Me parece que vossa excelência tem razão, e que vossa excelência não tem razão!...

— Decifre-nos esse enigma.

— Eu digo que me parece que vossa excelência não tem razão: porque eu ainda não estou habilitado para acreditar e afirmar que haja governo pessoal, isto é, vontade do Imperador irresponsável imposta ao governo dos ministros responsáveis.

— Não há peior cego do que aquele que não quer ver.

— Mas eu quero ver. Escute, excelentíssimo: sem falar do governo pessoal francamente instituído como o está na França,[239] creio que essa desastrosa anomalia se manifesta por dous modos, aliás falseando sempre o sistema representativo: primeiro, quando o príncipe chefe do Estado, adotando a política de um ministro, ou fazendo com que este adote a sua, sustenta esse ministro a despeito da opinião pública pronunciada no voto de oposição-maioria em câmaras sucessivamente dissolvidas e eleitas; exemplo: o rei atual da Prússia[240] com o seu conde de Bismarck; ora no Brasil ainda não se observou este desconchavo constitucional; pelo contrário o Brasil muda de ministros e de ministérios como d. Chiquinha de modas de vestidos e de chapéus.

— Vamos à segunda hipótese.

— Esta realiza-se quando o príncipe chefe do Estado não deixa livre a ação dos ministros responsáveis, impõe-lhes a sua política, as suas opiniões nos assuntos importantes, impede reformas, e governa enfim sem responsabilidade legal; exemplo: Jorge III[241] de Inglaterra.

— É o caso.

— Pode ser que seja; mas eu quero ver. Ministérios de todas as cores políticas, ou com pretensões a isso, têm dissolvido câmaras; ainda não houve reforma, nem resolução legislativa que não fosse sancionada, nem consta à

239 Referência ao golpe de Estado de 2 de dezembro de 1851 na França e ao Segundo Império, de Luís Napoleão Bonaparte (Napoleão III), que se estenderia de 1852 a 1870.
240 Referência a Guilherme I (1797-1888), da Prússia, e ao seu primeiro-ministro, desde 1862, Otto Eduard Leopold Bismarck-Schönhausen (1815-98).
241 Jorge III (1738-1820), rei da Grã-Bretanha e da Irlanda.

nação que um só ministério haja proposto à coroa medida alguma de importância política, que lhe fosse negada, à exceção de alguns casos de proposta de dissolução da câmara, como se declarou no parlamento.

— Nem tudo se diz... muitas cousas deixam de ser entregues ao domínio do público.

— Aí é que está o nó da questão! Eu quero ver, meus senhores! O governo pessoal de Jorge III foi nobre e francamente confessado e denunciado por ministros que se submeteram a ele, e por estadistas que deixaram de ser ministros para não incorrer em tal submissão; no Brasil porém ainda não houve ministro, nem ex-ministro que nas câmaras anunciasse, como era do seu dever, a existência do governo pessoal. Não sei a conta, nem posso repetir os nomes de quantos têm sido ministros no Brasil; sei somente que ainda nem um só deles denunciou o governo pessoal, e eu não admito que nesse avultado número de ministros fossem todos subservientes, e nem um só leal à nação, e decidido mantenedor da verdade constitucional.

— As conveniências...

— Que conveniências!... A honra e o patriotismo exigiam a verdade toda; porque acima da coroa está a nação. Uma de duas: ou há, ou não há governo pessoal; se há, os ministros que o dissimularam, que o escondem foram e são traidores à nação; se não há, os ministros e os ex-ministros que o propalam, cochichando atrás das portas, são traidores à coroa, e ainda também à nação.

— Aqui estou eu que já fui ministro, e o digo.

— Di-lo aqui, onde não há para vossa excelência glória, nem para o país proveito em dizê-lo; talvez também o diga em artigos de jornais, mas sem assinar[242] os artigos com o seu nome; estes atos de civismo escondido qual-

242 Talvez se trate de uma alusão a Zacarias de Góis Vasconcelos, cujo livro *Da natureza e limites do Poder Moderador* foi publicado, em 1860, sem o nome do autor.

quer calhambeque[243] pratica; é na câmara com a fronte erguida, com a força que inspira a consciência do cumprimento de um grande dever constitucional, que se faz preciso declará-lo: aqui vossa excelência até pode faltar à verdade impunemente.

— O senhor insulta-me!

— Chiquinha, chama à ordem o orador.

A Chiquinha tocava *pianissimo*.

— Bem veem que estou na ordem; continuou o compadre Paciência, rindo-se: eu não disse que vossa excelência mentia, disse que podia impunemente escorregar...

— Aceito a explicação.

— Fico-lhe muito obrigado por esse favor; mas... a propósito: quantas horas ou quantos dias foi vossa excelência ministro?

— Mais de um ano.

— Ah! E como vossa excelência pôde submeter-se por tanto tempo ao governo pessoal?

O ex-ministro corou, e ia responder não sei mesmo o quê; mas o compadre Paciência não lhe deu tempo, e acrescentou:

— E que abnegação patriótica a de vossa excelência! Ainda está trabalhando para tornar a ser ministro e mesmo com pretensões a presidente do conselho, apesar da sujeição obrigada ao governo pessoal!...

— Eu não serei outra vez ministro sem condições!

— Qual! Já se conservou em um ministério mais de um ano sem elas.

— O senhor é um perfeito cortesão!

— Cortesão! Cortesão quem pede e quer a verdade? Cortesão quem despreza os mexericos do ignóbil, e provoca a lealdade do patriota? Cortesãos de que fala são os aduladores que turificam no palácio, e são Catões no

243 O termo "calhambeque" designava, então, embarcação pequena; carruagem velha; traste velho.

club tenebroso; cortesãos, a que alude, são os miseráveis que elevados ao ministério procuram adivinhar ideias e intenções do chefe do Estado para realizá-las servilmente e sem reflexão, e que saindo do palácio, e perdendo as pastas, vão às escondidas e em confidências de Tartufos políticos denunciar seus próprios crimes, se há governo pessoal, ou espalhar calúnias, se o não há. Enquanto não houver um ministro que se demita, declarando não poder continuar a sê-lo por causa do governo pessoal; enquanto alguns, pelo menos daqueles que têm feito parte de ministérios, não forem ao parlamento fazer confissão da sua subserviência, eu continuarei a atribuir somente aos ministros tudo quanto se atribui ao governo pessoal.

— Sim: lance todas as culpas sobre os pobres ministros!

— Que dúvida! Quem não quer ser lobo não lhe veste a pele;[244] desde que há governo pessoal, há ministros que se deixam levar pelo freio, e a ministros que se fazem cavalos de montaria não se poupa castigo: fogo neles! Eu porém não avilto, não rebaixo o caráter de tantos homens de bem, de tantos cidadãos patriotas e venerandos que têm sido ministros, e que o não seriam sem honra nem dignidade, cidadãos ilustrados, honestos, dignos que não se confundem com os pescadores de pastas, que para se conservarem empastados nunca têm, nem querem ter iniciativa de ideias, e não passam de teimosos e constantes pontos de interrogação vestidos de farda bordada.

— Acabe de uma vez as suas declamações!

— Eis aqui, excelentíssimo, por que não posso admitir a existência do governo pessoal; eis aqui por que não lhe acho razão; agora se me dá licença, vou dizer por que me parece que vossa excelência tem carradas de razão.

— O discurso é de copo d'água, observei eu.

244 Quem não quer sofrer as consequências de um ato, não o pratique.

— Mas sem o inconveniente de entornar-se a água na farda de algum ministro; respondeu-me o maldito compadre.

Riram-se todos à minha custa! A Chiquinha, que também ria-se, acudiu contudo a seu marido, tocando *fortissimo*.

Restabeleceu-se a ordem. O velho continuou a falar.

— Vossa excelência tem razão; porque a degeneração do sistema representativo é produzida pelo desequilíbrio dos grandes Poderes do Estado e pela supremacia anormal, exagerada, excessiva do Poder Moderador.[245]

— Ah! E quem exerce o Poder Moderador?

— O Imperador.

— *Idem est quod idem valet.*[246]

— Está enganado: não é a mesma cousa; e quer saber? É peior: o governo pessoal é o erro de um homem, que o mesmo homem pode corrigir em um dia, em um momento: o desequilíbrio dos Poderes não provém no nosso caso da vontade e do erro de um homem, nasce de leis que corromperam o sistema, cuja regeneração agora depende do concurso, do acordo de muitos homens, do reconhecimento da verdade de muitos princípios que foram e que talvez sejam ainda pontos de discórdia política.

— O compadre pretende falar a noite toda? Eu peço a palavra pela ordem, quero propor a rolha.[247]

— O regimento não permite que se interrompa o ora-

245 Reproduzem-se, aqui, as discussões, então na ordem do dia, sobre as atribuições e a possível eliminação do Poder Moderador, de que são exemplares obras como *Da natureza e limites do Poder Moderador*, de Zacarias de Góis e Vasconcelos, que fora republicada em 1862, e *Do Poder Moderador*, de Brás Florentino Henriques de Sousa, de 1864.

246 "Igual é o que igual vale", em latim.

247 Imposição de silêncio, em latim.

dor para propor-se o encerramento da discussão; disse um deputado.

— É verdade; não me lembrava: devemos corrigir esse defeito do regimento: há de ser cousa deliciosa fazer um maçante da oposição engolir o resto de um discurso, que se arrolhe no meio: deixa-se o impertinente nadando no mar dos princípios sem chegar ao porto das consequências: a lógica naufraga, e o absurdo viaja em mar de rosas. A ideia é sublime!

— E velha para as glórias do absurdo que, há muito tempo, nos leva de cambalhotas por um precipício abaixo: disse o compadre Paciência.

— À questão! À questão!

— Eu digo que a supremacia anormal, excessiva do Poder Moderador amesquinha e quase anula os outros grandes Poderes do Estado. E ainda bem que, para reconhecer esta verdade, não preciso das informações dos ministros, aliás estava perdido.

— Por quê?

— Porque os ministros, quando são obrigados a informar sobre assuntos de importância política, em regra derramam tanta luz que todos ficam no escuro. No Brasil o governo tem medo da luz: os ministros são corujas, adoram a noite.

— Adiante: entre na questão.

— Olhem que eu vou contar uma história.

— Contar histórias é um direito sagrado dos velhos; mas veja que corre o perigo de nos fazer dormir; se eu roncar não faça caso, tome a roncaria como aparte ao seu discurso.

— Lá vai a história: a 7 de abril de 1831...

— O senhor floresceu nesse tempo?

— Meu senhor, na tarde de 6 de abril fui para o campo de Sant'Ana, onde passei a noite com uma espingarda carregada ao ombro.

— Dou-lhe parabéns.

— Aceito-os; porque ainda não me arrependi do que então fiz.

— Mas a história? A história?

— A 7 de abril de 1831 venceu o partido liberal no Brasil: a sua vitória e a infância do segundo Imperador que ficava no berço e confiado à pátria determinaram natural e indeclinavelmente a supremacia anormal do Poder Legislativo, e nele a da câmara dos deputados, representante do elemento democrático, que, apenas contida pelo senado nas aspirações mais exageradas da revolução, predominou todavia, avassalou a ação do Poder Executivo; ao menos porém operou maravilhas, milagres políticos, salvou a monarquia constitucional, manteve a união do Império, abafou revoltas sem ter exército, sem oprimir a nação, sem atropelar os direitos dos cidadãos e satisfez o país firmando as ideias liberais em leis populares, fundando a guarda nacional, legislando o código do processo criminal, e para limitar-me ao essencial, promulgando a lei das reformas constitucionais. Procedendo assim, teve a glória de ver o Estado assoberbar a crise mais assustadora, e de aplaudir o magnífico espetáculo da monarquia constitucional escapando de assombrosa tempestade nos braços robustos e leais da democracia.

— Compadre, basta de ode pindárica aos seus liberalões do tempo das águas do monte.

— É que nesse tempo as águas eram claras, embora impetuosas, e ninguém pescava nelas; hoje as águas são turvas[248] e os pescadores muitos.

— Basta de interrupções.

— Sem estudar as causas, marcarei os fatos: no fim de cinco anos houve cisão no partido liberal vitorioso; aos dissidentes reuniram-se os vencidos do primeiro reinado e a 19 de setembro de 1837 o padre Feijó resignou

248 Aproveitar-se de situação confusa em prol dos próprios interesses.

a regência e o governo passou para o partido que em breve se chamou conservador.

— Esse padre Feijó era necessariamente maníaco: quanto percebia dos cofres públicos como regente?

— Vinte contos de réis anualmente, e os empurrou com a ponta do pé, não lhe ficando nem a quantia restritamente necessária para se recolher à sua casa na província de São Paulo, fazendo a viagem com algum cômodo.

— Bem o disse eu: era um padre que não sabia latim; pois nem soube declinar o substantivo *pecunia pecuniae*:[249] hoje os políticos leem por outro breviário.

O velho prosseguiu:

— Veio a reação: sacrificou-se o princípio da liberdade e da democracia ao princípio da autoridade, e em vez de se harmonizarem um e outro, erigiu-se a obra da mais completa centralização sobre as ruínas do monumento de 7 de abril: o Ato Adicional foi em parte modificado por uma lei chamada de interpretação;[250] a reforma do código do processo criminal[251] acabou com a polícia democrática dos juízes do povo, e estendeu uma rede imensa policial de delegados e subdelegados, rede que ficou com todos os fios nas mãos do Poder Executivo, e mais tarde aperfeiçoou-se o sistema com a reforma da guarda

249 "Moeda, dinheiro", em latim.

250 Trata-se da Lei Interpretativa do Ato Adicional, de 12 de maio de 1840, que retirava das províncias várias atribuições, entre elas a nomeação de funcionários públicos.

251 Trata-se da lei 261, de 3 de dezembro de 1841, de reforma do Código de Processo Criminal, que centralizaria a magistratura. Por meio dela o chefe de polícia de cada capital de província seria nomeado pelo ministro da Justiça, e os cargos de delegado e subdelegado concentravam funções antes atribuídas aos juízes de paz, inclusive o julgamento de pequenas causas.

nacional,[252] passando para o governo as nomeações de todos os oficiais.

— O partido da ordem salvou-nos da anarquia, procedendo assim, e restituiu à monarquia o seu verdadeiro caráter, e condições constitucionais.

— Respeito as intenções desse partido, cuja legitimidade ninguém contesta; mas vossa excelência enganou-se duas vezes, esse partido não nos salvou da anarquia; porque da anarquia só nos pudera salvar a política liberal predominante desde 7 de abril; e não restituiu, tirou à nossa monarquia o seu verdadeiro caráter que é o democrático: quer saber o que realmente ele faz? Atirou com o sistema representativo de pernas para o ar no salto mortal que deu.

— É juiz suspeito, já se declarou revolucionário confesso de 7 de abril.

— Todo partido é mais ou menos egoísta; o conservador que estava no poder e desenvolvia a política da autoridade, sonhou com a sua perpetuidade no governo, e para tornar impossível qualquer vitória dos adversários, armou a autoridade de força irresistível, de todos os meios de compressão para os casos de campanha eleitoral, e concentrou toda essa força e todos esses meios no Poder Executivo; mas nos transportes e arrebatamentos do seu triunfo esqueceu-se de que em vez de criar a onipotência do partido, criava somente a onipotência do governo.

— Já vê que não foi egoísmo.

— Em todo caso foi erro. Eis aqui agora as consequências do tal sistema político: a última eleição livre

252 Referência à lei 602, de 19 de setembro de 1850, que reformava a Guarda Nacional, perdendo esta, em grande parte, o seu caráter municipal e subordinando-se ao ministro da Justiça e ao presidente da província. E substituindo-se, ainda, por meio dela, o princípio eletivo do oficialato por um processo de nomeação governamental.

que houve no Brasil foi a de 1837, de então em diante e até hoje as câmaras têm sido feitura dos ministros e dos presidentes de províncias com o emprego da ação da polícia, e da guarda nacional muitas vezes auxiliadas pela corrupção e por destacamentos de tropa de linha; sendo assim, as câmaras pouco a pouco foram perdendo a sua grande influência constitucional: a força moral dos deputados nasce da legitimidade do seu mandato, e da consciência do poder da opinião do país para sustentá-los: sem uma nem outra os deputados eleitos pela vontade do governo formam câmaras sempre obedientes ao governo, e portanto sem independência, e quase que reduzidas à triste condição de ficções do sistema representativo, e de simples chancelaria dos ministérios.

— O senhor tem uma língua não de velho, mas de velha rabugenta!

— Mais consequências ainda: a convicção geral é profunda de que não há mais eleição de deputados que resolva problemas políticos e faça política; porque é somente o governo quem faz a eleição, e quem portanto resolve previamente os problemas políticos, e determina a política consequente: a convicção profunda e geral de que ser governo é ter certeza de vencer, e é tudo, acabou por abater, amesquinhar a dignidade dos antigos partidos; porque não confiando, nem podendo mais confiar na sua própria força, na força da opinião para, triunfando num pleito eleitoral, subir ao poder; não podendo mais acreditar na influência robusta e constitucional das câmaras, vendo que o nascimento e a vida dos ministérios não ostentavam mais as duas grandiosas condições do sistema; porquanto na observação e marcha regulares do sistema o nascimento e a vida dos ministérios provêm essencialmente de duas fontes de confiança, da confiança da coroa que nomeia os ministros, e da confiança da nação representada e manifestada pela maioria da câmara, que propõe os ministros, quando manifesta a política que adota, e que sustenta os ministros que realizam essa política; vendo, digo eu, que falta uma dessas condições ao nascimento e à vida verdadeiramente constitucionais dos ministérios, pois uma das duas fontes de confiança secou, não existe realmente, existe só ficticiamente, porque os deputados não são eleitos pela nação, são designados pelo governo, e portanto não têm força própria, não têm delegação legítima, têm apenas reflexo da força do governo que os designou deputados, que fizeram os partidos? Que fizeram os estadistas, os chefes dos diversos partidos? Puseram-se a olhar, e a esquecer os olhos, e a concentrar esperanças no único Poder, que pode dar o *poder*, no Poder Moderador, que nomeia os ministros, que depois fazem tudo, conseguem tudo, são tudo, e não arredarão mais dele os olhos, e ao primeiro aceno, ao primeiro invite cada um deles correu precipitado, entusiasmado a tomar conta do leme do Estado, fazendo do leme do Estado a questão principal, e da direção da nau o estudo subsequente e subordinado; porquanto para cada partido a aspiração essencial tornou-se em questão de mando, e não em matéria de princípios, no interesse de estar de cima para não sofrer, e não na glória de governar para realizar ideias; porque nesse ímpeto de subir ao poder, nessa desabrida sede de ser governo o fim principal deixou de ser o triunfo das ideias, é somente o cômodo, o arranjo, o bem-estar das individualidades dos partidos.

— Esta agora, compadre, é de inocente nos cueiros! Pois queria que os homens rejeitassem o governo?

— Ainda que eu quisesse, nessa não caíam eles; porque é melhor ser opressor do que oprimido.

— E os seus liberais? E o seu partido glorioso e salvador do Estado?

— O meu partido errou, subindo ao poder e não reformando as leis fatais, ou, se não podia reformá-las, deixando-se ficar no governo sem glória nem grande interesse da nação: o meu partido errou, aproveitando-se dessas leis para oprimir o adversário, como tinha sido por ele oprimido, errou, erraram ambos os partidos, erram ainda, jogando um triste jogo de empurra, e conservando sempre o sistema representativo de pernas para o ar.

— Em conclusão?

— Em conclusão temos no Brasil governo representativo sem legítima representação; mentira: nação soberana sem exercício da sua soberania na eleição livre; — mentira: câmaras fiscalizadoras dos atos do Poder Executivo eleitas, formadas sempre em sua grande maioria pela vontade e designação do Poder Executivo: mentira: ministérios que devem receber a vida de duas fontes de confiança, e que não têm senão uma verdadeira e legitima confiança para manter sua existência; mentira, tudo isso mentira em face da Constituição.

— E que temos então?

— A supremacia anormal do Poder Moderador que pela Constituição nomeia e demite os ministros.

— Eis o governo pessoal!, exclamou o ex-ministro.

— Nego; respondeu o compadre Paciência: o governo pessoal depende da vontade de um homem; a supremacia do Poder Moderador provém forçosamente da legislação que condenei, e há de existir, influir, degenerar o sistema, enquanto não se reformar essa legislação maldita; o governo pessoal, se existisse, desapareceria no primeiro momento em que o Imperador reconhecesse o seu erro; a supremacia do Poder Moderador se fará sentir a despeito da vontade de quantos Imperadores tiver o Brasil, desde que se mantenham, como se mantêm essas leis que escravizaram o povo, que apagaram o espírito público, que assassinaram os partidos legítimos. A supremacia excessiva, anormal, inconstitucional do Poder Moderador é quem simula o governo pessoal e é mil vezes peior que este, até porque reúne todas as condições concebíveis para provocar, animar, e fundar o governo pessoal.

— Ah! Vamos chegando ao ponto doloroso...

— Que ponto doloroso? Pontos dolorosos tem o nosso pobre país em cada fibra do seu corpo: vamos ao seu ponto doloroso; qual é ele?

— O governo pessoal.

— E a dar-lhe! E o mais é que o recurso é cômodo: uns fizeram leis que degeneraram o sistema representativo, outros conservaram essas leis, e quando experimentam as consequências da fatal degeneração, nenhum se queixa de si, e muitos lançam a culpa dos erros de todos sobre a pessoa irresponsável!

— É fácil argumentar assim.

— Pois bem: muitos dizem que há governo pessoal, muitos o negam; eu tenho um meio de resolver a questão.

— Venha ele.

— Reformem as câmaras profundamente as leis que criaram a supremacia do Poder Moderador: eia, senhores deputados e senadores! Reformas! Reformas! Um golpe decisivo na centralização administrativa, que desespera as províncias; reforme-se a lei de 3 de dezembro, aliás por todos condenada, reforme-se a lei da guarda nacional; acabe-se de uma vez com o recrutamento forçado; tenham essas reformas o caráter que devem ter, o caráter democrático de harmonia com a Constituição, eia, senhores deputados e senadores, façam isso, e se a coroa criar embaraços a essas reformas, se a coroa negar sanção a essas reformas, eu direi que há governo pessoal.

— Trabalho de Hércules![253] Nem em dez anos.

— Mas se os senhores nada fazem! Apenas por exceção votam sem discussão alguma lei de orçamento!

— Que quer?... A oposição nos toma o tempo.

253 Tarefa difícil. Alusão às doze expedições impostas, de acordo com a mitologia greco-latina, por Euristeu a seu primo Hércules.

— E a rolha que os senhores multiplicam tantas vezes quantas convêm aos ministérios?

— Olhe, há vinte anos que se trata da reforma da lei de 3 de dezembro,[254] e ainda não se pôde consegui-la.

— Vejam bem, excelentíssimos, vejam bem! O horizonte está negro: o tempo é de tempestades, e eu lhes digo que aquilo que os senhores não se julgam capazes de fazer em dez ou vinte anos, o povo em desespero é capaz de fazer em duas horas.

— A revolução?!!!

— Eu não a desejo, não a quero, não a provoco; pelo contrário arreceio-me dela; porque sinto que os espíritos se transviam, que a exaltação cada dia mais se inflama, e que o perigo é extraordinário!...

— O diabo não é tão feio como se pinta, compadre! Isso tudo é espalhafato terrorista da gente que está debaixo, e que quer pôr-se de cima.

— Este diabo é mais feio do que pensam: eu o vejo...

— Entrou o homem no período da visão: silêncio nas colunas; ouçamo-lo que há de ser divertido.

— Eu vejo o sofrimento de todos: vejo nos sacrifícios que impõe a mais justa e nobre guerra o comércio ferido em seus interesses e a agricultura e a indústria padecendo ainda mais por isso; vejo na crise financeira do Estado a ruína dos ricos, a fome dos pobres, o credor não podendo haver, o devedor não podendo pagar; vejo na questão da emancipação costumes e prejuízos que se alvoroçam, e interesses legítimos que profundamente se ressentem: a par desses males vejo as violências do recrutamento forçado, as injustiças da designação da guarda nacional, e o abatimento moral

254 A reforma da lei de 3 de dezembro de 1841, que reformara, por sua vez, o Código de Processo Criminal de 1832, só se realizaria, de fato, em 1871, quando se tiram dos delegados as atribuições judiciárias.

de todas as províncias; vejo pois o desgosto geral, o desgosto em toda parte.

— Só?

— Vejo o aviltamento da nação, se a guerra acabar pela paz com o ditador Lopez, e a necessidade de mais sacrifícios ainda, se a guerra se prolongar, e vejo no meio de tantos infortúnios o povo a procurar um culpado, uma vítima sobre quem lance a responsabilidade de tantas calamidades.

— E então?

— Então? O povo que não se lembra de distinguir entre governo pessoal e supremacia anormal do Poder Moderador, o povo que ouve cinquenta acusados que se defendem e que não ouve o único acusado que não se pode defender, porque não tem a palavra nem no parlamento, nem na imprensa; o povo, a quem se repete tantas vezes que o Imperador é quem faz tudo, e que sendo a causa de tudo, é a causa de seus males todos, o povo que lê, que escuta a história do governo pessoal contada todos os dias, o povo acabará tomando por culpado o Imperador, tornará responsável o irresponsável, e atacando o irresponsável, atacará o princípio da monarquia.

— E daí?...

— Daí a revolução... daí o desconhecido, o impossível de prever, daí a noite de tempestade, daí o caos antes de chegar a ordem, daí as sombras antes de brilhar a luz... daí... quem sabe o que sairá daí?...

— Doutor! Nada de charlatanismo! Deu-nos os sintomas da enfermidade do Estado, receite para combatê-la: o remédio, senhor doutor! Acuda-nos pelo amor de Deus!

— O remédio? Quem salvou a monarquia constitucional uma vez pode salvá-la outra vez: seja 1868 o ano de 1831 sem a revolução de 7 de abril.

— O fim sem o meio?...

— Os princípios e a consequência. O pensamento liberal franca, completa e fecundamente governando o país: o partido liberal criando uma situação política nova, legítima, leal, decidida, fecunda, reformando a lei da guarda nacional, a lei de 3 de dezembro, organizando o exército sem recrutamento forçado, libertando as províncias da mais absurda centralização, restituindo ao Ato Adicional toda sua pureza, e fortalecendo-o com um regime administrativo fiel ao princípio descentralizador que ele instituiu no Brasil.

— Então pelo que ouço, arrasa tudo!

— Pelo contrário, reconstruo o que se arrastou.

— E ficamos com uma monarquia cheirando a república!

— Não: ficamos com a monarquia do espírito da Constituição, com a monarquia democrática, que, satisfazendo à educação e aos costumes do povo, satisfaz também às condições muito especiais da América.

— E quem fará tudo isso em 1868?

— A ação constitucional, a confiança do Imperador firme e energicamente depositada em homens sábios, patriotas, dedicados, de vontade inabalável, e ainda mais fortes pelo encanto da estima e do apoio da nação.

— E acha facílima a resolução do problema?...

— Não sei; palavra de honra que não sei: em 1831 tivemos gigantes pela confiança do povo: em 1868 os nossos homens de Estado tornaram-se pigmeus pela descrença de todos.

— Misericórdia! Vai a nau a pique!

— Não se segue: a tempestade ruge, o perigo é grande e geral e portanto aparecerão pilotos que pela própria força da necessidade se mostrarão adestrados por patriótica energia: apenas haverá uma diferença para os pilotos da nossa época e é que em 1831 bastaram nomes para garantia das ideias e em 1868 são indispensáveis os fatos para firmar a confiança nos nomes.

— Em tal caso, compadre, vou pedir à Chiquinha que interrompa o estudo da sua música nova, e que me acompanhe ao piano a modinha já antiga que vou cantar e que principia assim:

"Esperanças lisonjeiras
Que de mim fugindo vão..."

— Não cante: olhe que a nação está convulsa: geme e não ri. Em nome da honra da pátria e da causa da monarquia constitucional, sacrifiquemos todos os nossos caprichos, as invejas, as ambições, os ódios e salvemos esses tesouros preciosos! Salvemos a honra da pátria com um esforço supremo que ponha pronto termo à guerra do Paraguai com a vitória das nossas armas e salvemos a monarquia constitucional com as grandes e profundas reformas, que podem regenerar o sistema representativo!

— Está em discussão o programa salvatério[255] apresentado pelo meu compadre Paciência.

— Os senhores zombam! Cuidado com o dia de amanhã... cuidado!

— Protesto que não tenho medo, e proponho aos amigos que fique para nós adotada uma única norma de procedimento, e firmado um convênio sagrado.

— Apresente a proposta...

— Lá vai a norma do procedimento: inércia e braços cruzados diante dos acontecimentos: se sair procissão à rua, poremo-nos de janela a ver em que dá a *cousa*; e uma hora ou um dia antes de lavrar-se a sentença sempre se prevê com segurança quem ganha a partida.

— E então?

— Está claro: deixamos as janelas, saímos para a rua, e nos tornamos os mais furiosos exaltados, ou exigindo compressão e repressão violenta, ou provocando a revolução triunfante aos mais terríveis excessos...

— Adotado unanimemente; disse um dos meus colegas.

— Convênio decidido e sem reservas mentais: — aqueles de nós que chegarem a influir na situação domi-

255 Expediente, salvação providencial.

nante, qualquer que ela seja, defenderá, apoiará, dará a mão, e adiantará a carreira política dos outros.

— Apoiadíssimo!

— Com juramento!

— Com juramento!, exclamaram todos.

E todos nós estendemos os braços direitos, e espalmamos no ar as mãos em sinal de juramento, à exceção do político do canto que estendeu o braço esquerdo, e jurou com a mão esquerda.

— Que roda de patriotas!, disse o compadre Paciência, com os dentes cerrados.

— Não há indignidade nestas prevenções: nós nos preparamos para servir à pátria em todos os casos e em todas as circunstâncias.

— Parasitas de todos os governos, querem estar sempre à mesa do orçamento ainda servindo como escravos, e devorando os sobejos...

— É demais!

— À ordem!

A Chiquinha tocou *fortissimo.*

— Judas de todos os partidos, prontos sempre a vender o povo, são capazes de sacrificar instituições, coroa, liberdade, e nação por muito menos de trinta dinheiros.

Levantamo-nos irritados pela desabrida provocação; mas o colérico velho com os punhos fechados e os olhos flamejantes parecia desafiar-nos.

— Que é isto, senhores?, bradou a Chiquinha, deixando o piano, e correndo para junto do compadre Paciência.

— Sou eu que os ataco, menina; porque eles são miseráveis confessos!

— Compadre!

— Falei-lhes da pátria, e expus o quadro de seus profundos males: mostrei-lhes os perigos imensos que está correndo o Brasil, o nosso Brasil, e quando deixava ouvir um grito de patriotismo, e pedia e reclamava a dedicação de todos os cidadãos, quando apontava o santelmo, o recurso extremo da salvação do Estado, eles, estes heróis, no meio dos quais avulta seu marido, responderam-me, tratando das suas barrigas, e fazendo ostentação de infame egoísmo em cálculos de prevenções que causam asco!...

— O compadre não está em si... tranquilize-se... foi sem dúvida algum gracejo, que tomou ao sério...

— Foi a franqueza hedionda dos ganhadores políticos, dos desertores de todos os partidos, dos renegados de todas as religiões políticas, dos tratantes de todas as tratadas.

— É um louco! Deve ser mandado para o hospício de Pedro II... gritou o ex-ministro.

— Eu para o hospício dos doudos, e vós outros para a Casa de Correção!

— Compadre... atenda-me!, disse a Chiquinha, tomando entre as suas uma das mãos do velho.

— Ah!, clamou este; em época tão arriscada, em crise tão assombrosa, em dias de tão horrível borrasca, tanta inépcia, tanta ambição, tanta traficância, tanta cousa ruim a embaraçar o patriotismo, a honra, a sabedoria, a... misericórdia, meu Deus!... Salvai o Brasil, meu Deus!

E o velho caiu sem sentidos na cadeira, de que se levantara.

Acudimo-lo todos: a princípio supusemo-lo fulminado pelo raio de uma apoplexia: em breve porém algumas aplicações de que nos lembramos e os cuidados imediatos do médico, que felizmente acudira de pronto, chamaram à vida o compadre Paciência, que em tão velhos anos ainda teve forças para resistir ao ataque violento.

Vimo-lo abrir os olhos que estavam cor de sangue e pregá-los com terrível fixidade em um ponto da sala; vimo-lo algum tempo depois entreabrir os lábios, e enfim ouvimo-lo falar, sem dúvida em delírio, e dominado por misteriosa visão.

Falou longamente, rapidamente, sem hesitar, sem refletir, e como se referisse o que seus olhos estivessem vendo: falou como um vidente, um inspirado ou um doudo.

Fosse vidência, inspiração ou delírio, nós o escutamos tremendo; ouvimo-lo por muito tempo, muito, até que o pobre velho deixou cair a cabeça e adormeceu profundamente.

A visão do compadre Paciência foi uma espécie de revelação muito séria e feita de modo igualmente muito sério e portanto não pode ser escrita e repetida nestas *Memórias*, em que tenho dito um milhão de verdades; mas todas mais ou menos disfarçadas em toucas e carapuças, que estão à disposição de quantos as quiserem tomar para si, ou aplicar aos outros.

Ficam portanto os leitores destas *Memórias* livres da — visão — do meu velho compadre; mas se me apertarem muito atirarei com ela em *suplemento* no meio do respeitável público.

XIII

Como me aborreci do *club* dos desgostosos; porque de vinte que éramos nunca houve um que fosse capaz de amarrar o guizo no pescoço do gato: a Chiquinha acode em meu socorro e pede-me carta branca para pôr o ministério em crise com a tentação do diabo: o diabo é a própria Chiquinha, que com a pretensão do título de barão com grandeza para mim, e de um contrato da China para a casa King-Toung-Fou-Ting ateia a guerra entre os ministros e chega a ponto de pô-los *in articulo mortis*, quando põem-me também em crise com mlle. *Quelque-Chose*, e num ímpeto de ciúme regenera e salva o gabinete. Dou o cavaco e encerro estas *Memórias* com um ponto final que se reserva o direito de ser apenas pausa de suspensão.

Quase sempre o mal traz algum bem consigo: a perigosa doença do compadre Paciência deu três semanas de plena liberdade às conferências dos ministeriais desgostosos; porque não só pudemos falar e explicar-nos sem receio do censor intrometido e rabugento, como durante esse tempo suspenderam-se as nossas reuniões semanais em atenção à Chiquinha, que pessoalmente tratava do doente com a solicitude de uma filha extremosa.

Eu também desejava muito o restabelecimento do compadre Paciência; se ele porém viesse a morrer, já tinha a minha consolação no seu testamento que o velho confiara à guarda da Chiquinha.

Todavia a liberdade em que ficara o *club* dos desgostosos pouco, ou antes nada nos aproveitou.

Em três semanas levamos sempre a nadar em enchentes de queixas e dilúvio de palavras: inventamos cinquenta programas todos muito parecidos com o primeiro e com o último; assentamos de pedra e cal que o ministério era insustentável, e continuamos a sustentá-lo na câmara.

Éramos cerca de vinte ministerialistas desgostosos, entre os quais dezesseis deputados, cujo pronunciamento poderia ser fatal ao gabinete; mas esbarramos sempre diante de uma enorme dificuldade: não havia entre nós um só que ousasse encarregar-se da iniciativa do rompimento: todos tinham uma razão de consciência, ou um motivo de gratidão para não aceitar a primazia no grande empenho da salvação do Estado: aqui em segredo confiado aos leitores das minhas *Memórias*, a razão e o motivo eram que nenhum de nós confiava nos outros, e que cada um temia ficar sendo andorinha que, por achar-se só, não poderia fazer verão.

E portanto não se encontrou entre nós quem se resolvesse a prender o guizo no pescoço do gato.

Confesso que me aborreci do meu *club* de desgostosos que não valiam o chá e os sorvetes que eu lhes dava. Os malditos bebiam-me o chá, comiam-me o doce, tomavam-me os sorvetes, e não adiantavam ideia: positivamente eu era o mais tolo do *club*!

Até certo ponto o compadre Paciência raciocinava com acerto: deputados cuja eleição é somente devida ao quero e mando dos ministros têm mais medo de ministros do que as crianças do tutu, e os escravos do feitor. São quase sempre autômatos, que se movem conforme a corda que lhes dão; são máscaras do sistema representativo em carnaval; são a claque teatral organizada com o fim exclusivo de bater palmas aos ministérios, cujas desafinações eles não têm direito de reconhecer; são os comparsas da comédia, gente que se engaja, e que se despede, segundo as necessidades da peça que se representa.

Talvez me observem que eu não posso atirar a pedra, pois sou dos tais nomeados deputados por designação do governo, e submisso à vontade dos ministros: pois sim! Mas é que tenho feito uma despesa horrível em chá e sorvetes, e ainda não avancei um passo para entrar em algum ministério novo; e, sobretudo exatamente por ter apreciado os gozos de ganhador político, detesto os ganhadores políticos: *se queres o teu inimigo, procura o oficial de teu ofício.*[256]

A natureza de ferro do compadre Paciência fê-lo triunfar da morte que tão de perto o ameaçara, e deu-lhe em poucos dias de convalescença a força precisa para ir à nossa província regenerar completamente a saúde e robustecer o corpo.

O velho retirou-se, comprometendo-se a voltar no fim de dous meses; mas deixou-nos o seu testamento, o que para mim era o essencial.

— Que fizeste em todo o tempo que durou a moléstia do nosso compadre?, perguntou-me a Chiquinha.

— Absolutamente cousa alguma que valha a pena referir.

— Na câmara?

— Votei sempre com o ministério.

— E os teus amigos desgostosos?

— *Idem!*

— E aqui de que trataram, que fizeram eles?

— Beberam chá, comeram doce, tomaram sorvetes, e provavelmente chamaram-me de tolo.

— E o ministério?

— É mais duro e forte do que o compadre Paciência!

— Então não cai?

256 Ser um inimigo natural.

— Qual! Chegamos ao fim da sessão legislativa: agora é carregar com a carga até maio: os ministros no Brasil estão no caso de certos velhos tísicos, que se escapam de um inverno é contar com eles até o outro.

A Chiquinha riu-se.

— De que te ris?

— De uma cousa muito séria.

— Tens razão: as cousas mais sérias dirigem-se hoje em dia de modo que ou fazem chorar ou rir: não há meio-termo.

— Não entendo, nem quero entender de política, disse a Chiquinha; mas pelo que tenho ouvido e lido, sou obrigada a concluir que no Brasil perdem o seu tempo aqueles que planejam derribar ministérios por meio de votações contrárias no parlamento.

— Contudo... há exemplos...

— Que são exceções muito explicáveis ou por abandono da vida, ou por cálculo e enganosa esperança de imediata reconquista do poder: consta-me que nas águas-furtadas[257] da câmara há lembranças da segunda exceção, e em um ministério furtado um exemplo da primeira.

— Deixemos as exceções.

— A regra é que no Brasil os ministérios se dissolvem porque os ministros são dissolventes, ou porque, enquanto a oposição os enfada, a maioria lhes absorve a vida; ou enfim porque o diabo tenta os ministros para fazê-los brigar.

— E então?

— O atual ministério está livre do primeiro perigo.

— Por quê?

— Porque é um corpo como deve ser: tem uma cabeça, dous braços, duas pernas, uma farda, e uma muleta, porque é coxo de um dos pés, e se apoia em escora, que não pertence oficialmente ao corpo.

257 Sótão em que as janelas abrem sobre o telhado, interrompendo-lhe as águas.

— E do segundo perigo?

— Mais livre ainda! As maiorias que absorvem a vida dos ministérios são aquelas de quem os ministérios não são progenitores e tutores: imorais em todo caso, as enteadas ralham e às vezes se revoltam, as filhas curvam-se, e pedem a bênção pelo amor de Deus.

— Que nos resta pois?

— A tentação do diabo.

— Não entendo.

— Primo! Você como representaria o diabo, se o quisesse pôr em cena?

— Feio e horrível, como deve ser; coxo, vesgo, com pé de cabra, e montado em uma vassoura, recendendo enxofre, e tendo voz de baixo profundo.

— Imagem falsíssima, criada pelos frades e repetida pelas velhas do outro tempo.

— Corrige pois o meu erro.

— O que representa melhor o diabo é uma moça bela, elegante, faceira, com olhar que fascina, voz que enleva, sorrir que cativa, espírito que seduz: diga-me, eu não tenho razão?... O meu diabo não é mais capaz de tentar do que o seu?

— Convenho.

— Pois eu me ofereço sem modéstia nem cerimônia para ser o diabo tentador.

— Explica-te...

— Quero pôr em crise o ministério.

— Que estás dizendo?

— O que não podem os dissolventes do próprio corpo do gabinete, o que não pode a maioria absorvente da vida do ministério, poderá a minha tentação.

— É que...

— Você quer o ministério em crise?

— Se quero!

— Dê-me carta branca.

— Isso tem seu conforme, Chiquinha!

— Por quê?

— Porque muitas vezes a carta branca não se pode conservar carta limpa.

— Não tenha receio: não há cousa mais fácil para uma senhora hábil do que acender esperanças sem prometer gratidão, e sem comprometer-se. Que lhe importa que se inflame a paixão de dous dos meus turificadores?... Por fim de contas a nós ficará o proveito sem descrédito, e a eles o ridículo sem proveito.

— Isso só, Chiquinha? Isso só sem reticências, e com um ponto final tão grande como uma nota de cantochão?[258]

— Só.

— Pois que estamos em hora de franqueza perfeita, dir-te-ei que me parece que sem o meu consentimento já tens feito tudo isso.

— É uma censura?

— Não: em suma o que pretendes é o direito de deixar que te admirem, que te incensem, que te adorem: ora, eu creio que tens usado amplamente desse direito.

— Mas não tenho abusado: zelo mais o teu nome do que tu mesmo: a toda senhora é porém agradável o tributo de vassalagem que pagam à sua beleza.

— Estamos de acordo.

— Pois bem: dentro de quinze dias ponho o ministério em crise.

— O meio não me parece constitucional.

— Scribe[259] ensinou que um copo d'água que se entornou foi causa da queda de um ministério na Inglaterra.

— Ora! Eu entornei um copo d'água sobre um ministro que constipou-se e espirrou, e que todavia depois da constipação ainda se mostrou mais seguro e firme no poleiro.

258 Canto litúrgico católico.

259 Augustin-Eugène Scribe (1791-1861): dramaturgo francês de grande popularidade e habilidade no emprego de efeitos cômicos, quiproquós e *coups de théâtre*; autor de cerca de 350 comédias, *vaudevilles*, libretos de óperas e óperas cômicas.

— A questão está em saber entornar a água.

— Autorizo-te a empregar não um copo, mas uma pipa d'água.

— Não preciso de copo e menos de pipa: a uma senhora bonita e sagaz basta uma gota d'água para afogar sete ministros.

— Bem: esperarei quinze dias; asseguro-te, porém, que pelo sim pelo não conservarei os olhos muito abertos.

A Chiquinha sorriu-se com ar de suave piedade, e me apertando a mão disse:

— Fecha-os antes, meu amigo! Confia mais na minha virtude do que na tua vigilância; porque não há vigilância de homem suspeitoso que chegue à astúcia da mulher que quer ser má.

Abracei a Chiquinha, que logo depois perguntou-me:

— O deputado Z... Y... ainda é muito atendido pelo ministério?

— Cada vez mais: consegue quanto quer, porque é chefe de uma falange numerosa da maioria e porque pode tudo no espírito de dous ministros, cujo futuro político muito depende do seu apoio.

— E o ministro dos negócios da...

— É o único que vive meio brigado com esse deputado...

— Por quê?

— Não sei bem: a briga há de ser provavelmente por causa dos negócios da repartição do ministro.

A Chiquinha pôs-se a rir.

— De que te ris?, perguntei.

— Fecha os olhos, meu amigo, e confia na minha virtude; respondeu-me ela: fecha os olhos, porque com eles abertos tu nem vês a causa da briga daqueles dous nossos amigos!

— E qual é então a causa?

— A tentação do diabo.

— Ciúmes por minha mulher!... Que patifaria!...

— Quem te mandou ter mulher bonita e vaidosa, e acender em sua alma ambições políticas para proveito e glória do marido?

— Mas é caso de duelo!

— Não; é somente caso de crise ministerial.

Fiquei meio confuso e meio arrepiado: os protestos e as seguranças que me dava a Chiquinha do uso prudente da carta branca não me tranquilizavam bastante; ou fosse pelo amor que minha mulher me devia, ou porque houvesse ainda no meu caráter um ponto não estragado e corrompido, é certo que o plano da Chiquinha me pôs o coração em sobressaltos. Positivamente havia, e há traficantes políticos muitos peiores que eu: façam portanto ideia dos bichos imundos que andam por aí!

Entretanto submeti-me às resoluções, à prudência e à sabedoria da Chiquinha, e devo confessar que senti verdadeira curiosidade de ver o que faria e conseguiria essa intrigante política tão presunçosa que se supunha com forças de pôr em crise o ministério.

Renovamos os convites para os nossos saraus semanais interrompidos pela grave doença do compadre Paciência, a Chiquinha jurou-me que me daria conta circunstanciada de quanto se passasse, e cumprindo-me acreditar que ela não me escondeu cousa alguma, referirei aos leitores das minhas *Memórias* tudo quanto me comunicou a Talleyrand feminina.

A primeira reunião, com que emendamos a série interrompida dos nossos saraus, foi muito concorrida, e tão animada, como brilhante: houve música, dança, e jogo até quase ao amanhecer: a propósito do jogo: um empregado público que não herdou fortuna, nem consta que tenha sido feliz na loteria, que tem mulher e duas filhas que se apresentam com grande tratamento, esse empregado, cujos vencimentos não chegam a cinco contos de réis por ano, perdeu nessa noite três contos de réis no *lansquenet* e ainda lhe ficou dinheiro na carteira. E dizem que não há dinheiro! O *lansquenet* e as *mundanarias* demonstram o contrário na cidade do Rio de Janeiro, e o *lansquenet* fora da cidade, e aí por essas vilas está dizendo que ou os nossos pobres são milionários, ou a corrupção dos costumes navega com vento fresco![260]

Tratemos do meu sarau, e não toquemos no *lansquenet*, que é casa de marimbondos.

Ao sarau estiveram presentes o meu colega deputado Z. Y. e o ministro dos negócios da...

Eu os observei de longe, e notei que durante toda noite cada um deles tinha um dos olhos no outro, e o segundo olho na Chiquinha: positivamente acabaram ambos por ficar vesgos, e tomara eu que se tornem ambos sempre assim para gozo da minha vingança.

Antes do deputado foi o ministro que dançou com a Chiquinha: acabada a contradança, conversaram debruçados a uma janela que se abria para um jardim, que tínhamos ao lado da casa.

Começaram por trivialidades, diz a Chiquinha: eu sei bem o que ela entende por trivialidades nestes casos; mas fica decidido que começaram por trivialidades.

A Chiquinha interrompeu bruscamente uma nova edição de *Cantos e suspiros poéticos da musa das trivialidades* do ministro e disse-lhe:

— Vossa excelência, fala-me sempre do meu poder, e de seu encantamento; mas o meu poder é tão fraco, o seu encantamento tão falso que eu ainda não pude, e já perdi a esperança de conseguir de vossa excelência, um dos ministros mais influentes no governo, o simples título de barão com grandeza para meu marido, isto é, o título de baronesa para mim! E apenas por consolação me declara que *será possível...* talvez... obter o contrato da compra de camelos, e elefantes com a casa King-Toung-Fou-Ting da China, para servirem na guerra do Paraguai.

260 Sem cerimônia.

— Minha Senhora, vossa excelência me põe em torturas! Em prova de escravidão à sua beleza, eu espero realizar em breve o contrato da China, embora ele seja profundamente lesivo ao tesouro público; mas o título de barão com grandeza tem encontrado embaraços que até hoje não pude, mas me esforçarei por vencer.

— Agradecida, excelentíssimo! Peço a vossa excelência que esqueça as minhas importunações: creio que tenho sido, que serei mais afortunada com os bons ofícios de outro amigo, que pelo menos é mais positivo e mais franco.

— Mais positivo e mais franco do que eu? Mais empenhado em servi-la?

— É verdade; esse ao menos me diz: "Seu marido terá o título de barão com grandeza, para que vossa excelência o tenha; porque isso é difícil, porém não é impossível; mas vossa excelência não conseguirá o contrato da China; porque isso é possível, porém não é justo".

— E que ministro resolveu assim as duas questões, minha senhora?

— Não foi ministro.

— Então quem?

— Um simples deputado que vale ministros, um homem que me honra, dando importância aos meus empenhos, um amigo que procura penhorar a minha gratidão, e provar-me que me estima, o deputado Z. Y... enfim.

O ministro estremeceu, e apenas pôde conter um ímpeto de violento ciúme; conseguindo porém dominar-se, perguntou:

— E vossa excelência o que prefere que eu venha depositar a seus pés em tributo do meu culto e da minha adoração? O que prefere? O título de barão com grandeza para seu marido em honra dos encantos de vossa excelência ou o contrato da China?

— Por que o pergunta?

— Porque eu quero pedir-lhe a graça de beijar-lhe os

pés, quando aos seus pés depositar a prova dos meus mais puros e irresistíveis sentimentos de dedicação muito interesseira!

— Se me dá a escolha, prefiro o contrato dos camelos e dos elefantes; porque do título de barão com grandeza já estou segura, graças à influência reconhecida do meu dedicado amigo o deputado Z. Y.

— Pois vossa excelência não há de ser baronesa; mas terá o contrato da China!, exclamou o ministro, exaltando-se. Vossa excelência sempre o é, mais que agradável, deslumbradora! Eu me ufanarei de contribuir para que lhe seja dado um título de nobreza que vossa excelência abrilhantará com a sua formosura; baronesa é pouco, e nenhum parecerá demais; é porém voto que faço, que o título vossa excelência o terá por mim, por mim só, pelo seu verdadeiro escravo, e não por algum presunçoso que nada pode e impõe que tudo vale.

— Entretanto quero experimentar...

— Pois experimente! Vossa excelência terá o contrato da China; mas não há de ser baronesa.

— Vê-lo-emos!, exclamou a Chiquinha.

— É um desafio?

— Que o seja!

O ministro ofereceu o braço à Chiquinha e a conduziu a uma cadeira, e tomando a mão que ela lhe estendia, beijou-a e repetiu em voz baixa:

— Vossa excelência terá o contrato da China; mas por ora ao menos, não será baronesa.

Não tardou muito a chegar a vez do deputado.

O augusto e digníssimo Z. Y. acompanhara com os olhos a conversação que a Chiquinha e o ministro da... tinham tido à janela e, homem de boa companhia, nem deixara perceber o seu desgosto, nem correra logo a substituir o ministro ao lado da tentadora, antes aproximou-se do círculo a que o rival se dirigira, e soube tratar o ilustre membro do gabinete com perfeita amabilidade.

Entretanto o astuto parlamentar espreitava ocasião oportuna para tomar sua desforra, e vendo começar uma quadrilha, em que talvez de propósito e de caso pensado a Chiquinha achara meio de não entrar, foi sentar-se junto dela.

— O senhor ministro parece incomodar-se, e o meu maior desejo é somente ser-lhe agradável.

— Já me julgava completamente esquecida por vossa excelência esta noite; disse a Chiquinha.

— Ah, minha senhora! Que vale o culto do pobre escravo para quem se enleva com as homenagens dos grandes da terra!

— Não entendo... eu não estudei ainda as proporções da grandeza dos meus amigos... parecem-me todos aqui da mesma altura...

— Eu sei: vossa excelência salva perfeitamente as aparências de uma igualdade matemática na distribuição das suas graciosas afabilidades pelos seus amigos; mas sem a menor dúvida houve mais distinção naquela janela, do que há nesta cadeira...

— Ora... é isso? Pois vamos conversar à janela.

— Ainda lá mesmo eu me sentiria abatido pela consciência do meu desvalimento!

— Por que semelhante queixa?

— Porque tenho inveja do ministro da...

— Não quero ver uma suspeita ofensiva nas suas palavras.

— Estima a franqueza?

— Sempre.

— Em tal caso vossa excelência não veja ofensa, mas veja perdoável suspeita no que eu disse.

— Suspeita de quê?...

— De que... de que vossa excelência prefere ver antes ao ministro da... do que a mim, rendido a seus pés.

— Estou ouvindo um falar que, se bem me lembra, entendi um pouco em menina solteira; mas que depois esqueci completamente...

— Minha senhora, é um falar que os seus olhos e os seus encantos ensinam...

A Chiquinha sorriu-se docemente.

— Consente-me este falar?, perguntou o indigno digníssimo com ternura.

— Não: faz-me mal: não devo ouvi-lo; respondeu o diabo tentador com voz trêmula.

— Mas embora em silêncio tenho o direito de sentir, de admirar, de adorar...

— Em silêncio? Não lho disputo.

— E vossa excelência impôs a mesma condição de silêncio ao ministro da...?...

— Ainda!

— Esse homem também a ama...

— Creio que sim.

— E a ele vossa excelência escuta... deixa-o falar... eis o que me atormenta.

— Faço-lhe a mesma pergunta que ainda há pouco me fez: estima a franqueza?...

— Beijarei a palavra que ainda há pouco saiu por entre os seus lábios: — *sempre*.

— O ministro, como vossa excelência, teimava em fazer-me protestos de amor; eu porém obriguei-o a ocupar-se seriamente de outro assunto.

— Um segredo?...

— Para vossa excelência não; mas prefiro não dizê-lo; porque sei que se molestaria pelo grande interesse que toma por mim, e a que sou agradecida.

— Aguçou a minha curiosidade...

— Perdoe-me.

— O meu nome foi repetido pelo ministro...

— Por mim, e por ele, é certo.

— Apelo para a generosidade de vossa excelência; eu tenho direito ao favor da confidência.

— Como confidência?

— Ao menos assim.

— Tratamos das duas pretensões por que me empenho: do título de barão com grandeza e do contrato da China: confessei ao ministro que contava muito com o primeiro, graças às seguranças que vossa excelência me dava; e que desesperava do segundo, visto que a compra de elefantes e camelos era uma extravagância irrealizável, e até revoltante.

— E o ministro?

— Quer que diga tudo?

— Tudo.

— Digo-o; mas olhe que é confidencialmente. O ministro jurou-me que vossa excelência impõe influência que não tem, e que em prova disso me asseverava que meu marido não teria o título de barão com grandeza, conseguindo porém título ainda mais elevado, desde que vossa excelência deixasse de interessar-se por isso.

O digníssimo Z. Y. mordeu os beiços para comprimir a cólera.

A Chiquinha continuou inocentemente e sem ver os beiços mordidos do deputado:

— Enfim comprometeu-se a trazer-me, e a depositar a meus pés, feito e assinado, o contrato da China que vossa excelência entende que é uma extravagância irrealizável.

O digníssimo Z. Y. estremeceu na cadeira.

— Bem o pensava eu! Molestei-o; observou a Chiquinha.

— Não, minha senhora: nesta sala há só um doente: é o ministro da... que está doudo: aposto que amanhã ele não se lembrará mais nem do não, nem do sim que vossa excelência lhe ouviu.

— Ao contrário: deixou-me a certeza de que na primeira conferência de ministros se aprovará o contrato da China.

— Deveras?

— Vossa excelência o saberá: e meu marido não será barão com grandeza...

— Há de sê-lo; eu lho prometi, há de sê-lo, e antes de quinze dias; mas o que vossa excelência não terá é o contrato da China; porque é impossível.

— Ora... o ministro da... mo garantiu!

— O ministro! Que ministro? Uma das pernas de pau!... Pois bem: vê-lo-emos!...

— Mas eu não quero dar motivo a dissensões inconvenientes...

— Não se aflija, minha senhora; é até uma felicidade acharmos ocasião de deitar fora certos fardos inúteis.

— Eu não os entendo!... Veja como são as cousas... o ministro da... julga tão fácil e seguro o que me garantiu, que...

— Tenha a bondade de acabar...

— Que obrigou-me a prometer que eu lhe daria o meu retrato no dia em que me entregasse assinado e pronto o contrato da China.

— Reclamo prêmio igual, quando eu apresentar a vossa excelência o seu título de baronesa...

— Pode contar com ele, e farei mais...

— O quê?

— Permitirei que vossa excelência aqui mesmo, e a meus olhos, escreva por baixo desse retrato as seguintes palavras: "imagem da mulher que amo!".

— Minha senhora!...

— É tudo quanto posso prometer e cumprir: ao ministro não deixei esperar tanto.

O senhor Z. Y. deitava fogo pelos olhos: felizmente a quadrilha terminava nesse momento, e as senhoras vinham sentar-se.

O digníssimo levantou-se e ia afastar-se: a Chiquinha ofereceu-lhe a mão e disse-lhe sorrindo meigamente:

— O ministro me beijou a mão antes de deixar-me.

O meu colega Z. Y. supôs-se elevado ao sétimo céu, beijando com ardor a mão da Chiquinha.

No Brasil alguns ministros se supõem com o triste privilégio de parecer e mostrar-se menos bem-educados do que os outros filhos de Adão e Eva; por isso o ilustre ministro da... não procurara disfarçar o desagrado que lhe causava a conversação cerrada da Chiquinha com o deputado Z. Y., e vingou-se deste, lançando-lhe epigramas que correram pela sala, e que logo depois foram repetidos à vítima.

As últimas horas do sarau me divertiram muito: empreguei-as a estudar os dous estadistas namorados da Chiquinha: pareceram-me dous gaios da Índia quando vão se aproximando para romper em briga.

Dissolvida a reunião, a Chiquinha pôs-me ao fato do desenvolvimento da sua intriga, recomendou-me segredo absoluto, aconselhando-me enfim que estreitasse cada vez mais as minhas relações com os políticos que tivessem probabilidades de ser encarregados da organização de novo gabinete ministerial.

Confesso que não podia compreender como um ministério que conseguira resistir às mais violentas tempestades parlamentares, e ostentar a própria força e a dedicação da sua maioria em questões que provocaram geral reprovação pública, havia de achar-se em crise, e de precipitar-se do poleiro abaixo por causa do contrato da China! Mas a Chiquinha depositava tanta confiança na tentação do diabo que até fez-me sonhar com a crise ministerial.

Logo no dia seguinte começou a correr na câmara que havia arrufos do deputado Z. Y. com alguns dos membros do gabinete, e três dias depois, em seguida a uma conferência de ministros, e a despeito das negativas destes, transpirou que principiara a confusão das línguas na torre de Babel, e que a cousa estava por um triz...

Tanto o ministro da... como o deputado Z. Y. visitaram-nos mais de uma vez, e cada qual fez suas confidências à Chiquinha, renovando cada um deles as seguranças do bom resultado do seu empenho, e em suma ficamos sabendo que o ministério estava em desinteligência nas duas questões, a do meu baronato com grandeza, e a do contrato da China. O deputado Z. Y. tinha três ministros do seu lado para o baronato, e cinco em oposição à compra de elefantes e camelos, fazendo-se contrato com a casa King-Toung-Fou-Ting; mas o ministro da... mostrava-se intolerante, intratável, e impunha aos colegas este negócio da China. Adiara-se a discussão de ambos os assuntos para a seguinte conferência.

A Chiquinha aproveitou as visitas dos seus dous cegos apaixonados para intrigá-los muito mais, e disse-me com profunda convicção:

— Este ministério vai cair: daqui a dez dias empurrá-lo-ei do poder abaixo com a ponta do meu sapatinho de cetim: é indispensável que você se liberte dos seus amigos desgostosos, que todos juntos não valem um cabo de esquadra, e pretendem todos ser generais.

— E o meio de desgrudar-me de semelhante gente?... Eu não devo trancar-lhes a porta.

— Ora... vai uma noite ao teatro, vai outra noite visitar o ministro da... e queixa-te a ele das importunações do Z. Y., na seguinte noite procura o Z. Y., e dize-lhe que saíste para escapar às maçadas constantes do ministro, e assim por diante.

Obedeci à Chiquinha; mas por mal dos meus pecados o teatro que escolhi foi o lírico francês, e no fim do espetáculo achei-me pescado, caído no anzol fatal de uma das ninfas do Alcazar!...

Ah maldita mulher! Logo nessa noite ceou comigo em um hotel, e comeu mais do que eu! Que demônio para comer são aquelas mulheres! Comem ainda mesmo o que não é digerível, comem papel, prata e ouro, devoram até pedras, contanto que sejam preciosas.

Tornei-me *habitué*[261] do Alcazar por causa de mlle.

261 "Frequentador assíduo", em francês.

Quelque-Chose, e deixei que a política corresse exclusivamente por conta da pobre Chiquinha, a quem eu atraiçoava tão indignamente.

Entretanto as sessões da câmara me punham sempre em dia com a marcha dos negócios: o ministro da... e o deputado Z. Y. nem mais se cumprimentavam, e este não chamava o seu rival, senão o protetor dos camelos; a oposição atiçava desinteligência, a maioria começara a murmurar, e os ministros mostravam-se muito risonhos e blasonando robustez e pujança, o que é sinal certíssimo de macacoa ministerial.

Correram assim duas semanas, e nelas luta furiosa e mal abafada em cada conferência dos ministros: na última o protetor dos camelos declarou solenemente que fazia questão do contrato da China, e que se ele não fosse adotado e prontamente assinado, retirar-se-ia do gabinete: os três membros do ministério amigos do Z. Y. e mais dous indiferentes à rivalidade protestaram que também faziam questão; mas em sentido contrário, e que dariam suas demissões, se se fizesse tal contrato. Na ideia do baronato com grandeza apareceu igual teima, e igual capricho na divergência.

O presidente do conselho interveio, propondo de novo o adiamento; os contendores porém insistiram na necessidade de decisão imediata, e a conferência quase que degenerou em descompostura rasgada.

A muito custo o chefe do ministério fez adotar um expediente dilatório: marcou-se para daí a cinco dias uma conferência extraordinária, em que sem mais apelação nem adiamentos se decidissem os dous assuntos.

Os ministros levantaram-se enregelados, e saíram da sala das conferências carrancudos, e furiosos; mas no corredor e na escada concertaram as verônicas[262] de

262 O rosto. Possível alusão a Verônica, mulher que teria enxugado o rosto de Cristo a caminho do Calvário.

modo que ao chegar à porta da rua, e ao embarcar nas carruagens, pareciam tão alegres e felizes, como se fossem sete irmãos mutuamente dedicados, e vivendo na bem-aventurança da mais pura amizade.

O presidente do conselho já tinha perdido dez noites a procurar um recurso para acabar com a indecente briga, e sempre se achara em beco sem saída. Em política as desinteligências mais difíceis de apagar são as que não têm motivo confessável: em desespero o grande estadista confiou a história toda a um *Fidus Achates*[263] da câmara, homem de ronha[264] e de grande conselho, e pediu-lhe que descobrisse o meio de prevenir a crise ministerial e de harmonizar o ministro e o deputado Z. Y.

O *Fidus Achates* pensou uma hora com os olhos fitos no teto da sala e não achou remédio para a macacoa do ministério, fechou os olhos, e antes de dez minutos de reflexão exclamou, rindo-se:

— Excelentíssimo, está resolvido o problema!

— Resolveu-o com os olhos fechados?...

— Pois não é assim que se governa o Brasil? Eu segui a regra.

— Vamos à resolução do problema.

— As duas questões são de evidente capricho...

— Sem dúvida.

— Muito bem: em vez do título de barão com grandeza, dê-se o título de visconde sem ela...

— Homem, a ideia não é má!

— E em vez de se contratar com a casa da China King-Toung-Fou-Ting a compra de camelos e elefantes para o

263 "Fiel Acates", modo de designar uma pessoa de confiança, por analogia a Acates, companheiro constante e leal de Eneias, cujo nome aparece em geral acompanhado do epíteto "fiel" na *Eneida*, de Virgílio.

264 Manha, astúcia.

serviço da guerra, contrate-se com a mesma casa e com a mesma despesa por parte do Estado o fornecimento de jogos de xadrez para entretenimento dos oficiais do exército e da esquadra, enquanto esperam pelos combates, e a compra de ricos palanquins de bambu para condução dos ministros de Estado e de seus oficiais de gabinete nos dias ordinários.

— Encarrego-o de ir propor esse acordo ao ministro da... e ao seu colega Z. Y.

Fidus Achates saiu; mas perdeu o seu tempo e o seu trabalho: os dous contendores estavam seriamente engalfinhados, e muito mais depois que comunicado o projeto do acordo à Chiquinha, esta disse ao digníssimo Z. Y.:

— Tenho só um retrato para dar, e esse está reservado para o vencedor.

As cousas tomavam o aspecto mais sinistro: só faltavam dous para os cinco dias do prazo fatal, em que o ministério devia ser lançado por terra empurrado com a ponta do sapatinho de cetim da Chiquinha.

Eu batia palmas de contente: em dez probabilidades de nova combinação ministerial, contava nove de uma pasta para mim: creio que já andava pela rua com a cabeça mais alta e mais tesa.

Acabando de almoçar e dispondo-me a sair para a câmara, notei que a Chiquinha estava pensativa e triste: perguntei-lhe o que tinha.

— Acho-me um pouco nervosa... passei mal a noite: daqui a pouco estarei boa.

Abracei, ameiguei a Chiquinha e fui para a câmara, cuja sessão abriu-se depois do meio-dia, apesar do regimento, e levantou-se antes de uma hora por falta de número de deputados para se votar.

Um dos ministros presentes queixou-se de dores de cabeça, outro de dores de barriga: pareceu-me haver vaidade na primeira queixa, e ser muito natural a segunda.

Em todas as salas, na dos charutos, na dos chapéus, na de recepção e até nas águas-furtadas ouvia-se um surdo murmurar de segredos e confidências, que preanunciava a próxima crise.

Fui passear à rua do Ouvidor, onde encontrei o meu colega Z. Y.

— Vai hoje ao Alcazar?, perguntou-me ele sorrindo-se.

— Talvez; respondi.

Z. Y. tinha-me encontrado por três ou quatro vezes no fatal teatro, e facilmente fizera a descoberta das ceias que eu pagava a mlle. Quelque-Chose; metera-me à bulha por isso; mas jurara-me discrição e silêncio.

Voltei para casa a horas de jantar e encontrei a Chiquinha satisfeita, risonha e amabilíssima: nesse dia chegou a apresentar-me preparado por suas próprias mãos um prato de fios d'ovos à sobremesa.

Conversamos largamente sobre a nossa intriga política e sobre a inevitável crise ministerial.

— E dada a hipótese, aliás provável, de me convidarem para o novo gabinete, que pasta supões que mais me convenha?, perguntei-lhe.

— Todas: respondeu-me a Chiquinha, acariciando-me.

— Tens razão: agarrarei na primeira que me oferecerem.

— E deveras contas ser convidado?...

— Sobram-me as promessas.

— És feliz!

— Sei que te devo tudo, Chiquinha.

— Mas pagas-me bem!

Abracei a Chiquinha para esconder a vontade que tive de rir, lembrando-me da peça que lhe havia de pregar nessa noite.

Logo depois ela deixou-me para prender-se ao toucador, e eu, apenas escureceu, pus-me ao fresco: o Alcazar me esperava, e a ceia já estava encomendada.

Às dez horas da noite em ponto mlle. Quelque-Chose saiu do teatro e dirigiu-se a um carro que nos devia receber a poucas braças de distância, e eu não me demorei a reunir-me a ela junto da portinhola do carro.

Mas imediatamente a portinhola abriu-se com violência e um vulto de mulher saltou de dentro do carro, mostrou-se em pé diante de nós, e arrancando o véu que lhe cobria o rosto, encarou-me, e com os dentes cerrados murmurou uma imprecação que não percebi.

Misericórdia!... Era a Chiquinha!!!

Mlle. Quelque-Chose compreendeu logo a situação, e fugiu a correr, exclamando a rir-se:

— Ainda bem que eu tinha outra ceia ajustada para a meia-noite!

A Chiquinha estava em maré de crises: acabava de me pôr também em crise com mlle. Quelque-Chose.

Eu devia dizer alguma cousa: arranjei como pude um tremor de voz e balbuciei:

— Perdoa-me, Chiquinha! Estou envergonhado e arrependido... juro-te que nunca mais...

Ela não me respondeu: convulsa e furiosa repeliu a mão que eu lhe oferecia, entrou no carro, fechou a portinhola com ímpeto, e ordenou ao cocheiro que a conduzisse a casa.

Eu para não ir a pé sentei-me na traseira do carro.

Chegamos à casa: a Chiquinha não me disse palavra; subiu a escada, foi trancar-se no seu quarto, e por mais que pedi e chorei, não me abriu a porta.

Tenho um estômago que nunca se ressente dos sofrimentos do espírito. Senti uma fome devoradora, e não achei em casa nem um assado, nem doce, nem biscoutos, nem migalha de pão: a vingança da Chiquinha, que me conhecia o fraco, tinha feito desaparecer toda espécie de alimentos.

Ainda mais: fui obrigado a dormir no sofá da sala sem travesseiro nem cobertas, e fazia um frio de rebentar os ossos nessa noite malvada.

Pensei que ficasse aí o meu castigo, e para distrair-me da fome e do frio, pus-me a ruminar a crise ministerial, e a imaginar-me com a farda de ministro, e com os correios atrás da minha carruagem.

E dormi.

No dia seguinte, acabado o almoço, a Chiquinha que nem sequer me olhara com os cantinhos dos olhos, sentindo que me levantava da mesa, atirou-me com uma folha de papel, e saiu para trancar-se de novo no seu quarto.

Tomei o papel e li, e fui lendo com raiva, com desespero cada vez maior, o que se segue: "Cópias de duas cartas que já foram entregues esta manhã. Ao ministro da... Excelentíssimo — O contrato da China foi uma zombaria feita em castigo daquele que me ofendeu com pretensões loucas ao amor, que só devo ter e tenho a meu marido: vossa excelência prove-me o seu arrependimento, respeitando-me, como lhe cumpre. Ponho termo à zombaria: acabou a questão do contrato da China. — Ao deputado Z. Y. — Excelentíssimo — Meu marido dispensa tanto os seus esforços para ser agraciado com o título de barão, como eu a denúncia das infidelidades de meu marido: preferimos ao título e à delação o vivermos em paz doméstica e livres de insidiosas importunações. Cumpre-me também participar a vossa excelência que vamos por alguns meses habitar fora da cidade, e que oportunamente preveniremos aos nossos amigos da nossa volta a casa, onde com tanto prazer os recebemos".

Então? Já viram mais rigorosas torturas para a minha ambição enfeitadas com tanta santidade e tanta dignidade?... A Chiquinha nascera para inquisidor do Santo Ofício.

Parti irritadíssimo para a câmara. Que mudança achei lá!... O receio da crise tinha desaparecido: o horizonte do ministério era todo cor-de-rosa: vi na sala dos chapéus o indigno Z. Y. abraçado com o indigno ministro da...!

Não havia mais questão do título de barão com grandeza para mim, nem de contrato da China para compra de elefantes e camelos; e peior do que isso, os ministros olhavam-me com ar de desprezo!

Que comediantes! Uns diabos que estiveram por uma dependura, e que só escaparam à crise já pronunciada pela intervenção indébita e malvada de mlle. Quelque-Chose!

Eis aqui como vão as cousas.

Estou aborrecidíssimo e vou fazer ponto final; mas é do meu dever declarar ao respeitável público que continuo a prestar na câmara o meu voto de confiança ao ministério, que escapou da crise.

Post-Scriptum

O ponto que chamei final pode muito bem ser simples pausa de suspensão. A segunda parte destas *Memórias* é uma cousa que está na ordem das cousas; mas vejo tudo muito escuro, e não quero fazer promessas vãs: é possível que a noite se torne ainda mais tenebrosa, e que eu me resolva a não sair à rua para não me expor a encontrões perigosos.

Em todo caso já aí fica pregado por mim um longo sermão, e como é de regra que os nossos pregadores terminem os seus sermões pedindo três Ave-Marias pelas almas do purgatório, eu remato aqui o meu, pedindo também três Ave-Marias; estas porém para que Deus nosso Senhor dê mais juízo ao nosso governo e aos nossos homens políticos. *Amen.*

Cronologia

1820 24 DE JUNHO Nascimento de Joaquim Manuel de Macedo, numa casa à rua de São João, na vila de Itaboraí (RJ). Filho caçula de Severino de Macedo Carvalho, que foi, segundo informa J. Galante de Sousa, juiz municipal substituto — tendo exercido a função de juiz de órfãos (interino) — e, várias vezes, vereador, e de Benigna Catarina da Conceição, que, segundo o inventário aberto por ocasião da morte do marido, não sabia escrever. Joaquim Manuel era irmão de Francisco Antônio de Gouveia, treze anos mais velho, negociante, distribuidor, contador e proprietário em Itaboraí; e de João Coutinho de Macedo, sete anos mais velho, farmacêutico e vereador.

1831 Publica, aos onze anos, o poema "O Sete de Abril".

1843 Redator da revista *Minerva Brasiliense,* até 1845.

1844 15 DE JUNHO Publicação do poema "Campesina; a ilusão do beija-flor" na revista *Minerva Brasiliense.*

Publicação de três poemas ("A menina a la moda", "Soneto" e "Os dous consortes") na antologia *Mosaico poético*, organizada por Joaquim Norberto e Emílio Adet.

11 DE AGOSTO Eleito membro do Conservatório Dramático (função que manteria até 1863).

Publicação do romance *A Moreninha* (Rio de Janeiro, Tipografia Francesa).

11 DE DEZEMBRO Defesa da tese de doutoramento em medicina: "Considerações sobre a nostalgia".

20 DE DEZEMBRO Orador, na presença de d. Pedro II,

em nome dos doutorandos da Faculdade de Medicina do Rio de Janeiro.

1845 Publicação no *Ostensor Brasileiro* do cântico "A incógnita" e do poema "O amor do vate".
Segunda edição de *A Moreninha*, publicada por Hermano Dutra e Melo, na Tipografia de I. P. da Costa.
Publicação de *O Moço Loiro*.
19 DE JUNHO Joaquim Norberto e Manuel de Araújo Porto Alegre o propõem como sócio correspondente do Instituto Histórico e Geográfico Brasileiro.

1846 Trabalha como médico em Itaboraí.
Publica, no *Ostensor Brasileiro*, os poemas "A saudade", "A esperança" e "A ela", e a crônica "S. João de Itaboraí".

1847 Trabalha como médico em Porto das Caixas (RJ).
23 DE JULHO Recebe o título de Cavaleiro da Ordem da Rosa.

1848 Mudança para o Rio de Janeiro.
4 DE MARÇO Começo da publicação seriada do romance *Os dous amores* no *Correio Mercantil*.
23 DE MARÇO Eleito segundo-secretário suplente do Instituto Histórico e Geográfico Brasileiro.
6 DE ABRIL Leitura do hino bíblico "O amor da glória" quando da inauguração dos bustos de Januário da Cunha Barbosa e de Manuel Cunha Matos (depois publicado na *Revista do Instituto Histórico e Geográfico Brasileiro*, vol. II, pp. 276-84).
15 DE DEZEMBRO Estreia, no Teatro São Januário, de uma adaptação de *A Moreninha*, tendo, como ensaiador, João Caetano e, nos papéis de Augusto e da Moreninha, Dionísio Francisco das Chagas e Francisca de Paula Lobo.

1849 24 DE JANEIRO Estreia, no Teatro São Januário, o seu drama *O cego*.
3 DE ABRIL Nomeação para professor da segunda cadeira de história e geografia do Colégio Pedro II. Salário: 800 mil-réis por ano.
20 DE JULHO Publicação, em *A Rosa Brasileira*, do poema "A Itaboraí".

Criação, com Gonçalves Dias e Manuel de Araújo Porto Alegre, da revista *Guanabara*.
Candidatura à Assembleia Provincial do Rio de Janeiro, para a legislatura de 1850-1, ficando como suplente.
1º DE DEZEMBRO Começo da publicação em fascículos, como suplemento da revista *Guanabara*, do romance *Rosa*.

1850 10 DE JUNHO Morte do pai.
28 DE SETEMBRO Nomeação para professor da primeira cadeira de história e geografia do Colégio Pedro II. Salário: um conto e 200 mil-réis anuais.
Publicação dos poemas "Não sei" e "A bela encantada" na revista *Guanabara*.

1851 Publicação dos poemas "O beijo inocente" e "O anjo da guarda" e da "Introdução" à crônica "Costumes campestres do Brasil" na revista *Guanabara*.
22 DE JUNHO Estreia de O *fantasma branco* no Teatro São Pedro.
Nova candidatura à Assembleia Provincial, ficando, mais uma vez, como suplente.
É escolhido primeiro-secretário do Instituto Histórico e Geográfico Brasileiro.
Encontra-se casado com Maria Catarina Sodré, um ano mais moça do que ele, também de Itaboraí, prima de Álvares de Azevedo e cunhada de Odorico Mendes, filha de um juiz de paz, comandante da Guarda Nacional e proprietário de um engenho de açúcar, que só consentira no casamento depois de anos de proibição e de uma grave enfermidade da moça. Segundo J. Galante de Sousa, não há dados conclusivos sobre a data da cerimônia, que pode ter sido realizada entre 1845 e, no máximo, 1851.

1852 26 DE ABRIL Pronuncia "Discurso por ocasião do sepultamento, no cemitério de Pedro II, do poeta Álvares de Azevedo".
7 DE SETEMBRO Inicia a publicação do bissemanário *A Nação* (que circularia até 21 de junho de 1854), funcionando a tipografia, a princípio, na sua própria casa, na rua do Regente (rua Regente Feijó), nº 1.

15 DE DEZEMBRO Relatório na sessão magna do Instituto Histórico e Geográfico Brasileiro.

1853 27 DE AGOSTO A 17 DE DEZEMBRO Publicação regular de artigos políticos em *A Nação.*

Eleição para a Assembleia Provincial do Rio de Janeiro, legislatura de 1854-5 (com reeleições até 1859).

Publicação do poema "Minha esperança" na *Miscelânea poética* impressa pela Tipografia do *Jornal das Senhoras.*

15 DE DEZEMBRO Relatório sobre *O Brasil e a Oceania*, de Gonçalves Dias, no Instituto Histórico e Geográfico Brasileiro.

Edição, por Paula Brito, do romance *Vicentina.*

1854 Residindo em Niterói.

7 DE MARÇO A 19 DE DEZEMBRO Publicação do romance *Vicentina* na *Marmota Fluminense.*

Publicação, como suplemento à revista *Guanabara*, de setembro de 1854 a janeiro de 1855, do drama *Cobé.*

1855 19 DE JANEIRO Início da publicação, a princípio anônima, de *A carteira de meu tio*, na *Marmota Fluminense.* (O livro seria editado, em dois tomos, no mesmo ano, pela Tipografia Dous de Dezembro, de Paula Brito.)

4 DE FEVEREIRO Início da publicação, que ficaria incompleta, de *O forasteiro* na *Marmota Fluminense*, livro que, segundo Macedo, teria sido escrito ainda em 1839. (O livro seria editado no mesmo ano por Paula Brito e reeditado, ainda em 1855, pela Garnier.)

DE ABRIL A SETEMBRO DE 1859 Torna-se o responsável pelas crônicas dominicais da seção "A semana" do *Jornal do Commercio* (publicadas sem assinatura).

12 DE ABRIL Estreia da peça *O primo da Califórnia* no Ginásio Dramático.

15 DE DEZEMBRO Quarto relatório apresentado como primeiro-secretário no Instituto Histórico e Geográfico Brasileiro, sobre o projeto de história da literatura brasileira de Joaquim Norberto.

1856 15 DE DEZEMBRO Relatório sobre *A confederação dos Tamoios*, de Gonçalves de Magalhães, apresentado ao Instituto Histórico e Geográfico Brasileiro.

1857 Publicação do poema narrativo *A nebulosa* (Rio de Janeiro, Tipografia Imperial e Constitucional de J. Villeneuve e C.), antes divulgado em pedaços na revista *Guanabara* (de 1851 a 1855).
29 DE SETEMBRO Recebe o oficialato da Ordem da Rosa.
15 DE DEZEMBRO Primeiro discurso como orador eleito do Instituto Histórico e Geográfico Brasileiro. (O seu vigésimo e último discurso será em 15 de dezembro de 1879.)

1858 16 DE JANEIRO É nomeado professor de corografia e história do Brasil no Internato e no Externato do Imperial Colégio de Pedro II. Salário: um conto e mais 600 mil-réis de gratificação por ano.
Deputado provincial durante a legislatura de 1858-9.

1859 22 DE ABRIL Publicação da peça *O sacrifício de Isaac* no *Jornal do Commercio*.
7 DE SETEMBRO Encenação de *Amor e pátria* no Teatro São Pedro.
Publicação, pela Tipografia Imperial de J. M. Garcia, de discurso pronunciado em 13 de outubro de 1859 na Assembleia Provincial do Rio de Janeiro.

1860 23 DE ABRIL A 17 DE DEZEMBRO Publicação de crônicas na seção "O labirinto" do *Jornal do Commercio*.
23 DE SETEMBRO Representação, no Ginásio Dramático, de *Luxo e vaidade*.
16 DE DEZEMBRO Representação de *O novo Otelo*.

1861 31 DE JANEIRO A 17 DE AGOSTO DE 1863 Publicação, no *Jornal do Commercio*, de *Um passeio pela cidade do Rio de Janeiro*.
Edição, em livro, de seis novelas aparecidas antes no *Jornal do Commercio*: *Os romances da semana* (Rio de Janeiro, Tipografia Imparcial, de J. M. N. Garcia).
Publicação de *Lições de história do Brasil para uso dos alunos do Imperial Colégio de Pedro II* (Rio de Janeiro, Tipografia Imparcial, de J. M. N. Garcia).
7 DE SETEMBRO Estreia, no Ginásio Dramático, da comédia *A torre em concurso*.
Publicação, segundo J. Galante de Sousa, sob o pseudônimo "O Velho", da "Crônica da quinzena", em

1861 e 1862, na *Revista Popular*; e da "Crônica da semana", de 13 de janeiro a 14 de outubro de 1861, no *Jornal do Commercio*. Informa João Roberto Faria, em *O teatro realista no Brasil* (São Paulo, Perspectiva/Edusp, 1993), que a crônica de 14 de outubro não era de Macedo. Daí o seu pedido de demissão publicado no dia seguinte.

1862 2 DE MARÇO A 28 DE MAIO Redação da seção "O que sair", no *Jornal do Commercio*.
Publicação de "Cântico" na antologia *A estátua equestre do sr. d. Pedro I* (Rio de Janeiro, Tipografia de Paula Brito).
Publicação do primeiro volume de *Um passeio pela cidade do Rio de Janeiro* (Tipografia Imparcial, de J. M. Nunes Garcia).
Publicação de "Dúvidas sobre alguns pontos (duvidosos) da História Pátria", na *Revista do Instituto Histórico e Geográfico Brasileiro*, tomo 25.
23 DE SETEMBRO Estreia, no Ginásio Dramático, do drama *Lusbela*.

1863 Eleito para a Assembleia Geral (1864-6) pelo Partido Liberal.
Publicação do segundo volume de *Um passeio pela cidade do Rio de Janeiro*, pela Tipografia de Cândido Augusto de Melo.
Publicação de "Crônica política" no primeiro número, de julho de 1863, da revista *Biblioteca Brasileira*.
Edição, pela Garnier, do *Teatro do dr. Macedo*.

1864 31 DE AGOSTO Recusa o convite para tornar-se ministro dos Negócios Estrangeiros — e, segundo Salvador de Mendonça, logo em seguida, também a pasta do Império.
Professor, não remunerado, de história e português, das princesas Isabel e Leopoldina.

1865 Publicação do romance *O culto do dever* (Rio de Janeiro, Tipografia de C. A. de Melo) e de *Lições de história do Brasil para as escolas de instrução primária*.

1866 Macedo é incluído numa lista sêxtupla para o Senado, mas o seu nome é vencido pelos de Francisco Otaviano e Luís Pedreira do Couto Ferraz.

1867 Deputado na Assembleia Geral (1867-8).
Publicação de *Mazelas da atualidade*: *Romances de improviso* (Rio de Janeiro, Tipografia do Imperial Instituto Artístico), sob o pseudônimo "Mínimo Severo". Esse volume, na verdade, incluía apenas uma das novelas em versos, "Voragem", que deveriam constituí-lo.

1868 23 DE MARÇO A 27 DE SETEMBRO Publicação de parte de *A luneta mágica* na *Semana Ilustrada*.
Publicação das *Memórias do sobrinho de meu tio* (Rio de Janeiro, Tipografia Universal de Laemmert), em dois tomos, o primeiro deles com a data de 1867.
16 DE JULHO Com a queda do gabinete Zacarias, perde o mandato de deputado federal.
Publicação (texto atribuído a ele por Inocêncio Francisco da Silva no seu *Dicionário bibliográfico português*) de *Os avestruzes no ovo e no espaço* (*ninhada de poetas*) (Rio de Janeiro, Tipografia Progresso).

1869 Mudança para Niterói.
12 DE MAIO A 3 DE MAIO DE 1870 Publicação de artigos políticos no jornal *A Reforma*, do Partido Liberal.
Publicação dos romances *A luneta mágica* e *O rio do quarto*, e das três novelas incluídas em *As vítimas-algozes*.

1870 Publicação, a partir de janeiro, do romance *Nina* no *Jornal das Famílias*.
13 DE JANEIRO Estreia, no Teatro Fênix Dramática, da comédia *O romance de uma velha*.
5 DE MAIO Começo da temporada de *Remissão de pecados* no Teatro São Luís.
Edição dos romances *As mulheres de mantilha* (Rio de Janeiro, Tipografia Franco-Americana) e *A namoradeira* (Rio de Janeiro, Garnier).
30 DE NOVEMBRO Macedo passa a receber gratificação de 640 mil-réis anuais por quinze anos de exercício do magistério no Imperial Colégio de Pedro II.

1871 9 DE FEVEREIRO Estreia de *Cincinato Quebra-Louça* no Teatro São Luís.
Publicação do romance *Um noivo e duas noivas*.

Publicação em livro do romance *Nina* (Rio de Janeiro, Garnier).

1872 Publicação dos romances *Os quatro pontos cardeais* e *A misteriosa*.

1873 Publicação das *Noções de corografia do Brasil* (Rio de Janeiro, Tipografia Franco-Americana).

7 DE SETEMBRO Torna-se presidente da Sociedade da Biblioteca Popular Itaboraiense (que seria inaugurada em 8 de dezembro de 1873).

1874 9 DE MAIO É agraciado com a comenda da Ordem de Cristo.

Publicação, em *O Globo*, de uma seção intitulada "Efemérida".

1875 Macedo recebe a encomenda de redigir um anuário biográfico brasileiro para a Exposição da Filadélfia.

1876 Publicação dos três volumes do *Ano biográfico brasileiro* (Rio de Janeiro, Tipografia e Litografia do Imperial Instituto Artístico).

Publicação, em dois tomos, do romance *A baronesa do amor* (Rio de Janeiro, Tipografia Nacional).

Macedo é escolhido primeiro-vice-presidente do Instituto Histórico e Geográfico Brasileiro.

31 DE AGOSTO Macedo endossa, junto com Anastácio de Miranda Coelho e Carlos Fleuiss, uma letra, a ser paga a John Bradshaw em quatro meses, no valor de um conto de réis, dinheiro solicitado em auxílio de Henrique Fleuiss, cuja revista *Semana Ilustrada* deixa de circular em 1876. (Cf. sobre essa dívida de Macedo a pesquisa exaustiva de Tânia Serra em *Joaquim Manuel de Macedo ou os dois Macedos: A luneta mágica do Segundo Reinado*. Rio de Janeiro, Fundação Biblioteca Nacional, 1994.)

1877 Reunião em livro da *Efemérida histórica do Brasil*, pela Tipografia de *O Globo*.

10 DE NOVEMBRO A 2 DE DEZEMBRO Temporada, no Teatro Cassino, de adaptação teatral, provavelmente do próprio Macedo, de *A Moreninha*.

1878 21 DE JANEIRO A 10 DE JUNHO Publicação, no *Jornal do Commercio*, dos folhetins que constituem as *Me-*

mórias da rua do Ouvidor (editadas em livro, no mesmo ano, pela Tipografia Perseverança).

Publicação de *Mulheres célebres* (Rio de Janeiro, Garnier), obra destinada às escolas de instrução primária do sexo feminino.

Eleição para a Assembleia Geral (1878-81).

7 DE DEZEMBRO Recebe notificação sobre o não pagamento da letra de 31 de agosto de 1876.

1879 4 DE MARÇO Fleuiss, o beneficiário do empréstimo, Macedo e os demais endossantes da letra são condenados ao pagamento de um conto e 200 mil-réis, referentes à dívida, aos juros e às custas do processo.

8 DE MAIO Penhora dos bens de Macedo.

15 DE DEZEMBRO Último discurso como orador do Instituto Histórico e Geográfico Brasileiro.

1880 29 DE JANEIRO Estreia, na Fênix Dramática, da comédia *Antonica da Silva*.

10 DE FEVEREIRO Macedo se defende das acusações de imoralidade da peça *Antonica da Silva* no *Jornal do Commercio*.

Publicação de "Suplemento" ao *Ano biográfico brasileiro* (Rio de Janeiro, Tipografia Perseverança).

MAIO A SETEMBRO Ausência de Macedo nas sessões da Assembleia Geral, assim como nas reuniões do Instituto Histórico e Geográfico Brasileiro.

1881 13 DE MAIO Fala brevemente, pela última vez, no Instituto Histórico e Geográfico Brasileiro.

24 DE DEZEMBRO Reeleição de Macedo como orador e vice-presidente do Instituto Histórico e Geográfico Brasileiro.

1882 11 DE ABRIL Morte de Joaquim Manuel de Macedo em Itaboraí. Sua viúva, que viveria até 16 de abril de 1910, ficaria sem recursos, recebendo, então, de d. Pedro II, uma pensão de 100 mil-réis por mês, e passando, em 1889, a fazer jus, com o título de pensionista já oficializado, a um conto e 200 mil-réis anuais.

Sugestões de leitura

ALENCAR, Heron de. José de Alencar e a ficção romântica. In: COUTINHO, Afrânio (Org.). *A literatura no Brasil*. Rio de Janeiro: José Olympio; Niterói: EDUEK, 1986. vol. III.

ALENCAR, José de. *Como e por que sou romancista*. Rio de Janeiro: Tipografia de Leuzinger & Filhos, 1893.

AMORA, Antônio Soares. *O romantismo*. São Paulo: Cultrix, 1967.

ASSIS, Machado de. *Obra completa*. Rio de Janeiro: Nova Aguilar, 1986. vol. III.

BLAKE, Augusto V. A. S. *Dicionário bibliográfico brasileiro*. Rio de Janeiro: Imprensa Nacional, 1898. vol. IV.

BOSI, Alfredo. *História concisa da literatura brasileira*. 2. ed. São Paulo: Cultrix, 1974.

BROCA, Brito. *Românticos, pré-românticos, ultra-românticos: Vida literária e romantismo brasileiro*. São Paulo: Polis; Brasília: INL, 1979.

———. *Pontos de referência*. Rio de Janeiro: Serviço de Documentação do MEC, 1962.

CAMPOS, Humberto de. As modas e os modos no romance de Macedo. *Revista da Academia Brasileira de Letras*, Rio de Janeiro, vol. VIII, n. 15, out. 1920.

CANDIDO, Antonio. O honrado e facundo Joaquim Manuel de Macedo. In: ———. *Formação da literatura brasileira*. 6. ed. Belo Horizonte: Itatiaia, 1981. vol. II.

CARPEAUX, Otto Maria. *Pequena bibliografia crítica da literatura brasileira*. 4. ed. Rio de Janeiro: Edições de Ouro, s.d.

CASTELO, José Aderaldo. *Aspectos do romance brasileiro*. Rio de Janeiro: MEC, s.d.

FARIA, João Roberto. *O teatro realista no Brasil: 1855-1865*. São Paulo: Edusp/Perspectiva, 1993.

GRIECO, Agripino. *Evolução da prosa brasileira*. Rio de Janeiro: José Olympio, 1947.

HESSEL, Lothar; RAEDERS, George. *O teatro sob d. Pedro II*. Porto Alegre: Editora da UFRS, 1979.

LINHARES, Temístocles. Macedo e o romance brasileiro. *Revista do Livro*, Rio de Janeiro, n. 10, ano III, jun. 1958; *Revista do Livro*, Rio de Janeiro, n. 14, ano IV, jun. 1959.

MAGALDI, Sábato. *Panorama do teatro brasileiro*. São Paulo: Difel, 1962.

MARTINS, Wilson. *História da inteligência brasileira*. São Paulo: Cultrix/Edusp, 1977. vols. II e III.

MELLO E SOUZA, Gilda de. Macedo, Alencar, Machado e as roupas. *Novos Estudos*, *Cebrap*, São Paulo, n. 41, mar. 1995.

MELO, Antonio Francisco Dutra e. A Moreninha. *Minerva Brasiliense*, Rio de Janeiro, II, n. 24, 15 out. 1844.

MENDONÇA, Salvador de. Cousas do meu tempo. *Revista do Livro*, Rio de Janeiro, n. 20, ano V, dez. 1960.

MENEZES, Raimundo de. *Dicionário literário brasileiro*. 2. ed. Rio de Janeiro: Livros Técnicos e Científicos, 1978.

MERQUIOR, José Guilherme. *De Anchieta a Euclides*. 2. ed. Rio de Janeiro: José Olympio, 1979.

MOISÉS, Massaud. *História da literatura brasileira*. São Paulo: Cultrix/Edusp, 1984. vol. II.

MOTA, Artur. M[acedo]. *Revista da Academia Brasileira de Letras*, Rio de Janeiro, n. 113, maio 1931.

PEREIRA, Astrogildo. Romancistas da cidade: Manuel Antônio, Macedo e Lima Barreto. In: ———. *Interpretações*. Rio de Janeiro: Casa do Estudante do Brasil, 1944.

———. Memórias do sobrinho de meu tio. *Revista Acadêmica*, Rio de Janeiro, n. 46, set. 1939.

PEREIRA, José Veríssimo da Costa. A geografia no Brasil. In: AZEVEDO, Fernando de (Org.). *As ciências no Brasil*. Rio de Janeiro: Editora da UFRJ, 1994. vol. I.

PRADO, Décio de Almeida. A evolução da literatura dramática. In: COUTINHO, Afrânio (Org.). *A literatura no Brasil*. 2. ed. Rio de Janeiro: Sul Americana, 1971. vol. I.

QUEIROZ, Rachel de. Prefácio. In: MACEDO, Joaquim Manuel de. *A Moreninha*. Rio de Janeiro: Zélio Valverde, 1945.

RODRIGUES, José Honório. *História da história do Brasil*. São Paulo: Editora Nacional; Brasília: INL, 1988. tomo I, vol. II.

ROMERO, Sílvio. *História da literatura brasileira*. 7. ed. Rio de Janeiro: José Olympio; Brasília: INL, 1980. vol. V.

SÁFADY, Naief. Macedo, esse desconhecido. *O Estado de S.Paulo*, São Paulo, *Suplemento Literário*, 23 set. 1961.

SERRA, Tânia. *Joaquim Manuel de Macedo ou os dois Macedos: A luneta mágica do Segundo Reinado*. Rio de Janeiro: Fundação Biblioteca Nacional/Ministério da Cultura, 1994.

SODRÉ, Nelson Werneck. *História da literatura brasileira*. Rio de Janeiro: Civilização Brasileira, 1969.

SOUSA, J. Galante de. Joaquim Manuel de Macedo. In: ———. *Machado de Assis e outros estudos*. Rio de Janeiro: INL; Brasília: Cátedra, 1979.

———. *O teatro no Brasil*. Rio de Janeiro: Edições de Ouro, 1968.

TAUNAY, Alfredo d'Escragnolle. *Memórias*. São Paulo: Melhoramentos, s.d.

VERÍSSIMO, José. *História da literatura brasileira: De Bento Teixeira a Machado de Assis*. Rio de Janeiro: José Olympio, 1954.

Lima Barreto

Recordações do escrivão Isaías Caminha

Introdução de
ALFREDO BOSI
Prefácio de
FRANCISCO DE ASSIS BARBOSA
Notas de
ISABEL LUSTOSA

Mais de cem anos depois de sua primeira edição, *Recordações do escrivão Isaías Caminha* não poderia ser mais atual. Ambientado no Rio de Janeiro no começo do século XX, este livro de estreia de Lima Barreto narra a história de um jovem negro, culto e inteligente que, embora tenha todos os atributos para ser inserido na sociedade, é massacrado pelo preconceito racial.

Resgatando a atualidade da obra do escritor, o crítico Alfredo Bosi, que assina a introdução, destrincha o romance do ponto de vista da crítica literária se atendo especialmente à figura do narrador, que oscila entre as fantasias de prestígio social e o cotidiano sempre à beira de humilhações.

Esta edição traz ainda um prefácio de Francisco de Assis Barbosa, pesquisador e historiador que fez um dos mais importantes estudos sobre a obra de Lima Barreto. Complementando a fortuna crítica do livro, mais de cem notas de Isabel Lustosa, que resgatam a história social e cultural da *belle époque* carioca e desvendam o caráter memorialista do romance ao apontar as verdadeiras figuras por trás dos personagens.

LEIA MAIS PENGUIN-COMPANHIA

CLÁSSICOS

Essencial Franz Kafka

Seleção, introdução e tradução de
MODESTO CARONE

Aprisionado à sufocante existência burguesa que as convenções familiares e sociais o obrigavam, Franz Kafka chegou certa vez a afirmar que "tudo o que não é literatura me aborrece". Muitas narrativas que compõem o cerne de sua obra são produto de uma atividade criativa febril e semiclandestina, constrangida pela autoridade implacável do pai, e se originaram da forte sensação de deslocamento e desajuste que acompanhou o escritor durante toda a sua curta vida. Apesar de seu estado fragmentário, o espólio literário de Kafka — publicado na maior parte em edições póstumas — é considerado um dos monumentos artísticos mais importantes do século XX.

Esta edição de *Essencial Franz Kafka* reúne em um único volume diferentes momentos da produção do autor de *O processo*, 109 aforismos nunca publicados em livro no Brasil, e uma introdução assinada por Modesto Carone, também responsável pelos comentários que antecedem os textos. As traduções consagradas de Carone, realizadas a partir dos originais em alemão, permitem que clássicos como *A metamorfose*, *Na colônia penal* e *Um artista da fome* sejam lidos (ou relidos) com fidelidade ao estilo labiríntico da prosa kafkiana.

LEIA MAIS PENGUIN-COMPANHIA

CLÁSSICOS

O Brasil holandês

Seleção, introdução e notas de
EVALDO CABRAL DE MELLO

A presença do conde Maurício de Nassau no Nordeste brasileiro, no início do século XVII, transformou Recife na cidade mais desenvolvida do Brasil. Em poucos anos, o que era um pequeno povoado de pescadores virou um centro cosmopolita.

A história do governo holandês no Nordeste brasileiro se confunde com a guerra entre Holanda e Espanha. Em 1580, quando os espanhóis incorporaram Portugal, lusitanos e holandeses já tinham uma longa história de relações comerciais. O Brasil era, então, o elo mais frágil do império castelhano, e prometia lucros fabulosos provenientes do açúcar e do pau-brasil.

Este volume reúne as passagens mais importantes dos documentos da época, desde as primeiras invasões na Bahia e Pernambuco até sua derrota e expulsão. Os textos — apresentados e contextualizados pela maior autoridade no período holandês no Brasil, o historiador Evaldo Cabral de Mello — foram escritos por viajantes, governantes e estudiosos. São depoimentos de quem participou ou assistiu aos fatos, e cuja vividez e precisão remete o leitor ao centro da história.

Esta obra foi composta em Sabon por Alice Viggiani
e impressa em ofsete pela Geográfica
sobre papel Pólen Soft da Suzano Papel e Celulose
para a Editora Schwarcz em julho de 2011

A marca FSC é a garantia de que a madeira utilizada na fabricação do papel deste livro provém de florestas que foram gerenciadas de maneira ambientalmente correta, socialmente justa e economicamente viável, além de outras fontes de origem controlada.